色彩詞的文化審美性
及其運用
——以新詩的閱讀與寫作教學為例
謝欣怡・著

序

色彩對現代人來說就像語言一般，具有普遍性，它能夠象徵一個地區的文化特色或一個人的心理狀態。而每一種色彩的組合也都有其獨特的魅力與韻味，都為不同的民族所喜愛和欣賞。在現存的世界三大文化系統中，西方民族受創造觀型文化的支配影響，比較熱中色彩詞的研究，對於色彩的分類細膩且豐富，蘊涵著崇高的審美性。而漢語民族因為受氣化觀型文化的影響，認為萬物是自然氣化而成，表現在色彩上則是含糊不敏銳的，有著優柔和諧的審美。中西方在色彩使用上的偏好及差異，也可從其文學作品中窺知。本書擬從色彩詞的文化性與審美類型作一探究，並且透過中西方新詩作品的色彩詞統計分析，比較在不同的文化系統中對色彩詞的偏好差異。最後，在新詩閱讀與寫作教學的運用上，我們可以強化學生對色彩詞的認知、分析色彩詞在詩中如何與其他成分作互動、讓學生類推色彩詞的語義組合與構詞系統、以及塑造色彩詞在詩中的意象美，使學生能藉由多元使用色彩詞而豐富詩的美感和意涵。

本書得以順利完成，首要感謝的就是臺東大學語文教育所周慶華教授，從研究主題的指引、架構的擬定、方法的運用到每一章節的細論，周老師都給予我諄教與指導。另外也感謝樹德科技大學通識教育學院楊秀宮教授與臺東大學華語文學系簡齊儒教授，在百忙之中抽空予以指導，悉心評閱之餘，更提供我多角度的寶貴建議，使本書更加嚴謹完善。此外，特別要感謝的是一路陪我走過辛酸苦悶時期的 JJ，謝謝你一直陪伴著我，在枯燥的研究生活中給予我鼓勵，因為有你的精神支持，我才能以更樂觀積極的態度面對一切。也感謝爸爸、媽媽的全力支持，才能讓我在研究生活裡無後顧之憂，全心鑽研學術，以及哥哥佳致、弟弟中揚的關心與協助。

心中滿溢的感謝之意，無法以隻字片語來傳遞，在此書完成的同時，僅將這小小的研究成果與喜悅和您們一同分享。

謝欣怡 謹誌

中華民國九十九年六月於台東大學

CONTENT

表　次

圖　次

因時間的久遠而破損毀壞，無法一直以最原始的面貌呈現出來。因此，唯有倚賴生動、鮮明的文字語言來表達與記錄，才能永續流傳。而這些用來標記色彩的文字符號就稱為「色彩詞（顏色詞）」。面對多采多姿的世界，我們用眼睛去感受、用心靈去品味、也用文字表達出來。色彩詞的使用，既為我們描繪出「千種柔光／把樹林照得一帶翡翠／鼓風機／把春天碎餘的綠意／和穀皮塵屑／吹向下風／任金黃的瀉落／洒出滿場的歡呼／洒出金黃的路／向市街的中央」（馬悅然、奚密、向陽主編，2001：314）的婉約美景，也揭示了「你們從不安的睡眠中／驚醒。揉眼。側耳／聽，同時／目睹火紅的岩漿噴洩流竄且／迅速掩蓋家園。」（簡政珍主編，2003：445）這一讓人怵目驚心的景象。又如在成語中的「青紅皂白」、「是非黑白」，青、紅與皂（黑）、白是互為對比色，這種色彩間鮮明的對照使人們的內心也產生了是非善惡的感受。因此，色彩詞的使用，不僅精細地刻畫出自然界的萬物，也蘊涵著深刻的人生哲理。

然而，自然界中的萬物雖充滿著各種色彩，但不同的民族卻有著不同的偏好，這是受到不同文化系統的支配影響。我曾經看過一篇短文，內容大概是寫道：「有一次，一位美國婦人（白人）帶著她的小孩搭計程車，車上的司機是一位黑人。他們上車後，小孩就問他的媽媽：『駕駛的人為什麼這麼黑？』這位黑人司機先生聽到之後面露不悅之色，頓時加快了行車速度。這媽媽馬上察覺到他的不快，於是故意提高音量，叫小孩看看車窗外的野花並說道：『花是不是也有許多顏色，如果這世界只有一種色彩，會有多單調呢！所以上帝創造人類時，也一樣造了不同顏色的人，使這個世界有著繽紛的色彩，豐富我們的生活。』這位媽媽還說：『你看，媽媽的皮鞋、皮包都是黑色的，也是很好看。而且今日的美國黑人在奧運上爭取了不少金牌，同時在音樂的國度也帶給每個角落的人很多歡樂。』黑人司機聽了之後就非常地開心得意。」（出處未詳）由於西方民族是受到創造觀型文化的影響，宇宙萬物為上帝所創造，形形色色的世界是出於上帝之手。因此，秉著上帝造物的美意，西方民族在色彩的使用上豐富且多樣化，色調的運用也很明亮鮮豔，喜愛暖色系，藉以頌揚主宰者所造之物，蘊涵著崇高的審美性。

相較於西方，漢民族在色調的運用上就顯得含蓄內斂，如中國書畫所使用的「墨」彩、古時平民所穿的「青」衣，而在園藝上也喜歡培植梅、蘭、竹、菊、水仙、山茶、茉莉、百合、秋海棠、丁香、芍藥、荷、晚香玉等可以營造清幽脫俗意識的花卉。這種對寒色或輕寒色系的偏愛，有著漢民族嚮往寧靜淡泊境界的心理投影。（周慶華，2007a：27、29）而我們在色彩的分類上也沒有西方人那樣細膩詳盡，這是受到氣化觀型文化所影響，認為萬物是精氣化合而成，所以表現在色彩上是「非分別的思維」。例如古代在「青」色的涵義上，有「草色入簾『青』」（謝冰瑩等，1989：407）的「綠色」、「『青』取之於藍、而青於藍」（北大哲學系，1983：1）的「藍色」、和「朝如『青』絲暮成雪」（張健，1988：111）的「黑色」，單單一種色彩詞，就涵蓋三種色彩涵義，由此可知漢民族對於色彩的傳統分類有多麼含糊不清了。雖然中方在色彩詞的使用上較為蘊藉含蓄，但這種婉約的文化特質卻也蘊涵著和諧的優美感。

既然中西方在色彩的偏好上大不相同，而現今對色彩的研究或分類也多以西方為主，卻鮮少人對於中方的色彩觀有所研究或歸結出一套理論，不免令人為之惋惜。因此，本書擬以新詩中的色彩詞為出發點，除了探討中西方的色彩觀以及新詩中色彩詞的使用情況之外，更希望能針對色彩詞的文化審美性與世界現存的三大文化系統作一連結，歸納出一套系統性的理論，並在新詩的閱讀與寫作教學上給予一些建議。

二、研究目的

現今色彩詞使用的詞彙不斷擴大，構詞組合也與日俱新，逐漸複雜化。在創造觀型文化的影響下，西方的詞彙語義學者熱中於色彩詞的研究，對於色彩與色彩詞的分類非常細緻豐富。反觀我國由於氣化觀型文化的影響，沒有像日本或西方國家那樣研究出屬於自己的色彩體系，所運用的色彩觀念也多是受到其他民族的影響。但是我們的文化背景和種族生理結構與西方民族大相逕庭，在西方色彩觀的引進下，使得漢民族的色彩觀產生了「中不中、西不西」

的衝突及混淆。此外，一般人對於色彩的基本概念，也幾乎停留在十七世紀的英國物理學家牛頓（I. Newton）將白光透過三稜鏡所分解出的紅、橙、黃、綠、青、紫等色光；或是將色彩的三要素紅、黃、青三色交替混合，也可產生彩虹般的各種色彩等的基本觀念。（林文昌，2003：27）除了基本色彩概念的不足，國內對於色彩詞的研究也很貧乏，只集中在一些特定的基本色彩詞（黑、白、青、黃、紅等），而對自然語言色彩詞的全貌和特性了解不多。有鑑於此，我希望能從色彩詞的命名、界定、類型、語義象徵、文化審美與社會功能等層面切入，針對漢語的色彩詞進行全盤分析，進而豐富色彩詞研究的成果內容。

據此，本書的目的主要在建構色彩詞的審美與文化系統的理論，而分別在第三章至第八章處理相關的層面及其相互關係。第三章先探討色彩的認知。對於「色彩是什麼」這樣的一個問題，有一個答案是「色彩三要素」（光——物理——感覺）。這是將「色彩」視為光，從光譜的構成來影響色彩的顯色表現，以及由物理性（或心理物理性）切入。（山中俊夫，2003：1、15）另一方面，我們時常遇到以直覺的心理反應來捕捉色彩的經驗，就像是看到美麗的景色，內心也會有所感動。這是將「色彩」視為一種感覺，從心理層面來作反應，如同「以心視色」的說法，從色彩的心理性感情效果（知覺感情或情緒感情）來作發展。（山中俊夫，2003：1）此外，我們也從色彩的三屬性（色相、明度、彩度）來界定與命名色彩。

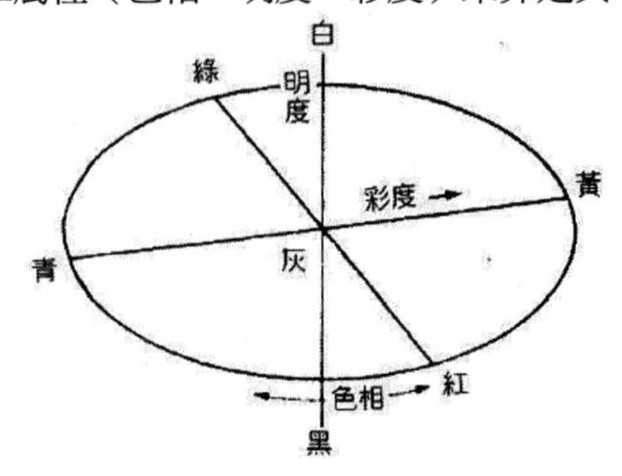

圖 1-1-1　色彩的三屬性

（引自林文昌，2003：36）

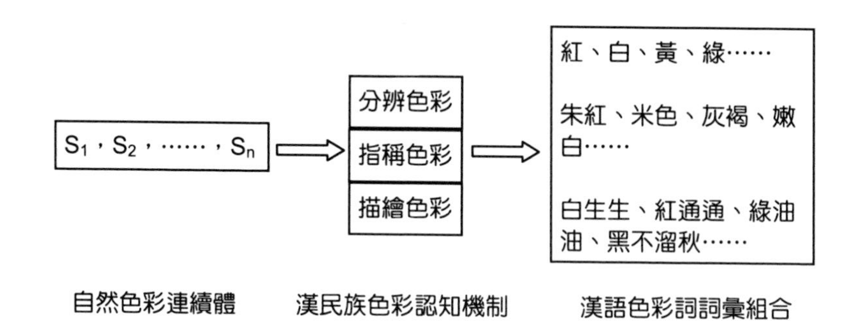

圖 1-1-2　色彩、漢民族色彩詞的認知機制

（修改自李紅印，2007：76）

色彩在經過「分辨色彩」、「指稱色彩」、「描繪色彩」等認知機制，便會在心理認知中進行加工而形象化，然後以語言及文字表達出來或記錄下來。在語義象徵之後，再總說色彩詞的文化審美性和社會功能。而文化與審美等部分會在第五章和第六章詳細討論；社會功能則是藉由閱讀或寫作去認知，以了解色彩詞在時代的變遷過程中所產生的影響。

第五章我以文化學的角度看色彩詞的文化因緣。十八世紀的泰勒（E.B.Tylor）曾為文化下定義。他說文化是一種複雜叢結的全體，包括知識、信仰、藝術、法律、道德、風俗以及任何其他人所獲得的才能和習慣。（殷海光，1979：31）沈清松則認為文化是一個歷史性的生活團體表現其創造力和成果的整體，當中包含了終極信仰、觀念系統、規範系統、表現系統和行動系統等。（沈清松，1986：24）由此可知，文化可以說是一個大系統，底下再細分五個次系統（終極信仰、觀念系統、規範系統、表現系統和行動系統）。因此，在這一章我以世界觀的角度，探討色彩詞在文化次系統的位階為何，以及在規範系統和觀念系統上如何表現出來。

文學語言倘若想創造出新奇的效果，完美呈現出內心想表達的想法。除了靠語境的營造、詞語的組構外，還需要巧妙運用各種修辭法，才能使詞語蘊涵審美意象和無法言說的意境。(陳蘭香,2008:274)因此,在第六章我要談論色彩詞內蘊的修辭技巧及其審美感興。相關的審美類型如下:

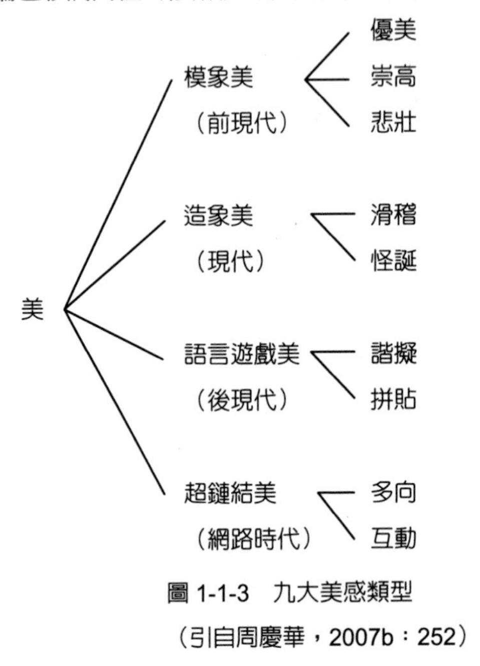

圖 1-1-3 九大美感類型

(引自周慶華,2007b:252)

從圖 1-1-3 可知,審美類型可大致分為九類。而色彩詞的修辭技巧包含敷彩修辭、譬喻修辭、象徵修辭等。我針對模象美當中的優美、崇高、悲壯這三種類型,探析在文學作品中,如何運用色彩詞的修辭技巧,創造出文學美感並深化作品中的意境,以及將審美類型與文化其他次系統作一連結。

在第七章我對中方的色彩詞在新詩中的使用情形作統計分析,並將分析的結果對比西方自由詩中的色彩詞使用情況。在比較之後,以文化學的角度探究中西方色彩詞的差異。而最後在新詩的閱讀與寫作教學上予以一些建議,並嘗試編寫教學活動設計。除了整理出一套規律性的理論外,更期許本研究成果能提供相關領域的研究者及教學者在色彩詞的文化、修辭與審美等有更多不同面向的認知。

第二節　研究問題與研究方法

一、研究問題

色彩是大自然的餽贈，生活在同一片藍天下的世界各民族的人，對色彩的感知和情緒體驗既有高度的一致性，又同時表現出許多差異性。因此，每個民族既然都有屬於自己的文化傳統和色彩偏好，那麼色彩語言在表達上就會有「空間性」差異的特徵。例如漢語中說一個人被打得「青一塊紫一塊」，而在英語中卻說成「be beaten black and blue（被打得有黑有藍）」（駱峰，2003：6）；又如漢語的「灰色」有「失望、頹廢、態度曖昧」等象徵，而在英語的「gray（灰色）」則是「老練的、成熟的、老的」的涵義。除了「空間性」會影響色彩語言的表現方式，在時間的推移中，對於各式各樣的色彩詞語解釋也會有所差異。即使是相同的色相，不同的時代也會產生不同的詮釋方式。例如「紅色」在古代象徵「權勢」或「地位的顯赫」，所以「朱色」、「紅色」在古代的服飾文化都是達官顯要的服裝用色；此外，「紅色」也象徵「吉祥」或「避邪趨吉」，逢年過節或遇喜慶就得剪紅窗花、貼紅對聯、放紅爆竹或發紅喜帖以增添喜氣；而宋懍在《荊楚歲時記》中也記載：「八月十四日，民並以朱墨點小兒頭額，名為天灸，以壓疾。」（王毓榮，1988：207）可知「朱色」在古時有避邪遠疾的功用。因此，古代有許多美好、象徵祥瑞或驅邪的事物總離不開「紅色」。近代對於「紅色」，則有「革命」的新象徵涵義，代表著「被鮮血染紅」，所以「革命歌曲」可稱為「紅色歌曲」，「暴力的衝突行動」又稱為「紅色風暴」，而許多較為狂熱或激進的標語也多會使用紅色油墨，使人的情緒更加激動亢奮。（駱峰，2003：69～74）這就是色彩詞「時間性」的差異。而色彩詞語會因空間與時間的變革有所不同，是因為其文化背景和審美性的交互影響。有鑑於此，從前節的研究目的來談問題，本研究所要探討的問題有：

(一) 漢語民族對於色彩的傳統分類較為含糊，與現今的生活情境和社會文化背景頗有差距，如何透過中西方色彩理論的觀念移轉再創新生？

西方由於創造觀型文化的支配，對於色彩學有相當的研究，而在色彩詞語的使用也很豐富，藉由運用色彩詞，使作品中揉合著理性與感性的美感。相較於傳統漢語民族在混沌的氣化觀型文化影響下，對於色彩總無法產生較高的敏銳度，現在西方思想引進了中方，使得在色彩理論這一區塊我們幾乎是「全盤西化」，失去原有的特色。因此，「修古以更新」是個可提供參考的方式。所謂「『修古以更新』就是檢討、批判、詮釋傳統文化，並面對新的文化內涵，作一番選擇與融合。換言之，是對傳統本身進行『創造的轉換』。」（龔鵬程，1995：20～21）透過「創造的轉換」，或許能重新界定中方的色彩命名和類型。這些細節部分，將在第二、第三章細論。

(二) 如何從色彩詞的脈絡去尋找中西方的文化因緣及所內蘊的集體意識？

語言的發展可說是人類思維發展最直接的反映。因此，色彩詞語的發展可以顯現不同民族對自然色彩的認知在進行編碼、解碼等語言加工後，所反映出的特色和文化差異。由於不同的社會背景與文化觀，使得中西方對於色彩感知的經驗也有所不同。藉由中西方民族的色彩語言表現，或許能找出其中的文化因緣以及蘊涵了何種集體意識，進而歸結出一套文化系統。這些細節將在第四、第五章詳加說明。

(三) 經由透視色彩詞語，如何去賞析其所蘊涵的修辭特徵與審美感興？

語言中任何一個詞，除了自身所固有的涵義（固定意義）外，還可能從語境中獲得「言下之意」、「絃外之音」的隱含語義。（楊振蘭，1997：294～295、301）而這些詞語的延伸義，在色彩語言中有很豐富的表現。高長江曾說：「修辭是一種語言的藝術，而不僅僅是一種工具。說它是一種語言的藝術，就是說，在語言修辭過程中，人們不僅按照交際需要去選擇詞句、增輝添色，而且也按照一定的審美意識、審美趣味、審美感覺去調配語言，使之成為一種藝術的語言形式。」（高長江，1991：68）所以色彩語言的修辭具有創造美感的功能。我們既然已將色彩詞在文化表現系統中定位，那麼在表現系統中，色彩語言的修辭與審美是如何在文學作品中展現出來，藉以增強語言使用者的表達效果或提高語言表現力。這些細節內容，將會在第六章予以深入處理。

(四) 中西方色彩詞在使用上有何差異？而研究結果又要如何站在文化審美的視角，和閱讀與寫作教學作結合？

在不同文化系統的支配影響下，中西方的色彩語言在運用上有不同的偏好和差異——中方偏愛寒色系或輕寒色系的色彩詞，西方則喜愛暖色系的色彩詞，而其差異性也可從文學作品中得到印證。從以上這些研究成果，我們以漢民族的文化審美作立足點，融合西方的色彩語言觀點，使色彩詞在閱讀與寫作教學上有更豐富的意涵。至於色彩詞語的統計分析以及有哪些具體作法可行，會在第七、第八章加以論述。

二、研究方法

研究的問題意識形成後，所採行的研究方法才會有依據。本書主要探討色彩詞的文化審美性及其運用，屬於理論建構而非實證研究，因資料蒐集能力上的有限，在文本的取樣上只能從諸多文類中有所取捨，選擇了新詩的文類。所採取的方法有現象主義方法、色彩學方法、語言學方法、文化學方法、社會學方法、美學方法、統計法等。茲依所需順次整理如下：

（一）現象主義方法

現象主義方法，是指研究意識所及的對象的方法，它不同於著重意向性的現象學方法。現象學方法的現象觀是指「凡是一切出現者，一切顯示於意識者，無論它的方式如何。」（趙雅博，1990：311）因此，既然以個人所能經驗到的部分作為依循，那麼個人所可以意識到的經驗自然會有其限制。在本研究的第二章文獻探討裡，將現有關於色彩、色彩詞的定義、以及色彩詞文化審美性的論述文獻，就個人經驗所及作個別檢視，從文獻中探討色彩語言所內蘊的功能與涵義，並從中發掘其所不足而可以再行致力的地方。

（二）色彩學方法

所謂「色彩」，就是能「知覺存在物體的視覺的根本。」（何耀宗，1989：1）我們透過「光」、「物體」、「眼睛」和「精神」等過程，知覺到色彩的存在，感受到宇宙萬物的形形色色。「色彩學」就是以色彩的概念為基礎，去探究色彩的體系（色彩的三屬性、命名方式）、色彩的類型（三原色、色彩的混和）、色彩的知覺（色彩的對比、順應性、恆常性、明視度、醒目性、進出及後退、膨脹及收縮）、色彩的感情（色彩的感情與效果、色彩的聯想、象徵、喜愛與嫌惡）以及配色與調和（配色美、配色調和論、配色基本型、配色計畫）等。（林文昌，2003：5～7）而色彩學方法就是將色彩學置於主觀、客觀和實用等面向，與哲學、美學、社會學、心理學、文學、人類學、宗教、物理學、色彩學、光學、生物學、化學、美術、印刷工業、攝影、建築、服裝等領域作一結合的方法。（何耀宗，1989：自序 1）因此，本研究的第三章色彩的認知使用到色彩學方法，探討色彩的命名與界定、色譜概念以及色彩的類型；而第四、第五、第六章則以色彩學方法為基礎，結合語言學方法、文化學方法、社會學方法和美學方法，探究色彩詞的語義象徵、文化審美與社會功能，進而建構出一套有系統的色彩詞理論。

（三）語言學方法

語言可以說是人類生活中不能缺少的一件事。要了解何謂語言學方法，就要先知道什麼是「語言」。「語言」的性質可以幾個面向來說明：

1. 語言是人類所同具，同時也可以說是人類所獨具的一種繁複而精緻的交接的工具。
2. 語言跟人的關係雖然有那麼深，但又決不是人類先天具備的……是出世以後長期訓練的結果。因此，說話必學而後能……至於人類有各種不同的語言，如有各種不同的宗教習俗以及社會政治制度，是文化使然。
3. 語言可以說是一種偶然性的約定俗成的聲音符號。
4. 我們已經說到語言是人類約定俗成的聲音符號，作為彼此間主要的交接工具用的。這自然還有一層涵義，就是說，那些符號是一套一套的，自成體系的。（董同龢，1987：1～6）

由此可知，語言可以說是人類一切活動的基礎，想了解一個民族或一個地區的社會文化，就得從研究語言開始。而所謂「語言學」，是從西文「Linguistics」翻譯來的。「Linguistics」就是「Science of language」的意思，也就是「以語文為研究對象的一種科學。」（董同龢，1987：1；王雲五，1970：1）語言學的工作，就是分析闡明語言的規則，對語言這感性的認識作理性的分析。（鄭錦全，1980：199）語言學方法，就是站在語言學的角度，去評估語文現象或以語言形式存在的事物所具有的構詞、語法、語義、語音、音韻、修辭等語言特徵，以及探析語言和心理、社會、文化、時代變遷間的交互關係的方法。（V.Fromkin、R.Rodman：1999：譯目錄 1～8）在第四章第一節中，將運用語言學方法，分析色彩詞的語義象徵，對它的構詞系統與修辭作一全盤性的論述。

（四）文化學方法

文化學方法，是評估語文現象或以語文形式存在的事物所具有的文化特徵（價值）的方法。（周慶華，2004b：120）但當中的「文化」一詞常因學派不同而始終存有歧義。於此，我所採用的「文化」是一種涉及時間的衍變和歷史的脈絡的定義：

> 文化是一個歷史性的生活團體（也就是它的成員在時間中共同成長發展的團體）表現它的創造力的歷程和結果的整體，當中包含了終極信仰、觀念系統、規範系統、表現系統和行動系統等。（沈清松，1986：24）

我們可以從中獲得幾個概念：1.文化是由一個歷史性的生活團體產生的；2.文化是一個生活團體表現它的創造力的歷程和結果；3.一個生活團體的創造力必須經由終極信仰、觀念系統、規範系統、表現系統和行動系統等五部分來表現，並在這五部分中經歷潛能和實現、傳承和創新的歷程。（周慶華，2004b：123～124）因此，文化學方法所預設的文化學內涵，就是以上述的文化觀及其實踐為研究對象所展開的學問。（同上，126）因文化背景的不同而產生的色彩語言符號，可以用文化學方法加以剖析，可以從文化的五個次系統（終極信仰、觀念系統、規範系統、表現系統和行動系統）和三大文化系統（創造觀型文化、氣化觀型文化、緣起觀型文化）對色彩詞加以定位並予以解釋其間的差異性，這是我在第四章第二節、第五章、以及第七章第三節所要嘗試運用的。

（五）美學方法

美學方法，是評估語文現象或以語文形式存在的事物所具有的美感成分（價值）的方法。（周慶華，2004b：132）所以凡事基於求「美」的前提而論說語文現象或以語文形式存在的事物的意見，都可以把它歸到審美取向的方法論類型這一綱目下來理解。（同上，134）雖然一個作家會把它的美感隱寓於喜怒哀樂的意象中用語言或其他記號來表達，但讀者卻是站在相反的角度，從那些語言符號還原那喜怒哀樂的意象，而讀者也在這還原意象的過程中享受那美感。因此，文學的極致價值關係於美的經驗和美的感情，但感情的品質又跟所經驗的材料息息相關。（王夢鷗，1976：249～251）在第四章第二節和第六章採用美學方法，從文學美感的角度，審視色彩詞在表現系統中有什麼樣的修辭特徵，而這些特徵又蘊涵著哪種審美類型。美感可以經由外顯行為展現出來，也可以從心理認知或價值判斷去感知。因此，中西方除了文化背景的差異，我們也可以由審美的面向來解析中方偏愛寒色系或輕寒色系而西方喜好暖色系的原因。

（六）社會學方法

社會學方法，是指研究語文現象或以語文形式存在的事物所內蘊的社會背景的方法。（周慶華，2004b：87）而「這種相關語文現象或以語文形式存在的事物所內蘊的社會背景的解析，大體上有兩個層面：一個是解析語文現象或以語文形式存在的事物是如何的被社會現實所促成；一個是解析語文現象或以語文形式存在的事物又是如何的反映了社會現實。這二者都可以稱為『文本社會學』；差別只在前者可能需要用到觀察和調查等輔助性的手段，而後者只需逕自去解析就行了。」（同上，89）而語言學者陳原曾說：「並不是每一個詞都有它的社會意義，但確實有一些語詞能反映出（或由它推斷出）社會的演變，社會生活的變化。」（陳原，1985：258）色彩詞就有這樣的功用，其在運用時常常和時代的政治、文化、審美等密切聯繫在一起。本研究在第四章第三節、第八章將利用社會學方法，綜合探討色彩詞的社會功能，研究在不同民族、不同社會背景中，色彩語言在意識形態或權力關係中有什麼樣的變化，以及在權力意志上又蘊涵著何種意圖。這些相關的研究成果可以運用在新詩的閱讀與寫作教學上，強化教學者或學習者在色彩詞語上能更有系統性的認知。

（七）統計法

統計法，它被界定為「研究隨機現象的統計規律性的方法」（王海山主編，1998：94）或「透過蒐集所考察對象的有關資料，並加以處理、分析和計算，從中獲得能表徵待考察對象特徵和規律的數量（統計量）來分析研究問題的一種研究方法。」（張永聲主編，1991：427）也就是說，統計法是「透過在所要考察的總體中抽取樣本來加以研究，而後再對總體作出估計來實現。」（同上，427）而它所對比的不是依照這種方式，是僅就少量的樣本來進行相關的估計的研究方法。（周慶華，2004b：172）在實際研究中，倘若想提高結果的可靠程度，必須要遵循一些原則：

1. 廣泛性。就是要求統計對象在確定的範圍內要有相當的數量。
2. 代表性。就是必須使選取統計的對象或描述統計的分類能反映整個統計對象總體的結構和特徵，也就是使樣本成為總體的模型。
3. 隨機性。就是要求統計抽樣要排除主觀性、預謀性，要在大數定律的基礎上實現統計描述和統計推斷。（王海山主編，1998：94～95）

第七章色彩詞在新詩中的使用情形我以統計法來分析中方色彩詞在新詩中的使用情況，並對比西方的自由詩中在色彩詞的使用上有什麼樣的差異性。在文本的蒐集上由於能力有限，所以以詩選、合集作為統計資料、力求統計的客觀性，並結合文化學方法來解析它的差異性，以深化其內涵。

不論是哪一種方法，只要有它所能夠發揮的功能，相對的就會有它所受到的侷限。因此，在使用時就得多方考慮及謹慎從事。（周慶華，2004b：164）而本書正是顧及到單一研究方法的不足以從事，所以才採用多重研究方法相互搭配，冀望可以比較有效的從不同角度來解決所要解決的問題。

第三節　研究範圍及其限制

一、研究範圍

本研究是屬於理論建構，理論是有組織的知識，是由「一組通則結合成的系統，這些通則彼此相聯，並且表示變項間的關係。」（呂亞力，1991：18）而這種聯結的方式，就是所謂的解釋。正如荷曼斯（G.C.Homans）所說的：「所謂一個現象的理論，就是一套對此現象的解釋；只有解釋才配得上用『理論』這名詞。」（荷曼斯，1987：18）而理論建構，講究的是創新，大致上是從概念的設定開始。概念在通義上，原被設定為是思想的基本單位；透過概念，世界方可開展於我們面前。（周慶華，2004a：41；陶國璋，1993：3～9）在概念設定完成後，緊接著是命題的建立。命題建立不像概念設定那樣只需要將概念提出，它還要進一步有命題的完構；而這種完構，一方面得包蘊著前面所提出的相關的概念；一方面還得自我侷限範域。（周慶華，2004a：44～45）所謂「自我侷限範域，是指所要建立的文學的命題可以無止無盡，而限於論述的時間性只好選擇迫切需要的部分來建立，以便接續的相關演繹的進行。而這得從命題本身談起……命題要能陳述和測定兩種現象間的普遍關係才算數。」（同上，45）命題建立完成後，接著就是命題的演繹。所謂「演繹，是指由普遍命題引伸出經驗命題的過程，這也就是前面所說的解釋。我們想知道一個解釋是否有效，就看該解釋中經驗的發現是否可以從普遍命題中演繹出來。」（同上，11）因此，從概念的設定開始，經由命題的建立到命題的演繹及其相關條件的配置等程序而完成一套具體系且有創意的論說。（周慶華，2004b：329）以下就本研究的「概念設定」、「命題建立」及「命題演繹」的發展進程，先以圖示如下：

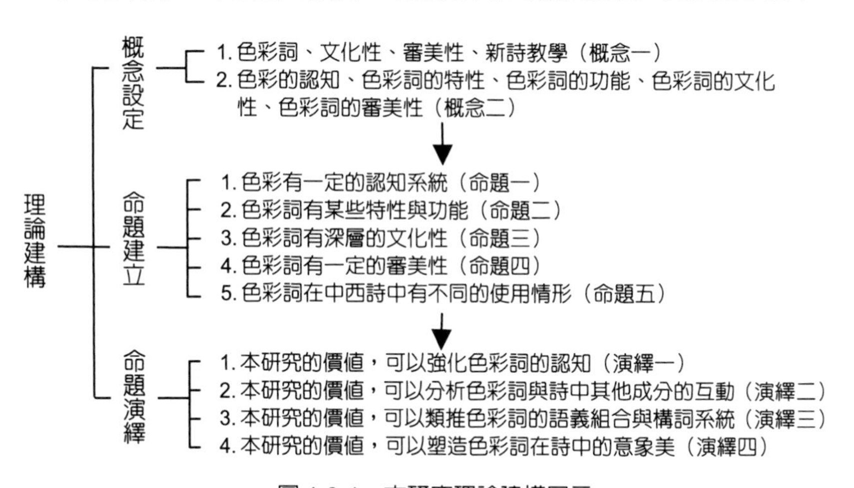

圖 1-3-1　本研究理論建構圖示

從圖 1-3-1 的理論建構圖示，可以看出本研究所要研究的範圍。從概念設定的範圍來看，「色彩詞的文化審美性及其運用——以新詩的閱讀與寫作教學為例」中包含許多概念，在論述時為了框限研究範圍，選擇「色彩詞」、「文化性」、「審美性」、「新詩教學」（概念一）來運用。接著從這些概念中延伸出命題的建立。由於概念牽涉的範圍很廣泛，但因論述的時間性，所以只好選擇迫切需要的來進行研究，並且自我侷限範域，才能接續相關演繹的進行。因此，本研究在命題建立的範圍上針對色彩的認知系統（命題一）、色彩詞的特性與功能（命題二）、結合現存的三大文化系統統整出一套理論（命題三）、以及從修辭技巧和審美感興來鑑賞色彩詞的美感（命題四），同時也分析它在中西詩中的使用差異（命題五）。最後從命題演繹的範圍來看，由於本研究的目的是希望能提供教學者或學習者在新詩的閱讀與寫作上一些建議，因此新詩教學這一概念就可以演繹出兩種層級的命題，一項是新詩閱讀，另一項則是新詩寫作。就新詩閱讀而言，詩是抒情性文章的大宗，或者說一般所講的抒情性文章都以詩為代表；甚至還有人把它誇大到涵括一切文學作品而有所謂「文學的特質就是詩的特質」一類的論斷。（周慶華，2005a：135；王夢鷗，1976：12）此外，詩這種文體，在中國始終以抒情為主（偶爾雜有敘事，也都不脫離抒情氛圍），雖然在西方多了一種以敘事為主的詩，使詩有了抒情詩和敘事詩的分判，但西方的詩仍然是以抒情詩為主調。（周慶華，2005a：135～136）而既然詩多以抒情為創作動機，那麼「意象的安置」便不容忽視。王夢鷗在其所著的《文學概論》中曾提到關於修辭的意象表述：

> 從修辭上觀察詩人文學家們對於意象的表述，大體可分為三個層次：第一層，是積極運用記號所能達成的效果，而直接把原意象翻譯為外在的語言。第二層，則連同原意象所衍生的類似的意象，同時譯為外在的語言，而即以那類似之點來代表原意象。第三層，是為著注意那衍生的意象，便把它當作原意象來描寫；若使原意

> 象是由客觀的事物促起的，但促起之後繼起的意象，則是純主觀的另一經驗之再現，以純主觀的另一經驗之再現當作主體來描寫。（王夢鷗，1976：122～123）

這種「三層次（直接、間接、繼起）」的表達方法，深化了詩的意象，而色彩詞豐富的修辭意涵則是詩中不可或缺的重要因子。因此，在新詩的閱讀教學上，要強化色彩詞的認知（演繹一），以及分析色彩詞與詩中其他成分的互動情形（演繹二），才能真正在閱讀的過程中有所獲益。其次是新詩的寫作教學。語義、語法、構詞等語言能力是進行創作時的基本要素，而適時使用色彩詞更有畫龍點睛的效果。因此，本研究建議在進行寫作教學時，能類推色彩詞的語義組合與構詞系統（演繹三）、進而塑造色彩詞在詩中的意象美（演繹四），以提升詩的文學美感。

二、研究限制

研究限制是伴隨研究範圍而產生。本研究在研究過程中雖力求嚴謹完整，但囿於時間、心力限制，以及其他因素的影響，仍有未盡周延之處。因此，在本研究架構之外、無法處裡的問題，就是研究的限制。首先，色彩詞的研究可以涉及很多層面，包含語句、語法、語義分析、修辭、中西方使用及翻譯上的差異等，但在文化審美上則較少人去研究，或者是研究了但卻沒有一套完整的理論建構來說明中西方在使用色彩詞時，背後蘊涵著何種世界觀，致使會有這樣的差異性存在。因此，我選擇這個面向作為本研究的主要論述方向，而其他論題則礙於能力、時間與篇幅的限制，在研究的內容上就不便廣涵。

其次，由於語言上的限制，探究分析的文獻理論以中文為主，西方詩則以英文詩選作為統計分析對象，以避免在詩句的翻譯上有所差異。此外，在取材上的範圍因詩集眾多，基於能力的限制和時間上的考量，以詩選合集為主，力求客觀，姑且「信以為據」，個人詩集則不在統計分析的範圍內。

最後，是研究方法上的限制。在本章第二節已經分別論述各章節所使用的研究方法。但是每一種方法都有它的侷限，也沒有任何一種方法可以適用所有論述。因此，在本書中我不以單一種研究方法來進行論述，而是儘量運用多種方法互相搭配，進行闡釋，以強化理論建構的周密性，並旁徵博引學者的文獻，補足研究中無法周到之處，期使能在論述的過程與結果中更臻於完善。

第四節　名詞釋義

本節針對「色彩」與「色彩詞」這兩個重要名詞作一界定。如下：

一、色彩

色彩的變化會隨著時代及環境的改變，其觀念、詮釋、運用方式也隨之而遷移。在本章第一節曾說明色彩形成的三個要素是光、物體、感覺。如下圖所示：

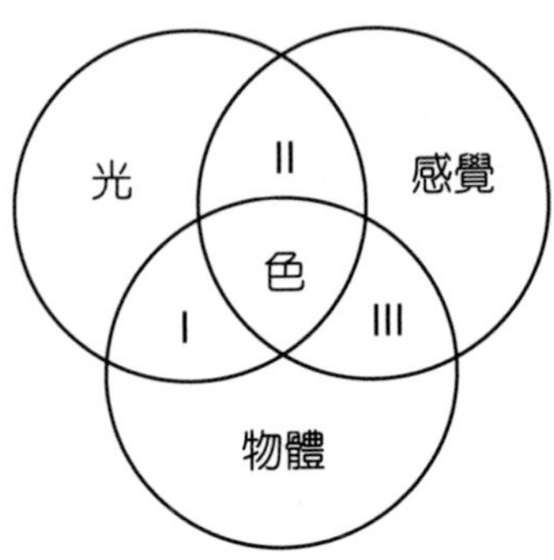

圖 1-4-1　看見色彩的三要素

（引自山中俊夫，2003：2）

從圖 1-4-1 可知，色彩必須在三要素的重疊區域才會存在。比如即使光和物體存在（區域Ⅰ）卻無感覺，仍然看不到色彩。而就算有光和感覺（區域Ⅱ）但沒有物體，也無法看到色彩的存在。（山中俊夫，2003：2）就光而言，宇宙中的物體，能自行發光的稱為光源。如太陽、流星、或物體衝擊所產生的火花等自然光源，以及蠟燭、燈泡、日光燈、水銀燈、霓虹燈等人工光源所發出的光線。（林文昌，2003：30）不過，並非所有的光人類的眼睛都能見到。在物理學上，光是一種電磁波，分布的範圍很廣泛，光譜上的色光帶有紅、橙、黃、綠、青、紫等六色，這些顏色只是我們所能見到的極小部分而已。這些肉眼能看見的部分，稱之為「可視光譜」，在可視光譜內，可視光的波長範圍大約介於 700nm 至 400nm 之間（1nm＝0.001 μm＝10 萬分之一釐米）。各色光因為波長的曲折率不同，所以我們能看到各種不同色的色彩。而在可視光譜的兩端，尚有我們肉眼看不見的色光，如紅外線或紫外線等。（同上，31）

其次，就物體而言，色彩並非原本就固定於物體上，色彩的成因，乃是被光線照射而產生的，也就是光線與物體接觸時，物體表面所反射的光，刺激到眼睛的網膜上，因此感受到色彩的存在，這就稱之為「物體色」。所以由此可以得知物體的色彩不會一成不變，如果物體分別受到不同性質的光源照射，它的色彩也會因此有所改變。此外，物體本身也會因其材質而在光照射時，透過吸收、反射、擴散、曲折等現象，而產生不同的色彩。例如肥皂泡的表面會閃閃發光，是因為干涉反射的因素。（林文昌，2003：33～34）

經由光和物體這兩個外界的色刺激而進入我們的眼中，就會產生「色感覺」，接著這感覺再被送往大腦，就產生了「色知覺」，而這個知覺情報又被進一步的送往大腦中樞時（如圖 1-4- 2 所示），就會產生對色彩的心理性效果，因此色彩的感情效果便會出現。（山中俊夫，2003：3）

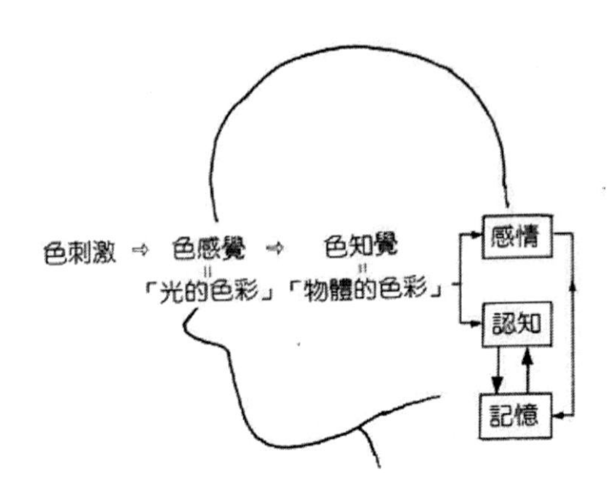

圖 1-4-2 感覺、知覺的心理學模型

（引自山中俊夫，2003：3）

在色彩產生後，便藉由「色相」、「明度」及「彩度」這三種屬性來界定色彩的本質（詳見本章第一節）。在色相中最常見的是伊登（J.Itten）的十二色相環最為著名，如圖 1-4-3 所示：

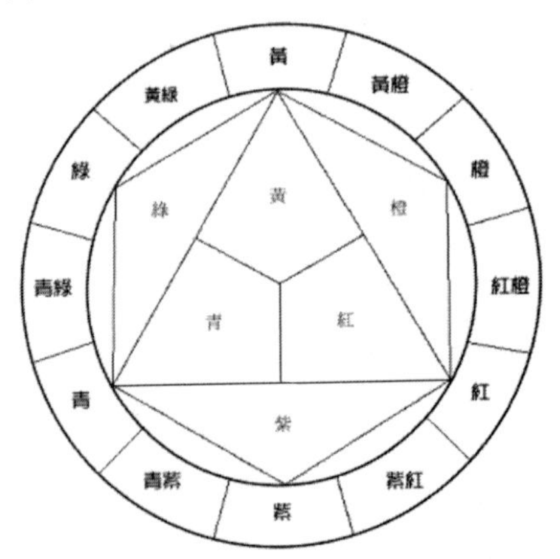

圖 1-4-3 伊登十二色相環說明圖

（引自林文昌，2003：37）

伊登的十二色相環是以純紅、純黃、純青三原色為基礎色相，發展成十二色相環；色相環中的任何一個色相都是居於獨立的位置，其順序和彩虹或光譜的順序相同，只是在紅與紫之間再加上紫紅色，來補充光譜的色相，其間十二色相都具有相同的間隔，並以六個補色對分別位於直徑對立的兩端。（林文昌，2003：36）此外，由於光線照射的強弱，使得色彩有了明度的差異，而彩度的濃淡也經由明度的改變，有了更豐富的變化。明度和彩度的關係，可以由圖 1-4-4 得知：

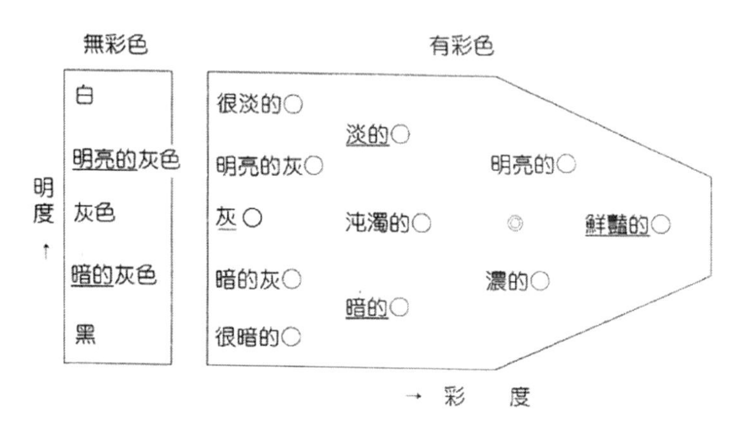

圖 1-4-4　系統色名的明度與彩度的相互關係

（引自山中俊夫，2003：72）

上圖中的「○」記號是填入基本色名，例如以「很淡的黃色」來表示。「◎」記號的地方則是只有基本色名，如「黃色」，前面不帶任何修飾語。（山中俊夫，2003：72）

關於色彩其他更詳細的理論，在第二章文獻探討中會詳加論述。色彩產生之後，人類對於色彩的變化則會有不同的感知，這就是屬於色彩感覺和色彩心理的部分，也是在文學創作的過程中，影響著創作者對於色彩詞的使用會有所差別的原因。人類對於色彩的感覺，有暖色與寒色、興奮色與沉靜色、前進色與後退色、輕色與重色、強色與弱色、以及明視度等的差異。本研究是對色彩詞的文化審美性作一探討，而中西方在色彩使用上的差異主要是以寒、暖色作為區分（中方偏好寒色與輕寒色系、西方偏愛暖色系），因此以下針對色彩的暖、寒色作一界定，以利後續的統計與分析。

林文昌在《色彩計畫》一書中，對於色彩的寒、暖色有以下的定義：

> 在色相環上的色彩，若以溫度感分類，有暖色系與寒色系，如紅、橙、黃等色，屬於暖色系；而青綠、青、青紫等色，則屬於寒色系的色彩。通常暖色系的色彩比較容易使人有溫暖的感覺；而寒色系的色彩則比較容易使人有寒冷的感覺。（林文昌，2003：73～74）

山中俊夫在《色彩學的基礎》對於寒、暖色的定義如下：

> 給人溫暖感覺的色彩叫暖色（warm color），相反的讓人覺得寒冷，冰涼的色彩叫寒色（cool color）。
>
> 一般而言，紅、橘系統的色彩被認為是溫暖的感覺，藍、藍紫系統的色彩則是寒冷的感覺……而據說冷暖感較不明確的色彩是綠色與紫色，稱為中性色。（山中俊夫，2003：149～150）

約翰尼斯‧伊添（J.Ltten）對色彩的冷暖有較為明確的界定：

> 橘紅色——藍綠色軸岸，這兩種色彩就是冷——暖對比的兩極。橘紅色或稱鉛紅色是最溫暖的色彩，藍綠色或稱氧化錳色是最寒冷的色彩。黃色、橘黃色、橘色、橘紅色、紅色、紫紅色等色彩一般說來被視為暖色調，黃綠色、綠色、藍綠色、藍色、藍紫色、紫色等色彩被視為冷色調……我們還可以用其他方式來定義冷色或暖色的特性：
>
> 冷　——　暖
> 陰影　——　陽光

透明 —— 不透明
鎮靜 —— 激動
薄 —— 厚
透氣 —— 不透氣
遠 —— 近
輕 —— 重
潮濕 —— 乾燥（約翰尼斯・伊添，2009：譯 77～78）

何耀宗在其所著的《色彩基礎》中，對於無彩色的色名則有進一步的寒暖定義：

> 使人想起如火一樣熱的赤、以及橙、黃等的顏色，會使觀者產生溫暖感，所以稱為暖色。
> 使人想到如水一般冷的青或青綠色，會使觀者覺得寒冷，稱為寒色。無彩色的白是冷，黑是暖，而灰則是與人中性的感覺。（何耀宗，1989：66）

遠宏、劉筱睿在其《色彩與應用》一書中則有以下的看法：

> 紅、橙、黃為暖色，易於聯想太陽、火焰等，即產生溫暖之感；而青、藍為冷色，易於聯想冰雪、海洋、清泉等，即產生清涼之感。另外還有一組冷暖的概念，即一般的色彩加入白會傾向冷，加入黑會傾向暖。如飲料包裝，多用冷色，白酒類包裝多用暖色。色彩的冷暖感覺以色相的影響最大。（遠宏、劉筱睿，2006：112）

另外，林文昌以心理感知的角度，整理了色彩給人的聯想與情感象徵：

紅：喜悅、熱情、愛情、革命、熱心、溫暖、危險、火、血……
橙：華美、積極、躍動、陽氣、喜樂、溫情、快樂、活潑……
黃（金）：希望、快活、愉快、光明、發展、名譽、忠誠……

綠：安息、平靜、知性、平實、柔和、安全、理想、安慰……

藍：沈靜、沈著、深遠、消極、冥想、寂寥、誠實、悠久……

紫：神秘、永遠、幽雅、柔和、優婉、永遠、平靜……

白（銀）：純潔、信仰、神聖、潔白、純真、柔弱、空虛……

灰：中立、老、病、寂寞、失望、沈默……

黑：黑暗、堅實、嚴肅、罪惡……（林文昌，2004：84）

綜觀色彩學者對寒暖色的分類，多是以色調調和的混合變化來作分類，但文學作品中的色彩多是牽扯到心理感知或情緒感情。因此，我以「心理感知」為基準點，將本研究所需的色彩分類方式，作了如下的分類：

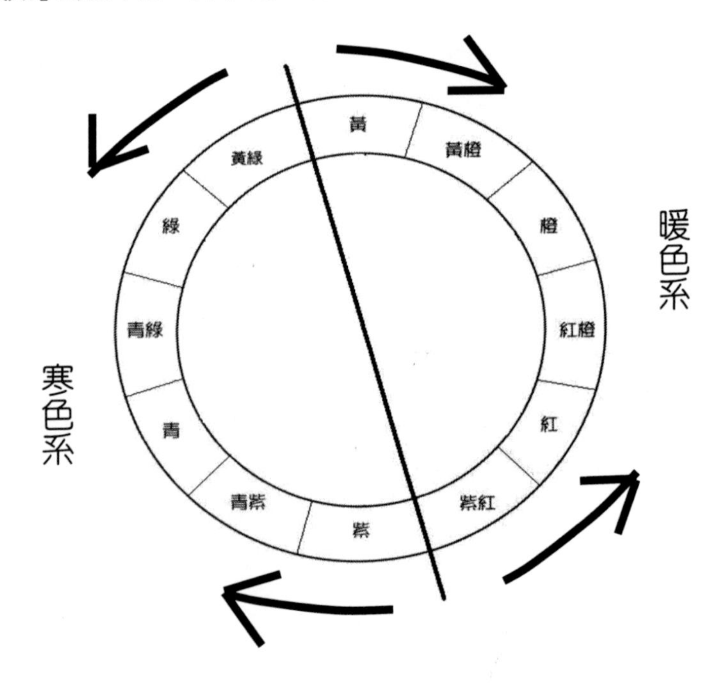

圖 1-4-5　寒暖色與色相關係圖

（修改自伊登十二色相環，引自林文昌，2003：37）

上圖中的黃、黃橙、橙、紅橙、紅、紫紅為暖色系；黃綠、綠、青綠、青（藍）、青紫、紫為寒色系。對於基本色名的寒暖色大略作了以上的歸類，就無彩色而言，明度最低的黑色或深灰色為暖色系，明度最高的白色或淺灰白色為寒色系。如就彩度而言，最低彩度、低彩度和稍低彩度屬於寒色系或輕寒色系，而中彩度、稍高彩度、高彩度和最高彩度則要依色相的寒暖色來決定其溫度感（見表 1-4-1）。另外，由於明度與色彩的寒暖感無絕對關係，所以在此就先不予以界定。而這些色彩的界定與分類，會在後續的色彩詞統計分析以及探討其文化審美時會使用到，所以在此先行定義，以利後續研究。

表 1-4-1　彩度與寒暖色的關係表

彩度	編號	色名		寒暖
最低彩度	1	淺灰○、濁灰○	⇨	寒色系
低彩度	2 3	淡○ 淡○	⇨	寒色系
稍低彩度	4	淺○	⇨	寒色系
中彩度	5	○	⇨	依色相決定
稍高彩度	6	粉○	⇨	依色相決定
高彩度	7 8	鮮○、深○ 鮮○、深○	⇨	依色相決定
最高彩度	9	鮮豔○	⇨	依色相決定

（修改自 PCCS 表色系統，林磐聳、鄭國裕，2002：61～62）

二、色彩詞

色彩詞在文學作品中的意象構成有舉足輕重的地位，它能夠帶給讀者最具體的感受，在視覺效果中屬於較搶眼的一環。綜觀前人的研究，色彩詞的構詞形態大略可以從內容和形式上作區分：

（一）就內容而言

楊振蘭在《現代漢語詞彩學》中對於有色彩意義的詞語解釋如下：

> 根據色彩意義與詞彙意義的關係，可以將色彩意義分為兩大類：內蘊色彩與外圍色彩。
> 內蘊色彩指色彩意義滲透於詞彙意義之中，與詞彙意義緊密融合在一起的色彩類型……如「雪白」……
> 外圍色彩指色彩意義附著於詞彙意義之上、與詞彙義呈現附著被附著關係的色彩類型……它們分別從詞縱向產生、應用的時代，橫向使用的習慣、場合、概念的來源、產生地等方面為詞彙意義形成一外圍網絡。如「走資派」，帶有明顯的十年動亂時期的時代色彩……（楊振蘭，1997：3）

方祖燊在〈色彩詞的構造與變化〉一文中對於色彩詞的內容，則分為以下兩大類：1.直寫顏色。也就是在字詞中直接將顏色寫出，如：「紫色」、「黃澄澄」等。2.藉物顯色。就是將本身具有個別顏色的物質名詞轉變為色彩詞，如：「玫瑰紅」、「雪白」等。另外，也有藉著景物的描寫來顯出色調，如：「銀河耿耿星參差」，讀者可隱隱感受到它的灰藍色調，但此種設色必須靠較多的聯想，而非一見即知。（方祖燊，1980）

霍松林則認為詩中的色彩詞有虛實之分，「實色詞」代表事物的顏色，例如紅花的紅，黃鳥的黃。詩的設色主要也是用實色詞描繪出特定的畫面，構成特定的色調，以抒發詩人的情思。而「虛色詞」不

代表顏色，如「白帝城」、「黃牛峽」，只是兩個地名而已。（霍松林，1993）

黃永武則是將色彩詞分成「顯色詞」和「隱色詞」。「顯色詞」就是在字面上直接帶有色彩的詞彙，如「紅」、「黃」等。「隱色詞」在字面上，色彩是隱藏起來的，我們必須透過聯想和想像，才能有色彩上的視覺和意象效果，例如「草色」、「血色」、「玉色」等。（黃永武，1993：25）

（二）就形式而言

從構詞系統來看，李紅印將色彩詞分成「單純色彩詞」、「合成色彩詞」，而合成色彩詞又可延伸出「複合色彩詞」和「派生色彩詞」，可以表示為：

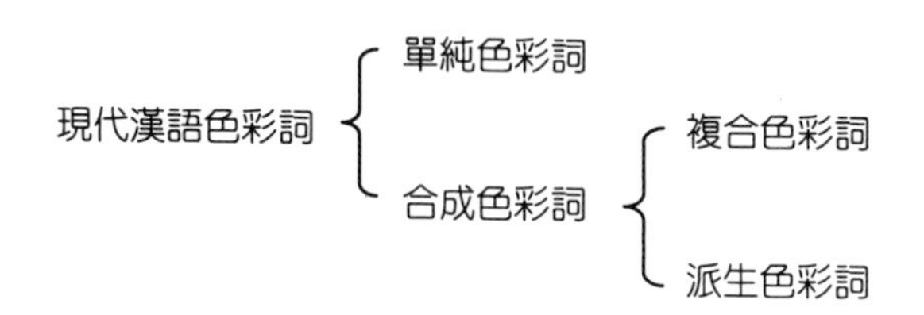

圖 1-4-6　現代漢語色彩詞構詞系統

（引自李紅印，2007：50）

從構詞方式來看，漢語色彩詞有很強的延伸特性。例如以單純色彩詞「黃」作為詞根，可以複合或派生出一大群的合成詞，如：「土黃」、「黃澄澄」等。

此外，王聚元將色彩詞的構詞方式分成「並列式」、「偏正式」、「短語式」、「重疊式」等四類。（王聚元，1998）

張寶明在〈顏色詞的淵源和分類〉一文中則是將色彩詞分成「純色詞」、「以物喻色的顏色詞」、「擬人的顏色詞」、「無色詞」、「後綴色彩詞」等五類。（張寶明，2003）

林凡瑞、趙連續在〈色彩詞及其分類〉一文中有更為細膩的分類，有「單純式」、「並列式」、「限制式」、「替代式」、「複合式」、「修飾式」、「貶抑式」、「雜糅式」、「重疊式」、「取喻式」等十類。（林凡瑞、趙連續，2003）

何慧俐則將色彩詞分成「單色詞」、「重疊詞」、「合成詞」、「修飾詞」、「詞組」、「複合詞」、「鑲疊詞」、「轉化詞」等八種構詞類型。（何慧俐，2006）

綜觀學者對色彩詞的分類，本研究從構詞形態作為分類的依據，區分出以下幾類，以利後續的研究。

1. 單色詞：由一個單字構成的色彩詞。如「紅（色）」、「黃（色）」、「白（色）」、「黑（色）」、「紫（色）」、「綠（色）」……等。此外，將一些名詞借用為色彩詞的借用詞，在形態上也屬於此類，例如「玫瑰（色）」、「咖啡（色）」、「茶（色）」、「金（色）」……等。
2. 重疊詞：單字重疊或合成重疊都屬於此類。如「藍藍」的天空、「白白」的皮膚、「黃黃綠綠」的草地……等。
3. 合成詞：由兩個色彩所組合而成的詞。「如藍綠（色）」、「青黃（色）」……等。另外，將名物詞和色彩字連用所構成的色彩詞也屬於合成詞。如「雪白」、「火紅」、「桃紅」、「檸檬黃」……等。
4. 修飾詞：在色彩詞的前面再加上一個修飾字，使原本的色彩詞有了不同的色度和情態。例如以「藍」此一單色詞為中心，增一修飾詞可得「淺藍」、「深藍」、「淡藍」、「亮藍」、「蔚藍」……等，其所呈現的面貌會因修飾詞而更多樣化。
5. 鑲疊詞：在一個單字的單色詞底下再加上兩個疊字，就構成鑲疊詞。如「紅通通」、「綠油油」、「烏溜溜」……等。

關於這些漢語色彩詞的構詞，這裡先作一個分類，在後續的第二章及第四章會有更詳細的論述。從上述學者的論點，可以得知色彩詞涵括的範圍極為廣泛。而本研究是站在文化審美的觀點來探析中西方色彩詞的使用情況，但中西方的構詞方式有許多的差異性，為求研究的客觀性，也礙於時間與能力所及，以下三類色彩詞語在本研究中先不予以論析：

1. 轉化詞：色彩詞大多是屬於形容詞或副詞的性質，而隨著在句中所處位置的不同，詞性可能也會跟著轉變為動詞或名詞。如：「臉紅（blush）」。但「臉紅（blush）」一詞在英文中並沒有具體的色彩詞存在，僅含有延伸的色彩意義，因此暫不納入色彩詞的範疇。
2. 含彩詞：所謂含彩詞，是指「含有色彩詞素卻不表示色彩概念的詞語，如：白糖、綠豆、黑幫、踏青、紅顏等。」（葉軍，2001a：54）也就是霍松林所提出的「虛色詞」。因為本身並沒有色彩詞的涵義，因此在分析中西方的文學作品時，也不予以列入本研究的範疇。
3. 無色詞：所謂「無色詞，不是真的沒有顏色。它一樣地為表現顏色服務，只不過本身並沒有一個具體的顏色，而是表現色彩的總體的一種樣態，或者是顯現色彩的某種特性而已。」（張寶明，2003）無色詞也就是楊振蘭所說的外圍色彩。由於它本身並沒有色彩詞的存在，而是藉由詞彙去延伸其色彩意境，因此也暫不予以討論分析。

本研究將色彩詞區分為五大類，由分類中可知，只要是能表現客觀色彩功能的色彩詞，不論是單純詞、或是合成詞，都是本研究所欲探討的色彩詞範圍。雖然所涵蓋的色彩詞仍有不周全之處，但已力求分析的客觀性，姑且「信而用之」。

第二章　文獻探討

第一節　色彩

色彩是大自然所賦予的記號，它不但有規則性和排序，也有相關、對比或邏輯可循，並且可從文化內涵及情感表達上看出中西方色彩的偏好與差異性。林磐聳和鄭國裕在《色彩記劃》中提到：「色彩的種類非常豐富，通常可區分為兩大類：一是無彩色：如黑、灰、白等，這是沒有色彩的顏色。另一是有彩色：如紅、黃、綠等純色或有色彩的顏色。此外，如金色、銀色等，不屬於這兩大類，稱為獨立色。」（林磐聳、鄭國裕，2002：18）在色彩的分類上，林秋萍、蔡淑惠整理出較有系統的分類，如圖 2-1-1：

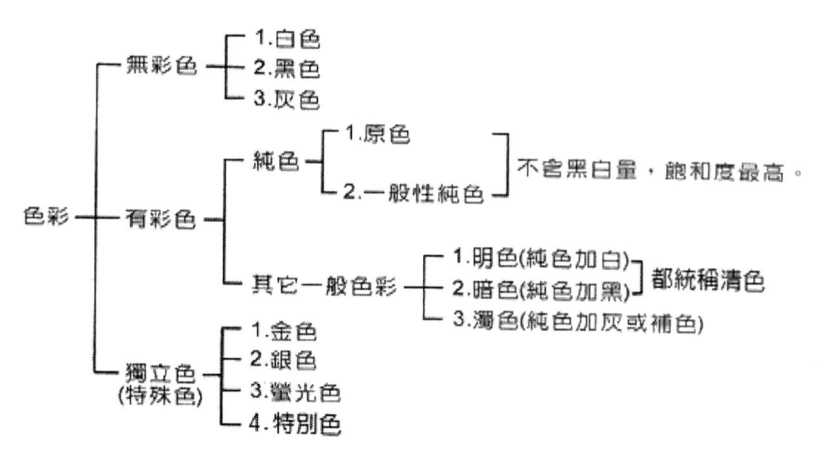

圖 2-1-1　「色彩」的分類

（引自林秋萍、蔡淑惠，2003：46）

但是這樣的分類方式非常籠統，對於我們在使用色彩時會有很大的困難。因此，我們必須將色彩作一個管理，把每一種顏色的色名標準化、規格化，讓人們便於理解、記憶及應用色彩。

關於色彩的認知及研究，西方民族對色彩有很高的敏銳度與觀察力，相較於西方，中方對於色彩的辨識則含糊許多。這是因為西方民族受到創造觀型文化的影響，這種受造意識的支配使西方民族對色彩的辨別與色名的分類比照上帝造物，非常的細膩而豐富，甚至創造出色彩體系，運用準確數字或符號來表現色彩，將色彩作系統化的組織。相較於西方，中方民族對於色彩的認知則薄弱含糊許多，在色彩的概念上也沒有像西方那樣有色相、彩度、明度等屬性區別，這是由於氣化觀型文化一切仿氣的流動所影響。中方在傳統的觀念上只有所謂的正色和間色。正色是純色，代表正統的地位；間色是雜色，代表卑微。例如南朝梁黃侃說：「正謂青、赤、黃、白、黑五方正色也，不正為五方間色也，綠、紅、碧、紫、騮黃。」（繆良雲，20002：311）這種模糊的分類不能明確歸結出色彩的明暗、濃淡等變化的理路，自然也就無法像西方民族那樣能發展出屬於自己的色彩體系。

此外，中西方對色彩的偏好也有所不同。西方喜愛暖色系列的色彩，中方則較偏愛寒色系或輕寒色系。陳蓉曾提到：「人的色彩感覺同他的生活環境有很大關係，人們可以自主地選擇用色，但在選色的價值觀方面，往往要受到文化和生活環境的影響。」（陳蓉，1995）另外，馮立在〈中華民族無彩色偏愛的文化特徵〉一文中則有「中華民族對無色彩有著極深的偏愛」的看法（馮立，1990），但是並沒有明確說出中西方對色彩偏好的差異原因。

有些學者認為造成中西方色彩喜好的差異乃由於地理環境所致，使中方重形而不重視色彩。如霍大同所提到的：「在中國自身的諸理論中，形始終是第一位的，色是第二位的……因印度所在的地理位置更近赤道，光線很強烈，色彩更絢麗，光的刺激比中國強……中國所處的自然環境中，色彩相對較淡，光照亦較弱，從而有對形的強調與對色的淡化處理。」（霍大同，2001）王頌婉則說：「義大利、西班牙、拉丁美洲與靠近赤道的國家，多是拉丁民族。他們衣服喜歡暖色，尤其是紅色、橙色、黃色，據說是長久處在太陽光下，而使得對於紅色視覺特別發達之故。」（王頌婉，1992：53）這些說法其實都無法明確地解釋出中西方對於色彩偏好的差異。西方民族既秉持著萬物為造物主所創造的理念，對造物主所創造的自然界抱持著敏銳的觀察態度，而對於陽光或鮮豔富有光澤的色彩自然也就會有所偏愛，並且研發出色彩體系，藉以頌揚造物主的巧手。而中方因為氣化觀型文化的影響，氣不耐光、熱所照射（強光或熱容易讓氣蒸散），使中方對色彩的知覺較為偏向非鮮艷亮麗且多渾沌不明，因此對於周遭的形形色色也就不會有太細緻的分類。而緣起觀型文化的印度在色彩的偏愛上之所以會近於西方民族，原因應該是他們曾經長時間受到西方民族的統治，在文化和習性上被西方同化，所以表現在色彩的使用上也就會和西方民族相近，而非地理環境所致。

色彩對人類的影響非常廣泛，它常是人類傳情達意的媒介、抒發情感的利器，同時也是創造視覺形式的主要要素，這些在建築、服飾、藝術、文學等層面都可見其豐富的意涵。而隨著時間的消長，表現色彩的語言數量會逐漸累積，意義也跟著複雜化、多樣化。尤其是在日新月異的今天，人們為企求更優質的生活，對所能接觸到的任何事物，無不賦予豐富實用的色彩。而當累積的數量變得龐大時，就出現了該如何去歸納色彩的問題。為了能正確地傳達出色彩訊息，則建立了各種法則與系統來表達色彩。按照色彩學的分類，色彩的表色方式大致上可分為兩種：一種是以符號來代表色彩的表色法；另一種則是以文字的形式來表達色彩。

以符號來代表色彩的情形，通常是運用在色彩體系中的表色方式，在現代色彩學中目前較廣為通用的有曼塞爾色彩體系（Munsell System）、奧斯華德色彩體系（Ostwald Syatem）、國際照明委員會 CIE（Commission Internationale de I´Eclairage）表色法、以及日本色彩研究所設計的色研配色體系（Practical Color Coordinate System）。而以文字來表示色彩就是所謂的色彩詞或色名，也是本研究的主要討論重點。在第一節中先就上述四種表色方法的理論與相關文獻作一探討，並予以歸納分析其優缺點。而關於第二種的色彩表達方式（色彩詞或色名），將留待第二節再作詳盡的論析。

一、曼塞爾色彩體系

曼塞爾是美國一位美術教育家，一生致力於色彩的研究，期望能藉著表色法讓人理解色彩，並且也能使用符號來表示色彩。曼塞爾色相環共有十種代表色相，有紅（R）、黃紅（YR）、黃（Y）、黃綠（YG）、綠（G）、藍綠（BG）、藍（B）、青紫（PB）、紫（P）、紅紫（RP）（如圖2-1-1）。其中包含了五種基本色相（紅、黃、綠、藍、紫），另外再加上五種中間色相（黃紅、黃綠、藍綠、青紫、紅紫），而成為十種基礎的主要色相。這十種色相的每一個又細分為十種色相，所以總共有一百種色相。（山中俊夫，2003：40～46；林文昌，2003：44～45）

明度的表示方法以 N0～N11 分為十一階段（N 是 Neutral 的縮寫，即無彩色之意），N0 表示理想中的純黑，N10 表示理想中的純白，N1～N9 則表示等差的灰色。（同上）

彩度從 0 開始，隨著彩度的增強以 1C、2C、3C……的數字來表示（C 是 Chroma 的縮寫，即彩度），離中心越遠表示彩度越高，越接近純色。彩度階段的數目隨色相而有所不同，純色相中以紅色的彩度階段最多，共有十四個階段。（同上）

曼塞爾色彩體系，依循以上的符號，運用色相、明度、彩度三種要素組合成為一完整的表色記號，其表示方式為「H V/C」，H 表示色相，V 表示明度，C 則表示彩度，例如紅（5R4／14）、黃（5Y8／12），綠（5G5／8）、藍（5B4／8）、紫（5P4／12）。無彩色則以「NV」表示。（同上）

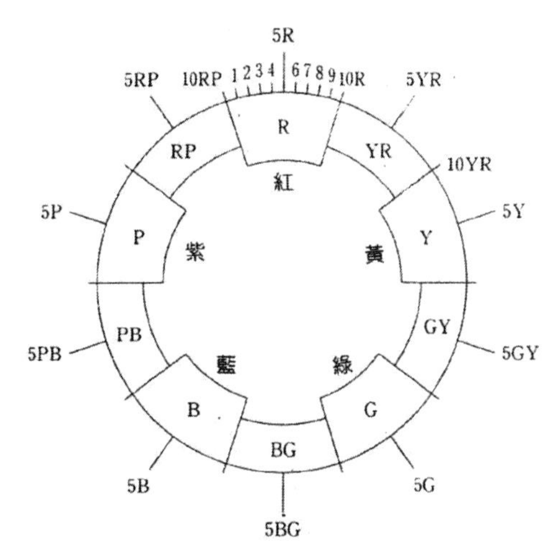

圖 2-1-2　曼塞爾表色法的色相環與色相分割
（引自山中俊夫，2003：42）

二、奧斯華德色彩體系

奧斯華德色彩體系是德國科學家奧斯華德所創，他為了要給予美術家或科技專家能實際地使用色彩，而創立一套有系統又科學化的色彩法則。這套色彩體系的組織方法是以四原色為基礎，將黃（Y：Yellow）、藍（B：Ultramarine Blue）、紅（R：Red）、綠（G：Green）這四種基本色相作為基準，放在圓周的四等分點，並在兩主要色相之間增加橙（Orange）、藍綠（Turquoise）、紫（Purple）、黃綠（Leaf green）等四色，一共有八色成為基本色相，又將每一基本色相細分為三色，也就是基本色相的左右各加一色，以每三色成為一個色相區，中央的那一色才是主要色相。因此，奧斯華德色相環共有二十四色相。（山中俊夫，2003：46～50；林文昌，2003：46）

奧斯華德認為任何色彩都是由純色、白色及黑色以適當的比例混合而成，因此導出一個公式來量化色彩：白量＋黑量＋純色量＝100。此外，它在明度上分割成八個階段，分別標上 a、c、e、g、i、l、n、p 的記號，a 表示最亮色票的白，p 表示最暗色票的黑。（同上）這些明度所佔的黑白數量值如下表：

表 2-1-1　奧斯華德記號的黑白含有量

記號	a	c	e	g	i	l	n	p
白量	89	56	35	22	14	8.9	5.6	3.5
黑量	11	44	66	78	86	91.1	94.4	96.5

（引自林文昌，2003：46）

根據以上法則，奧斯華德色彩體系的表色方法為以「色相號碼＋白量＋黑量」的記號來表示。例如標記為 14gc，14 為代表色相（藍）（由圖 2-1-2 的色相環中可得知），g 表示白量，c 表示黑量。而有時代表色相的 14 也會依據圖 2-1-2 的色相環，改以 2UB 來表示。（同上）

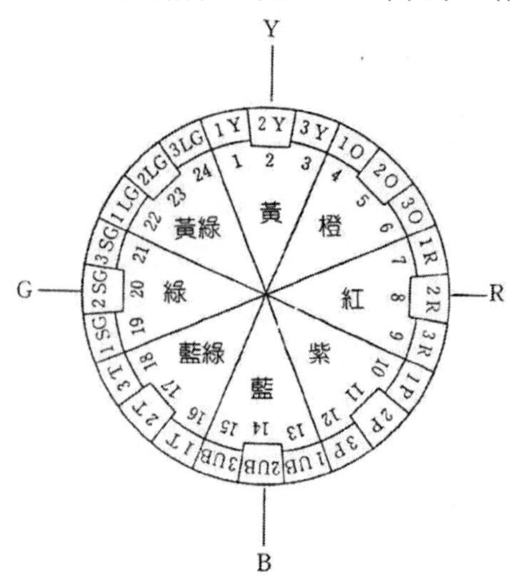

圖 2-1-3　奧斯華德色相環

（引自山中俊夫，2003：47）

三、CIE 表色法

CIE 表色法是光的三原色（紅、綠、藍）的加法混色原理的應用，由國際照明委員會所制訂與推廣。它是以三原色論為基礎，取得光學實驗上的正確測定、紀錄與數字的一種表示法。由於分光光度器的出現，使得色彩光學研究的發展也有了嶄新的突破。（山中俊夫，2003：50～52）

CIE 表色法將紅（R）、綠（G）、藍（B）三原色設定成 X、Y、Z 值（X、Y、Z 為「刺激比值」）。它認為這三種色光如以不同的比例，可混合成所有的色彩，而所有的色彩也可以經過測定其 X、Y、Z 值來加以計算〔x＝X／（X＋Y＋Z），y＝Y／（X＋Y＋Z），z＝Z／（X＋Y＋Z）。x、y 為色度座標，z 則隨 x、y 而被自動決定，且在此存在 x＋y＋z＝1 的關係〕，來找出色彩在光譜上的座標位置。（山中俊夫，2003：50～65）

四、日本的色研配色體系（PCCS）

PCCS 是日本制訂的實用性表色法，其色相環是採用近似色料與色光的三原色，就是紅、橙、黃、綠、藍、紫等六色為基礎色相，然後再以等間隔、等感覺差分成二十四種色相，從 1 到 24 加以編號（如圖 2-1-3），並各有其色名。（林文昌，2003：48）如下表：

表 2-1-2　PCCS 各色相的名稱與代號

色相區	號碼	色相記號	色相名稱
紅	1	pR	帶紫的紅
	2	R	紅
	3	yR	帶黃的紅
橙	4	rO	帶紅的橙
	5	O	橙
	6	yO	帶黃的橙
黃	7	rY	帶紅的黃
	8	Y	黃
	9	gY	帶綠的黃

黃綠	10	YG	黃綠
綠	11	yG	帶黃的綠
	12	G	綠
	13	bG	帶藍的綠
藍綠	14	BG	藍綠
	15	BG	藍綠
藍	16	gB	帶綠的藍
	17	B	藍
	18	B	藍
	19	pB	帶紫的藍
藍紫	20	V	藍紫
紫	21	P	紫
	22	P	紫
紅紫	23	RP	紅紫
	24	RP	紅紫

（引自林文昌，2003：48）

其中藍綠、藍、紫、紅紫有重複出現的情形，但它們所表示的色彩並不完全一樣。

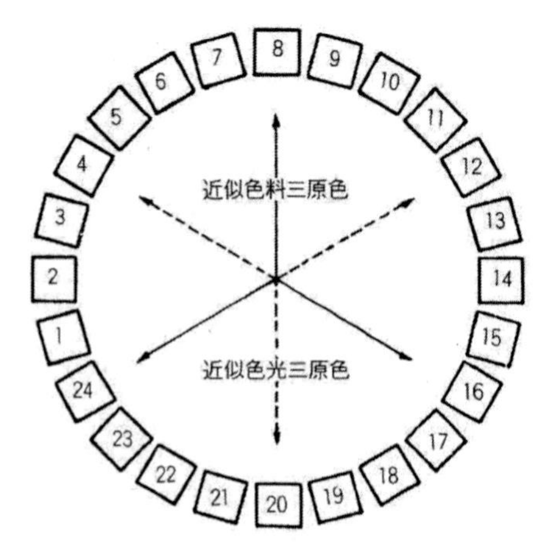

圖 2-1-4　PCCS 色相環

（修改自林文昌，2003：48）

PCCS 的另一個特徵為：它是由色相與色調這兩個要素所構成。它並非以明度、彩度來區分由白、黑、純色所圍成的色領域，而是使用我們在日常生活中常用的「鮮豔、亮、濃、淡」等色調的表現方式來作色領域的分類（如圖 2-1-4）。這些形容詞除了對色彩體系建立上的貢獻外，對於色彩命名也提供了有系統的認知方向。（山中俊夫，2003：69）

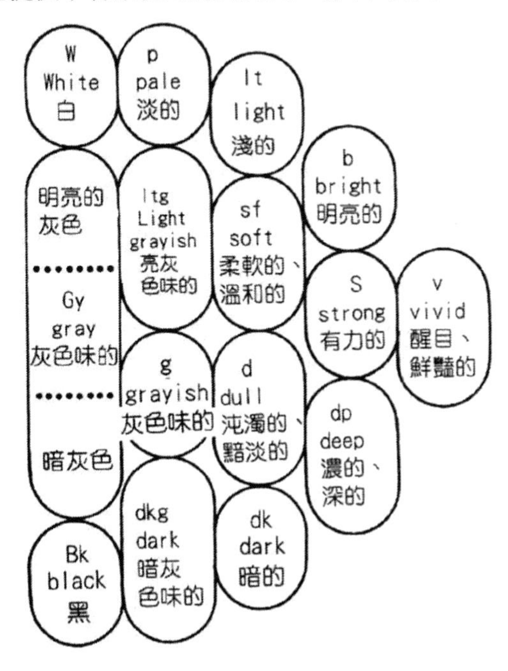

圖 2-1-5　PCCS 色調的分類

（引自山中俊夫，2003：69）

以上所論析的這四種表色法在目前最為被廣泛使用，但不論是哪一種表色法，都有其見長與缺失之處。本研究綜合了各家學者對這些表色法的批判（林文昌，2003；何耀宗，1989；約翰尼斯・伊添，2009；山中俊夫，2003）與我的分析，將其優劣歸納出如下表：

表 2-1-3　四種表色法的優缺比較

	曼塞爾色彩體系	奧斯華德色彩體系	CIE 表色法	PCCS 表色法
優點	1. 經過光學驗證為正確的表色體系，可作為色彩管理用。 2. 使用表示符號的色彩，在運用上較容易有共同認知感。	1. 計算方法平均，選色、混色可以依照公式作到圓滿。 2. 各色相除了純色相之外，均為同一符號，容易記憶及說明。	1. 高度機械化的測色方法，不用顧慮色感覺的個人差異，也不必特別熟練的測定技術。	1. 兼具曼賽爾及奧斯華德兩種色彩體系的優點，以實用為主，在配色上能得到較具體的概念。 2. 把明度與彩度合而為一的色調考慮，有利於色彩的傳達。
缺點	1. 純色的明度與彩度不統一，在配色的使用上有困難。	1. 為理想化的表色體系，所以會產生現實中並不存在這些色彩（白、黑、純色）的問題點。 2. 此表色體系在製作時，沒有進行相關的感覺性的實驗，因此無法斷言它一定是由正確的感覺性等比階所構成；如只想要運用此表色體系探討色彩的差異，則會產生一些問題。 3. 任何色相的白色量和黑色量的記號都相同，純色相的比例也相等，所以，只要是記號相同的色彩，縱使色相不相同，彩度也會一樣，此說法較為牽強。 4. 沒有包括所有的色彩，如某些物體色裡有的清色與濁色，在色立體上找不到表色符號。	1. 測色儀器太昂貴，不是一般人所能擁有。 2. 所得之數值不易直接判讀色彩。	1. 注重「等感覺差」，所以色相環直徑的兩端無法顯示出補色關係的色彩。

上述四種色彩體系是目前最常見的表色方式。曼塞爾和奧斯華德表色法是十九世紀末～二十世紀初西方所研發出來的色彩體系，我們也可從中看出其文化系統的端倪。在創造觀型文化的影響下，西方對色彩的分類複雜細膩，如曼塞爾表色法將色彩細分為一百種色相，且每一種色相都有明度和彩度的階段劃分，使色彩在使用上能明確地使用及分辨。而奧斯華德更以邏輯思考的方式，設計出一套公式，讓所有色彩都可以純色混合適當比例，然後用公式推算出來，對於色彩的配色思考上有很大的貢獻。相較於西方的色彩體系，日本所研發的 PCCS 表色法，雖然是參考西方的表色法所制訂，在色彩的表現上有濃淡明暗的區別，但色名上卻有著色彩名稱重複但實質色彩顏色並不一樣的情況，這是因為泛中方氣化觀型文化的影響，導至在色彩分辨時會含糊不清。

以上這些色彩的表色方式，大概都能表達出目前自然界中所蘊涵的色彩，但卻又不完全能表達出所有色彩，且這些表色方式是否能符合中方的色彩運用，也是值得探討的一項問題。因此，我綜合以上文獻，並且提出個人淺見，從這些色彩體系中再延伸出幾項論題，分別是：色彩是如何的命名與界定、中方的色譜概念以及色彩的類型。這些論題主要探究的部分如下：

一、色彩的命名與界定：從「原色與混色」、「色彩的對比」、「色彩的調和」等方面來分析色彩如何被命名與界定。

二、色譜概念：中方的色名觀念如何發展，以及在近代接收了西方的色彩理論後，也編輯了一些關於色彩的書籍，如《色譜》、《中國傳統色》等。而相較於西方，中方的色譜概念又有什麼優劣之處。

三、色彩的類型：我們可以根據對色彩感覺的差異，而有不同的類型作為分類。如「暖色與寒色」、「輕色與重色」、「興奮色與沉靜色」、「強色與弱色」、「前進色與後退色」等。而在現存的三大文化系統中，不同民族對於不同的色彩類型又會有什麼樣的偏好與差異，也是值得深入研究的論題。

上述三點將在第三章中加以詳述，在此不多贅言。從這些文獻中，可以得知有西方許多色彩學者已致力於這方面的研究。而在西化的催化下，理所當然會接受西方文化的種種，中方文化就在這西方文化大量注入以及來不及選擇的情況下，幾近「全盤西化」，漸漸淡忘了古人流傳下來的經驗和文字。但是西方的色彩理論倘若要符合中方的文化民族性，就應該有所選擇及變通。因此，如何能以宏觀的視角，對中方的色彩系統作一更為深刻的詮釋或演繹，應是目前的色彩學者們可以著力的方向。

第二節　色彩詞

有關色彩詞在目前的學術上大致著力於兩種方向的研究，第一種是以語義分析或修辭來探究色彩詞在詩文中的作用，這是屬於文學性的研究；另一種則是從文字色彩中尋求色彩的歷史，或是色名的蒐集與統計，以期建立一套色名系統等，屬於非文學性的研究。我從這兩個面向切入探討，希望能從中掘發新義，或對過去所忽略的問題以統觀的角度加以勾勒，揭出相關層面，進而達到古為今用的目的。

一、色彩詞的文學性研究

在國內的研究中，李紅印的《現代漢語顏色詞語義分析》一書從構詞系統來看漢語色彩詞的構成方式。漢語色彩詞的構詞可分為「單音單純色彩詞」和「複音合成色彩詞」。單音單純色彩詞為基本的色彩詞，如紅、白、黃、黑、綠、藍、紫、灰……等。複音合成色彩詞又分別有「複音複合詞」和「複音派生詞」兩種。複音複合詞分有以下五類：（一）表程度／性狀語素＋表色語素（如深紅、嫩紅、鮮紅……等）；（二）表色語素＋表色語素（如赤紅、紫紅、橙黃……等）；（三）表物語素＋表色語素（如血紅、火紅、桃紅……等）；（四）表物語素＋色（如茶色、米色、咖啡色……等）；（五）表色語素＋色（如紅色、黃色、白色……等）。複音派生詞則是由單音單純色彩詞作詞根加後綴所構成的，如紅鮮鮮、白生生、黃澄澄、黑壓壓、綠油油、藍盈盈……等。（李紅印，2007：49～53）

何慧俐在〈「色彩運用」文學技巧初探——以《維摩詰經講經文・持世菩薩第二》為例〉一文中，將色彩詞的構詞形態以形式和內容作區分。就形式而言，大致可分為如下八種構詞方式：（一）單色詞：由一個單字構成的色彩詞，如紅、橙、黃……等；（二）重疊詞：單字重疊或合成重疊均屬此，如藍藍的天空、白白的雪花、黃黃綠綠的景致……等；（三）合成詞：由兩個色彩所合成的色彩詞，或是將名物詞和色彩字連用所構成的色彩詞也屬此，如藍白相間、火紅、寶石藍……等；（四）修飾詞：在一個色彩字（詞）上加一個修飾字，使原本的色彩字（詞）產生不同的色度與情態，如濃綠、淡綠、嫩綠……等；（五）詞組：兩個具個別意義的字詞相結合而成一個新詞，如青草、黑板、金幣……等；（六）複合詞：單色詞、合成詞、修飾詞下加「色」字，則成為用法不能分開的複合詞，如紅色、金色、鵝黃色……等；（七）鑲疊詞：在一個色彩字下加兩個疊字，便可構成鑲疊型的色彩詞，如白花花、金閃閃、綠油油……等；（八）轉化詞：色彩詞大都屬形容詞或副詞性質，但隨著在句中所處位置不同，也會轉變為動詞或名詞，如紅了眼睛、黑了良心、一地殘紅……等。就內容來說，色彩詞可分為「直寫顏色」和「借物顯色」兩種。（何慧俐，2006）另外，王聚元在〈色彩詞的構詞方式及描寫功能〉一文中則是將色彩詞的構詞分成單音節詞和多音節詞，而多音節詞包含：並列式（如赤紅、朱紅等）、偏正式（如蔚藍、深紅等）、重疊式（如黃澄澄、灰濛濛等）、短語式（如紫中帶亮、半紫半黃等）四種。（王聚元，1998）高承志則是把色彩詞分類為：單純式、替代式、雜揉式（二色雜揉，如紫黑）、限制式（前一語素為地名或程度副詞，對後一色相加以限制，如印度紅、通紅）、修飾式、複合式、取喻式（前一語素為喻體，後一語素表色相，如猩紅）、重疊式、貶抑式（用於口語，含有貶抑，如「黃不搭拉」）等。（高承志，1994）林凡瑞、趙連續在〈色彩詞及其分類〉中除了高承志所歸納的九種，還增加了並列式一類。（林凡瑞、趙連續 2003）

李堯在〈漢語色彩詞衍生法之探究〉一文中認為漢語色彩詞經歷從依附實物名詞，到抽象為獨立表色的過程後，在已有的單音節色彩詞的基礎上，從簡單到複雜衍生的方法大致有七種：（一）借物法：直接借用某事物的名稱帶上「色」來表示顏色；（二）比況法：用表示色彩的事物名詞修飾單音節色彩詞的方法；（三）組合法：用兩個單音節色彩詞組合而成的方法；（四）修飾法：有程度、性狀、顏料產地或年號、動詞等四種詞根的修飾；（五）通感法：利用聽覺、味覺、視覺、觸覺等感覺與視覺的流動而衍生出新的色彩詞；（六）重疊法：單音節色彩詞自身重疊或帶重疊的後加成分，以構成新色彩詞；（七）外來法：用意譯、音譯、音譯兼意譯等方式引進國外色彩詞的方法。（李堯，2004）而吳進在〈文學語言中的顏色詞〉一文中則將色彩詞常用的語言手段分成：比況的手段、通感的手段、詞性活用的手段、擬人的手段、拈連的手段和超常搭配的手段等。（吳進，1999）

霍松林、黃永武認為有些名詞雖然在文中沒有被明確的標示出來，但是該詞本身的色彩是鮮明的，如雪、草、夜……等字，雖然在字面上沒有色彩詞的出現，但透過聯想或想像，仍可將其視為具有色彩視覺意象的詞彙，這類詞彙稱為「隱色詞」。隱色詞在字面上，色彩是隱藏起來的，但這些詞彙搭配著「色」字出現，便也當作色彩詞來使用，如雪色、草色、夜色……等。相對的在字面上就帶有顏色的詞彙稱為「顯色詞」。（黃永武，1993：25；霍松林，1993）此外，葉軍還提出了「含彩詞語」的概念，含彩詞語就是詞組中含有色彩詞素卻不表示色彩概念的詞語。（葉軍，1999）

許瑞玲在，《溫庭筠詩之語言風格研究——從顏色字的使用及其詩句結構分析》中，除了統計色彩詞在溫庭筠詩句中的出現情形外，還將色彩詞作題材上的分類，如天文時令、地理景觀、花草樹木、蟲魚鳥獸、器物飾品、人體代稱、人事情緒等。此外，也對色彩詞出現在詩中句首、句末、第三字、第五字、第二字、第四字、第六字等順序位置作整理統計。如歸納出色彩詞出現在句首、句末有強調的意涵；而出現在第三字、第五字則是詩句的重點，也可稱為「詩眼」等。

李香蓮還進一步的研究了閩南語的色彩詞語的修辭。在其《色彩形容詞之臺灣話表達研究》的碩士論文中，將色彩詞的性質作了以下七種分析：（一）食：如金瓜、赤肉（精肉）、烏豆……等；（二）物：如紅玉、赤金（正金）、黑枋（黑板）……等；（三）人：如青盲（瞎子）、烏幼（在室女）、烏鬼（黑人）……等；（四）事：如紅雨（稀奇事）、紅燈（喜喪事的紅提燈）、白火（烽火）……等；（五）動植物：金猴（水稻名）、烏馬、黑面郎君（豬的別名）……等；（六）疾病：黃症、紅頂（嘲梅毒症狀已顯著者）、赤痢……等；（七）天地：赤日頭、金風（秋風）、金烏（太陽）……等。（李香蓮，2001）

另外，高建新在〈色彩詞的抒情造景功能〉一文中提出了色彩詞的運用具個性化特徵的觀點，從詩歌發展的歷程可以得知色彩詞的運用已非簡單的描摹與外部再現，而是逐漸走向表現強烈的主觀情緒及內心深處的微妙顫動。色彩不只是客觀的物質存在，而是一種充滿主觀性、能動性的情緒元素。（高建新，1994）周延云在〈文藝作品中色彩詞的言語義初論〉中也提到色彩詞有模糊性、主觀性和變動性等特點，並且認為色彩詞所代表的是具有這種色彩的客觀事物、或是能表達某種特定情感以及具有臨時的象徵意義。（周延云 1994）

潘峰在〈現代漢語基本顏色詞的超常組合〉一文中分析了色彩詞超常組合的構詞方式，也揭示了其新奇的語義內容。例如可以透過借代手法的運用，實現色彩語義的轉換，從而獲得新的語義內容；或是用色彩詞的象徵意義來使語義產生變異；以及利用語義的多層轉換，賦予色彩詞新的語義內容。（潘峰，2006）加曉昕則是將色彩詞的超常定語分為：挪移式、聚合式、擴充式三種，並指出這些超常定語的修辭效果主要表現在：淺層信息的累加、深層情感的迸發、陌生感和審美豐腴度的凸顯，並且伴隨著多種修辭法的運用。（加曉昕，2008）

胡霖則認為色彩詞在違常搭配中蘊涵著特別的隱喻修辭手法。所謂的「色彩詞違常搭配」是指色彩詞原本的主要功能是描繪事物的顏色，也就是摹色。如「綠色的葉子」、「金黃的稻子」，這是一種慣用的搭配組合。但有些語句組合雖符合語法，卻超出了詞語之間的語義內容和邏輯常規，例如「綠色的思念」、「黑色的幽默」，使得色彩詞在詞組中成為修飾語或被修飾語，並且具有某種隱喻性。而胡霖將這色彩詞的隱喻分類有：拈連式隱喻、移就式隱喻、通感式隱喻、借代式隱喻等四種。（胡霖，2006）

此外，葉軍在〈論色彩詞在語用中的兩種主要功能〉一文中提出了色彩詞的語用功能表現在兩方面：一是色彩詞具有表現客觀色彩的功能，稱為敷彩功能；二是色彩詞具有傳達認識主體主觀感受的功能，稱為表情功能。（葉軍，2001b）而李玉芝除了色彩詞的敷彩功能和表情功能，還另外提出文化象徵功能與修辭功能（對比襯托、誇張、比喻、象徵等）。（李玉芝，2008）祁琦和辛曉玲對於色彩詞修辭功能的觀點和李玉芝所見略同。（祁琦，2000；辛曉玲，1996）白靜野則認為在色彩詞的語用上，主要有四種特色：再現事物的特徵、表現時間的延續、表現畫面的空間距離、烘托氣氛傳達作者的情感。（白靜野，1997）

在語法方面，章康美認為色彩詞的語法特點主要表現在：（一）色彩詞的名稱多樣（同色異名、以物冠名）；（二）可以用程度副詞、時間副詞、名詞、形容詞來修飾；（三）有的色彩詞也可用來修飾色彩詞；（四）部分色彩詞可以重疊。此外，他還將色彩詞所附加的形象意義歸納有：象徵義、借代義、比喻義、情感義等五類。（章康美，2004）

關於色彩詞的釋義，葉軍分析了《現代漢語辭典》、《漢語大辭典》、《色彩描寫辭典》、《中國顏色名稱》這四部辭書，認為色彩詞釋義通常採用以下幾種方式：以物釋色、以色釋色、說明釋色和描寫釋色。（葉軍，2003）

以上數篇期刊論文或專書，是以文學的角度，分析色彩詞的語義、以及觀察其在修辭上所發揮的效果。這樣的研究成果，提供了色彩研究學者一個參考性的指標，也顯示色彩詞在漢文學中，確實佔有一席之地。因此，從文學作品中來探究色彩詞，不失為一個色彩詞研究的方向。而從這些學術研究我們也可以得知每位學者對於色彩詞的分類或多或少都有不同的觀點，本書依據後續研究所需，也將色彩詞作一分類並已在前章第四節論述，在此便不多贅述。

至於相關國外的色彩詞分析，主要有以下的研究成果。J. Lyons 認為要確定一個色彩詞的意義，就必須聯繫整個色彩詞系統來作進行。換句話說，我們倘若想知道一個色彩詞指的是什麼，就要在整個色彩詞詞彙語義系統中確定它不是什麼。例如說某人「穿了一雙白鞋子」，這句話就蘊涵著對「穿了一雙紅（綠、黃、藍……）鞋子」的否定。因此，色彩詞就構成了一個具有「不相容關係」的詞彙組合。此外，色彩詞還可以根據「上下位關係」來進行切分，如 red（紅色）包含的色彩領域又可分為 crimson（緋紅色、深紅色）、vermilion（鮮紅色、朱紅色）等更為具體的詞組，而使 red 和 crimson、vermilion 形成了一種上下位的語義關係。（J.Lyons，1968：400～481）

N.B.McNeill 在〈Colour and colour terminology〉一文中認為色彩詞是人類把對自然的感知結構化而成為一個系統，色彩詞主要是因為自然資源和外部世界中色彩的可用性、以及人類視覺的生理結構而產生的符號。因此，不同的文化會使色彩詞的結構有所差異，而且色彩詞與其使用的地區或民族，也和實際生活中的功能和使用頻率有很大的關係。此外，色彩詞的豐富性會隨著其地區或文化的需要，而變得更豐富多樣。（N.B.Mc Neill，1972）

康克林（Conklin）則認為色彩詞就是把「非色彩意義（noncolorific meanings）」結合進來並作為其核心所稱指的某一部分。因此，我們必須要能概要地描寫色彩範疇系統的存在，也就是在語言系統內能被我們的色彩所指稱的結構內容並且和所要描寫的顏色信息和其他特定的範疇作結合，才能理解色彩詞的詞語結構。例如就「黑色」而言，其色彩所指為「黑色」，而它的範疇有「黑、紫、藍、深灰、深綠及各種深色調和混合色」、在其他的特定範疇上則有「暗、不褪色的、去不掉」等非色彩的意義。（A.J.Lucy，1997：331）

羅馬尼亞學者比杜—弗倫恰努（A.Bidu-Vrănceanu）對於羅馬尼亞語的色彩詞系統則作了全面性的研究。他在其專著《顏色名稱體系：結構語義學方法研究》（Systématique des noms de couleurs:Recherche de méthode en sémantique structurale）一書中，有以下幾點研究：（一）從構詞方式將色彩詞分為「單一顏色名稱類」和「派生顏色名稱類」、「直接指稱色彩」的色彩詞和「間接指稱色彩」的色彩詞、「絕對色彩辨別」色彩詞和「非絕對（或近似）色彩辨別」的色彩詞；（二）確定形容詞性色彩詞出現的語境（context），就是組合模式：（S）Aj，S 為色彩詞所修飾的體詞，Aj 為形容詞性的顏色詞，並且在書中針對色彩詞與所修飾的體詞的關係，進行了很詳細的分類；（三）分析色彩詞的組合效率（組合能力）以及組合的兼容性和不兼容性。；（四）在組合分析中，比杜一弗倫恰努還注意到顏色名稱和名詞組合時的詞義「孳生」、色彩義消失、中和、轉義等，且大部分的顏色名稱不能與表抽象的名詞作組合。（李紅印，2007：21～27）

A.Wierzbicka 從認知語言學的角度，把色彩詞的詞義構成成分區分為四種類型：直覺成分（an ostensive component）、「顏色」成分（a“ color” component）、否定（排他性）〔成分 a negative (exclusive) component〕和原型成分（a prototypical component or components）。（A.Wierzbicka，1990）

此外，陳志敏在〈英語色彩詞意義淺析〉中認為英語有一些表示色彩的詞語除了其本身的意義外，還有許多特殊的修辭含義與慣用法。他歸納出英語色彩詞的幾點詞義特色：（一）可以表示人的心理狀態和感情特徵;（二)表示以某種顏色為標誌的事物或是社會活動的習慣用語;（三）表示身分、職業和社會地位。（陳志敏，1997）

顧超美在〈英語色彩詞語與文學作品賞析〉一文中則針對西方文學作品，將作品中色彩詞語的修辭作一探究。他分析了基本色彩詞的應用、實物色彩詞的應用和基本色彩詞與實物色彩詞的結合應用等構詞方式，並賞析在西方的文學作品中如何運用這些色彩詞的修辭是作品更具美感與深度。（顧超美，2004）

綜觀以上學者的研究，J.Lyons 提出了色彩詞的不相容和上下位的語義關係。N.B.McNeill 則從語言事實的角度來觀察色彩詞的整體情況，注意到色彩詞的豐富性和文化性。康克林的研究讓我們發現色彩詞的指稱內容並非只有「色彩意義」內容，還包括了「非色彩意義」的內容，這對於準確認識色彩詞詞義有很大的幫助。比杜—弗倫恰努根據語言事實，對色彩詞的詞彙集合作了全面性、系統性的分析，拓展了色彩詞的研究領域。而 A.Wierzbicka 站在認知語言學的角度，析出不同的色彩詞成分，使我們能更清楚認識色彩詞的特性和其之間的語義關係。陳志敏在〈英語色彩詞意義淺析〉中則統整了英語色彩詞的詞義特色。顧超美更將這些色彩詞的語義分析或修辭等理論，結合文學作品進而去賞析與探究。

此外，在分析這些中西方的文獻時，我們可以覺知到中西方在研究色彩詞時所切入的面向與深入度有很大的差異。中方現有的色彩詞研究，大多停滯於描寫語言現象，很少針對文化或語言學來作全面且深入的分析，解釋的層面也往往浮於表面，並且多是參考或援引西方的研究。反觀西方對於色彩詞多能有邏輯且系統性的分析與演繹，甚至觀察出色彩詞中的非色彩意義。而中西方在色彩詞的研究上會有這樣的差別，主要是由於中方的氣化觀型文化和西方的創造觀型文化內蘊的世界觀所支配影響，才會在研究中表露出這樣的差異：

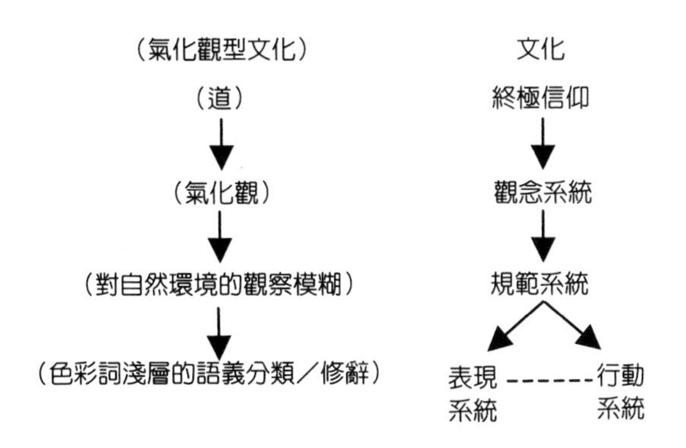

圖 2-2-1　中方色彩詞的語義特性關係圖

（文化五個次系統關係圖，引自周慶華，2007b：184）（後同）

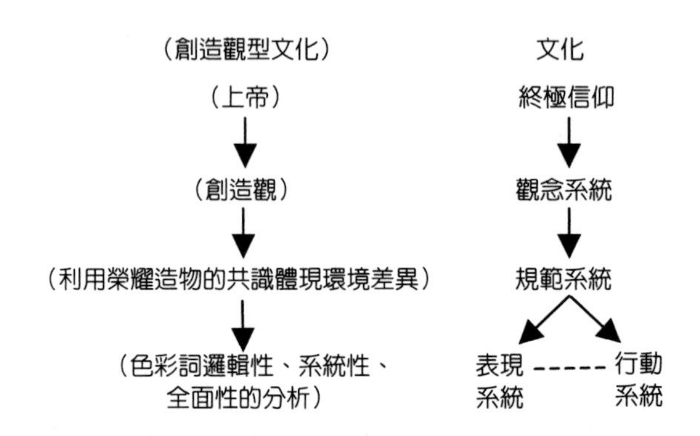

圖 2-2-2　西方色彩詞的語義特性關係圖

由表 2-2-1 中可知，中方受到氣化觀型文化的影響，其所信仰的化生觀因為氣的混沌糾結，使得在色彩詞的研究上沒辦法像西方那樣敏銳而有邏輯性的作統整分析，只能對構詞系統作分類，或著重於修辭，或援引西方研究來補足中方的理論，無法清楚透視整個漢民族所流露出的色彩世界觀或崇高／優美／悲壯等的審美觀，只能含糊帶過。反觀西方由於創造觀型文化所支配，秉著上帝造物的美意，所以能細膩且敏銳地觀察萬物，並且嘗試以上帝的視角總括性的觀察自然界中色彩與文化的差異，以朝媲美上帝的目標邁進（詳見表 2-2-2）。也因為色彩詞的世界觀與審美在中方較少人涉及研究，所以我選擇了此面向作更為深入的探析。而針對色彩詞的特性與功能，在第四章有較為詳盡的論析，其所延伸的議題包含「色彩詞的語義象徵」、「色彩詞的文化審美性」和「色彩詞的社會功能」等三個面向，在此就先不加贅言。

二、色彩詞的非文學性研究

色彩詞除了純文學上的功能外，有些學者還從另一方向來從事研究，也就是從文字色彩來探究色彩的歷史，或蒐集統計色名，以期建立一套色名系統等。

在國內，關於色彩詞非文學性的研究，胡樸安在〈從文字學上考見古代辨色本能與染色技術〉一文中考證了中國五正色的產生、發展順序和孳乳情況。他認為五色之名的產生是有先後順序的，依次分別為白、赤、黃、黑、青，且五色之名的產生與人的辨色能力和生活經驗有密切關係。它們是遵循「進取諸身、遠取諸物」的規律產生的。爾後在運用語言時，其意義也從「特指」抽象為「遍指」，廣泛指稱各種相關的色彩。此外，在這五個基本色彩名的基礎上，還會「孳乳」出許多指稱特定事物色彩的色彩詞。（胡樸安，1941）胡樸安的考證使我們能初步了解先民的辨色能力和色彩詞發展的原因。

張永言整理分析了「中國五正色」色彩詞同義的情形。如表黑色的同義色彩詞有「黑、黎、黔、玄」等九十八個、表白色的同義色彩詞有「皎、皚、縞、皓」等八十五個、表赤色的同義色彩詞有「紅、絳、彤、赫」等六十五個、表黃色的同義色彩詞有「黃、華」等二十九個、表青色的同義色彩詞有「青、蒼、綠、絹」等二十五個，為後人提供了豐富的研究材料。（張永言，1984：100～135）

姚小平考察了漢語基本色彩詞的發展，得出自殷代至清末漢語基本色彩詞的演變史，如表 2-2-3 所示：

表 2-2-1　漢語基本色彩詞發展階段

1.殷商	2.周秦	3.魏晉南北朝	4.唐宋至近代	5.現代
幽〔黑〕	玄、黑〔黑〕	黑〔黑〕	黑〔黑〕	黑〔黑〕
白〔白〕	白〔白〕	白〔白〕	白〔白〕	白〔白〕
赤〔紅〕	赤〔紅〕	赤、紅〔紅〕	紅〔紅〕	紅〔紅〕
黃〔黃〕	黃〔黃〕	黃〔黃〕	黃〔黃〕	黃〔黃〕
青〔綠／藍〕	青〔綠／藍〕	青〔綠／藍〕	青〔綠／藍〕	綠〔綠〕
綠〔綠〕	綠〔綠〕	綠〔綠〕	藍〔藍〕	
紫〔紫〕	紫〔紫〕	藍〔藍〕	紫〔紫〕	
紅〔粉紅〕	紅〔粉紅〕	紫〔紫〕	灰〔灰〕	
灰〔灰〕	灰〔灰〕	棕、褐〔棕〕		
褐〔棕〕	橙〔橙〕			

（引自姚小平，1988）

姚小平的整理分析勾勒出漢語基本色彩詞的全貌，有助於後人了解漢語色彩詞的產生與發展過程。（姚小平，1988）

管倖生在《中國慣用色色彩特性及色樣選定》中藉由傳統色名和慣用色名的蒐集整理，企圖找出中國人基本色及形容詞修飾語的範圍，訂定出慣用色名法則，且「篩選」出三百五十九個慣用色名與色彩值，以及製作色票樣本提供使用者作為參考的指標。（管倖生，1993）

呂清夫在《色名系統比較研究》一書中則著重色名的比較研究，他從古代色名的調查統計作起。呂清夫認為色名系統是由古代色名演化而來，歷史悠久的色名，其使用頻率通常越高。而藉由這些調查，他希望能建立一套具有普遍性的中文色名，並且期待有很高的使用頻率。（呂清夫，1994）

沈小雲在《從古典小說中色彩詞看色彩的時代性——以清代小說「紅樓夢」為例》的碩士論文中以《紅樓夢》為調查對象，找出色彩表達在文學作品中的使用情形。經由統計結果共出現八十八種色名，而這些色名可分類為黑、白、紅、黃、綠、青、紫、金銀等八種色系。有二十九個單字色名，五十九個複字色名；四十五個系統色名，四十三個慣用色名。在這八十八個色名中有五十四個是高熟悉度色名，十七個中熟悉度，十一個中低熟悉度，六個低熟悉度。從《紅樓夢》的統計數字可以發現其色彩名稱頗為豐富，而在另外的調查結果中也可發現色彩詞轉換色彩意象，往往會因人的經驗範圍不同造成差距，因此運用在文學作品中的色彩詞，就能給人不同的想像空間。（沈小雲，1997）

趙家芬在《色彩詞的傳達特性——以臺灣現代作家張曼娟之作品所展開的探討》的碩士論文中針對文中涉及色彩的文句、文辭部分作一探討。經由問卷分析的研究結果發現作家所使用的色彩詞多為常用色彩詞，其中又以概代式的色彩詞表示法為主。此外，作品中前後文脈對色彩詞的色彩認知有差異，尤其在不同前後文對同一色彩詞最為顯著。只是實驗結果無法證明性別、教育程度、教育背景對色彩詞的認知是否有所差異。（趙家芬，1997）

邱靖雅在《唐詩視覺意象語言的呈現——以顏色詞為分析對象》碩士論文中調查了一千一百一十六首唐詩。研究發現詩中所使用的色彩詞大致可分為幾個色系：紅色系（朱、赤、丹、紅）、黃色系〔黃、褐、（金）〕、綠色系（蒼、碧、翠、青、綠）、藍色系（藍、青、紫）、黑色系（黑、墨、黛、烏、玄、青）、白色系〔白、素、皓、（銀）〕。其中「青」字可同時表達綠、黑、藍三種顏色，而以描寫綠色的情況佔多數。（邱靖雅，1999）

林志鴻在其碩士論文《色彩詞表現狀況之調查研究——以明代四大小說為例——》中，對於四大小說作了詳盡的統計，其中紅色系有「紅、赤、朱、大紅、絳、朱紅、通紅、霞丹」等九個色名；黃色系只有「黃」一個色名；綠色系有「綠、翠、碧」等三各色名；白色系有「白、皎、素」等三各色名；青色系有「青、蒼」等兩個色名；紫色系只有「紫」一個色名；黑色及灰色系有「黑、烏、皂、玄、金烏、黑暗」等七各色名；金色及銀色系有「金、銀、銷金、黃金」等四各色名。而在四大小說中色名出現次數最多的為白色和金色〔《三國演義》：白（138 次）；《水滸傳》：白（309 次）；《西遊記》：金（317 次）；《金瓶梅》：金（347 次）〕，這是受到氣化觀型文化和緣起觀型文化影響所致。（林志鴻，2002）

張伊蒂在《教科書中色彩詞的之調查研究》碩士論文中，藉由國小國中教科書色彩詞的探討，提醒大眾色彩詞（白、紅、綠、藍、黃、黑）的存在，也是最讓人印象深刻的。此外，隨著年級的增加，色彩詞彙的表達情形會愈趨細膩複雜。大體而言，會先有概念式的單字色彩詞，接著再出現雙字色彩詞，最後才會有多字色彩詞及明暗深淺等的描寫。（張伊蒂，2003）

曾麗丹在《詩經色彩意象研究》碩士論文中將《詩經》的色彩詞語以中國傳統五正色的方式，作有系統的分類整理，建構《詩經》色彩詞的使用狀況資料庫。其中黑色系詞語有七種，共出現二十一次；白色系詞語十四種，共出現六十四次；赤色系詞語有十六種，共出現四十六次；黃色系詞語六種，共出現四十次；青色系詞語十種，共出現四十一次；

其他色系有六種。在五正色中以寒色系白色的出現次數為最多，這也是氣化觀型文化於其中支配影響所產生的結果。（曾麗丹，2003）

林雪霽在《從漢字字書探析色彩字之演變》中從漢字的形、音、義及古代社會文化層面來探討漢字中色彩詞彙的演變和意義。其研究對象有《爾雅》、《說文解字》、《釋名》、《廣雅》、《玉篇》、《廣韻》、《正字通》、《康熙字典》等八本字書，建構出色彩詞的演變情況。由研究中可知色彩詞的數量隨著時代演變而有所增減，依時間順序排列各字書出現色彩詞的數量分別為《爾雅》一百一十七字、《說文解字》三百二十一字、《釋名》四十一字、《廣雅》二百二十九字、《玉篇》五百四十七字、《廣韻》五百六十六字、《正字通》六百三十七字、《康熙字典》九百三十四字。由數量可看出色彩詞的擴張情形。（林雪霽，2003）

曾啟雄在《中國失落的色彩》一書中認為漢字的色彩詞彙在初期發展是以單字為主，爾後逐漸有雙字、三字、四字、五字等組合形態。在字義表達方面，是先由一個字對應一個意義這種單一明確的意義表現而逐漸往複雜、多義的方向發展，讓漢字的色彩表達呈現出混亂的情形。（曾啟雄，2004）

在國外較為重要的研究中，英國學者格萊斯頓（W.Gladstine）最先提出並討論關於色彩詞的問題。他比較了《伊里亞特》和《奧德賽》這兩部古希臘史詩作品中的一些描寫色彩的語句，發現荷馬時代的古希臘語只有幾個抽象色彩詞，且意義常常含混不清。格萊斯頓認為這是由於古希臘人的色覺器官有缺陷，辨色能力不如現代人發達。這樣的研究促使往後的學者開始調查不同語言中色彩詞的系統。（姚小平，1988）

S.Ullmann 則發現在歐洲語言中，拉丁語沒有表示「褐色」或「灰色」的詞；俄語的藍分為兩個：sinij（深藍）和 goliboj（天藍）。英語和威爾士語在一些色彩詞的差異對比則更為明顯。（S.Ullmann，1973：1～39）由學者的調查我們可以得知不同文化、不同語言、不同民族對於色彩的劃分與指稱都有其差異性。

柏林（Berlin）和凱（Kay）在 1969 年出版了《基本顏色詞：其普遍性和演變》（Basic Color Terms：Their Universality and Evolution）一部著作，對於色彩詞的研究主要有以下兩點發現：（一）有十一個基本色彩詞（白、黑、紅、綠、黃、藍、棕、紫、粉紅、橙和灰）構成了所有語言色彩詞系統的普遍基礎；（二）這十一個色彩詞在不同的語言階段出現時有著嚴格的演變順序。（李紅印，2007：11～12）朱文俊在《人類語言學論題研究》中以文字的方式來解釋說明這十一種色彩詞的排列順序：

(一) 所有語言都包含「黑色」和「白色」。
(二) 若某一語言有三個顏色詞，其中會有「紅色」。
(三) 若某一語言有四個顏色詞，其中會有「綠色」或有「黃色」，而不是二者都有。
(四) 若某一語言有五個顏色詞，其中會有「綠色」或有「黃色」。
(五) 若某一語言有六個顏色詞，其中會有「藍色」。
(六) 若某一語言有七個顏色詞，其中會有「棕色」。
(七) 若某一語言有八個顏色詞，其中會有「紫色」、「粉色」、「橙色」、「灰色」中的一個或它們中的一種調和色。（朱文俊，2000：286）

由柏林和凱的研究結果可以知道色彩被人為劃分時並非毫無規則地相互差異著，其中還存在著一些普遍的現象。他們的理論受到爾後一些學者的批評，例如其所發現的基本色彩詞演變的七個階段與一些語言的實際情況有出入，把色彩詞的意義與所指物和人的視覺生理構造簡單地等同起來，卻忽略了色彩詞的語言特性和特定社會文化因素的作用等。（李紅印，2007：13）

綜觀上述的文獻，前人在色彩詞的研究上已有很豐碩的成果，且對於色彩詞的產生和發展也有詳盡的調查分析，但卻沒有一整體性的論述或理論建構來概括中西方色彩詞在使用上的差異，不免令人扼腕。因此，本研究除了對中西方的色彩詞在新詩中的使用情形作一統計分析外，並站在文化系統的觀點來比較與解釋其間的差異，以致所延伸出的論題便有「中方色彩詞在新詩中的統計分析」、「對比西方色彩詞在自由詩中的統計分析」和「中西方色彩詞的差異比較及其解釋」等，這些議題將在第七章有更為詳盡的析論。

第三節　色彩詞的文化審美性

色彩是人們對其所依存社會的一種感知。不同的民族、不同的文化背景對於色彩符號的感知都有不同的詮釋，如傅根清所說的：

> 顏色與其載體顏色詞一旦用於人類社會，在不同時代、地域、民族和階層人們的心目中，由於受不同文化傳統的影響和制約，就會產生特定的意思，引起特殊的聯想，激起特別的反應，這就是顏色和顏色詞的社會內在意義，即文化意義。這樣的顏色已不再是客觀自然的物質色，而成了抽象的象徵色；顏色詞也不僅僅是對客觀自然物質色的簡單記錄，而是已經侵入了文化的染體。（傅根清，1991：246）

因此，我們從各民族對色彩的偏好就可以得知他們的文化內涵。胡瀟在《民間藝術的文化尋繹》一書中提到：「顏色的產生與運用，特別是在狀物、言情、明志方面文化功能的發揮，使人類多了一種刻劃形象的手段，因而多了一種語言，多了一種思維工具，多了一種文化符號。」（胡瀟，1994：310）色彩詞的表達是無聲的，但它所要傳達的訊息就蘊涵在色彩詞的聯想意義中，同時這些聯想意義也反映出了民族的文化性：

> 顏色作為一種思想及其表達的工具，人們對於它們的意識以及它們內涵的確認，不是來自藝術的實踐，而是來自社會生活的實踐，來

自人們對生存環境及與人們生活直接相關的各種事物的認知，還來自人們對那些本來不具有色彩的社會事實、心理事實的情感體驗、精神投射以及互滲思維的綜合結果。（胡瀟，1994：320）

此外，駱峰《漢語色彩詞的文化審視》一書中探討了黃、紅、青、白、黑五正色的文化涵義。就黃色而言，黃色在傳統的中國文化中是至高無上的權力和地位的象徵，屬於高貴色，但隨著封建社會的瓦解，黃權制度的消滅，與黃色有關的物品（如黃袍馬褂）都成為歷史遺物。黃色的高貴意義在今日已不常被使用，相反的，表示低級、下流的象徵意義卻成為現代常用的義項，但是黃色表示低級的象徵意義是外來的。（駱峰，2004：27）就紅色而言，紅色是表示成功得勢的象徵意義，因為在中國建築文化中，宮殿、廟宇及貴族大戶的建築物上的許多構件、部位都用朱紅的顏料塗抹，所以紅色用來象徵權勢和地位顯赫。此外，在中國習俗中，「紅」色也常與驅疫避邪聯繫在一起。在現代漢語中，紅色還有「革命」的象徵意義，這一象徵意涵最初是來自法國革命。（同上，28～30）就青色而言，「青」可以說是漢語中的色彩詞「顏色模糊性在語言中的反映」。漢語中的「青」在古代就多義，可用來指綠色、藍色、黑色三種顏色，而每一用法的社會文化涵義都有所不同。「青」最主要的意義是表示綠色，象徵「生命和希望」。此外，由於晴天無雲時天空的顏色是藍色的，古人因此也將「天」稱為「青天」，而「青天」給人高遠坦蕩的感覺，故人們常用來比喻襟懷坦白，光明正大。另外，在古代服飾方面，偏藍、偏黑的「青色」都有著卑賤的意義。（同上，31～34）就白色而言，「白」詞義引伸表示明白、清楚。白虎為凶神、惡相、民間迷信的人把給人帶來災禍的人比作「白虎星」，所以白色就有了凶兆的涵義。而白色也常見於死喪活動，屬於不吉利的凶色。另外「白」還表示沒有功名，這個意義來自古代服色制度，由於「白」是沒有添加任何其他色彩的顏色，因而漢語詞義引伸「白」也表示徒勞、空的意思。西方文化從「白色」看到的是純潔、童貞和超然，現代漢語因受到西方文化的影響，在現代生活中，中國的婚慶場合就不再忌諱穿白。（同上，34～37）就黑色而言，漢語中，「黑」的象徵意義多為貶義。「黑」的意義很容易跟黑暗、死亡、陰險、恐怖、狠毒聯繫起來。現在人們常用「黑白」來形容是非善惡的對比，其中黑表示的是人們對之持否定態度的「非」和「惡」。在現代漢語中，「黑」有「非法、秘密、不公開」的象徵義。而在西方傳統文化中，黑色則象徵著死亡、悲痛。（同上，38～41）

駱峰將五正色的文化意涵作了一概括性的論述，而在中西方文化交流中，西方關於色彩的一些象徵意義也被吸收到現代漢語中來，使得漢語色彩詞的使用更加複雜，也更加容易造成使用上的混淆。

色彩既然是文化的一部分，那麼其衍生的意義也就會隨之產生變化，色彩或色彩詞在文化中的作用、功能、要求和意義也會跟著改變。「文化如果有文明或是文化、或是物質的與精神區分的話，色彩被置於物質角度的話，就是功能論、機能論、實用論的。如果是從精神層次來談論的話，色彩在精神方面則可以談論色彩的象徵意義與歷史、宗教中的作用。不論是從哪個角度來審視，色彩都可以被包含在內。」（曾啟雄，1999：217～218）而文化是透過學習的手段而來，以及長期的經驗累積，因此文化就具有可塑性。古代的社會透過社會禮制、教育來累積經驗，形成共同特徵，構成文化；現今的社會則透過傳播媒體、團體活動、學校教育等來形塑文化。人的行為、價值觀、思想就在文化中被約束、控制著，色彩的概念或色彩詞的運用也就在其中運作著。相同的色彩，在不同民族就會有不同的詮釋。例如曾啟雄所提到的：

> 中國人在結婚時，都會送紅包表示祝賀的意思……白包在中國人的習俗中，是使用在喪事中的奠儀，具有不祥的意味。可是以往中國人的結婚禮服中，新娘必須穿紅色的禮服以表徵喜氣洋洋的氣氛；可是最近也受到西方的影響，改穿白紗禮服。時下對白紗禮服的意

> 義是解釋為純潔……文化是移動的、會改變的，不是一成不變的，甚至會消失的。色彩在其中，也可以當作是文化的指標，因此而偵測、感知社會各種面貌變化的情形。（曾啟雄，1999：218）

由此可知色彩在時間的推移或文化的遷移中，會產生各式各樣的意義。而同一種色相，在不同的文化底下就會有不同的詮釋方式。

芬利（V.Finlay）在《顏色的故事》一書中剖析了赭、黑、褐、白、紅、橙、黃、綠、藍、靛藍和紫等色蘊涵在各民族文化中的意義與故事，並且跋山涉水的逐一考察這些顏色的來龍去脈，以追本求源的方式取得第一手資料，撰寫於書中。而王天兵在本書的導言中提到了中西方文化中對於色彩敏銳度的差異：

> ……中國藝術的故事與繪畫的故事，其源遠流長與博大精深堪與西洋美術史交相輝映。而唯有色彩，如果不用墨分五色這類說法自欺欺人，不用青山綠水佛堂壁畫去遮人耳目，中國人在這方面確實比西方文明略遜數籌……芬利曾引用道家老子的話「五色令人目盲」來解釋中國人的色彩觀。實際上，對其最沈重的打擊來自道家的集大成者——莊子……莊子提倡「無正色」觀，取消了人眼所見之色，用黑白來還其本色……西方畫家從來沒有將顏料當成筆墨紙硯那樣現成的、給定的繪畫工具。歷代畫家都在不斷嘗試新出現的色彩，實驗新的調配方式。西方畫家彷彿一直是藝術家和油彩專家。每個西方大師終身尋找的不只是自己的風格，還包括屬於自己的顏料、媒介和調配方法……20 世紀 80 年代，中國人又開始了一個學習西方的全新階段……他們目不暇給，進退失據，只能同時模仿西方不同時期的各種流派，在懵懂的個人理解和陳舊的教學體系之間，生產出似像非像、不土不洋的中式色彩。（芬利，2008：4～9）

西方由於受到創造觀型文化的影響，總能竭盡所能地尋找自然界中的形形色色。反觀中方因為終極信仰「道」的支配，在色彩的表現上多透露著散淡清奇的氣息。而王天兵也一語道破中方文化在西化的衝擊下所出現的矛盾與危機，這也是我們目前應自覺到的困境。

關於中西方在色彩詞運用上的文化差異和審美性，也有許多學者提出相關的研究成果。余志應的〈英語色彩詞的內涵意義及其翻譯問題〉一文將英語的紅、黑、白、黃、藍、綠等六色的內涵意義作了總括性的整理，並且和漢語的涵義與翻譯差異作一初步的探討。（余志應，1994）李聞海在〈漫談英漢語色彩詞的文化內涵〉一文中提到色彩在各民族人民的心目中有著獨特的象徵意義，不同語言中的色彩詞都附麗著豐富的文化內涵，而英漢兩種語言中的色彩詞除了反映出社會文化背景的差異，也投射出各自不同的文化心理。李聞海還探討了紅、白、黃、紫、綠、藍、灰、黑等色在不同文化中所產生的聯想差異。（李聞海，1996）李麗在〈中西文化差異之色彩詞〉一文中也說到在不同的文化語境中，人們對同一事物的理解是不同的，色彩詞也不例外。而由於文化的差異，中西方對於色彩詞的文化審美觀點大相逕庭。他也針對紅、綠、藍、黃、黑、白這六色作一跨文化系統的比較。（李麗，2008）林映春、陳曉霞則是從紅、白、黑這三個色彩詞入手，分析其在中、日、英三種語言中所蘊涵的象徵意義的異同。（林映春、陳曉霞，2008）李瓊則以漢語「紅」和英語「blue」兩個色彩詞為例，探討它們獨特的情感語義和象徵語義。（李瓊，2006）王秀紅在〈淺談色彩詞語在跨文化交際中的運用〉一文中以紅、白、黑、藍、黃五色為基準點，探討色彩詞在思維方式、意識形態等跨文化系統中的差異。（王秀紅，1999）李威在〈色彩語言中的文化〉一文中認為在中西方不同的歷史背景和文化風格的影響和制約下，色彩語言就蘊涵著豐富深邃的內涵，並且將紅、黃、藍、綠、紫、灰、黑、白等色作一跨文化系統的比較。（李威，2008）

曾小珊則透過對比法來探討英漢兩種語言中色彩詞的差異，並說明由於語言習慣、歷史背景、傳統風俗等方面的差異，表示色彩的方法和用詞有很多不同，對同一色彩的理解也有很大的差別。（曾小珊，1999）魏立婭、張桂芳、劉永玲也是運用對比的方式，來探討英漢兩種語言中色彩詞的使用差異。（魏立婭、張桂芳、劉永玲，2008）

綜觀以上學者的研究，大體而言，「紅色」在西方有表示積極、肯定的意義，但有時也有貶義。紅色可以和喜慶節日聯繫在一起，可以表示熾熱的愛情，可以象徵具有激進思想或觀點的人，可以表示害羞、尷尬、難為情、也可用以警示或有危險的；而紅色在中方只有褒義與正面的聯想義。「黑色」在中西方的解釋則大多相同，有著發怒、沮喪、死亡、邪惡、不幸等否定意義。「白色」在漢語中多為否定意義，而在英語中，白色同時蘊涵肯定意義與否定意義。它可以有潔白、誠實、幸福、公正的意義，也可以有失敗、膽小、無用處等的意涵。「藍色」在西方多為抑鬱、悲哀、空虛和陰冷的反面義；而在中國，藍色多用來象徵希望，屬於正面義。「綠色」在西方包含正反兩義，它有未成熟、無經驗、易受騙、蒼白、嫉妒等反面義，以及活潑、青春、希望等的正面涵義；在中方，綠色多為褒義，如希望、生機等，「戴綠帽子」這類屬於負面意義的在漢語的聯想義中較少使用到。「黃色」在西方多為貶義，有膽怯、卑劣、猜忌、低級等象徵義；而中方的黃色則多是尊貴、輝煌等正面的涵義。「灰色」在西方有著老練、成熟的正面義，以及沮喪、衰老的反面義；在中方多引伸為陰暗、意志消沈、失望等的反面義。「紫色」在中西文化上的涵義相似，有高貴、威嚴、豪華和權力的象徵。

在中方，一種色彩詞的文化意涵通常只存在著褒義或貶義其一，而無法像西方那樣有著豐富的正反聯想義，這也是受到文化系統的影響。中方在終極信仰「道」的運作下（參見表 2-3-1），這種幽暗不明的民族意識也使色彩詞的聯想受到侷限。而西方的終極信仰為「上帝」（參見表 2-3-2），有著實事求是的科學精神，並且以豐富的創造力將自然界的色彩體現在文化脈絡與文學中。這也是西方的色彩觀遠比中方發達的原因。

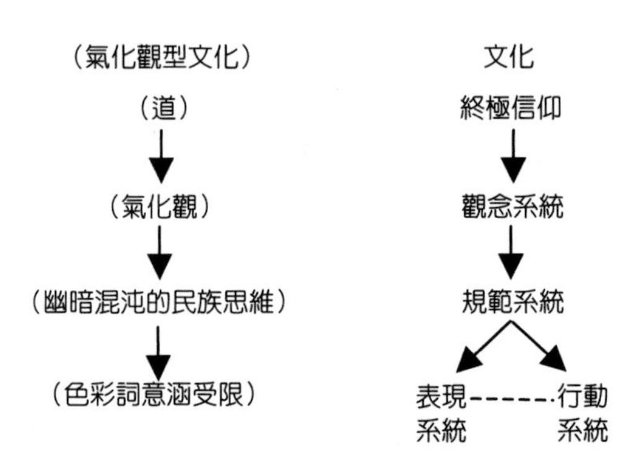

圖 2-3-1　中方色彩詞的語義關係圖

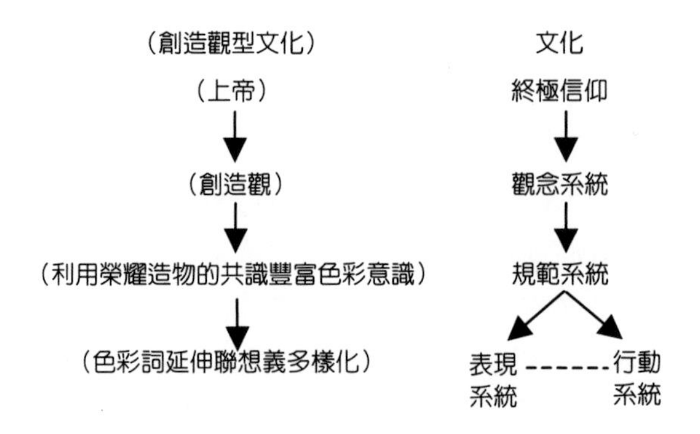

圖 2-3-2　西方色彩詞的語義關係圖

由於色彩詞的文化性在文獻研究中多是片面性的針對某些色彩作文化差異的探討，而沒有以整體性的文化系統來作中西方色彩詞的差異對比。因此，我在第五章色彩詞的文化性中，除了探討色彩詞在中西方的文化次系統位階，還針對色彩詞的文化規範系統象徵和觀念系統象徵作一深入的探究，以期將色彩詞的文化性和中西方文化觀作一整體性的論述與歸納。

吳曉用「著色」藝術來作文學作品中色彩詞的美感審視，並且將作品中的著色方式分為四類：襯托著色、對比著色、反覆著色和象徵著色。（吳曉，1994）趙寧子在〈談詩歌語體運用色彩詞的特點〉一文中簡述了詩歌中色彩詞的美感，並且歸納出三個面向：繪畫性的美感、象徵性的寓意、創造性的變異。（趙寧子，1995）馬林芳則論述了色彩詞的文化、社會與文學功能，其功能有：為諸多人或物命名和分類、反映人的職業及社會地位、表達了一個民族的感情、打開作家心靈的鑰匙、獨特的描寫功能等。（馬林芳，1996）劉正國在〈詩歌色彩的美學特徵〉一文中則認為在詩歌中色彩詞的美學特徵表現為裝飾美、情感美和象徵美。它們由表及裡從不同層次上體現出詩歌的美學價值：裝飾美以色誘人，實現其觀感價值；情感美以色感人，實現其情感價值；象徵美以色啟人，實現其思想價值。（劉正國，1998）譚旻雁在〈論文學語言中色彩語辭的審美效應〉一文中探討了文學語言中色彩詞的審美性，並認為色彩詞倘若要體現出文學美感，就必須透過以下幾方面來實現：（一）運用同色語辭，反覆強調渲染；（二）多種色彩調配，促進視覺美感；（三）明暗冷暖對比，特徵相互映襯；（四）採用超常搭配，以求凸出強化；（五）藉助象徵寓意，暗示人物命運；（六）選用不同色調，傾注不同情感。（譚旻雁，1999）曾婷、李冀宏探析了中西方在不同的文化系統底下所衍生的色彩詞審美觀，並且認為色彩詞有飄忽的模糊之美、濃厚的情感之美、深遠的象徵之美等美學特徵。（曾婷、李冀宏，2005）

另外，張隆溪在《五色韻母》中也提到了色彩詞在詩中的審美性：

> 李賀《南園十三首》之一描寫紅白相間的花：「花枝草蔓眼中開，小白長紅越女腮。」……《月漉漉篇》寫荷花凋謝：「秋白鮮紅死，水香蓮子齊。」這都在同一句中用兩個顏色詞，濃郁而分明。《南山田中行》：「秋野明，秋風白。」《將發》：「秋白遙遙空，月滿門前路。」秋水白，秋風也白，甚至乾脆說秋白，這白字用得很特

> 別……濟慈（J.Keats）描繪女神塞姬（Psyche）睡在花間，連用好幾個顏色詞：「Blue,silver-white,and budded Tyrian」（碧藍、銀白和紫紅的花苞）。丁尼生（A.Tennyson）描寫神話中女王，也用同樣手法：「All glittering like May sunshine on May leaves/ In green and gold, and plumed with green replied」（像五月的陽光照在五月的樹葉上，／碧綠而金黃，又戴著綠色映襯的羽毛）……語言本身就能產生五顏六色的幻想……詩人在想像中描繪各種事物和風景，善用顏色詞可以增強形象性和實感，使詩中所寫歷歷如在目前。（李隆溪，2008：150～151）

因此，在文學作品中善用色彩詞，不但能提升作品的美感，也能增加作品的生命力。而被賦予鮮明色彩的詩句，其隱含在色彩詞背後的聯想意義，更能使讀者在讀後難以忘懷。

綜觀上述，我們可以從色彩詞的修辭與文化來審視其美感特徵，但卻沒有確切的將色彩詞的審美類型作一歸類，只是泛談修辭美感，不免令人扼腕。因此，我在第六章色彩詞的審美性中除了分述在表現系統中色彩詞的修辭特徵外，還將其優美／崇高／悲壯等審美類型作一分類，以歸結出在文學作品中，色彩詞的審美類型。

不受時空因素的干擾。此外，一般性命名法較為科學，三要素（色相、明度、彩度）的變化全部兼顧周到，不像其他命名法多少帶點抽象性格，普遍重視色相的意義。其色相的稱呼如：赤黃綠青紫等。習慣性命名法歷史悠久，資格相當古老。這種命名法，本身就帶有感情情感的刺激或提醒思考的作用，所以有不容忽視的存在價值。這一類命名，有直接來自自然界的，也有間接（原來還是直接的，因為經由內模仿或幾次的轉移使用而變了）從社會或藝術現象演變而來的。例如：1.由植物性的色彩原料來的，如茜色、木藍、藤黃、松煙；2.由植物的花色來的，如玫瑰、菖蒲、菊黃、紫羅蘭；3.由植物的果實來的，如葡萄色、栗子色、橘黃色、綠豆色、檸檬色；4.由植物的葉子來的，如草綠色、茶色、楓葉；5.由植物的樹幹樹皮等來的，如青竹色、紅檜、白樺；6.由動物而來的，如肉色、猩紅、象牙白、灰鼠；7.由礦物性的色彩來的，如土黃色、琥珀色、鉛丹、珊瑚、鉻黃；8.由宇宙的其他現象來的，如天藍色、昏黃、水青色、月光色；9.由社會現象來的，如胡粉、金華胭脂、洋紅、普魯士藍、印度紅、中國白、土耳其青；10.由藝術現象而得名的，如古典色。習慣性命名法是色彩感覺傳達法的一種慣例原則，在使用時有現實層面的考量，所以會有時間性或地域性的感受和差別，而在學理上往往將它們按時間分別稱為「古代色名」和「現代色名」，或是「東方色名」和「西方色名」等加以分別研究。現在大家所用的色彩名詞，大部分都是目前流行性的命名。一部分襲用了（或古詞新用）古代色名，另一部分則為時令下所新創的名詞。美國色彩學家畢蘭（F.Birren）曾提出流行色的週期為七年的觀點，然而流行色的色名若是變成了現代慣用詞，就不會受到固定週期的限制，仍舊能繼續通行一段時間。例如翡翠色、琥珀色、櫻桃、巧克力、檸檬黃、紺青色、粉紅色、紫紅色等等。（林書堯，1995：74～76）

另外，太田昭雄將色彩命名的方式分為「固有色名」和「系統色名」兩大類。固有色名又稱為「慣用色名」，其名稱是由動物、植物、礦物或時代、地方、流行等而來。一般來說，固有色名是由以上這幾類來源聯想語，加上基本色彩而形成。例如玫瑰是一般人都能理解的一種花卉，當提及「玫瑰紅」這種色彩時，會讓人想到紅色的玫瑰。所以「玫瑰紅」是玫瑰這個聯想語加上紅色這基本色彩而形成的固有色名。固有色名除了來自於動植物、礦物及地名外，也可能來自於當時的流行，形成流行色。而流行色可能會因為長久使用，變成慣用色名。雖然固有色名在使用上相當方便，但其中有些色名如果過於強調時代特性或地方色彩時，很可能就會造成與不同文化背景者溝通時的障礙。（太田昭雄，1996：41～42）

所謂系統色名，和色彩體系有密切的相關。不同的色彩體系，其基本色名雖各有不同，卻大同小異。以這些基本色名相加或色調形容詞加上基本色名，就形成了系統色名。系統色名的形成方式約可分為四個階段：（一）第一階段是基本分類，先決定基本色名。基本色名的設定依各色彩體系在數量及名稱上稍有不同（參見前章第一節所述色彩體系的基本色名），但大致上沒有太大的差別；（二）第二階段是將上述基本色名再加以細分出中間色，像黃綠、藍紫、橙紅……等；（三）第三階段是加上色調形容詞，像明亮、淺、淡、深、暗……等形容詞，標的出色彩的色調，如粉綠、淺黃、深紅……等；（四）第四階段則是在以上各組合成的色名前面加上色彩偏移情形，像是帶紅、帶藍等，成為多種系統色名。（同上，41～42）

此外，一見敏男在《色彩學入門》一書中也將色彩命名與色彩之間的關係作一說明，如表 3-1-1：

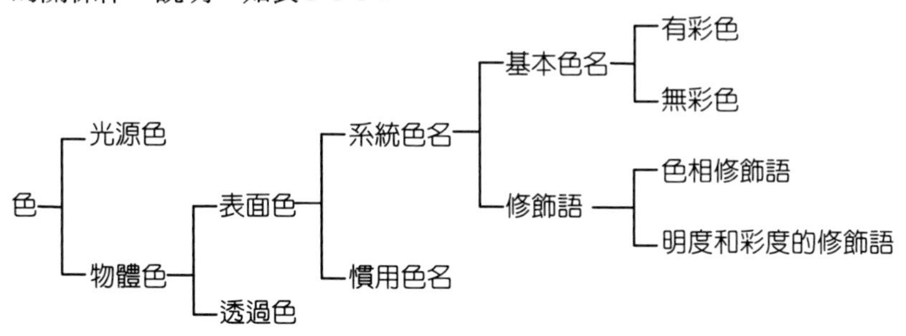

圖 3-1-1　色彩命名與色彩的關係

（引自一見敏男，1995：270）

一見敏男的色彩表是在說明色名和色彩性質之間的相互關係。但從表3-1-1 中可以發現在系統色名之後存在著些許問題——在慣用色名之後，也存有基本色名和修飾語使用的情形，但表中卻未劃分出來，使得色名有所疏漏。

二、色彩的界定

從色彩的命名中我們可以發現色彩命名的特色是源於自然環境，而人們也經由對自然環境的移情作用，從生活方式的轉變到文化經驗的累積，色彩的原始精神特質在這其中不但不會減損，還蘊涵著心理轉移的功能，並且反映出當時的歷史文化情形，或夾帶其他事物的特殊意義，發揮了色彩的傳承功能。從以上的研究中，我們能夠得知色彩命名的方式。此外，我們可以經由「原色與混色」、「色彩的對比」與「色彩的調和」等方法來界定色彩形成的本質。

（一）原色與混色

在色彩的混合過程中，有些色彩不能利用其他任何單色混合而成，這種最原始的基本色彩就稱為「原色」。能夠任意混合兩種以上的色彩而產生出新色彩的，則稱為「混色」。就原色來說，現代學者大都以三色為原色，如在色光上，三原色為紅（Orange red）、綠（Green）、青（Violet blue）三原色，其紅色光為帶有橙色的紅，青色光則是帶有紫色的青；而在顏料上的三原色則是紅（Magenta red）、黃（Hanza yellow）、青（Cyanine blue），其紅色是帶有紫色的紅，青色是帶有綠色的青。（山中俊夫，2003：33；林文昌，2003：50；林書堯，1995：94～95）混色則會因為不同的混色性質，而產生不同的混色效果，依其混色原理可分為「加法混色」、「減法混色」、「並置混色」和「迴轉混色」等：

1. 加法混色：加法混色是指色光與色光的混合現象。其混色特徵是兩種以上的色光相加，色光數量越多，光度就越高。（林文昌，2003：52）

2. 減法混色：減法混色主要指顏料或染料等物體色的混合現象，通常顏料或染料混合的色數越多，明度就會越低，彩度也會降低，甚至出現灰濁的色彩，且越多種色彩混合就越灰暗。例如以顏料三原色作等量混合，就會變成灰黑色。（同上，52）
3 並置混色：並置混色又稱「視覺混合」。某些構成的網線或線條極其微細，在一般距離外觀看較難以分辨。因此，當我們的眼睛同時接受到兩種以上的色光刺激，就會在視網膜的同一部位上形成混色現象。例如彩色印刷物，分別以黃、紅、青、黑等四色的網點交互構成，這就是並置混色的原理。（同上，52）
4. 迴轉混色：在色彩的實驗上，常用兩種以上的色紙在轉盤上快速迴轉，使其產生混色的現象，它的明度相當於兩種以上色彩的明度相加之後的平均值。（同上，52）

（二）色彩的對比

「對比（Contrast）是指兩件事物有顯著的不同，而作一種比較或對照。」（林文昌，2003：56）我們所處的世界有著豐富的色彩，因此我們在看色彩時，常常不是只單看一種色彩，而是同時接收了許多色彩。由於色彩的相互影響，產生了和單看某一色彩會有不同的現象，就形成了色彩的對比。色彩的對比可以分為「同時對比」和「連續對比」兩大類：

1. 同時對比：屬於空間性的。當兩種不同色彩相遇時，就會產生相互干涉的作用，多少改變其原有色彩。同時對比有以下幾種：（1）明度對比：兩種高明度色彩在一起時，彼此都會顯得淺淡；而兩種低明度的色彩在一起時，則二者都會顯得暗弱；倘若是一種高明度色彩和一種低明度色彩並置，則各顯得特別鮮明；（2）色相對比：當兩種不同色彩並列時，各會顯出多少別種色彩。例如把「橙色」分別放在「紅色」與「黃色」的配景中，紅色配景中的橙色會偏黃，而黃色配景中的橙色則會偏紅；（3）彩度對比：將兩種不同彩度的色彩並列，鮮明的色彩會越鮮明，灰濁的色彩則越灰濁；（4）補色對比：將紅與綠、黃與紫等具有補色關係的色彩，彼此並排而使兩色相鄰，此時會感覺到彩度增加，色彩更為明豔。這是由於並排的兩色，會把彼此的殘像加到對方的色彩中，而增加了彼此的色彩飽和度，因此我們可以感覺到補色對比的色彩特別強烈、鮮豔；（5）寒暖對比：色彩會使人感覺涼爽或溫暖，例如進入紅橙色的房間，我們會覺得溫暖，而進入藍色的房間，我們便覺得有寒意。（林文昌，2003：56～63；林盤聳、鄭國裕，2002：46～56；鄒悅富，1982：35～37）

2. 連續對比：屬於時間性的。它和同時對比不同的地方是先注視一種色彩，再注視第二種色彩而產生的色彩現象。連續對比有以下幾種：（1）色彩餘像：例如在白色的底色上，放置紅色的紙片，先注視紅色的紙片一分鐘，再將紅色的紙片移開，而視線不變，白色的紙上變會出現淡綠色或青綠色，也就是紅色的補色。一直到眼睛對紅色的疲勞恢復後，連續對比現象才會消失；（2）黑白餘像：例如黑色的底色上放置白色的紙片，先注視白色約一分鐘，將白色紙片移開，而視紙不變，則黑色底色上會出現比原黑底色更黑的餘像；（3）混合餘像：例如白色底色上，將紅、黃、青三色紙片排列成一個三角形，注視這三種色彩一分鐘，將色紙片移開，視線不變，則白色底色會出現帶有綠、紫、橙三種色彩，也就是紅的位置是綠色，黃的位置是紫色，青的位置是橙色。（林文昌，2003：56～63；鄒悅富，1982：35～37）

（三）色彩的調和

兩個或兩個以上的事物相互作用時，產生秩序、統一和諧的現象，稱為「調和（Harmony）」。（林文昌，2003：64）山中俊夫則認為調和是「在對象中發現與自己的旨意一致的東西時，或是在對象與自己間發現統一性時，可以得到調和感。」（山中俊夫，2003：201）而「色彩調和」就是指兩種或兩種以上的色彩相互配色，產生調和的現象。（林文昌，2003：64）

我們日常生活中觸目所及的色彩幾乎都不是單色，而是兩個以上的色彩以某種形式被組合在一起，這些色彩在配色界定時會讓我們產生愉快或不快的感情，然後再以調和或不調和來界定這個配色。色彩的調和現象有分為單一色相的調和、同色系的調和、類似色的調和、對比色的調和、補色系的調和、多色相的調和、漸層式的調和、無彩色與有彩色的調和等。（山中俊夫，2003：190～200；林文昌，2003：64～72）

色彩的調和可說是個人好惡的問題，對色彩的感情或情緒反應也是因人而異。即使是同一個人，有時也會依狀況而產生不同的色彩調和感覺。因此，正確而謹慎地使用各種色彩來達成所欲營造出的情感訊息，是「有意識」地使用色彩的人所需注意的地方。

從以上這些色彩理論，我們可以從色彩的本質來界定其色彩的形成以及色彩與其他層面的關係：

1. 兩種色彩並置時，可以因互相對比而呈現出不同的明度。
2. 在淺色的底色上，深色顯得更強，淺色則變得較弱；反之，在深色的底色上，淺色顯得更強，而深色則顯得更弱。
3. 互為補色的色彩並列時，彼此都會更加鮮明。因此在作品中，也可將色彩作互補的運用，使作品鮮明而活躍。
4. 妥善使用調色或配色，可以使色彩有平和感或秩序感。而在作品中，合適的調色也可增加其文學美感。
5. 色彩具有寒暖性，此一特性也可運用在作品中，除了造成寒熱的感覺外，也可以形成景物或人物的悲喜感。例如寒色色彩可使作品有悲涼、孤獨感，而暖色色彩能增加作品中熱鬧、歡樂的氣氛。

以上所提及的「原色與混色」、「色彩的對比」與「色彩的調和」等方法都源於西方的色彩理論研究。在中方，其所擁有的色彩界定觀念是以「正色」和「間色」作為區分。正色是純色，代表正統地位；間色是雜色，為不純正的色彩，代表卑微。正色有青、赤、黃、白、黑五色，間色則有綠、紅、碧、紫、騮黃（流黃）等色。《周禮》和《禮記》中也提到了中國傳統色彩中正色、間色與天、地、衣（上衣）、裳（下衣）之間的關係（《周禮・考工記》:「天謂之玄，地謂之黃。」《禮記・玉藻》:「衣正色，裳間色。」)。(吳東平，2000：53）

當五正色配上五行時，它就成為五行說的表徵。明代楊慎說:「五行之理有相生者，有相剋者，相生者為正色，相剋者為間色」、「木色青，故青者東方也；木生火，其色赤，故赤者南方也；火生土，其色黃，故黃者中央也；土生金，其色白，故白者西方也；金生水，其色黑，故黑者北方也，此五行之正色也。甲己合為綠，則綠者青黃之雜，以木剋土故也；乙庚合而為碧，則碧者青白之雜，以金剋木故也；丁壬合而為紫，則紫者赤黑之雜，以土剋水故也，此五行之間色也」。(劉云泉，1990：192～193 引）根據這五行說，正色是相互促進產生的，間色則是相剋的。這一觀念使得中方的色彩在界定時也伴隨著尊卑、貴賤、正統和非正統等意涵。

此外，正色之間也有著地位高低的區分，不同的朝代，其所尊崇的色彩就會有差異。如夏崇尚黑，因此服飾上以黑色的地位高；商崇尚白，所以服飾上以白色的地位高；周崇尚赤，因此服飾上以赤色的地位高。(姚淦銘，2001：78）中方的色彩在使用與界定時，總是緊扣著每個時代的社會文化觀念，從這些色彩的運用，我們也能耙梳出色彩與文化在不同時代中的演變與脈絡。

從中西方對於色彩形成的界定上我們可以發現，西方在界定色彩時，能夠以科學實證的精神，從色彩的三屬性（色相、明度、彩度）作色彩的區分，或者利用色光和顏料的調色混合等實驗方式分析出色彩，甚至進一步想創造出新色彩。反觀中方的傳統觀念中，色彩在界定時總無法脫離社會和文化的脈絡，色彩必須依不同的時代、不同的禮制來發展和界定，而色名也只能藉由觀察自然環境的色彩而得，它不能被獨立出來，成為一門專門的學科理論，這也使得色彩的豐富性受到了侷限。而中西方會有這樣的差異，正是因為彼此文化系統的不同所致。西方在創造觀型文化的支配下，不但富有科學精神，還進一步想創新色彩，豐富其所處的自然界。而中方則由於氣化觀型文化的影響，色彩只是社會文化中的附屬品，它必須依附著時代的體制來作運用，不能隨心所欲地使用，使色彩研究無法在傳統的中方世界中蓬勃發展。

現在由於中西文化的交流，西方文化大量注入中方，傳統的色彩界定方式（「正色」和「間色」）在今日已幾乎不被使用，取而代之的是西方的色彩理論（「原色與混色」、「色彩的對比」與「色彩的調和」等）。在色彩日益豐富的現今，西方的色彩理論確實有其重要性，但傳統的五正色和間色仍有其不可抹滅的貢獻，它能讓我們更深入了解各時代的色彩文化特色。因此，在「全盤西化」的情景下，我們應該加以思索中方色彩的真正內涵與其文化意識，才不致迷失原有的特色。

第二節　色譜概念

一、中方的色名觀念與發展

在氣化觀型文化的影響下，漢語民族在造字時，其文字仿氣之流動渾然成形，屬於形系文字或方塊文字。造字的原則是一物一字，所以單字色名非常多，有些古色名的用法在今日已不復見，取而代之的是流行或慣用的雙字色名和三字色名。中方對色彩的觀念形成時間很早，《尚書》中就提到了「黑土、白土、赤土、青土、黃土」等五色土（明文書局編，1982：130），而這五色也就是中國傳統的五正色。色名的觀念在古代有正色與間色的區別，傳統五正色和間色在本章前節已有討論，在此就不加贅述。五色說雖然宰制了當時的社會文化觀念，但並不表示該時代只有這幾種色彩，仍然有其他顏色被民間所使用。例如呂清夫在《色名系統比較研究》中，就針對我國最早的詩歌總集——《詩經》，作一色名的整理統計，呂清夫發現《詩經》共出現了二十三種色名，分別為白、玄、黃、朱、素、赤、騂、蒼、綦、緇、青、綠、赫、黑、彤、皙、金、蔥、奭、芸、幽、皇等二十三個色名。（呂清夫，1994：32）另外，呂清夫也針對紀元前一般文獻的色名作了統計分類（詳見表 3-2-1）。

表 3-2-1 紀元前傳統色名表

約前 600 年	纁、盧。
約前 450 年	紺、緅、紅、紫。
約前 350 年	殷、　、綪、墨。
約前 280 年	深墨。
約前 200 年	鞠、幽、緹、黝、前、鴇、騭、　、髹、漆、黃白、青白、赤黑、赤白、火赤、荼白、騵、爵、韎。
約前 120 年	青蔥、青騵、純白、皓白、素白、粹白、潔白、黴黑、黴墨、顥。
約前 100 年	縓、　、倉、縕、丹朱、湘、縹、緱、皁、烝栗、緇、繎、絳。
約前 50 年	黈。

（引自呂清夫，1994：38）

此外，林志鴻在他的碩士論文中則整理了《說文解字》中出現的色彩字及其部首（詳見表 3-2-2）。《說文解字》共分成十四篇，五百四十部，共計九千三百五十三字。當中以「糸部」所出現的色彩字為最多，共三十八個色彩字。其次是「黑部」、「馬部」等等。「糸部」通常和布帛染織有密切的關係，所以由此也可以推測出中方色名的發展和染織發展有著密不可分的相關性。（林志鴻，2002：9～11）

表 3-2-2 《說文解字》的色彩部首及字數

部首	色彩字	部首	色彩字	部首	色彩字
玉部	8	日部	20	豸部	3
气部	1	旦部	1	馬部	25
艸部	14	冥部	1	犬部	2
牛部	10	月部	2	鼠部	3
皮部	1	穴部	1	火部	6
目部	4	巾部	1	黑部	26
羽部	4	市部	2	赤部	9
佳部	2	白部	11	大部	1
羊部	2	黹部	4	水部	5
鳥部	5	衣部	3	雨部	1

么部	1	老部	1	魚部	3
玄部	1	毛部	1	女部	2
虍部	4	儿部	1	糸部	38
丹部	2	見部	1	土部	3
青部	1	頁部	1	黃部	6
韋部	2	須部	1	金部	10
木部	10	髟部	1	阜部	2
華部	1	色部	1	石部	1

（引自林志鴻，2002：10）

明代宋應星所著的《天工開物》一書對當時的染色技術則是作了很詳盡的記載，其中的〈彰施〉篇就是以色彩名稱作為綱目的順序。它的順序依次是大紅色、蓮紅、桃紅色、銀紅、水紅色、紫色、赭黃色、鵝黃色、金黃色、茶褐色、大紅官綠色、豆綠色、油綠色、天青色、葡萄青色、蛋青色、翠藍、天藍、玄色、月白、草白、象牙色、藕褐色、包頭青色、毛青色等，共有二十六色。而在撰寫的先後次序上，依序是紅、紫、黃、茶褐、綠、青、藍、白、雜色。（宋應星，1986：197～212）上述這些色彩詞的命名在分類上都是屬於固有命名。

到了清代，色彩詞的使用更為豐富，如《紅樓夢》中就出現了八十八種色名，當中有四十三個固有色名，四十五個系統色名。（沈小雲，1997：44～49）而從清代的《蠶桑萃編》和《蘇州織造局志》所編列的色名也能窺知當時色彩發展的概況，其編列的色名有：大紅、鮮紅、淺紅、蓮紅、桃紅、銀紅、水紅、木紅、朱紅、天青、元青、葡萄青、淡青、蛋青、雪青、石青、真青、明黃、鵝黃、赭黃、金黃、牙黃、穀黃、米色、沉香、秋色、天藍、寶藍、翠藍、湖色、蔥藍、石藍、砂藍、月白、大綠、豆綠、油綠、官綠、砂綠、墨綠、紫、藕褐、絳紫、古銅、棕色、豆色、玄色、草白、玉色等四十九色（吳淑生、田自秉，1987：301），顯示出色彩詞的運用越來越多樣化，色彩文化也越來越精緻。

由此可知，色名觀念的發展在初期大多以單字描寫為主，接著則有將色彩作為社會禮制的表徵。此後，色名由單字漸漸演變出雙字、三字、多字以及疊字，豐富了中方詞語的色彩表現。而現今漢語民族在色名系統的建立上，多是援引西方的色彩理論和美國所編著的《色彩辭典》。關於西方的色彩理論在前章第一節已有所論述，在此就不再贅述。以下我先探討西方的《色彩辭典》，再對比中方的《色譜》，並佐以《中國色名綜覽》、《中國傳統色》和李楨泰的《色彩辭典》等書，對中西方的色譜概念與文化因緣作一探析。

二、西方的色譜概念——《色彩辭典》

在美國，關於色彩的理論很早就有學者在從事相關研究，色名研究也是。李奇威（R.Ridgway）在 1886 年與 1912 年分別編定了《博物學家的色彩命名法》（A Nomenclature of Colors）和《色彩標準與命名法》（Color Standards and Nomenclature）兩本色名專書，開色名系統性整理風氣之先；爾後麥爾茲（A. Maerz）和保羅（M. R. Paul）更匯集了前人的資料，出版了一本西方色名最為豐富的著作《色彩辭典》，建立了一套完整的色名系統。

《色彩辭典》是西方近代的色彩理論研究中，色名資料相當豐富的一本專書，由美籍學者麥爾茲和保羅合輯而成，出版於 1930 年，書中共列舉了七千零五十六種顏色，三千四百六十七種色名，並且對其中的兩百三十五各色名詳加解釋或考據，使辭典內容更加完備。另外，《色彩辭典》還收錄了紀元前 32 年～1949 年這段期間的有關色名的著作目錄，共有兩百五十六本，這些著作包含染料纖維、藝術、建築、塗料等方面，可見麥爾茲和保羅在蒐集色名時的用心。（麥爾茲、保羅，1930：1～56）

《色彩辭典》總共五十六頁，每八頁一組，共有七組。每一組的第一頁底色是白色，接下來的七頁則是濃度由淺漸深的灰色底。每一頁色表的色格排列是橫排十二格、直列十二格（如圖 3-2-1）。將兩個純色至於色表中的最右上角和最左下角，色彩濃度由右至左、由下至上漸次變淡，所以最左上角是不含色彩的，而第一排和最左列則是單一色彩。這七組所使用的基本色分別是：紅——橙——紫紅、黃——橙、黃——綠、藍綠——綠、藍綠——藍、紫紅——藍和紫紅——紅紫。其中第一組使用到三個基本色，是因為第一組的每一頁又分成上下兩部分，上半部的左下角和下半部的左下角各用一個純色的緣故。

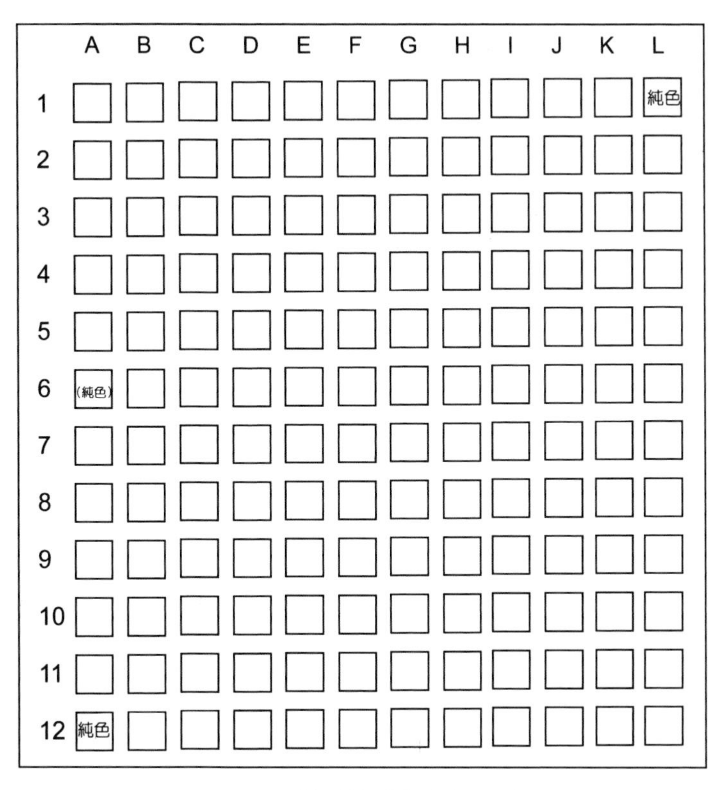

圖 3-2-1　《色彩辭典》色格排列圖

（修改自麥爾茲、保羅，1930：1～56）

《色彩辭典》在色名的整理上非常詳盡，而色名的編排也以科學實證的方式來作選定，具有客觀性。此外，該書所選用的三千四百六十七種色名全是固有色名（慣用色名），表示色彩的認定是以動植物或礦物等實物來決定。

三、中方的色譜概念

相較於西方，中方色譜概念的發展起步較晚，第一個有關色名的專書是 1957 年由中國大陸所出版的《色譜》，爾後日本色彩計畫中心根據《色譜》，於 1978 年出版《中國色名綜覽》。另外，王定理在 1986 年出版了《中國傳統色》一書，是近代頗為重要的色名相關著作。爾後李楨泰也在 1989 年編製《色彩辭典》，豐富了中方色名系統的研究。以下我針對《色譜》、《中國色名綜覽》、《中國傳統色》和《色彩辭典》等書的色譜概念作一探析。

（一）《色譜》

中國科學院在 1957 年以書的形式編訂了《色譜》，這可說是中國近代首部的傳統色名專書。其內容彙整了古今所使用的色名，並搭配有色樣，目的則是為了制訂色彩標準和統一色彩名稱。而根據書中記載，《色譜》的編撰是參考麥爾茲與保羅的《色彩辭典》和奧斯華德的色彩體系等西方色彩理論，經過擴充與發展後，登載了一千六百一十七個彩色和十三個灰色編成的色譜，計有六百二十五個色彩冠上色名。（呂清夫，1994：66～69）

《色譜》在色彩編列上是參考奧斯華德的色彩體系，以八個基本色（黃、藍、紅、綠、橙、藍綠、紫、黃綠）為主，另外再加上無彩色。而在色表的結構上則是參考美國《色彩辭典》，有彩色的色表有三十四頁，無彩色的色表有一頁，共計三十五頁。除無彩色一頁外，其他各頁都是由四十九個色格所組成（如圖 3-2-2），橫縱各為七個，組合成四十九宮格。最右上角和最左下角分別為純色，其中以右上角為基本色，明度從右至左由濃漸淡；橫排為另一基本色，濃度由下而上，以六個層次漸次變淡，最上面一層則不加印色彩，保持原右上角基本色的明度變化情形。橫排以 1～7 來標示，直列則以 1^1～7^1 表示。（同上，66～69）

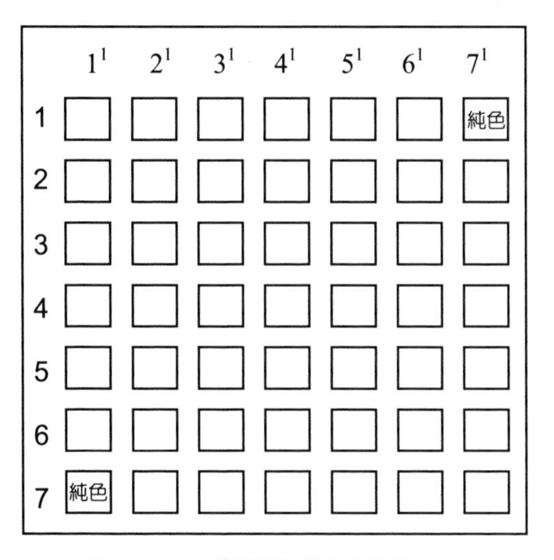

圖 3-2-2　《色譜》色格排列圖

（引自沈小雲，1997：16）

《色譜》的編製雖然沒有像西方的色名系統那樣嚴謹，但是它開了中方色名系統研究的先河，居首創地位，其貢獻是值得我們重視的。

（二）《中國色名綜覽》

日本色彩計畫中心所編訂的《中國色名綜覽》是根據《色譜》以及參考曼塞爾色彩體系來編製的，其內容的編排是採美國《色彩辭典》的形式，並輔以中、英、日三種語言對照編撰而成。這本書所收錄的色名計有中國色名六百二十五個、美國色名兩百七十六個、日本色名五百三十個。（湊幸衛，1979：1～128）

《中國色名綜覽》在編製時是採用座標來標示色相位置，並且將色相以色相環的表現方式進行排列。色相環分成四十等分，全部有彩色分為四十個色相，另有一頁為無彩色，共計四十一個色相。由於中、日色樣的色彩值並不相同，因此每個色相都有中、日兩種圖樣來作對照。（同上，1～128）

(三)《中國傳統色》

王定理在中國各地和偏遠地區進行色樣的考察研究，共蒐集了三百二十種色彩，編撰了《中國傳統色》。書本刻意印製成方便撕下，讓人可以作為標示之用的色票集。這些色彩以礦物色為主，部分是植物色、合成色或近代的外來色彩。色名則採用中國歷來的習慣用語，有的以地名命名，有的則以植物花卉或果實來命名。此外，色名的解說也有中、日文的對照說明。(呂清夫，1994：59～62)

《中國傳統色》一書中對於色樣選取和代表色的擇定都沒有加以交代，在編訂上也未將色樣和色名作有系統的整理，所以還不能算是色名研究的專書。但其對於色彩和色名的蒐集多達三百二十種，對於從事色名研究的人而言，也是一份豐富的資料來源。

(四)《色彩辭典》

李楨泰的《色彩辭典》又稱為《色典》，參考曼塞爾色彩體系，編製出三百五十四種色卡，這些色卡為標準色帖，每一色在色名對照表上都可以對照出各種色系的色立體的位置、色彩配合的成分和光學測色的數值。另外，每一色的色卡都附有解說，這些解說包含了色名定義、外文色名、色彩事典和現代工廠染色等。(引自吳瑞卿、黃士銘等，1996)

綜觀以上的研究，我們可以得知，《色譜》是中國近代首部傳統色名專書，因此有其值得重視的地方。但它既是中國整理色名的書籍，卻未收錄單字的中國色名，不免令人扼腕。此外，《色譜》雖然是依據奧斯華德的色彩體系和美國的《色彩辭典》作編排，卻未像西方色彩研究書籍的編製那樣嚴謹豐富，實為美中不足。

《中國色名綜覽》所列舉的色名，雖然是參考曼塞爾色彩體系的色相表，但卻有色相相同而命名不同的情況產生。如在書裡所列的大紅、珊瑚紅和魚腮紅三色，在曼塞爾色彩體系中都同屬於「5R6/12」的色相，

然而在書中卻是標示不同的色名，這樣的情形容易讓人產生誤解。（林岱瑩，2005：109～115）

《中國傳統色》在漢字的使用上，與《色譜》、《中國色名綜覽》有所出入，例如「藕荷」色與「藕合」色，都表示同種色相，這兩個色彩詞雖然只有一字之差，但卻會造成色彩表達上的誤解。此外，單字的中國色名在書中也未見到，卻另外增加了許多近代的外來翻譯性色名，不免令人對書名中的「傳統」二字的「定義」產生疑問。（同上，109～115）

李楨泰的《色彩辭典》運用科學實證的方式來編製色譜，儘量排除蒐集樣本時被主觀因素所影響，頗具客觀性。唯在色彩收集的數量上比起西方的《色彩辭典》，還是小一號，稍嫌不足。

大體而言，我們可以發現，《色譜》由於是要方便生物學、礦物學等方面的使用，以致其色名大多來自於自然界中的動物和植物；而《中國色名綜覽》是根據《色譜》來編製，所以差異也相同；《中國傳統色》則是由北京中央美術學院的教授王定理所編訂，因編者的專業領域因素，因此其色名的擇定或解釋多採自織染、繪畫和服飾等領域。這三本書的研究對象在取樣上都有偏頗不全的缺點或過度集中的情形，這是樣本取樣上的疏失，且色樣的蒐集上不夠廣泛完整與客觀，在信賴度上頗讓人質疑。相較於前三本書，李楨泰的《色彩辭典》在參考了西方色彩體系後，還運用了科學方法分析出每一色的成分和光學測色數值，在色樣的蒐集上較為客觀。

四、中西方色譜概念差異的原因

在探究了中西方的色譜系統後，我們得知西方的《色彩辭典》共歸納出三千四百六十七種色名，中方的《色譜》和《中國色名綜覽》有六百二十五種色名、《中國傳統色》有三百二十種、李楨泰的《色彩辭典》則有三百五十四種，由此也可以發現中西方在色彩感知的敏銳度上有很大的差距，這是不同的文化系統支配所使然。西方在創造觀型文化的影響下，對於色彩的觀察細膩且敏銳，甚至想進一步創造出新色彩，豐富色彩視野，不被現有的色彩所囿，期許自己往造物主的崇高理想邁進。反觀中方的色譜概念，雖然援引了西方的色彩體系，卻只能「了無新意」，侷限於眼睛所能見的動植物、礦物、服飾、染料等方面，無法突破既有的色相而有所創新。在氣化觀型文化的影響下，對於色彩觀念含糊的中方，其色名或色彩研究終究低西方一截，只能落在後方，疲於追趕西方的腳步，而無法並駕齊驅。

在中方色譜的研究中，可以發現近（當）代的色譜概念幾近全盤西化，沒有加入中國古代的傳統色名，甚至增加了很多頗具爭議性或外來的翻譯色名，失去中方原有的色彩特色。其實，色名系統的規畫不應只是一味地仿效西方，應該考量到中方的風俗民情與文化特質，以中方的傳統色名為骨骼、西方的色彩理論為肌體，才能架構出一套屬於中方所專用的色名系統。

第三節　色彩的類型

色相、彩度和明度的不同以及色彩的調和與對比的變化，都會帶給人不同的心理感知，而人類對於色彩的感知能力，也是所有生物中最為敏銳的。正因為如此，人類總可以極盡所能地去運用色彩。其實，我們平常對所經歷到的各種事物或經驗，都會存在著一分主觀的感受；同樣的，看到各式各樣的色彩時，這種感情也一樣存在。但是對色彩的感情，有一部分是源自於人類「視知覺」的自然反應，並不需要加以訓練或理解，就會產生共通的感應，我們稱這些現象為「色彩感覺」。（林文昌，2003：73）在二十世紀初期，心理學派的理論蓬勃發展，這也影響到色彩學的研究。有許多色彩心理學家會使用色彩視覺作用，來分析人對各種色彩的心理反應，也由此區分出許多不同的色彩類型。這種站在「人類心理感知」的觀點來區分色彩類型，有別於前章所論及的色彩理論。它和人有較直接的關係，而這樣的關聯性也更能讓我們運用在文學作品中，使作品可以藉由色彩的心理感知而散發出不同色調的光采。以下我從色彩感覺為出發點，探討色彩可以區分為哪些類型。

一、輕色系與重色系

當各種不同的色彩互相搭配時，這些色彩會使人在外表上有輕一些或重一些的感覺。色彩的輕重之感，主要是和色彩的明度有密切的關係。以明度五為界，明度越高的色彩，會給人越輕的感覺；而明度低的色彩，則會讓人感覺較重。色彩的輕重感與色相、彩度之間幾乎沒有什麼關聯。（林文昌，2003：77；林磐聳、鄭國裕，2002：58；山中俊夫，2003：151～152）例如兩個重量相同的物品，其中一個用淺黃色包裝，另一個用深褐色包裝，讓不知道物品重量的受試者說出哪個重，在心理感知上受試者會認為淺黃色包裝的物品感覺較輕，而用深褐色包裝的物品會較重。

不同的純色（紅、橙、黃、綠、青、紫）也各有不相同的明度，一般仍以純色的明度來決定色相之間的輕重感。唯一例外的是橙色和綠色，橙色明度比綠色高，但感覺上橙色卻是比綠色重一些。（林文昌，2003：77）

此外，在無彩色當中，白色的明度最高，所以是最輕的色彩。隨著明度的降低，重量漸重，黑色給人的重量則是最重的。

二、暖色系與寒色系

色彩倘若以溫度感來分類，有暖色系和寒色系兩種類型。暖色系的色彩通常會讓人感到溫暖，如黃、紅等；寒色系的色彩則容易使人有寒冷感，如藍、紫等。（林文昌，2003：73～74）

此外，在無彩色當中，明度較低的黑色或深灰色較具暖和感，屬於暖色系；明度較高的白色或灰白色則有寒冷、涼爽的感覺，屬於寒色系。這種明度高低所造成的寒暖差異，可以用物理上的熱量來解釋，淺色反射熱量，吸熱少，所以有涼爽感；深色則反之，所以會讓人有暖和感。（林文昌，2003：73～74；林磐聳、鄭國裕，2002：57）

寒暖色除了給人溫度上的差異，也讓人有不同的心理感受。暖色系通常可以激勵人心，並且有熱情、溫馨和積極的感覺，屬於「外向型」；寒色系則給人一種幽柔、冷靜、低調和嚴肅的感受，屬於「內斂型」。

三、前進色系與後退色系

當我們觀察色彩時，長波長的光線會在眼睛的網膜後方集成焦點，短波長的光線則在網膜的前方集成焦點。這前後不一的焦點，經過眼睛裡的水晶體調整後，使得長波長的光線看起來會覺得比較近，短波長的光線看起來則會比較遠。因此，當不同波長的兩種色彩並排互列時，有的色彩會看起來較凸出，讓人有前進或向外膨脹的現象感；有的色彩則是會向內收縮，具有後退之感。而讓人有膨脹或前進感的色彩，就稱為前進色或膨脹色；給人收縮或後退感受的，就稱為後退色或收縮色。（林文昌，2003：76；林磐聳、鄭國裕，2002：57～58）

此外，高明度的光量其色刺激通常較大，高彩度的色刺激也會較強，這對網膜的興奮作用也有很大的影響，它在接收刺激後，會振奮而波及周圍邊緣區域的視覺神經細胞，致使在心理感知上會有誇大或過分的判斷。一般而言，明度高且亮的色彩有前進感，屬於前進色，具有擴散性，看起來也會比實際大一些；明度低的色彩則較具收縮後退感，屬於後退色，含有收斂性，看起來則比實際狹小一些。在彩度方面，則是高彩度的鮮豔色彩，會讓人有伸張前進之感，尤以暖色系為甚；彩度低且濁的，就給人一種退縮狹小的感覺。（林書堯，1995：134～135；林磐聳、鄭國裕，2002：57～58）

山中俊夫在其《色彩學的基礎》一書中曾提到某種現象，就是當我們眺望遠方的風景時，較遠的景色感覺上會比近的景色還要藍，這是由於大氣的散亂現象所造成。短波長的光容易造成大氣粒子散亂的現象，而長波長的光則較少有這種現象，因此長波長的色彩不會因為距離遠近而改變其色彩的鮮豔度。這樣的經驗也讓人有紅、橙色系看起來較近而藍色看起來較遠的聯想。（山中俊夫，2003：150～151）但是這樣的結果無法得到「色相會造成被視色彩的距離感相異」的結論，應該只是人們透過經驗或體驗的累積所形成的心理感知通例。

四、強色系與弱色系

色彩的強弱之感，和彩度有密切的關聯。純色的色彩飽和度是最高的，所以在感覺上也最鮮豔強烈，而這些彩度高的純色就具有強色系的特性。隨著彩度的降低，形成弱色系。（林文昌，2003：78）

純色經由加黑或加白，產生色調的變化，就有了強弱色之分。大體而言，強色系的範圍包含純色調、活潑色調和明亮色調等；弱色系的範圍則包括了濁色調、淺色調和帶淺灰的色調等。（林文昌，2003：78）通常強色系會給人強烈、緊張的色彩效果，弱色系相對地會較為柔和、鬆弛。

五、興奮色系與沉靜色系

當人們看見色彩時，在心理上也會因受到色彩刺激，產生興奮或沈靜的感受。一般來說，看到紅、橙、黃等色相，心理上會覺得較興奮、積極；而看到青色或紫色時，內心則會有沈靜感。這種會讓人有興奮感的色彩，就稱為興奮色系或積極色系；而會使人產生沈靜或消極感的色彩，就稱為沈靜色系或消極色系。（林文昌，2003：75；林磐聳、鄭國裕，2002：60）

大致而言，暖色系屬於興奮色，寒色系屬於沈靜色。其中又以紅色為最興奮色，而藍色為最沈靜色。倘若以明度來說，明度高的色彩富積極性，為興奮色系；明度低的色彩較消極，為沈靜色系。而在彩度方面，彩度越高就越富積極性，彩度越低就越偏消極性。因此，高彩度為興奮色系，低彩度為沈靜色系。（林書堯，1995：138～139；林磐聳、鄭國裕，2002：60）

六、柔和色系與堅硬色系

有些色彩使人感到柔和，有些色彩則讓人覺得堅硬。會讓人感到柔和的色彩就稱為柔和色系，而使人有堅硬感的則稱為堅硬色系。通常明

度高、彩度高的色彩給人的感覺比較柔和；明度低、彩度低的色彩就讓人感覺比較堅硬。（林磐聳、鄭國裕，2002：58～59）

就無彩色而言，黑色和白色都具有堅硬感，為堅硬色系；相較之下，灰色則比較柔和，為柔和色系。此外，暖色系通常給人柔和的心理感受，寒色系給人的感覺會較堅硬。（林磐聳、鄭國裕，2002：58～59）

七、華麗色系與樸素色系

色彩感覺會給人華麗或樸素之別，主要是彩度所影響。彩度越高，越讓人有鮮豔、華麗的感覺；彩度越低，則讓人有簡淡、樸素的感受。這種讓人有華麗感的色彩就稱為華麗色系，而讓人有樸素感的色彩則稱為樸素色系。此外，雖然明度不是影響的主因，但明度高的色彩仍會比明度低的色彩來得華麗一些。（林磐聳、鄭國裕，2002：59～60）

倘若就色調而言，活潑、強烈、高明度的色調，具有鮮豔華麗感，為華麗色系；而灰暗、低明度與鈍色調，給人一種簡約素樸感，為樸素色系。（林磐聳、鄭國裕，2002：59～60）

八、爽朗色系與陰鬱色系

人類有追求光明的本能，因此如果想表現爽朗或陰鬱的色彩情感，以明度的關係最為密切。通常明度越高的色彩越具有爽朗感，屬於爽朗色系；明度越低的色彩則越具陰鬱感，屬於陰鬱色系。（林磐聳、鄭國裕，2002：60）

在無彩色的色調中，白色具有明朗光亮感，為爽朗色系；黑色則給人幽暗鬱悶的感受，為陰鬱色系。此外，暖色系為爽朗色系，寒色系為陰鬱色系。（林磐聳、鄭國裕，2002：60）

九、注目的色系和不注目的色系

色彩的注目性，指的是色彩能否吸引人的意思。（林書堯，1995：139）一般來說，要能引人注目的色刺激，通常有以下幾個條件：（一）明視度高的色彩，受注目的機會較大；（二）美感度大，整體諧調的色彩，注目性較高；（三）日常生活少見的色彩，引誘力大；（四）積極色系有引人注意的迫近力；（五）旁邊沒有相似的色彩干擾時，也較容易引人注目；（六）流行性的心理色彩較易引起注目等。（同上，139）

如以色彩的三要素來作區分，大體而言，明度高的為注目色系、明度低的為不注目色系；彩度高的容易刺激人的感覺，所以注目性也較高，為注目的色系。雖著彩度的降低，就會漸漸減少其吸引力，成為不注目的色系；在色相方面，暖色系為注目的色系、寒色系為不注目的色系。（林文昌，2003：79～81；林書堯，1995：139～140）

十、清色系和濁色系

有些顏色會給人透明的純淨感，這種色彩就是屬於清色系的色彩，例如白色、黑色以及各色相的鮮、明、淺、淡、深、暗等色，都是清色系的範疇。如果將清色系的顏色用白色或灰色加以混合後，會調和出渾濁的顏色，這種不透明的色彩就稱為濁色系。（賴瓊琦，2003：40）

十一、記憶色系和印象色系

人的眼睛就像是一臺照相機，能記住所見到的形形色色的景象。這些景象或事物的色彩會在腦海裡留存，有時候便會藉由回憶的方式，抽取出這些曾經看過的顏色。當人對所回憶的事物與景象記憶深刻或是有所偏好時，其回憶的顏色色調就會被加強，變得更加尖銳或鮮豔，這種在回憶中被鮮豔化的色彩就屬於記憶色系。例如特別喜歡某種水果，當回憶起這種水果的顏色時，其色彩會在心理感知中變得更加鮮豔，同時也會被美化。倘若在回憶的過程中，心裡沒有特別的感受或喜好，只能憑著印象或舊經驗來作回想，通常只能想到平均化的顏色，而這種單憑印象的方式來回憶事物的色彩，沒有情緒感覺的內在因素干擾，使色彩的色調趨於平均化，這樣的顏色就是屬於印象色系的範疇。（賴瓊琦，2003：40；林書堯，1995：148～150）

十二、色彩的味覺類型

不同的色彩，所帶給人的味覺感受也會有所差異，這主要是由心理感知來作色彩聯想。而色彩與味覺類型大致可有以下的區分：（一）酸：讓人聯想到未成熟的果實，因此在色調上以綠色為主。而由橙黃、黃到藍色為止，也都能表示酸的感覺；（二）甜：暖色系的色相通常較能表現出甜味，而明度和彩度高且為清色者，也能給人甜的感覺，灰暗或鈍濁的色彩則無法展現出甜度；（三）苦：低明度、低彩度、或是帶灰的濁色，都能給人苦的感覺。例如灰、黑或黑褐色；（四）辣：辣味的色彩我們可以從刺激性的食材來取得聯想（如辣椒），因此像是紅、黃色都可以給人辣味感；（五）澀：從未成熟的果實來作聯想，如帶濁色的灰綠、藍綠或橙黃色都有澀味。（林文昌，2003：80～84；林磐聳、鄭國裕，2002：61～62）

十三、色彩與幾何圖形的關聯類型

色彩倘若以純色出現時，常常會和許多感覺產生聯想，而其中和幾何圖形有很密切且某種客觀上的關聯性。色彩與幾何圖形的關聯有以下六種類型：（一）紅色：具有「正方形」的特徵。因為紅色的特徵為強烈、重量、不透明、充實等，與正方形直角的安定感相關聯；（二）黃色：具有「等腰三角形」的特徵。因為黃色的特徵為活躍；積極、敏銳等，與三角形銳角的積極、銳利感相關聯；（三）橙色：具有「梯形」的特徵。因為橙色的色彩居於紅、黃之間，所以特質也居於二者之間，不如紅的刺激感和黃的銳利感；（四）綠色：具有「六角形」的特徵。因為綠色給人自然而沈靜的感覺，不如黃的尖銳，因此角度都為鈍角；（五）紫色：具有「橢圓形」的特徵。因為紫色的特徵為柔和、女性等，因此和無銳利感的橢圓形相關聯；（六）藍色：具有「圓形」的特徵。因為藍色的特徵為輕快、柔和、流動感等，而藍色也常被聯想成海洋或天空的色彩，因其浮動不定、變化萬千的感覺，滾動的圓形就成了藍色的幾何代號。（李蕭錕，1996：102；林磐聳、鄭國裕，2002：61～62）

上述十三種為色彩的類型，在探究這些色彩類型時，我們可以從中可歸納出一些規則（如表 3-3-1、表 3-3-2）：

表 3-3-1　明度的色彩類型規則

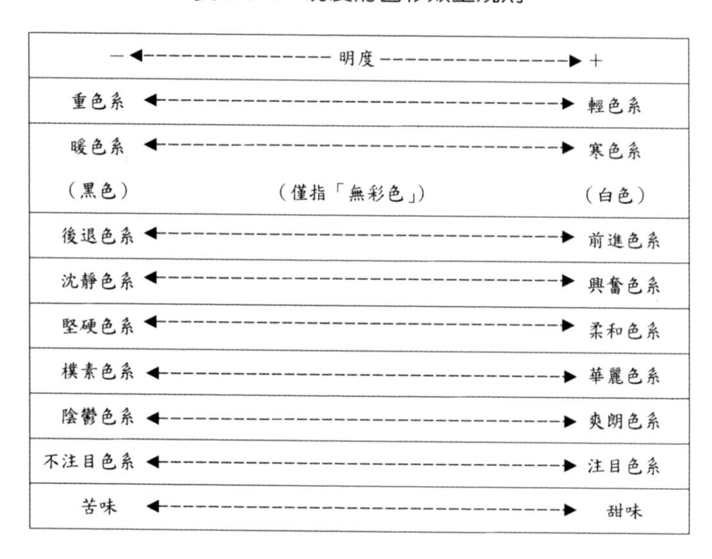

－	◄---- 明度 ----►	＋
重色系	◄----►	輕色系
暖色系 （黑色）	◄----► （僅指「無彩色」）	寒色系 （白色）
後退色系	◄----►	前進色系
沈靜色系	◄----►	興奮色系
堅硬色系	◄----►	柔和色系
樸素色系	◄----►	華麗色系
陰鬱色系	◄----►	爽朗色系
不注目色系	◄----►	注目色系
苦味	◄----►	甜味

表 3-3-2　彩度的色彩類型規則

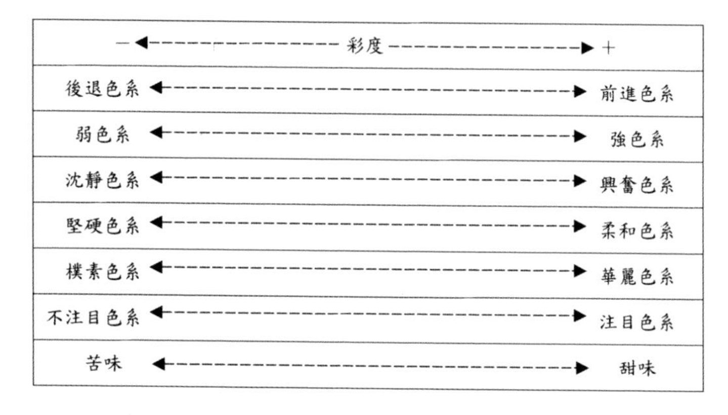

－	◄---- 彩度 ----►	＋
後退色系	◄----►	前進色系
弱色系	◄----►	強色系
沈靜色系	◄----►	興奮色系
堅硬色系	◄----►	柔和色系
樸素色系	◄----►	華麗色系
不注目色系	◄----►	注目色系
苦味	◄----►	甜味

從表 3-3-1 可以得知，明度低的顏色在色彩類型上會屬於重色系、暖色系、後退色系、沈靜色系、堅硬色系、樸素色系、陰鬱色系、不注目色系和帶有苦味的味覺；而隨著明度的提升，色彩類型會漸漸轉變為具有輕色系、寒色系、前進色系、興奮色系、柔和色系；華麗色系、爽朗色系、注目色系和甜味等特徵。另外，從表 3-3-2 則可以看出，倘若就彩度而言，彩度低的色彩通常屬於後退色系、弱色系、沈靜色系、堅硬色系、樸素色系、不注目色系和帶有苦味的味覺感；而隨著彩度的增加，色彩變得鮮豔凸出，其類型也會漸漸轉變為具有前進色系、強色系、興奮色系、柔和色系、華麗色系、注目色系和甜味等特徵。這些色彩類型的特徵除了在繪畫、服飾、園藝等方面呈現出來，也可藉由文學作品中色彩詞的運用展現出其獨特的文學美感。

不同的明度、彩度和色相，會產生出不同的色彩類型特徵，而這些特徵在不同的文化系統中，也被不同的民族所喜愛。除了無彩色中的黑色與白色，大體而言，西方民族在創造觀型文化的受造意識支配下，喜愛鮮豔明亮的顏色、希望能藉由色彩來榮耀造物主所創造萬物，因此偏好明度高、彩度高且色相是暖色系的色彩（見表 3-3-3）；而中方民族在氣化觀型文化的影響下，對於色彩的觀察含糊混沌，有著沈靜、簡約且樸素的民族風格，因此喜好明度、彩度較低且色相是寒色系或輕寒色系的色彩（見表 3-3-4）。

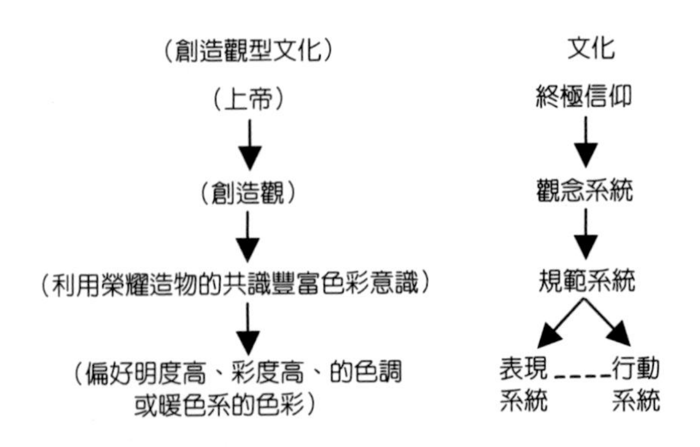

圖 3-3-1　西方的色彩三要素與文化關係圖

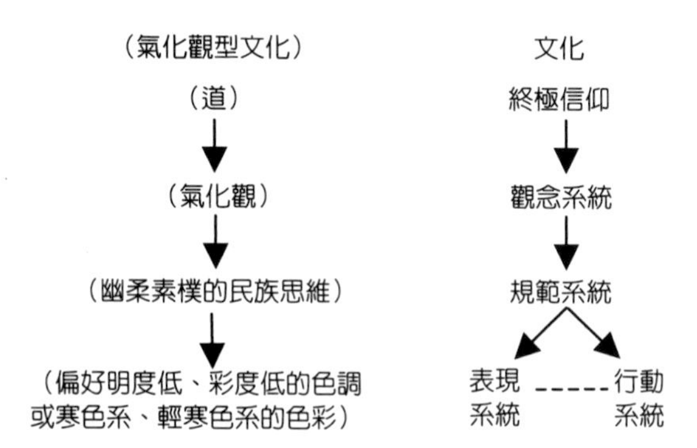

圖 3-3-2　中方的色彩三要素與文化關係圖

第四章　色彩詞的特性與功能

第一節　色彩詞的語義象徵

色彩詞作為語言的「調色板」，不僅可以使語言在表達上豐富生動，還可以展現情感的充沛。而色彩在作為客觀存在的一種特殊物質形態時，它必須依附在具體客觀的事物上，並且經由人的主觀意識去感知才會有意義。因此，色彩詞語不僅指稱了色彩概念所表達的客體方面的特徵，還表達了色彩在人的主體意識中所能引起的一切刺激反應的特徵。而人的主觀感受又往往透過色彩的聯想來產生，於是就構成了色彩詞的語義。（張旺熹，2005：9）

可見色彩詞作為一種符號形式時，能在語言中反映出色彩的聯想意義，而形成色彩詞的語義。色彩詞的語義是基於人對色彩的聯想感覺和色彩對人的主體影響二者原因交互作用而產生的。英國學者帕默爾（L.R.Palmer）在其《語言學概論》一書中曾提到：「顏色有一種很大的心理效果，黑色是悲哀和不幸的顏色，所以這個形容詞用於發生悲劇事件的日子，羅馬人有他們的『黑日子（dies atri）』，我國（指英國）的工聯主義者有他們的『黑色星期五（Black magic）』，意味著恐怖和神祕。」（帕默爾，1983：73）又如以漢語中「灰色」這個色調來說，灰色的透明度較差，容易使人想到陰沉沉的天和灰濛濛的地，所以給人一種沉重、壓抑、模糊不清的感覺。於是灰色就有了憂愁、沒有生氣、情緒低落等詞語語義。（李聞海，1996）

在氣化觀型文化的支配影響下，漢語色彩詞的研究多著重在語義分類，而關於色彩詞的語義分析在第二章第二節已作了許多探討，在此就不加贅述。本節將針對色彩詞表現在語義上的整體特性作一探析。漢語色彩詞在語義上有「擴散性」和「雙重性」的特徵。以下就針對色彩詞的這兩種特徵作一探究：

一、色彩詞語義的擴散性

色彩詞語義最主要的特性就是擴散性。這裡指的擴散性有兩層涵義：第一，語義對色彩詞來說，不是必然的；第二，語義對色彩詞來說，不是唯一的，而是多向的、多元的。（張旺熹，2005：10）例如就「藍色」而言，藍色可以使人想到海水、湖泊、天空，也讓人聯想到無限、永遠、理智、憂鬱……等。楊喚在〈垂滅的星〉一詩中寫道：「用一把銀色的裁紙刀／割斷那像藍色的河流的靜脈。」（張默編，2003：131）藍色原本就有河流悠遠的意象，詩人將靜脈用「藍色的河流」比擬，然後被冷冽的銀色裁紙刀無情地割斷，使人感覺到無比的哀傷，而這種憂鬱和哀愁感藉由「藍色」則更加體現出來。不過，這些語義對藍色來說，並不是必然如此的，它可以因條件因素的不同而有所變化。其次，這些聯想語義本身也證明了「藍色」的意涵是多向的、多元的，它可以是實在的物體，也可以是抽象的精神概念，而存在於客體的事物與主觀的精神感知則可以是無限且不定的。（李聞海，1996）

色彩詞語義會有擴散性的特徵，主要是由於主體感知的不定和外在客觀因素所致。色彩的聯想是靠感覺與感覺之間的聯繫，但感覺本身是游移不定的，它會受到個人主觀因素的影響。此外，色彩的聯想又會受到外在種種因素的制約，例如社會生活方式、宗教文化、民俗風情、地理環境……等。因此，色彩詞語義在受到了游移性因素和社會性因素等的影響，就有了擴散性的特徵。（李燕，2004；張旺熹，2005：9）

色彩詞語義的擴散性，表現在語言中時，會有下列四種情形：

(一) 不同的語言體系會有不同的色彩詞語義。池上嘉彥說：「語言的使用與我們的生活有著何等深刻的關係？如果在一種語言中，對於某種特徵的確認是義務性的，而在另一種語言中卻不是這樣，那麼面對同樣的對象時不同語言的使用就可能採取不同的理解方式。」（池上嘉彥，1985：165）例如以紅色而言，在漢語中有「歡樂、喜慶、熱烈」等聯想語義；在英語中有「戰爭、流血、危險、恐怖」等聯想語義；在俄語中則有「神聖、勇敢、美好」等語義。（曾小珊，1999；李麗，2008；鄭竹群，2006）因此，在不同的文化背景裡，色彩詞語義就會呈現出不同的內容。

(二) 在同一個語言體系中，不同的色彩詞，其語義會有所差異。由於主體的生理、心理對於不同的色彩，會有不同的感知，所以也就產生了各式各樣的語義。因此，每種顏色都會給人不同的情緒認知和聯想語義。例如在漢語中，白色有「樸素、明淨、莊重」的意涵；黑色有「嚴肅、恐怖、黑暗、寂寞」等意涵；紅色有「歡樂、喜悅、熱烈」等意涵；綠色有「希望、寧靜、生命」等意涵；藍色有「遙遠、冷靜、憂鬱」等意涵；黃色則有「高貴、光明、活潑、豐收」等意涵。（謝新暎，2006；林映春、陳曉霞，2008；李麗，2008）

(三) 色彩詞語義可以是客觀存在的，也可以是主觀精神的。但無論是客體的聯想，還是主體的聯想，都可以是無限延伸且任意的，而語義的聯想則是受到了社會文化與個人因素的影響。（李燕，2004；張旺熹，2005：11）我們可以用下圖來表示出色彩詞語義聯想的模式概念：

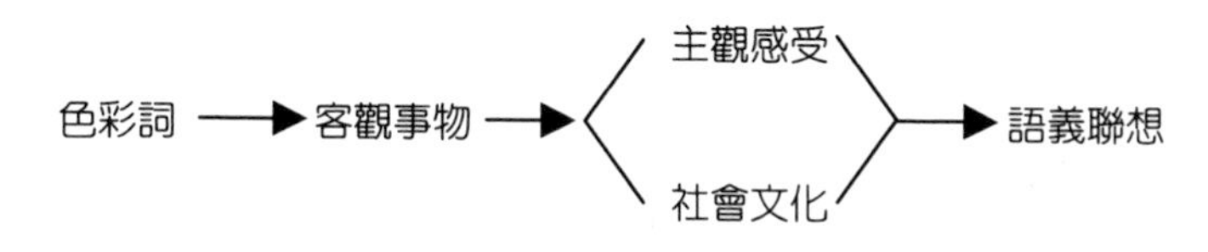

圖 4-1-1　色彩詞語義聯想模式

另外，從表 4-1-1 中，可以看到黑、灰、白、紅、橙、黃、褐、綠、粉、紫、藍等色彩詞語義的擴散現象：

表 4-1-1　色彩詞的聯想語義

色彩詞	聯想語義	
	客體	主體
黑	墨汁／夜晚／烏鴉／黑影	死亡／沮喪／邪惡／不幸
灰	水泥／煤灰	憂愁／消沉／失望
白	雲／霧／雪／浪	清潔／素樸／純正
紅	血／火／紅燈／紅旗	熱情／積極／成功
橙	橙子／紅磚	焦躁／輕佻
黃	黃昏／檸檬／陽光	高貴／輝煌／成熟／活潑
褐	鐵鏽／栗子／褐土／褐茶	老舊／沉靜／古代
綠	樹葉／草地／綠水	新鮮／生機／永遠
粉	胭脂／香粉	輕柔／浮淺
紫	紫羅蘭／葡萄／茄子	神祕／優雅／豪華
藍	天空／海水	永遠／無限／希望

（修改自張旺熹，2005：11）

(四) 在不同的語言體系中，不相對應的色彩詞語，其語義的指向有可能是一致或接近的。例如漢語中的「桃色」和英語中的「黃色（Yellow）」，都具有低級、淫穢的語義，這是因為每種語言系統中的色彩詞聯想語義都有其各自擴散的內容，所以會導致不同色彩詞語義的交互重合。（李燕，2004；李麗，2008；張旺熹，2005：11）

由於色彩詞語義的擴散性特徵，使文學作品中色彩詞的運用可以廣泛且深富內涵。也因為這樣的特性，讓色彩詞的語義又具有「雙重語義」的特徵。

二、色彩詞語義的雙重性

色彩詞語義是一種精神觀念或社會文化價值的體現，而這種精神觀念或文化價值，往往具有「雙重性」的特徵，也就是一種色彩詞可能會同時存在著「雙重意義性」，就是對立的兩個語義共同存在於同一個語言符號中。因此，色彩詞在使用時，常被賦予特定的價值——正與反、善與惡、褒與貶等，且這些語義會共存於一種色彩詞中，於是色彩詞就有了「雙重性」的特徵。（張旺熹，2005：12）阿恩海姆（R.Arnheim）在其所著的《色彩論》一書中曾問到：「為什麼黃色不僅用來象徵崇高的寧靜——黃色是中國帝王的顏色——而且在傳統上還被用來表現羞辱和蔑視？」（阿恩海姆，1980：32）這正展現了其對「黃色」一詞作為語言符號時所具有「雙重性」特徵的意識。

色彩詞所以會被賦予特定的文化價值，從而構成雙重性的特徵，一方面是由於人類的精神觀念、文化價值本身存在著兩極的現象；另一方面，則是色彩本身也具有雙重性的特徵。（張旺熹，2005：12）倘若以上面所提到的「黃色」一詞為例，黃色通常給人「光明、燦爛、高貴」的聯想；但另一方面，黃色的波長較短，不易分辨，有輕薄、軟弱的特點，在光照下也容易有失色的表現，所以又讓人有「衰敗、頹廢、腐爛」的聯想，這些正反的聯想語義都包含在黃色的意涵中。（賴瓊琦，2003：171）因此，在漢語中，有表示高貴的「配紫懷黃」，也有表示衰頹的「人老珠黃」，這兩個「黃」的社會文化價值是互相對立的。而今日漢語受到外來文化的衝擊，使得色彩詞的語義在融合了中西方的文化思想後，延伸出更多豐富的語義，也讓漢語色彩詞的雙重語義特性更加普遍存在（見表 4-1-2）。

表 4-1-2　色彩詞的雙重語義

色彩詞	雙重語義	雙重語義的語言形式
黑	深沉／莊嚴／有力	黑臉大漢／黑旋風
	悲哀／陰森／虛偽	黑店／黑色幽默／黑手黨
灰	中和／溫情／樸素	灰故娘
	頹廢／單調／乏味	心灰意冷／灰色心情
白	純淨／高潔／飄逸	潔白／白雪公主／白衣少女
	哀傷／恐怖／反動	白色恐怖／白髮蒼蒼
紅	熱情／喜慶／正義	紅花／紅包／紅旗
	危險／仇恨／極端	紅眼／紅綠燈
黃（金）	崇高／神聖／光明	黃道吉日／黃袍加身／金交椅
	下流／淫穢／衰敗	黃昏／黃色文學

綠	寧靜／朝氣／生機	綠葉／綠水／綠色希望
	幼稚／厭惡／嫉妒	綠帽子
藍	深遠／悠長／明淨	藍天／藍圖
	憂鬱／哀傷／寒冷	藍色文學
紫	神祕／優雅／高貴	紫羅蘭／紫薇／紫衣
	痛苦／不安／極端	紫脹／紅得發紫

（修改自張旺熹，2005：13）

由此可知，色彩詞的雙重性特徵可以說是社會文化觀的體現，它建立了人的主體世界、精神意識或社會文化價值與語言之間的聯繫，也深化了漢語的文化內涵，使創作者在進行文學創作時，能藉由色彩詞來豐富作品的意蘊。

色彩詞的擴散性造成了語義的飄移不定，而其雙重語義特徵則使這種飄移性得以統攝，倘若語言在經由統攝後能得到大家的共識，便可以確認色彩詞的象徵義。

英國著名的語言學家利奇（G. N. Leech）在他的《語義學》中，把詞的意義歸納為七種類型：理性意義、內涵意義、社會意義、情感意義、反映意義、搭配意義和主題意義。利奇把其中的內涵意義、社會意義、情感意義、反映意義和搭配意義這五種意義統稱為「聯想意義」。（利奇，1997：64～66）詞的聯想意義通常就是指文化意義，其中也包括情感修辭義。

單純表示「色彩」意義的語素或詞，反應的是一種客觀存在，本無聯想意義。但經過人們的使用與延伸，就有了象徵意義，並且成為有語義象徵的「色彩詞」。又由於各民族地區的風土人情、宗教信仰、精神思維等的不同，因此各民族語言中的色彩詞表示的象徵意義就會有或多或少的差別。

一般而言，色彩詞的象徵意義就是對由抽象概念構成聯想意義的語言表現，也就是用客觀形象的色彩概念來表現某種抽象意念，或是用具體的色彩形象來表達抽象的精神思想。（燕芳，2008）例如我們會用「紅了眼睛」來象徵一個人發狠、憤怒；用「白眼看人」來象徵輕視、鄙惡。因此，色彩詞對精神觀念或文化價值的象徵，是極富表現力的。又如汪曾祺在其一首組詩〈早春〉中寫道：「遠樹的綠色的呼吸。」（仇小屏編著，2003：81）綠色通常使人聯想到春天、森林和廣闊的大自然，生機蓬勃且富朝氣，因此綠色在詩中就有著「生命力」的象徵義。由此可知，色彩詞的象徵意義可以說是其潛在意義內容的外化表現。

雖然色彩詞可以外延出許多象徵義，但這些象徵意義必須在得到社會普遍的認可後，成為某種確定的精神觀念或文化價值的體現，才能正確地被當成語言符號的象徵義來使用，而這種被普遍認可的聯想意義也才可以在文學作品中得到讀者的共鳴。（張旺熹，2005：14）

語言對漢語色彩詞象徵意義的確認，主要會有以下兩種情形：

第一，以義項的形式固定化，也就是在辭典中，把色彩詞象徵意義作為義項來處理。這樣的象徵義不但可以得到社會的普遍認可，其意義也十分明確。在辭典中，色彩詞的外延意義與象徵意義並列為義項。（李燕，2004；張旺熹，2005：14）例如以「紅色」的義項來說，它的外延意義是「像鮮血或石榴花的顏色」，像是紅棗、紅領巾，其象徵意義則是有「喜慶、順利、成功、革命」等，如披紅、紅軍。（中國社會科學院語言研究所辭典編輯室編，2008：563）又如以「黃色」的義項來說，它的外延意義就是「像絲瓜花或向日葵花的顏色」，像是黃花、黃梅，而其象徵意義則有「高貴、腐化、墮落」等，如黃袍加身、黃色文學。（同上，599）

第二，以語義的形式存在於社會共同的心理之中。色彩詞的語義具有擴散性，而這種擴散性是以社會大眾所理解和認可為基礎的。有些色彩詞的象徵義，雖然沒有在辭典中以義項的形式固定化，但它們都已經在大家的心中有共同的語義聯繫。（張旺熹，2005：15）例如在漢語色彩詞中，「綠色」象徵「和平」；「藍色」象徵「憂鬱」；「黑色」象徵「悲哀」；「白色」象徵「恐怖」；「金色」象徵「美好」；「銀色」象徵「珍貴」。（崔夢樓、徐軍，2008；魏立婭、張桂芳、劉永玲，2008）這些詞的象徵義，雖然還沒有以固定的義項出現在辭典裡，但它們在社會文化的普遍理解中是可以被接受的。它們會隨著語言的變化而變化，或是以義項固定下來，或是繼續保存這種語義形式，或是被改變而作為臨時的象徵用法，這取決於語言的演變趨勢。（張旺熹，2005：15）

黃麗君提到：「顏色詞的象徵意義就是在已有的思維情境中尋找捷徑的思維。通過把具有顏色的事物與一定觀念的間接聯繫變為直接聯繫。形成相應的象徵意義。」（黃麗君，2009）而無論色彩詞是以哪一種象徵形式存在，這些詞語都會以義素或詞義來組成詞或詞語，並且這些具有象徵意義的色彩詞在語境中會以鮮明的形象被表現出來。而人類思維就在這充滿創造聯想力的語言體系中得以豐富發展，也使語言符號的意涵變得更加色彩斑斕。

色彩詞的語義象徵豐富了漢語語言體系，而語言又是文化的基石——沒有語言就沒有文化。（孫薇，2006）因此，語言符號就像是一面鏡子，它可以反映出該民族所蘊涵的歷史文化背景與審美思維方式，而這些色彩詞也在社會文化的更替變化中，延伸出更多樣化的感情色彩與文化內涵。

由於不同的民族有著不同的文化背景，因此其對各種顏色符號就會有不一樣的感知與語義象徵，這些象徵意義在不同的社會文化中會有不同的特點，有些特點甚至會構成各民族文化的色彩或色彩詞在使用上的崇尚和禁忌，也使各民族在審美的偏好上會有所差異。就象徵意義而言，西方受到創造觀型文化的影響，向來就比較注重理性教育與科學方法，對客觀世界和知識採取現實的科學態度。因此，在西方文化中，色彩詞的象徵意義往往比較直接，通常是用客觀事物的具體顏色來象徵某些抽象的文化涵義。而中國經歷了幾千年的封建社會，教育和科技也比西方落後，所以在中國文化中，色彩的生成就具有強烈的神祕性，色彩觀念也較為模糊，這和中國傳統的氣化觀與哲學思想有著緊密的關聯。這種混沌的世界觀也使中國色彩詞的象徵具有抽象優美的特色，而這樣的模糊不定性也讓漢語色彩詞易與其他不同文化的語義象徵融合，進而變幻出更多元的象徵意涵。（孫薇，2006；馬永紅、熱依木江，2007；方麗霞，2004）

顯然，色彩詞在使用時不僅有著本身的語義象徵涵義，還體現著深刻的文化意義。色彩詞作為一種符號系統，在不同的文化中，就會有著不同的文化底蘊和象徵意義，而關於色彩詞的文化性與審美性，在後續的章節中會再作更深入的探討。由此可知，我們在使用色彩詞時，應根據所處文化中的價值觀念、風俗習慣與人文傳統來作運用，才不會讓色彩詞的象徵意義和語境中的文化審美有所衝突或混淆誤用。

第二節　色彩詞的文化審美性

語言是一面鏡子，它反映出一個民族的文化特色與精神內涵。語言與文化是一個整體，因此想要學習好語言，就必須同時認識其文化，否則很難準確地去使用語言。而在語言符號中，色彩詞的詞彙量非常豐富，它不僅具有強烈的感情色彩和修辭功能，還體現著深刻的文化信息，能反映出氣象萬千的客觀世界與紛雜交錯的世情百態。也由於色彩有特定的涵義和象徵性，因此往往和人們的生活有密切的聯繫，色彩詞的使用就成為語言表達的重要手段。色彩詞不但使具體或抽象的事物變得更加活潑生動，還強化了語言的形象性，給人有深刻的印象。對於基本色的概念，儘管不同語言體系的人可能會有近似的想法，但由於其背後所統攝的世界觀的不同，造成中西方的風土人情、歷史背景、宗教信仰與價值觀念等也會有所差異，使得中西方的色彩所對應的文化意蘊也就有所不同。以下我針對本研究所歸類的暖色系（黃、紅、黑）與寒色系（綠、藍、紫、白）的文化意涵，作一中西方在使用上的對比。

一、暖色系

（一）黃

漢民族以黃色為尊。在中國，黃色是統治階級的象徵色，是神聖、正統的顏色，這源於古代對地神的崇拜。土地是萬物生長的必須條件，在五行觀念產生後，土居中央，黃色就成為中央之色，而華夏祖先生活在黃土高原，華夏文化發源於黃河流域，所以黃色就象徵「神聖、皇權、尊貴、崇高、莊嚴、土地、國土」等文化涵義，自古以來黃色就一直被帝王所壟斷，代表封建至高無上的尊貴。因此，在傳統社會中，黃色是皇帝的專用色，民間是絕對不可以用黃色的。例如「黃袍加身」，就代表此人作了皇帝；而古代帝王的建築物，一律使用黃色屋頂，黃色在中方高貴的程度由此可見一斑。現今漢語色彩詞中的黃色還另外蘊涵著「猥瑣色情」的消極義，這是受到外來文化的影響所致，如「黃色書刊」。（丁旭，2007；唐蕾，2009；唐振華，1996）

在西方的文化中，黃色不像在中國這樣受到禮遇重視，如果有人被說成「yellow streak」，則表示他被視為「懦夫、膽小鬼」。又由於黃色的色調醒目可辨，因此有著「隔離」的象徵。此外，黃色在西方也有「低級趣味或聳人聽聞」的意涵與「嫉妒的、膽小的、卑怯的、叛徒、卑鄙」等聯想義，這可能與其宗教信仰相聯繫，因為《聖經》中出賣耶穌的叛徒猶大總是全身著黃衣。除了上述的涵義，黃色在西方也是「愛情」的象徵，表示「堅定、正義、智慧和光榮」。（丁旭，2007；章彩雲，2006；唐蕾，2009；張宏莉，2007）

（二）紅

就西方而言，紅色是血與火的顏色，象徵著「殘酷、危險、暴力」。因此，紅色旗幟表示戰役，而警示裝置或停止行進的燈號標誌也都採用紅色；倘若是在政治上，指的就是激進的暴力革命。紅色也可以用來表示「欠虧、赤字」，如「in the red（赤字）」，指的就是「虧損」。除了負面意義，紅色也有正面的意涵，例如在復活節上，塗著紅色顏料的彩蛋表示好運氣，這樣的文化象徵義和中方有些相似，有著「喜慶、順利、好運、成功」的象徵義。（丁旭，2007；彭鳳英，2008；唐蕾，2009）

在中國，以紅為貴，這源於古代的日神崇拜。太陽從東方升起，其火紅的顏色與炎熱的高溫讓古人有神祕莫測的感覺，因此古人產生了對紅色的崇尚。紅色對漢民族來說是一種喜慶的顏色，它體現了中國人在精神和物質上的追求，是「幸福、吉祥」的象徵。「朱門」指的是達官貴人的住宅，「朱衣」是達官貴人所穿的衣服，君王住的行宮是紅墻金瓦，許多雕塑或藝術都以紅牡丹和龍為圖案，象徵「主權富貴」。另外，紅色在中國也象徵「喜慶、順利、興旺、發達、成功、好運、忠誠、受人重視和溫暖」。因此，形容豐富多彩可以說「萬紫千紅」。在戲曲中的「紅臉」則代表著「忠義、耿介」的品行。而古時候的新婚洞房會使用紅蠟燭，新娘會用紅蓋頭，門窗上會貼紅喜字，不但給婚禮帶來喜慶的氣氛，也讓人聯想到婚後的日子會紅紅火火。此外，在春節等節日也會以紅色為主色調，這不僅是傳統習俗的延續，也蘊涵著漢民族的宗教思想。另外，紅色也可以代表人年輕時容顏的健康色。古代女子喜歡用紅色的脂粉裝扮自己，於是便產生了一系列用「紅」來描繪與女性相關的詞，如「紅顏」用來指女子美好的容顏。在現代漢語中，「紅」還有表示「革命」的象徵意義，這一象徵意義最初是來自於法國革命，爾後傳入中國，成為現代漢語中「紅」的一個重要義項。（丁旭，2007；彭鳳英，2008；唐蕾，2009；唐振華，1996；駱峰，2004：28～31）

（三）黑

在西方，黑色是一個禁忌色，是悲哀和不幸的顏色，往往給人一種混沌陰晦的感覺，使人壓抑，所以黑色通常用於發生悲劇事件的日子，且常與死亡和喪禮相聯繫，是一種哀悼的顏色。在西方的傳統文化中，黑色象徵著「死亡、悲痛」。西方的喪禮中，也都是以黑色為主色調，表示一種「嚴肅沉重」的情緒感。而在西方莊重的場合裡，出席成員都喜歡身穿黑色，顯示其尊嚴和肅穆。此外，黑色也有著「壞的、邪惡」的引伸義。不過，黑色也不全然都代表壞的涵義，例如英語中的「in the black」指的是公司盈利，表示賺錢。（丁旭，2007；彭鳳英，2008；章彩雲，2006；張宏莉，2007；駱峰，2004：38～41）

中方的黑色和西方一樣，都與貶義的形象相關，常與「邪惡和霉運」作相連，有著「恐怖、神祕、卑賤、非法和陰險」等象徵涵義，如「黑社會」、「黑色的烏鴉」。在漢語裡，黑色是五正色之一，古人認為黑是北方的顏色，屬冬。而因為冬天使人聯想到萬物枯萎、生命終結、走向死亡、走向黑暗。因此，可以知道漢民族對黑色消極的價值取向是源自對客觀事物的觀察。另外，黑色在漢語色彩詞中也有著「剛烈」的意義，例如中國戲曲裡的「黑臉」代表「脾氣剛烈、粗豪憨暴的人」。（丁旭，2007；彭鳳英，2008；張宏莉，2007；駱峰，2004：34）

二、寒色系

（一）綠

西方的文化裡，綠色有「和平、友善、希望」的象徵意涵，綠色的植物代表生機勃勃。在感覺上，綠色表示了一種恬靜、舒雅、沁人心脾的清爽，有時也象徵著「青春年華」。此外，綠色在西方還包含著一些負面的涵義，它可以用來表示「未成熟的、無經驗、年幼無知、蒼白生病的、嫉妒的」等象徵義，例如「in the green tree」指的是「在無憂無慮的環境中或青年時代」，而「green-horn」意指「新到一個地方，不了解當地習慣的人」，常使用於移民，且具有輕微的貶義色彩。（丁旭，2007；唐振華，1996）

在中國，綠色是「生命和希望」的象徵，「綠色的原野」、「綠色的草坪」、「紅花綠葉」等詞組給人帶來了蓬勃的生機。此外，綠色也可以用來描述「美麗的女人」，如「綠雲」就是用來借指「年輕女子的黑髮」。另外，在某些特定的語境下，綠色在漢語中有不同的聯想義，它可以指妻子有外遇、對丈夫不忠的行為，如「綠帽子」。（丁旭，2007；周健，2006）

（二）藍

藍色是大海和晴空的顏色，使人感到舒適，給人寧靜祥和的感覺。在西方的宗教信仰裡，天是上帝的居所，而上帝被認為是公正無私的審判者，因此，藍色就有了「正義」的象徵，且藍色也是天空的顏色，是一種永不褪色的色彩，所以又有了「忠貞」的聯想意義。此外，藍色還有「祥和、高貴、智慧、榮譽」等象徵義，並且可以用來表示「社會地位高」，指的是有權勢或出身於貴族，如「He is a real blue blood.」，意思就是「他是真正的貴族」，而「blue-stocking」指的則是「才女」。另外，藍色也蘊涵著一些負面意義，它可以用來表示「憂鬱、沮喪和色情」。藍色在西方文化中會有憂鬱的意涵是源於「Blues（布魯斯音樂）」，它原是非洲黑人的勞動歌曲，因為生存環境惡劣，同時又遭受到白人的剝削與壓迫，使得布魯斯音樂有著憂鬱和低沉的音符，而這種音樂曾在西方盛行過一段時間，所以藍色在西方才會有憂鬱和哀傷的涵義。（周健，2006）如「blue film」指的就是色情電影，而「blue Monday」意指「倒霉的星期一」，有著「過了愉快幸福的週末，星期一又要上班或上學了，所以情緒不佳」的涵義。（丁旭，2007；席曉青，2003；張婷婷，2009；張宏莉，2007）

漢語中的藍色通常是以褒義的形式出現，「藍天白雲」、「藍色的大海」飽含著對大自然美麗風景的讚美。在晴天無雲時天空的顏色是藍色的，因此稱「天」為「青天」、「藍天」，其給人高遠坦蕩的感覺，所以人們常用「青天」來比喻「襟懷坦白、光明正大」，而藍色在漢語中，就有了「超凡脫俗、光明、悠遠無限、坦蕩、明淨」的象徵意義。（丁旭，2007；駱峰，2004：31～34）

（三）紫

在西方，紫色一般來說是「高貴、優雅和權力」的象徵，例如「born in the purple」意為「出身於王室或顯貴之家」。西方人崇拜紫色的傳統是受古羅馬文化的影響，紫色是古羅馬皇帝的專用色。（張宏莉，2007）心理學家梅頓（M. J. Meadow）曾比喻：「上帝開天劈地之初，創造了紫色和綠色這兩種人，他們的外表極其相似，只是綠色人能繁衍後代，而紫色人的身軀則比綠色人高大強壯得多，在弱肉強食的世界裡，紫色人明顯佔據著優勢，主宰著綠色人。當有一天上帝也想變成人的時候，他會毫不猶豫地選擇作紫色人。」（轉引自唐振華，1996）這個比喻從另一側面反映出了西方尊崇紫色的文化習慣。

紫色在傳統的中國文化中也處於尊貴的地位。古人以「紫微星垣」比喻皇帝的住處，稱皇宮為「紫禁宮」，「紫氣東來」表示祥瑞。而從唐代開始，就以服裝的顏色來分辨官位品級，使「品色衣」成為定制——

皇帝穿黃袍衫，親王及三品服則是用紫，由此可見紫色在傳統文化中的崇高地位，有著「權力和高貴」的象徵。（唐振華，1996）

（四）白

在西方，白色是平和純潔的顏色。古希臘人相信穿著白色的睡衣睡覺，就可以作美夢。西方的婚禮則以白色為主，表示聖潔、好運，而潔白的婚紗則是對愛情的純潔和美好的心願。西方人相信上帝穿白衣，所以我們可以看到許多有關宗教的油畫中，諸神和天使都會穿著白色的衣服。因此，白色在西方就有著「正面的、純潔、善良、美好、和平、希望」的象徵意義。而白色在西方人的眼裡也是「權力、地位」的象徵，如「White House」就是指白宮（美國政府）。另外，白色在西方也有貶義，例如「white elephant」代表「笨重而無用的東西」，「white feather」代表「懦夫」，「white sepulcher」則表示偽善者，因此白色就有著「懦弱、無用、膽小」的負面象徵意涵。（丁旭，2007；彭鳳英，2008；章彩雲，2006；孫輝，2008）

在中方，白色並不那麼讓漢語民族所推崇。在中國的傳統觀念中，白色往往讓人聯想到「肅穆、哀悼」，這源於自古以來漢人對色彩的特殊觀念。古人認為秋收冬藏，萬物凋謝，生命接近尾聲，帶給人的是悲涼和傷感，所以稱秋為「白藏」，秋天就叫「素秋」。也因此，白色往往代表「悲涼的事情」。在漢民族中，喪葬是以白色為主調。另外，在中國戲曲中，「白臉」表示「心胸狹窄、狡猾弄奸之人」，「白旗」代表「投降」，白色在漢語色彩詞中成為貶義詞。另外，白色還表示「沒有功名」，這個意義來自古代服色制度。隋楊帝定服制時，規定庶民服白。唐代以後庶人的服色雖然有了變化，但「白衣」還是常見於平民，因此「白衣」就成為平民或無官職、無功名的士人的代稱。不過，白色在某些特定的語境下也有較為正面的用法，如「潔白如玉」、「清白無邪」，表示光明、明亮，這個用法源自於古代的人對日光的觀察。白色在漢語中本指日光的顏色，古時候的人們在觀察日光時，認為日光最耀眼的時候是白色，於是稱「日」為「白日」，白由此有了

「光亮、明亮」的意涵。而現今的白色在漢語色彩詞中有著「純潔、純真」等象徵義則是受到西方文化的影響，也因為漢語民族的西化，在現代生活中，婚慶場合上人們已不再忌諱穿白，白色婚紗也成為新娘常見的裝扮。（丁旭，2007；唐蕾，2009；吳麗君、崔瑛，1999；駱峰，2004：35～37）

在中國和西方的文化裡，色彩詞和文化價值觀都有所聯繫。從以上研究可以得知，色彩詞受到風俗民情、宗教信仰和社會制度等影響，其象徵意涵與文化有著密不可分的關係，也因為中西方背後具統攝性的世界觀的差異，其所崇尚或偏好的色彩也就有所差異。此外，被創造觀型文化所支配的西方民族，對於色彩的觀察比漢語民族敏銳，因此所延展出的象徵意涵也就較為豐富多樣。從表 4-2-1 中可以清楚得知，除了紫色以外，西方色彩詞對於其他六種基本色（黃、紅、黑、綠、藍、白）都同時存在著褒貶義。相較於西方，中方的色彩詞在意義上明顯狹隘許多，漢民族對於黃、紅非常尊崇，在傳統的文化意涵上都是褒義，現代漢語中存在著黃色與紅色的貶義是由於外來文化所影響；黑色雖然有褒義，但其褒義仍然有輕微貶低所描述事物的意味；綠色與白色則是在特定的語境下才會有其褒義或貶義，且部分白色的褒義是西方文化的影響所致；藍色和紫色在現代漢語中則只有褒義。

整體而言，中方對色彩詞的文化象徵意涵延伸性都不強，不論是暖色系或寒色系，其聯想意義都備受侷限，且正負面意義通常只存在著其一，只有在接受外來義或是特定的語境下，才會浮現出另一種意涵。而西方總能夠利用榮耀造物的共識來豐富色彩意識，並運用豐富的創造力將自然界的色彩體現於文化脈絡和文學中，因此無論是暖色系或是寒色系的色彩詞，其象徵意涵不但多樣化，且變幻無窮。而中西方色彩詞在語義內涵上的文化次系統位階，已在第二章第三節探討過，在此就不再加以贅述。此外，也因為文化系統的差異，色彩詞的象徵意義在表現上有很大的不同。在中國文化中，色彩的象徵是基於過去中國的封建統治、宗教觀念及原始、落後的科學與教育狀況而形成的，所以色彩的象徵意義有很強烈的政治化和神祕化傾向（如圖 4-2-1）。而西方文化的色彩象徵由於民族開放性及科學、教育的普及，其象徵意義少了神祕，多了些理性，而在語義、詞義理據上也更容易追踪到（如圖 4-2-2）。

表 4-2-1　中西方色彩詞的文化象徵意涵

		中方色彩詞的文化象徵意涵	西方色彩詞的文化象徵意涵
黃	褒義	神聖、皇權、尊貴、崇高、莊嚴、土地、國土	愛情、堅定、正義、智慧、光榮
	貶義	猥瑣色情（外來義）	隔離、低級趣味、聳人聽聞、嫉妒的、膽小的、卑怯的、叛徒、卑鄙
紅	褒義	幸福、吉祥、富貴、喜慶、順利、興旺、發達、成功、好運、忠誠、受人重視、溫暖、忠義、耿介、美好的	喜慶、順利、好運、成功、熱情、愛情
	貶義	革命（外來義）	殘酷、危險、暴力、欠虧
黑	褒義	剛直（但容易粗豪憨暴，有輕微的貶義）	盈利
	貶義	恐怖、神祕、卑賤、非法、陰險	死亡、悲痛、嚴肅、沉重、壞的、邪惡
綠	褒義	生命、希望、美麗的女人	和平、友善、希望、青春年華
	貶義	妻子的外遇與不忠（綠帽子）	未成熟的、無經驗、年幼無知、蒼白生病的、嫉妒的
藍	褒義	超凡脫俗、光明、悠遠無限、坦蕩、明淨	正義、忠貞、祥和、高貴、智慧、榮譽
	貶義	X	憂鬱、沮喪、色情
紫	褒義	高貴、優雅和權力	高貴、優雅和權力
	貶義	X	X
白	褒義	純潔（外來義）、純真（外來義）、光明、明亮、	正面的、純潔、善良、美好、和平、希望、權力、地位
	貶義	肅穆、哀悼、沒有功名、悲涼、傷感、狡猾弄奸	懦弱、無用、膽小

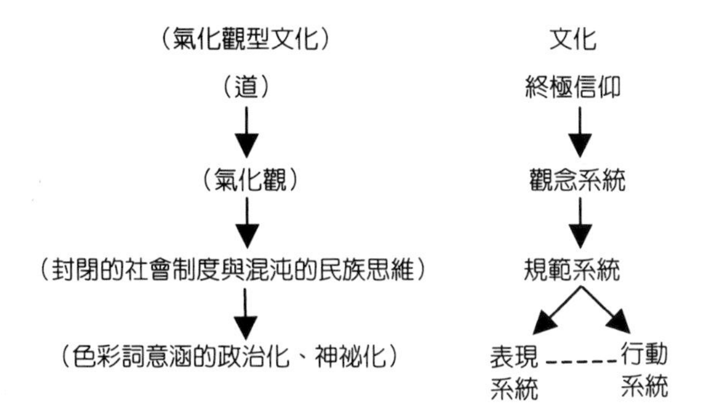

圖 4-2-1　中方色彩詞的象徵階次圖

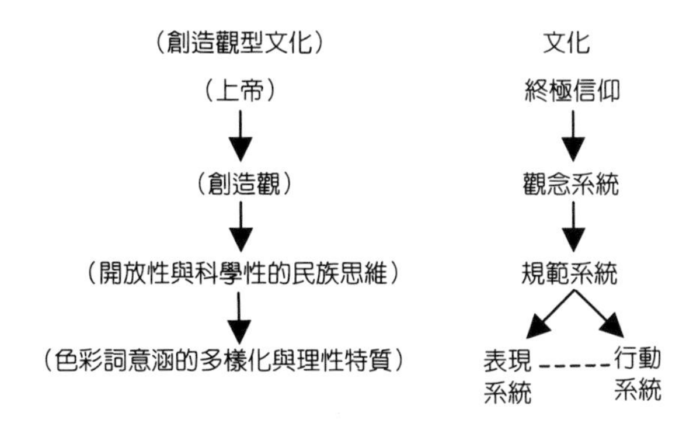

圖 4-2-2　西方色彩詞的象徵階次圖

色彩詞除了能反映出各民族間的文化價值觀，也能提升文學作品的美感。語言符號和繪畫藝術一樣，都追求色彩美，色彩詞可以說是表情達意的重要手段之一。我們可以藉由色彩詞來點染環境、烘托氣氛、表露情感、塑造形象、反應現實世界，並且展現出文學美感，進而誘發他人的色彩感知度，促進其視覺美感與激發聯想，以獲得審美效果。一般而言，色彩詞的審美性主要是透過以下幾個方面來實現的：

一、反覆運用同色詞語，強調渲染事物或情感

運用同一種色調的詞語來捕捉所欲描寫的人、事、物的特徵，以反覆渲染的方式將其氛圍凸顯出來，可以增強藝術審美的效果，並且激發出讀者的藝術聯想力。如季野的〈羈泊篇〉一詩：「好白／好白的／／天／／空／／好白／好白的／／大／地／／好白／好白的／／風／吹著／／落葉／／飛／／舞／／只有一片不是白的／眼看著就落了下來／忽然／又捲飛了上去／飛成一個／●／飛成一個●／飛成一個／●／飛成一片／／好白／好白的／／遠方。」（瘂弦等編，1993：289～291）季野的這首詩在形式上非常鬆散，但這樣的形式卻正好符合一個羈旅作客在外者，瞻望著一片空無的遠方的無奈心境。詩中使用了八次「白」，給人一種空曠而無雜質的純淨感，而這種明淨卻又帶著一些寂寞的象徵，正表露出羈旅者孤單傷感的心理情緒，也使整首詩有著一股散淡優美的美感。又如爾利（J. Earley）的〈One Thousand Nine-Hundred & Sixty-Eight Winters（一九六八個冬天）〉一詩：「Got up this morning／Feeling good & Black／Thinking black thoughts／Did black things／Played all my black records／And minded my own black bidness!／／Put on my best black clothes／Walked out my black door／And……／／Lord have Mercy!／White／Snow!（今早起來／感覺好又黑／動動黑念頭／做做黑雜務／聽聽黑唱片／管管我自己的黑閒事／／穿上我最好的黑衣服／走出我的黑門／並且……／／老天爺／白／雪！）」（非馬編譯，1999：284～285）這是一首黑人女詩人寫的詩。作為長期受欺壓的民族，黑人每天在白人主宰的美國社會上所面臨的壓力，是外人難以想像的。詩中一連串使用了七個「黑」字，表示這些事物都與黑人有關，或為黑人所專有，自傲的成分顯然大於自卑，大量使用的「黑」渲染出其自滿的心情。直到穿好黑衣服，信心十足地走出黑門時，結果門外竟然一片白，炫得她眼花撩亂。白雪在這裡除了指白雪，更是指白人社會，而這片白雪、這個白人社會，就如同一千九百六十八個冬天一樣漫長難捱，詩中充滿著無奈悲壯的心情。

二、使用不同色彩詞語作調配，促進視覺美感與傾注不同的情感

選擇多種色彩的詞語，將不同的色彩作調配，不但可以賦予文學作品豐富的審美價值，也可以促進讀者的視覺美感。如以濃筆重彩的色調，就能構出流光溢彩且絢麗的景象，而濃淡相宜的色調，能使作品的畫面格外的清新。如詹冰的〈五月〉一詩：「五月，／透明的血管中，／綠血球在游泳著——。／五月就是這樣的生物。／／五月是以裸體走路。／在丘陵，以金毛呼吸。／在曠野，以銀光歌唱。／於是，五月不眠地走路。」（張默編，2003：55）五月是一個生命勃發的季節，春光明媚，長空無雲，各種景象都沐浴在溫煦的金色陽光中。因為晴空萬里，所以有透明感，火紅的陽光，就如透明的血管，而各種綠色植物，就像血管中的綠血球活躍，展現出生氣蓬勃的五月。裸體走路是天真爛漫的兒童，這個時期正是人生快速成長的發育期。五月就如同這時期的孩童，快速地成長，在丘陵、曠野都可以感受到他急促的呼吸與身影。而金、銀色調使五月這個季節更加色彩繽紛，令人感受到鮮明的形象與柔和的文學美感。又如歐茲（S. Olds）的〈Birthday Poem for My Grandmother（給我祖母的生日詩）〉一詩：「I stood on the porch tonight— which way do we／face to talk to the dead? I thought of the／new rose, and went out over the／grey lawn— things really／have no color at night. I descended／the stone steps, as if to the place where one／speaks to the dead. The rose stood／half-uncurled, glowing white in the／black air. Later I remembered／your birthday. You would have been ninety and／getting／roses from me. Are the dead there（今晚我站在陽台上——同死者說話／我們的臉該朝哪個方向？我想到／新長的玫瑰，而走到／灰色的草地上去——在夜裡東西真的沒有顏色。我走下／石階，像走到同死人談話的／地方。玫瑰半舒半卷地／站著，在黑空裡／發白。然後我記起／妳的生日。妳該是九十並接受／我的玫瑰。死者會在那裡嗎）」（非馬編譯，1999：280～281）這是一首蘊涵崇高情感且溫馨的詩。詩中用「灰色」象徵衰老而沉重的感受，「黑」象徵祖母過世的哀傷，也藉由黑夜的景色，帶出詩人的情

感，牽出一連串對死去的祖母的回憶。溫柔而親切的口吻，彷彿祖母就在眼前，這種聖潔的心靈，運用了「白」的聯想義將其表露出來。

三、採用寒暖對比或明暗特徵，作為相互映襯

運用對比的方式，可以凸出事物的特徵，也可以讓事物間的差異更清楚地呈現在人們的眼前。倘若能妥善運用對比，可以使本來黯淡無光的東西，在相互映襯的情況下，變得光彩奪目起來。如杜十三的〈煤〉一詩：「孩子／我們生命中的色彩／是註定要從黑色的地層下面挖出來的／家裡飯桌上綠色的菜／白色的米／街頭二輪的彩色電影／媽媽的紅色拖鞋／姐姐的綠色香皂／還有你的黃色書包／都是需要阿爸流汗／從黑色的洞裡挖出來的／今後阿爸不再陪你了／因為阿爸要到更深更黑的地方／再為你挖出一條／有藍色天空的路來……」(簡政珍主編，2003：160～161）詩中運用了「黑——白」、「紅——綠」和「黃——藍」這三組冷暖對比色調，使得濃淡的層次分明，也加深了讀者對礦工一家人與其周遭事物的印象，詩中的景象清楚地呈現在眼前。又如奧登（W. H. Auden）的〈A River of Tears（淚河）〉一詩：「……Let aeroplanes circle moaning overhead／Scribbling on the sky the message He Is Dead, ／Put crepe bows round the white necks of the public doves, ／Let the traffic policemen wear black cotton gloves.……（……天空的飛機盤旋悲鳴／在天空潦草地寫下：他死了／把黑紗圈在信鴿的白頸／讓交通警察戴上黑手套……）」(尤克強，2005：66～67）詩中用「黑——白」兩色作冷暖對比，黑色象徵著死亡、悲痛，白色則象徵著純潔。因為愛人的死去，這份純潔的愛也跟著逝去，詩人懷著傷痛的心哀悼著這份消逝的愛，藉由色彩詞的聯想義，增添了詩中的悲壯氣氛。

四、藉由色彩的點染，象徵事物或寄寓意於其中

色彩是神奇的，它可以影響人的情緒，使人產生聯想，並形成其獨有的特質和象徵意義。色彩詞除了表達主體的顏色以外，也有其象徵寓意，它能

夠以具體的色彩詞來暗示某種情感或心態。而關於色彩詞的象徵意涵，在前文已有多所論述，在此就不加贅述。如朱陵的〈月光邊沿的樹〉一詩：「站在月光邊沿／有一棵樹／發白／一個垂死的夢魘／／站在月光邊沿的樹／每一葉是一面蒼白的／鏡／站在月光邊沿／有千面鏡／／把我的赤裸攝去了。」（瘂弦等編，1993：307～308）「垂死的夢魘」有一種強烈的絕望與悲傷，而「有一棵樹」的「發白」則更能哀悼這股憂傷，由「白」轉為「蒼白」，象徵著「樹」的乾枯與「我」的慘白枯槁，蘊涵著一股濃濃的絕望沉重感。又如費茲傑羅（E. Fitzgerald）的〈Rubaiyat of Omar Khayyam # 19（《魯拜集》19）〉一詩：「I sometimes think that never blows so red／The Rose as where some buried Caesar bled……（我有時會想起玫瑰再殷紅／紅不過遭君王血染的花叢……）」（尤克強，2005：140）紅色在西方象徵著革命、流血、戰爭，因此詩中用「紅」的聯想義來暗示羅馬時期君主的專制與戰爭的殘酷無情，詩人將自己悲憤與不滿的情緒寄寓於色彩詞中，使詩中散發出悲壯的情感。

五、活用色彩詞的超常搭配，以凸出視覺效果與強化情感

色彩詞的超常搭配組合除了可以增加文學作品的想像力與感情度，還可以讓文句富有哲學意味，並可以在強烈的色彩對比下，給人強烈的視覺印象，而產生藝術感染力和審美性。如林燿德的〈不要驚動、不要喚醒我所親愛〉一詩中所寫到的：「……在她身後一隻火鳥站立樹梢／燦爛的星群撫摩她潔白的乳房／潔白的潛意識……」（簡政珍主編，2003：434）這首詩具有豐富的形象，而從「潔白的乳房」延伸到「潔白的潛意識」，這裡的「潔白的潛意識」就是色彩詞的超常搭配，這樣的異常組合增加了詩語言特有的想像度與感知度，蘊涵著詩中所描述對象的聖潔無邪，頗有哲理意味與優美的文學美感。又如阿丁頓（R. Aldington）的〈Images（意象）〉一詩：「……The blue smoke leaps／Like swirling clouds of birds vanishing. ／So my love leaps forth towards you, ／Vanishes and is renewed.（……藍煙躍起／如盤旋的鳥雲消逝。／我的愛情也躍向你，／

消逝之後又再生。)」(非馬編譯,1999:150～151)詩中藍煙般的愛情是色彩詞的超常搭配。藍色在西方有忠貞的聯想義,在這裡用來暗指詩人愛情的忠貞,不論如何,這份情愛最終都會為所愛的人重生。

整體而言,中西方色彩詞在審美的功能性上,都能藉由反覆運用同色詞語來強調渲染事物或情感,並使用不同的色彩詞語作調配,以促進視覺美感與傾注不同的情感;且採用寒暖對比或明暗特徵作為相互映襯,還能藉著色彩的點染來象徵事物或寄寓情意於其中,以及活用色彩詞的超常搭配,來凸出視覺效果與強化情感。不過,其審美類型在文學作品中則會顯露出不同的面向。從圖 4-2-3 中可以得知,中方的色彩詞因為受到封閉的社會制度與傳統儒道思維的影響,在行動系統上,色彩詞意涵會有政治化、神祕化的特性,而表現在文學作品裡時,會使其饒富哲理意味,所散發出的文學美感也較為優美散淡。而西方在創造觀型文化的影響下,有著開放性的民族思維與一神信仰的宗教觀,使得色彩詞的聯想義具理性與多樣化的特質,能延伸出對客觀世界與信仰的情緒感知意涵。因此,色彩詞表現在文學作品中時,就會流露出優美或悲壯的文學美感(如圖 4-2-4)。

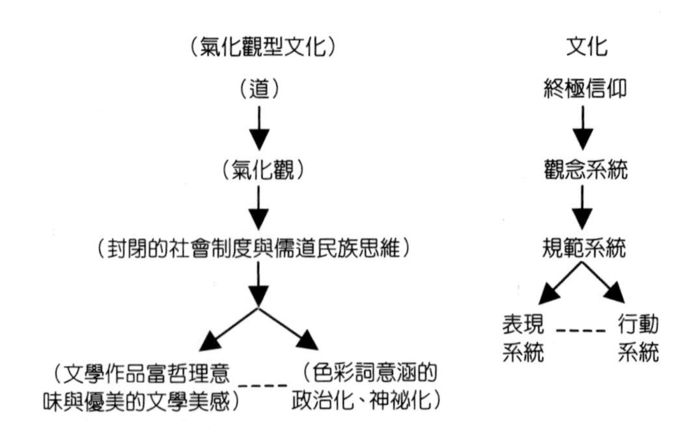

圖 4-2-3 中方色彩詞的審美關係圖

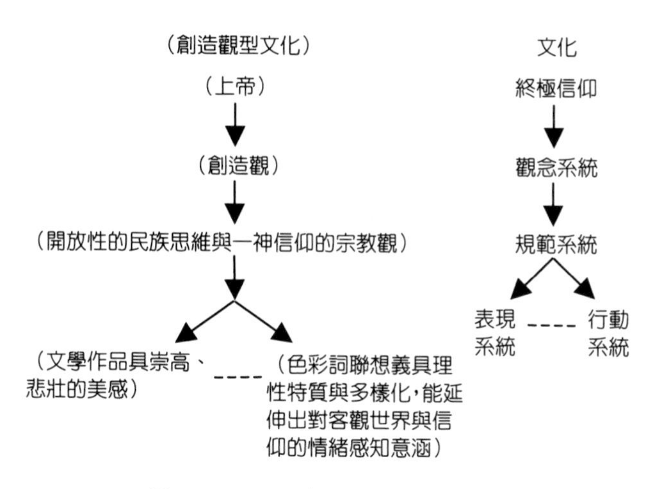

圖 4-2-4　西方色彩詞的審美關係圖

由此可知，一個民族的文化內涵不但影響著色彩詞的象徵意涵，也影響著文學美感的展現，不同的文化系統對於文學作品中的審美性就會有不同的偏好。以上我針對色彩詞在文學作品中的審美性作一整體的論述，而關於中西方色彩詞的審美修辭特徵及其相關的審美類型，會在後續的章節作更詳盡的論析。此外，色彩詞既蘊涵著文化性，而文化與社會又有著密不可分的關係，因此色彩詞必然也存在著社會功能。關於其社會功能，會在下一節作一詳細的探討。

第三節　色彩詞的社會功能

色彩是大自然的餽贈，而每個民族都會有自己的文化傳統和色彩偏好。例如在西方的傳統文化中，黃色或金色表示智慧和光榮，紫色表示權威與高貴，白色或銀色表示信任與純真，紅色表示成功與熱心，綠色表示青春和希望，藍色表示忠貞與祥和，橙色表示努力與忍耐，黑色表示死亡與悲哀，這些象徵意義都蘊涵著文化的價值觀。（駱峰，2003：67）而這些色彩詞的象徵義，除了體現於文學和藝術中，在社會文化裡也有充分地運用。例如在美國，哲學為青色，藝術與文學為白色，醫學為綠色，法學為藍色，科學為金黃色，工學為橙色，音樂為粉紅色，而美國大學的神學院更以紫色來代表，表示其高貴、神祕與莊嚴的氣氛。（郭廉夫、張繼華，1992：81～82）色彩與色彩詞就在社會環境與文化中表現出其象徵意涵與功能。隨著社會的不斷變遷，傳統的漢民族有了新的文明，現代的社會文化是在傳統文化的繼承和揚棄的基礎上發展起來的。與傳統封閉文化相比，現代的漢文化包容性較強，在跨文化交流中吸收了許多其他民族文化的成分，色彩詞的使用在文化交流中也有許多新的變化，增添了許多內涵。在這些新的意涵中，有許多是來自西方文化的影響，而這些擁有豐富涵義的色彩詞也被社會大眾廣泛地運用著。色彩詞會隨著社會環境的需求，對社會與文化產生影響，而社會文化與漢民族的價值觀，也會反映在當時所使用的色彩詞中。關於色彩詞的社會功能，有以下幾方面：

一、表明政治色彩和倫理取向

在漢語中，色彩詞具有強烈的政治色彩和倫理取向。人們可以藉由運用某些色彩詞來表示對一些政黨、派系或組織的擁護和反對，以及對某些政治態度與方向的讚賞或否定。（譚興，2006）例如以「紅色」來說，在現代漢語中「革命、反動」的負面涵義是屬於外來語義（詳見本章第二節）。在中方的傳統文化裡，紅色原本只有「順利、幸福」的象徵義，但晚近受西方文化影響後，由於在某些政治動亂的時刻，人們感覺到幸福的欠缺，因此也用紅色來表示革命、反動，但其最終目標也是希望藉由革命活動來達成幸福。只不過因為在規範系統裡，漢民族有著推己及人的仁道政治思維，所以相關激烈的反動行為就比較少見。例如在政治上，「紅旗」表示具有革命象徵的旗幟，紅色在此就有了標竿作用，人們希望藉著革命，來填補虧缺的幸福。因此，紅色就成了「反向觸媒」，其負面意義就變成要達到正面意義的手段（如圖 4-3-1）。而這在西方的傳統文化裡，因為它是個人主義社會與開放性的民族思維，所以一旦受到壓力脅迫，就容易會有反動的情緒與革命的行為發生，所以在西方文化中，紅色會同時存在著褒貶義（如圖 4-3-2）。但傳統的漢民族社會是家族組織的觀念，家族在社會中會形成一股穩定的力量，個人的反動思想無法在社會中得到宣揚，所以不會有什麼動亂。

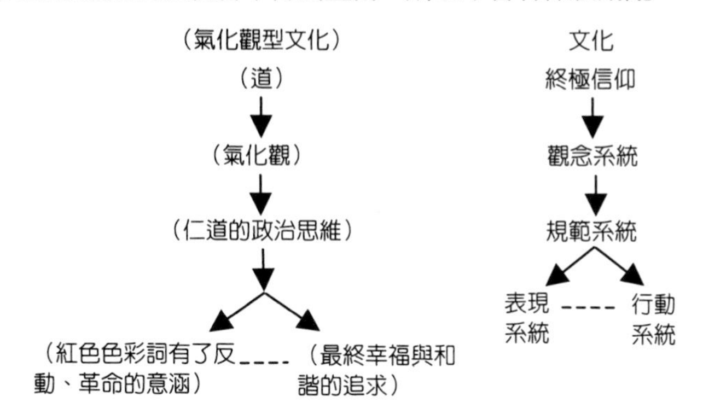

圖 4-3-1　中方色彩詞的政治倫理關係圖

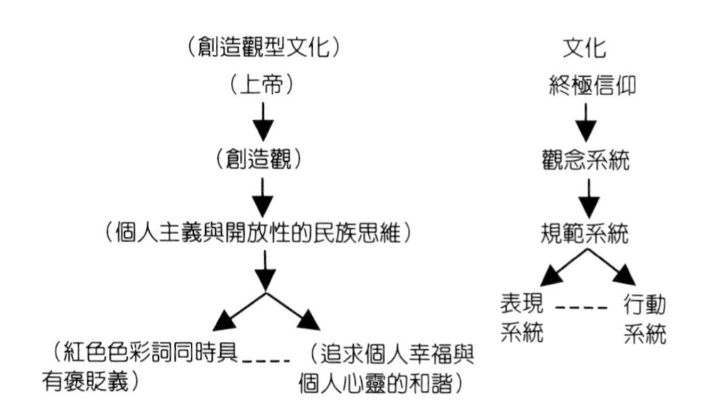

圖 4-3-2　西方色彩詞的政治倫理關係圖

二、反映經濟倫理生活

在社會經濟生活中，以色彩詞來反映經濟起伏的情形也非常普遍。在西方的傳統文化裡，表示經濟的負債或虧損會以「in the red」來表示，因為當支出超過收入的數額時，他們會在賬簿上以紅字作記載，代表虧損。如果是「in the black」，則表示有盈餘。因此，在西方的社會經濟中，會使用「紅色」在賬簿上表示「虧損」，或是使用「黑色」來表示盈利（詳見本章第二節）。這是由於西方是資本主義社會，講究功利主義，屬於「企業經濟」，他們的經濟生活通常會有多方投資人參與，而紅色在西方有警告與危險的象徵意涵，所以當生意虧損時，會使用紅色來警告目前的虧損狀態，告知投資人可能會面臨倒閉或有危險的命運，紅色在這裡就有了倫理規範的作用（如圖 4-3-4）。而中國的傳統文化是封閉的社會體制，所以在社會的經濟生活中是屬於「家庭經濟」，家族內的記賬不需要對外宣布，因此也就無須用紅、黑或其他顏色來作區別（如圖 4-3-3），現代漢語中的紅色會用來表達「赤字」是受到西方的影響。另外，比較特別的是在股市裡，「紅色」表示「股價上漲」，「綠色」則代表「股價下降」。紅色在此使用了正面義，表示投資人的成功、順利；綠色則代表投資人的經驗不足或無知，因而失利。股市是西方經濟體制下的產物，是後出的商業行為，紅色使用在經濟生活中有了觀念上的轉變，正面的意義復活，也表示色彩詞的意涵會隨著社會的更替而有所波動。但不論如何，紅色在經濟上的意涵只出現在西方裡，在傳統中國文化中並未見到，只侷限於單一系統中。

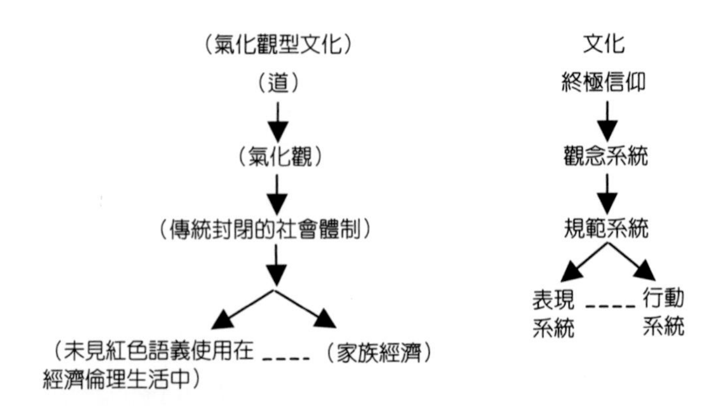

圖 4-3-3　中方色彩詞的經濟倫理關係圖

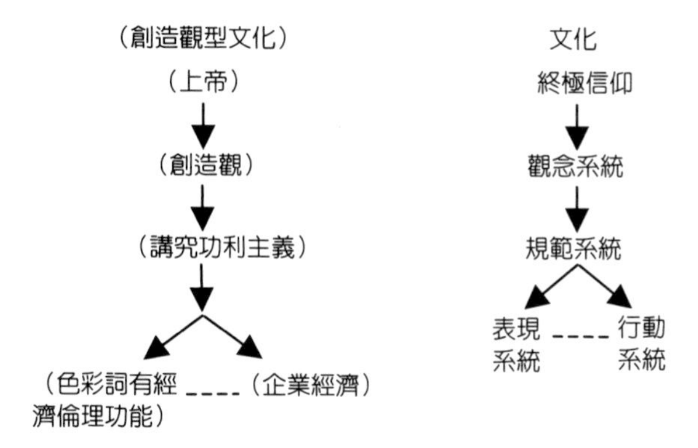

圖 4-3-4　西方色彩詞的經濟倫理關係圖

三、階級倫理的建立與禮俗文化

在傳統的中國文化中，色彩是作為區分尊卑與階級的禮俗文化標誌。漢民族以黃色為尊，黃色為中央色，黃土為中央土，其神為黃帝，而黃帝又是華夏民族的祖先，因此黃色被歷代帝王所推崇和壟斷。雖然色彩是大自然的餽贈，但色彩的尊卑觀念最終是由社會的制度文化所賦予的。（譚興，2006）黃色既為土色，土是氣化而成，而土能化生萬物，因此黃色就象徵君王的權威性，歷代以來就只許帝王使用。在古代社會，下層的勞動人民無法根據自己的喜好來使用色彩，無論是哪個朝代，對平民百姓來說，服色的禁忌最多（如圖 4-3-5）。如唐高祖時規定士庶不得穿黃色的衣服；明代天順年間也明確規定，平民百姓不得用黃、紫、黑等色；庶民百姓除了節慶時使用紅色，在日常生活中都穿著寒色系的衣服，色彩的象徵意義在整個傳統社會的發展過程中有其穩定性和延續性。官爵等級不同，其服飾、色彩就有差別，社會各個階層色彩分明，明亮的黃色屬於天子，大紅大紫屬於權貴，青、綠屬於有官職的人，而平民只能穿青衣白布，生活中最缺乏色彩。（駱峰，2003：47～54）色彩的文化意義因此而傳承下來，比如我們在今日還是會使用「大紅大紫」來形容一個人因受到上層寵信而顯貴的樣子。

正因為在傳統的中國文化中，不同的色彩代表著不同的等級地位和權力，於是色彩詞的使用也就有了「上下有序、尊卑有別」的內涵。在《詩經．邶風．綠衣》中有這樣的詩句：

> 綠兮衣兮，綠衣黃裡。
> 心之憂矣，曷維其已！
> 綠兮衣兮，綠衣黃裳。
> 心之憂矣，曷維其亡！（高亨，2004：36～37）

古時候衣為上衣，裳為下衣，衣用正色，裳用間色。詩中所表達的是衛莊公惑於妾，夫人莊姜賢因而失位，所以作了此詩。詩裡的黃色有尊貴的意涵，綠色則有不忠的貶義。詩句中「綠衣黃裡」、「綠衣黃裳」，表示上下顛倒，裡外不分，就如同尊卑位置顛倒一樣是不合禮儀的。由此可以得知色彩詞在中方的階級倫理與禮制上有很嚴格的劃分，彼此不能僭越；使得在傳統的中國裡，一般所見的都是白布青衣，黃色只有君王可用，而紅色則只在喜慶節日中使用，一般百姓在平日都是用素雅清淡的色調。相較於西方，由於創造觀型文化的影響，認為自然界的萬物與色彩是造物主所創，不被任何人壟斷。因此，秉持著榮耀造物主的美意，西方人喜愛明亮鮮豔的色彩，如黃色和紅色（詳見本章第二節）。這些鮮豔的色彩是每個人都能擁有與使用，而不被階級制度所影響（如圖 4-3-6）。

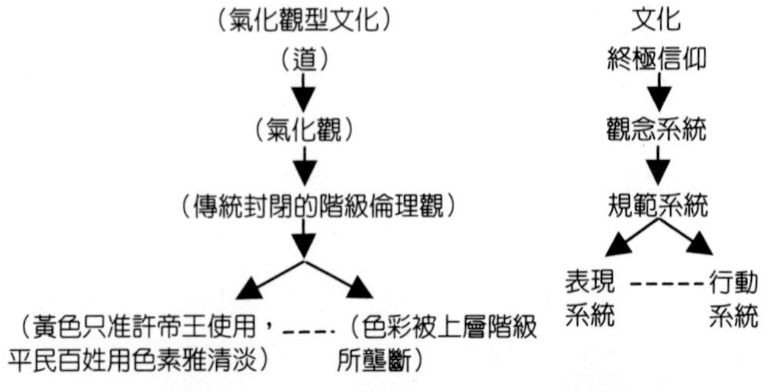

圖 4-3-5 中方色彩詞的階級倫理關係圖

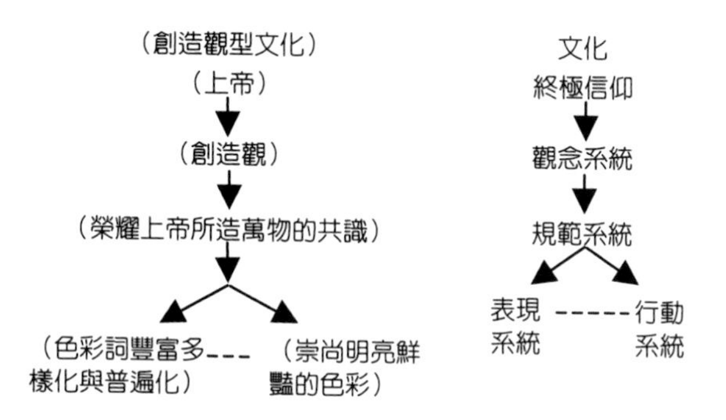

圖 4-3-6　西方色彩詞的階級倫理關係圖

四、抒發集體情感、追求倫常上的圓滿

所謂「人生不如意事十常八九」，人們可以透過文學的創作，將情緒的不愉快透過書寫得到發洩，同時也能抒發內心壓抑的情感而得到滿足，更能藉著色彩詞將自然界的美景與愉悅的心情表露於文學中。色彩詞擁有豐富的聯想象徵意涵，可以用來表達人們豐富的情感世界，如喜、怒、哀、樂等。例如在漢語中，用紅色來表示喜悅、開心的情緒；用白色來表達哀傷、嚴肅的心情。藉由文學創作與色彩詞的運用，我們可以將情緒感知具體地表現出來，更可以藉此來彌補現實生活中的缺憾，獲得心理的補償作用。

除了個人情感的抒發，色彩詞在社會功能中也具有抒解集體情感的功能。西方人不管是在繪畫、建築、園藝或社會生活中，都偏愛使用暖色系，而中方由於簡約素淡的民族思維，因此偏好寒色系的色調。例如在喪禮中，西方人以黑色（暖色系）為主色調，漢民族則是以白色（寒色系）為喪禮的主色調。黑色在西方有「死亡、悲痛、嚴肅、沉重」的意涵，白色在中方則有「哀悼、悲涼、傷感」的象徵義（詳見本章第二節）。藉由黑色或白色的聯想語義，在肅穆的喪禮上可以抒發出在場與會者的悲傷情感，而在情感抒解後，也較能減低心中的遺憾，達到倫常上的圓滿（如圖 4-3-7、圖 4-3-8）。

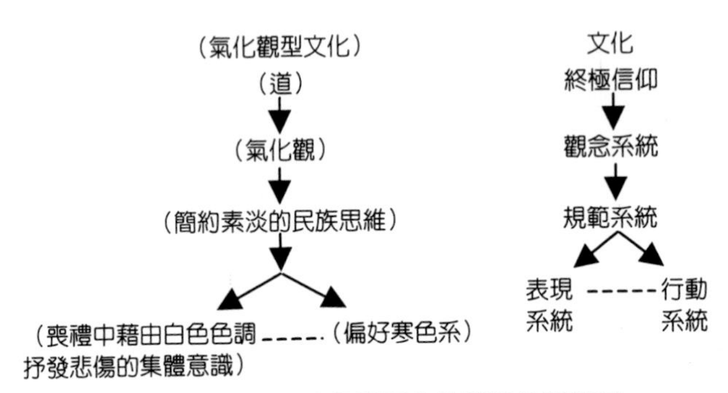

圖 4-3-7　中方色彩詞的集體倫常關係圖

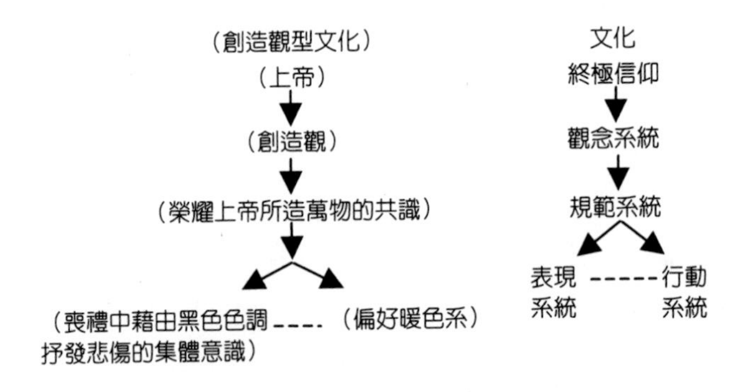

圖 4-3-8　西方色彩詞的集體倫常關係圖

由此可知，色彩詞表現在社會活動中，能表明政治色彩和倫理取向、反映經濟倫理生活、協助階級倫理的建立與禮俗文化、並且抒發集體情感、追求倫常上的圓滿等。這些社會功能在文化次系統位階中，都是屬於規範系統的部分，而規範系統又受到觀念系統與其背後的世界觀所統攝影響。因此，本書在後續的章節中，擬針對色彩詞的文化次系統位階以及在文化觀念系統與文化規範系統的象徵作一探析研究，在此就先不加以詳述。

第五章　色彩詞的文化性

第一節　文化的界定

「文化（culture）」的詞義自古以來就眾說紛紜。在早期的英文用法中，「文化」這個字與動物和農作物的「培養（cultivation）」以及「宗教崇拜（religious workship）」有關。從十六世紀到十九世紀，這個字開始泛指個別人類的心靈和個人舉止的涵養，在經由學習後而獲得提升，這是由改進農地生產力與農耕活動的想法所擴充出來的衍生意義。爾後，「文化」這個詞漸漸開始指涉社會整體的進步，而被當成一個蘊涵價值判斷的字眼。然而，隨著浪漫主義在工業革命中興起，「文化」開始用來單獨指涉精神上的發展，與物質和基礎結構（infrastructural）有所區分。在十九世紀晚期浪漫式的國族主義（Romantic nationalism）開始發展後，文字的字義也發生變化，強調傳統和日常生活就成了它的面向之一。〔史密斯（P. Smith），2008：1～2〕根據威廉斯（R. Williams）的說法，有關「文化」的用法主要有以下三種：

> 一、指涉個人、群體或社會的智識、精神與美學發展。
>
> 二、泛指各式各樣的知識和藝術活動及其產物（電影、藝術、戲劇）。在這個用法裡，文化大致與「文藝」（The Arts）同義，因此我們有「文化部長」（Minister for Culture）。
>
> 三、指涉一個民族、群體或者社會的整體生活、活動、信仰和習俗。（史密斯，2008：2引）

威廉斯所提到的這三種用法當中，第三種用法在二十世紀上半葉受到許多人類學家的支持，並且在目前人類學的領域仍然相當重要。因為這種對於文化的詮釋在價值判斷上較為中立，分析性也較高。而德國的文化（Kultur）概念，則是將「文化」等同於「文明、個人或是集體的道德進步」，缺乏客觀性。（史密斯，2008：3）另外，在人類學家克魯伯（A. L. Kroeber）和克拉孔（C. Kluckhohn）對於「文化意義」的研究裡，整理出六種對於文化的理解與定義：

> 一、描述性的定義（Descriptive definitions）：將文化視為無所不包的社會生活整體。這種定義列舉出組成文化的各個領域……包括知識、信仰、藝術、法律、道德、習俗、以及任何身為社會一份子的人所需的能力與習慣。
>
> 二、歷史性的定義（Historical definitions）：將文化視為代代相傳的遺產。
>
> 三、規範性的定義（Normative definitions）：包括兩種形式。第一種認為文化是一種規則或是生活方式，它可以形塑具體的行為和行動模式……第二種形式則強調價值觀的重要性而不涉及行為。
>
> 四、心理學的定義（Psychological definitions）：強調文化是解決問題的裝置，它使得人們得以溝通、學習，或者滿足物質和情感需求。
>
> 五、結構性的定義（Structural definitions）：指出文化各個獨立層面之間具有組織化的關聯性，並且強調文化不同於具體行為的抽象性。
>
> 六、發生學的定義（Genetic definitions）：從文化如何產生，以及文化如何得以存續的角度來定義文化。（史密斯，2008：3～4引）

此外，錢穆在《文化學大義》一書中也針對「文化」作了一個界定。他認為文化既然是指人類群體生活的綜合整體，必然有其「綿延性」與「持續性」。因此，文化不是一個平面，而是立體的，它是在一個「空間性」地域的集體社會上面，加進「時間性」的歷史發展與演進。所以文化就是指「時空凝合的某一大群的生活之各部門、各方面的整一全體。」人類生活的每一環節、每一方面，必然互相配搭，互相融洽，互相滲透，而相互凝成一個整體。因此，文化除了有其「傳統性」，也同時具有「綜合性」與「融凝性」的特性。（錢穆，2001：3～7）由此可知，不同的學者對於文化的界定都會有出入。而在本研究中，依照另一個學者的說法，將「文化」界定為「一個歷史性的生活團體表現他們的創造力的歷程和結果的整體。」（沈清松，1986：24）這樣的界定有方便指稱和收攝材料的好處。它還可以據理分出終極信仰、觀念系統、規範系統、表現系統和行動系統等五個次系統。

所謂終極信仰，是指一個歷史性的生活團體的成員，由於對人生和世界的究竟意義的終極關懷，而將自己的生命所投向的最後根基，例如希伯來民族和基督教的終極信仰是投向一個有位格的造物主，而漢民族所認定的天、天帝、天神、道、理等等也表現了漢民族的終極信仰。所謂觀念系統，是指一個歷史性的生活團體的成員，認識自己和世界的方式，並由此而產生一套認知體系和一套延續並發展他們的認知體系的方法，如神話、傳說以及各種程度的知識和各種哲學思想等，這些都是屬於觀念系統，而科學以作為一種精神、方法和研究成果來說也都是屬於觀念系統的構成要素。所謂規範系統，是指一個歷史性的生活團體的成員，依據他們的終極信仰和自己對自身及對世界的了解（就是觀念系統）而制訂的一套行為規範，並依據這些規範而產生了一套行為模式，如倫理、道德（及宗教儀軌）等等。所謂表現系統，是指一個歷史性的生活團體的成員用一種感性的方式來表現他們的終極信仰、觀念系統和規範系統等，因而產生了各種文學和藝術作品（包括建築、雕塑、繪畫、音樂、甚至各種歷史文物等)。所謂行動系統，是指一個歷史性的生活團體的成員對於自然和人群所採取的開發和管理的全套辦法;如自然技術(開發自然、控制自然和利用自然等的技術)和管理技術(就是社會技術或社會工程，當中包含政治、經濟和社會等三部分:政治涉及權力的構成和分配;經濟涉及生產財和消費財的製造和分配;社會涉及群體的整合、發展和變遷以及社會福利等問題)等。(沈清松，1986a:24~29;周慶華，2007b:182~183)

雖然如此，上述的設定並不是沒有問題。如(順著所援引論說者的說詞來看)五個次系統既分立又有交涉，要將它們併排卻又嫌彼此略存先後順序，總很不容易予以定位;又如表現系統所要表達的除了終極信仰、觀念系統和規範系統等等，此外當還有呈現它自身，也就是由技巧安排所形成的一種美感特色，而這都在一個「表現」(將終極信仰、觀念系統和規範系統現出表面或表達出來)概念下被抹煞或被擱置了。(周慶華，1997:74~75)雖然如此，這個設定所涵蓋的五個次系統作為一個解釋所需的概念結構，也的確有其實用性與方便性，因此本研究以此界定作為研究主軸。而從相對的立場來說，這比常被提及或引用的另一種包含理念層、制度層和器物層的文化定義(汪琪，1984;傅佩榮，1989;李宗桂，1992)或包含精神層面和物質面的文化定義〔史美舍(N. J. Smelser)，1991;黃文山，1986;邵玉銘編，1994;龍冠海主編，1988〕更能說明或指稱文化世界的內在機能和運作的情況。而它跟不專門標榜「物質進步主義」意義下的文明概念〔史賓格勒(O. Spengler)，1985;湯恩比(A. J. Toynbee)，1984;杭亭頓(S. P. Huntington)，1997〕是相通的。也就是說，文化和一般廣義的文明沒有分別，彼此可以變換為用。(周慶華，2007b:184)

上述的這五個次系統倘若想整理出一個規則，在重新的「整編」之下，它們彼此可以形成如下的關係圖:

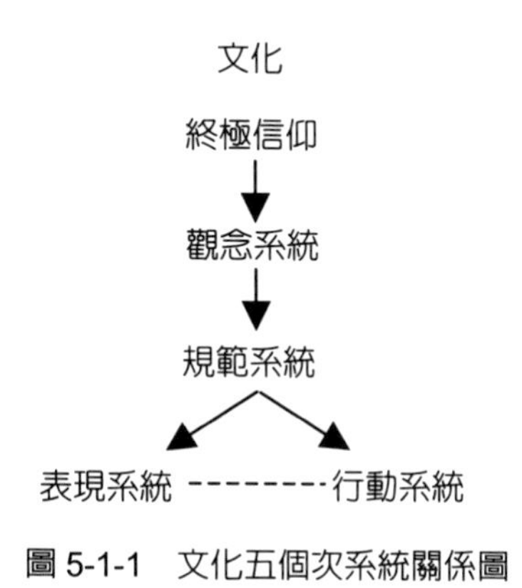

圖 5-1-1　文化五個次系統關係圖

（引自周慶華，2007b：184）

在圖 5-1-1 當中，終極信仰是最優立的，它塑造出了觀念系統，而觀念系統再衍化出了規範系統；至於表現系統和行動系統，則分別上承規範系統／觀念系統／終極信仰等；而表現系統和行動系統之間沒有「誰接承誰」的情況，所以用虛線來連接，但它們彼此間可以「互通」。（周慶華，2007b：185）

在界定完文化五個次系統的關係後，接著要談的是世界現存三大文化系統的「系統別異」的問題。在創造觀型文化方面，它的相關知識的建構（與器物的發明），根源於建構者相信宇宙萬物受造於某一主宰（神／上帝）；例如一神教教義的構設和古希臘時代的形上學的推演以及近代西方擅長的科學研究等等，都屬於同一個範疇。在氣化觀型文化方面，它的相關知識的建構，根源於建構者相信宇宙萬物為自然氣化而成；如中國傳統儒道義理的構設和衍化（儒家／儒教注重在集體秩序的經營；道家／道教注重在個體生命的安頓，彼此略有「進路」上的差別）。而在緣起觀型文化方面，它的相關知識的建構，根源於建構者相信宇宙萬物為因緣和合而成（洞悉因緣和合道理而不為所縛就是佛）；例如古印度佛教教義的構設和增飾（如今已傳布至世界五大洲），就是這樣。（周慶華，2001：22）。而三大文化系統的特色倘若要與上述的五個次系統作媒合，可以得出以下的分支圖：

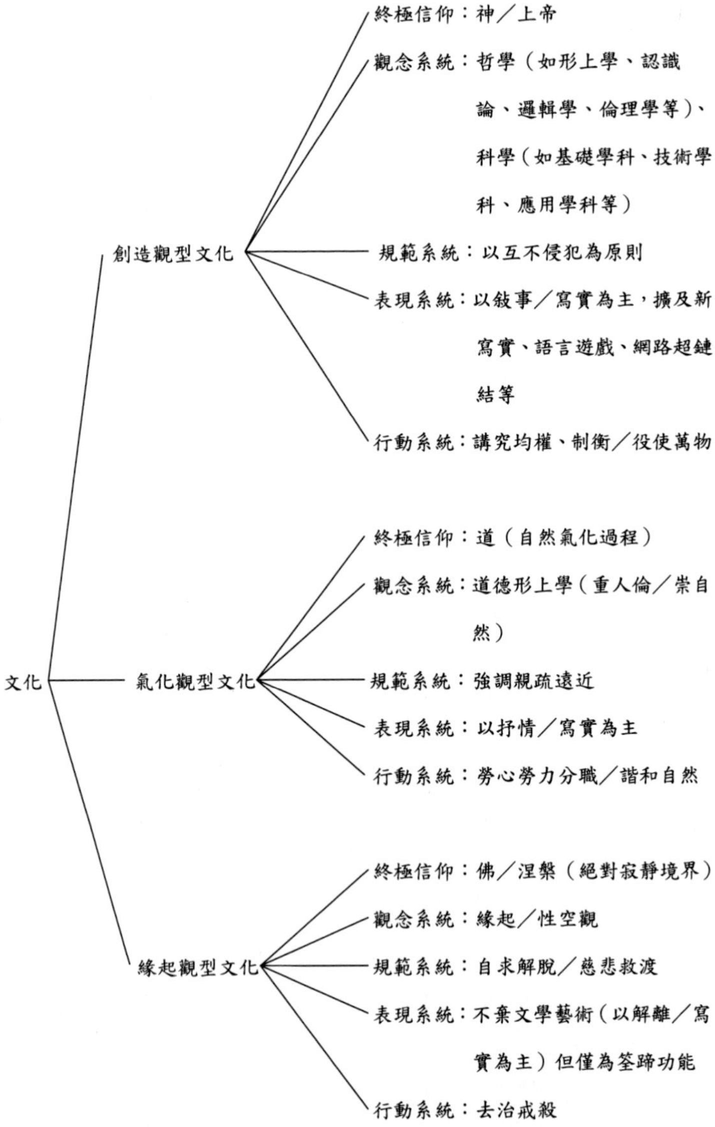

文化
- 創造觀型文化
  - 終極信仰：神／上帝
  - 觀念系統：哲學（如形上學、認識論、邏輯學、倫理學等）、科學（如基礎學科、技術學科、應用學科等）
  - 規範系統：以互不侵犯為原則
  - 表現系統：以敍事／寫實為主，擴及新寫實、語言遊戲、網路超鏈結等
  - 行動系統：講究均權、制衡／役使萬物
- 氣化觀型文化
  - 終極信仰：道（自然氣化過程）
  - 觀念系統：道德形上學（重人倫／崇自然）
  - 規範系統：強調親疏遠近
  - 表現系統：以抒情／寫實為主
  - 行動系統：勞心勞力分職／諧和自然
- 緣起觀型文化
  - 終極信仰：佛／涅槃（絕對寂靜境界）
  - 觀念系統：緣起／性空觀
  - 規範系統：自求解脫／慈悲救渡
  - 表現系統：不棄文學藝術（以解離／寫實為主）但僅為筌蹄功能
  - 行動系統：去治戒殺

圖 5-1-2　三大文化系統與五個次系統關係圖

（引自周慶華，2005a：226）

由圖 5-1-2 中可知，西方在創造觀型文化的支配下，長久以來就混合著古希臘哲學傳統和一神信仰，這二者都相信宇宙萬物受造於一個至高無上的主宰，彼此激盪後難免會讓西方人聯想到在塵世創造器物和發明學說以媲美造物主的風采，科學就這樣在該構想被「勉為實踐」的情況下誕生了。也因為這種科學邏輯的實證精神，西方人對於色彩或色彩詞的研究細膩且豐富，並且偏愛鮮豔明亮的暖色系色調。反觀信守氣化觀型文化的中方國家，認為自然界的萬物為偶然氣化而成，這種「萬物一體」的混沌觀念使中方人認為科學發明沒有可以榮耀（媲美）的對象，因此不需要窮於發展科學。此外，精氣化生萬物的哲學思維也使得中方人對色彩的概念含糊不清，而清淡無欲的道家思維則讓中方人在色彩的喜好上，會偏愛寒色系或輕寒色系的色調。另外，緣起觀型文化所支配的印度由於曾經長時間受到西方民族的統治，在文化和習性上被西方同化，所以表現在色彩的使用上也就和西方民族較為相近，偏愛明亮的暖色系色調（詳見第二章第一節）。（周慶華，2007b：187～188）

色彩詞不論是表現在文本中或作品裡，在文化次系統當中都是屬於最低位階的（文本——行動系統，作品——表現系統）。倘若想分析出中西方色彩詞在文本或作品中的使用差異，必須要上溯到其世界觀（觀念系統）與終極信仰的不同，其偏好差異才有理據。因此，關於中西方色彩詞的文化次系統位階，將於下一節次作一詳論，以歸納出一套有系統的理論。

第二節　色彩詞的文化次系統位階

在文化次系統位階中，色彩詞的位置是在行動系統與表現系統中；在行動系統裡是一般文本，在表現系統裡則是文學作品，本書所欲探討的新詩中的色彩詞是屬於表現系統內的範疇。但不論是行動系統或是表現系統，在文化次系統當中都是屬於最低的位階，如果只單就文本或作品作色彩詞的運用分析，會過於含糊籠統而無理據。在探究中西方色彩詞的使用差異（包含文化性與修辭審美的差異）時，必須要上溯其背後所統攝的世界觀與終極信仰，才能對中西方的文化審美性作一定位。以下我針對色彩詞在行動系統與表現系統中的使用情形作一探討，並嘗試歸結出三大文化系統在行動系統與表現系統的差異性。

一、色彩詞在行動系統中的使用情形

色彩詞在文本中的表現，能透露出各民族對於色彩的喜愛與價值觀，而不同的民族、不同的文化，也會因為其所尊崇的世界觀的差異，而影響他們在文本中使用色彩詞的偏好。在西方的文化中，對於暖色系色調的偏愛在文本中可見一斑。格林菲（A. B. Greenfiled）在《爭紅——帝國、間諜與欲望的顏色》中曾提到西方民族對於色彩的想法：

> 在世上眾多語言中，都能找到紅色受重視的證據，英文即是其中之一……在原始社會中，紅色往往被賦予神祕力量，能夠驅魔治病、抵擋邪惡之眼……紅色在世界各地幾乎都代表了人類的重大事件和情感：危險和勇氣，革命和戰爭，暴力和罪惡，欲望和熱情，甚至生命本身。（格林菲，2008：6～7）

> 到了 1870 前代晚期，屬於經濟劣勢的人全陶醉在他們一向無福享受的色彩中，想要什麼時候穿、想在什麼地方穿都可以。紅色是最受歡迎的顏色，《英國醫學期刊》指出：「貧窮的勞動階級特別愛買便宜的苯胺紅和緋紅布料作內衣、長襪和裝飾品。」染劑偶而會殘留毒素在皮膚上，勞工階級還是要買。他們要更多顏色，尤其是更多的紅色——愈明豔愈好。（同上，258）

由此可以看出紅色在西方民族文化中具有重要的地位，不論是正面的意涵或是負面的象徵，都為西人所重視，甚至處於經濟劣勢的勞工階級，也想藉著明豔的紅色來提高自己的身價。在二十世紀初，紅色的光芒在西方漸為黯淡，取而代之的是黑色色調。但不論是紅色還是黑色，在色彩中都是屬於暖色色系。關於黑色在現今西方社會中的重要地位，格林菲也曾提及：

> 在西方，黑色已成為不可或缺的時尚配備。商場人士穿、放蕩不羈者穿、社交名流也穿，由於大受歡迎，在服裝的年銷售量占很大比例。黑色集矛盾於一身，既大膽又安全，帶著些許X夫人的深沉情欲，又不顯得落伍、不用擔心千變萬化的時尚潮流。對審慎的消費者，尤其是工商人士，黑色已是衣櫥中的基本款——顯得自己清高、穩重，不會傻傻穿新鮮的化學紅或粉綠。黑色，非色彩的終極色，已取代紅色成為權力的顏色。（格林菲，2008：268）

由文本中可知，紅色和黑色等暖色色系在西方國家總是雄距色彩寶座，為西方民族所偏愛。相較於西方，漢民族的色彩自古以來就被上層階級所壟斷，因此常見於街頭巷弄中的服飾色彩為青衣白布等寒色系色調（詳見第四章第三節）。此外，從西方人的飲食文化中，也可以看出色彩與色彩詞的的文化展現。西方人（尤其是法國人）特別鍾情於紅葡萄酒，在一場聚會中，他們總喜歡談論桌上葡萄酒的產區、酒莊、年份、特色，以及香味、色澤、口感、喉韻，乃至於與菜餚的搭配、餐宴主題的對照、主客身分的呼應……等，他們甚至可以從品論紅葡萄酒中來評價一個人的優劣。楊子葆在《葡萄酒文化密碼》一書中曾提到西方人如何將紅葡萄酒作為文化溝通的密碼：

> 譬如說，當在宴會裡與一位陌生人談論葡萄酒，如果大家都有基本的素養，那麼不要多久，用不著開口詢問，你就可以八九不離十地琢磨出對方的飲食習慣、階級、籍貫、教養、工作，甚至人生閱歷、價值觀、偏好……等基本資訊。（楊子葆，2007：19）

因此，紅葡萄酒在西方不僅受到尊重，甚至儼然成為評價人類的一種方式與判準。酒紅色在色系上屬於暖色系，在西方的飲食文化中，也可以見到其對於暖色色調的偏愛。相較於中方國家，中國人並不特別喜愛紅酒，平時的飲酒習慣偏好啤酒，啤酒所呈現出的色調是淡淡的鵝黃色，屬於輕寒色系，這樣的飲食習慣表現出漢民族素淡的風格。

此外，西方自古以來就崇尚「鍊金術」，鍊金術就是「使人類成為與神明同等存在的神聖技術」。這種「技術」對古代歐洲人而言，屬於「神技」而非「人技」，冶金、金屬加工、染色、製作玻璃、建築等，全都是神明技術的重現。（草野巧，2007：8）既然鍊金術是把人類變成與神明同等存在的技術，就表示西方人認為他們能藉由這樣的方式，將人類這種「不完全的存在」變成像造物主一樣的「完全的存在」，而發揚出榮耀上帝或媲美上帝的世界觀。草野巧在《圖解鍊金術》一書中曾提到：「在鍊金術所有的應用例子中，最有名的當屬將鐵、鉛、銅等賤金屬變成黃金的『黃金鍊成』；因為（西方）古代與中世紀的人認為賤金屬是不完全的金屬，而黃金則是完全的金屬。為人治病、長生不老也都是鍊金術的重要目的，因疾病是種不完全的狀態，而長生不老是完全的狀態，於是製作能治癒一切病痛的萬能藥物（靈藥）亦成為鍊金術的另一個重要項目。」（同上，10）由此可知，西方人崇尚鍊金的渴求，他們甚至希望能藉由鍊金來創造出完全的宇宙與完全的理想社會。而這種追求黃金的欲望，正顯現出其背後的一神信仰世界觀與對暖色系的偏愛（金色屬於暖色色調）。相較於中國的鍊金術，中國的鍊金術有別於歐洲，主要是以製作長生不老的丹藥為目標，而非提煉黃金，因此中國的鍊金術名為「煉丹術」。（同上，190）對傳統的中國人而言，對於「玉」的喜愛大於黃金或其他金屬、石頭，當中國人看到一塊溫潤美好的玉，就會情不自禁地想去撫摸它、配戴它以隨伴終生。以中國人的名字來說，就有許多與玉或斜玉旁來取名，尤其是女子；如果中國沒有玉的字彙，則中國美好的字詞恐怕要失色很多。在中國的古書古文中，無不讚美玉；儒家更把君子比德於玉，所以玉有「五德」、「九德」之說，以及「君子無故，玉不去其身。」（李行建，2010）又如《紅樓夢》中的男女主角賈寶玉、林黛玉，也都是以玉來命名。玉本身溫潤圓融、曖曖內含光的特質，形成了中國人潔身自愛、包容性大且柔和的民族特性。因此，玉在中國的歷史中可謂綿延流長，從無間斷。任何一個朝代都尊玉崇玉，不只是漢人，在漢朝的匈奴、唐朝的突厥，到與宋對峙的遼金夏，以及蒙古、滿清，都崇尚玉，而這些精美的古玉也有出土或流傳下來。（同上）玉所散發出的氣息，不像鑽石那般銳利堅硬、光芒四射，也沒有黃金那樣黃澄閃耀，它給人一種溫潤柔和的特質，有著深淺翠綠的色澤。玉本身所呈現的色調是屬於寒色系，這種素雅清淡與偏愛寒色系的特性，和傳統的中國民族文化也相謀合。

關於對「金」的尊崇，緣起觀型文化的佛教國家（印度）與西方也有相似的思維。《雜阿含經》中曾說道：

> 一時，佛住王舍城金師住處。
>
> 爾時，世尊告諸比丘：「如鑄金者，積聚沙土，置於槽中，然後以水灌之，麁上煩惱，剛石堅塊隨水而去，猶有麁沙纏結。復以水灌，麁沙隨水流出，然後生金，猶為細沙、黑土之所纏結。後以水灌，細沙、黑土隨水流出，然後真金純淨無雜，猶有似金微垢。然後金師置於爐中，增火鼓韛，轉側鑄鍊，然後生金輕軟光澤，屈伸不斷，隨意所作釵、鐺、鐶、釧諸莊嚴具。」（東年，1996：92～93）

由經文中可以得知，印度佛教國家對於鍊金的目的與西方一樣（可能受亞利安人入侵印度帶來西方文化的影響有關），都是以鍊出輕軟光亮的純金為目的，也都偏愛明亮的暖色色調，而這種經由反覆提煉而獲得的最後純淨，正與佛教教義中要人們藉著修練自我以超脫世俗的理念相一致，而這些在行動系統中所表露出來的現象，也正是因為其背後所信仰的世界觀（佛）所統攝支配著，才會顯現出偏愛明亮色系的跡象。此外，十九世紀的印度曾被英國統治兩百年，在被西方人殖民統治之下，其民族思維與西方文化也會較為接近。

西方人不但偏好鮮豔明亮的暖色系，對於色彩分類的細膩也可略見於文本中。例如蓋斯（W. Gass）在其所著的《藍・色　癲狂的藝術》一書中提到西方人對於「藍色」的分類，有天青、蔚藍、琉璃藍、淡藍、灰藍、粉藍、深藍、紫紅藍、寶藍、水手藍、海藍、彩虹藍、孔雀藍、冰山藍等；也有略帶泛紅的藍：西洋李藍、茜草藍、軍校生制服藍、風信子藍、牽牛花藍、長春花藍、紫藤藍、桑椹等藍；還有青綠之藍：知更鳥蛋和蛋殼藍、綠玉石、鈷藍、綠灰藍、青春、綠松石藍等。另外，也有以國家、城市、地區來命名的藍：法國藍、義大利藍、普魯士藍、瑞士藍、布倫斯維可藍、中國藍、支那藍、印度藍、匈牙利藍、巴黎藍、柏林藍、德勒斯登藍、不來梅和安特衛普等城的藍；或是亞美尼亞和亞歷山大城的古典藍；此外還有以人物、製程、原料命名的藍：何登斯藍、可魯皮耶藍、卜雷可里藍、鍊製藍、堂皇藍、雷蒙藍、拿破崙藍、維多利亞藍、萊希藍、許維弗藍、何步羅藍、蒙鐵藍、埃伯菲藍、埃雪藍、根提阿納藍、關西藍、歸米藍、杭伯藍、苯胺藍、鹼藍、蒽藍、茜素藍、膠質藍、染整藍、速成藍、螢光酚藍、米羅里藍、石板灰藍、鍛鋼灰藍、槍械灰藍、石綿藍、銅藍等，其對於色彩的分類細膩且豐富。（蓋斯，2002：149～151）相較於中方，在現代的漢語色彩詞中，如以藍色為例，有鈷藍、寶石藍、天藍、灰藍、品藍、霄藍、鋼藍、靛青、鴿藍、鷄藍、鷗藍、星藍、翠藍、蒼藍、暗藍、釉藍、虹藍、閃藍、海藍、晴藍、春藍、焰藍、黛藍、藏藍、絨藍、湖水藍、清水藍、晚波藍、深灰藍、晴山藍、景泰藍、雲山藍、尼羅藍、澗石藍、螢光藍、蜻蜓藍、瀑布藍、玉石藍、石蕊藍、冰山藍、深毛藍、海濤藍、秋波藍、淺土藍、柏林藍、海軍藍、牽牛花藍、淺海昌藍等。（林岱瑩，2005：11）現代漢語中關於藍色的分類和西方詞彙比較起來，詞彙量相對較少，且有部分的詞彙還是由西方所傳入，屬於外來語（如鈷藍、尼羅藍等）。這種在行動系統下所顯現出來的對於色彩觀察敏銳度的差異性，也是受到其世界觀的影響；西方秉持著榮耀上帝造物的美意，因此會極盡所能地去探求自然界中的色彩；而中方由道所統攝，萬物既是在偶然中氣化而成，也就不需要去觀察萬物而來榮耀造物主，於是對色彩的觀察就較為含糊。

從色彩詞在行動系統中的表現來看中西方的文化性，可以發現在一般的文本當中探討其文化性時，都較為籠統而無層次感，因此我嘗試從行動系統為出發點，歸結出一套中西方色彩詞的文化次系統位階：

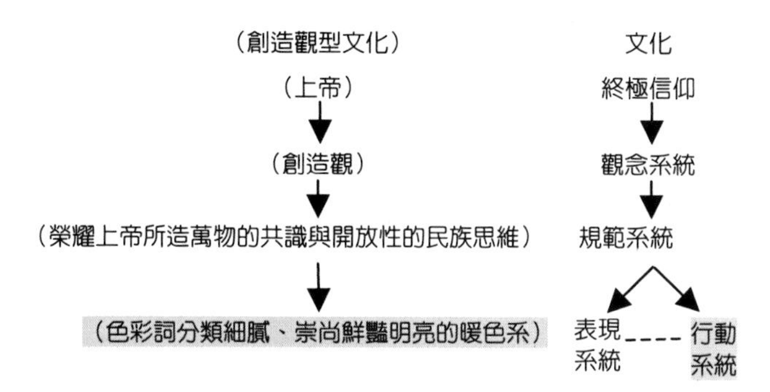

圖 5-2-1　西方色彩詞的行動系統表現圖

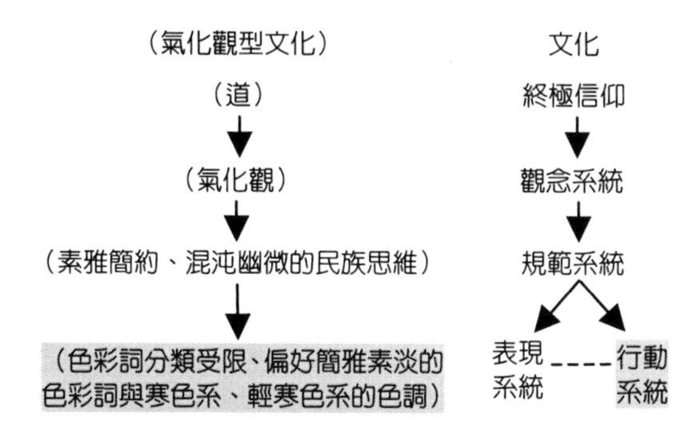

圖 5-2-2　中方色彩詞的行動系統表現圖

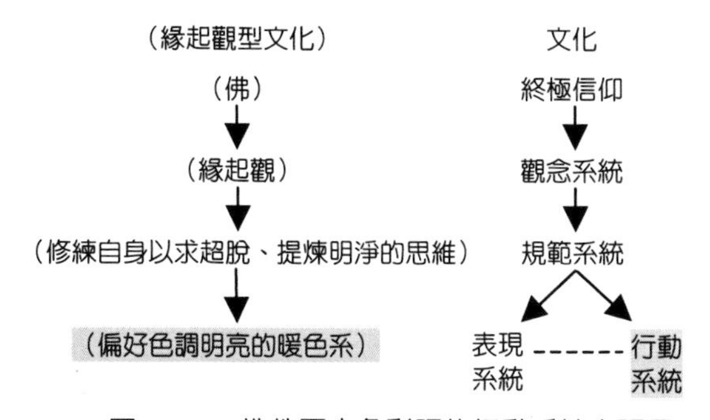

圖 5-2-3　佛教國家色彩詞的行動系統表現圖

由圖 5-2-1、圖 5-2-2、圖 5-2-3 可以很清楚的得知，西方人受到創造觀型文化的影響，在行動系統的表現上會使得色彩詞在分類上細膩且豐富；而秉著榮耀上帝造物的美意，西方民族崇尚鮮豔明亮的暖色系，甚至想創造或提煉色彩，以朝媲美造物主的目標邁進。而漢民族由於受到素雅簡約、混沌幽微的氣化思維所影響，這種柔和內斂的民族特性，使得中國的傳統文化中會較為偏愛寒色或輕寒色系的色調，對於色彩詞的分類與觀察也因此受到侷限。而受到緣起觀型文化所支配的佛教國家，嚮往明淨的思維，希望能藉由修練自身來達到超脫或解脫，如同鍊金術也是想藉著提煉的方式獲得純淨無雜質的軟金。也因此，純淨明亮的暖色系在佛教國家中，成為頗受歡迎的色調，在佛教文學中也常常可以看見「金色」的色系出現於其中。

二、色彩詞在表現系統中的使用情形

色彩詞在文學作品中的表現，也能透露出各民族對於色彩的喜愛與價值觀，中西方對於色彩詞在文學作品中的使用偏好，會因為其所尊崇的世界觀而有所差異。一般而言，西方民族與佛教國家會偏愛明亮的暖色系色調，漢民族則會較鍾愛寒色系或輕寒色系的色調。如英國詩人勞倫斯（D. H. Lawrence）在〈Gloire de Dijon（第戎市的榮耀）〉一詩中描述他的情人：「……While down her sides the mellow／Golden shadow glows as／She stoops to the sponge, and her swung breasts／Sway like the full-blown yellow／Gloire de Dijon roses……In the window full of sunlight／Concentrates her golden shadow……（而在她兩側，圓熟／金黃的陰影閃耀，當／她彎身取海綿，晃動的乳房／擺盪如盛開的鮮黃色／第戎市的榮耀玫瑰……在灑滿陽光的窗上／清晰地映著她金色的身影……）」。（陳黎、張芬齡譯，2005：286～287）陰影本來是暗色的色調，但詩人卻用「golden（金色）」色系來形她的陰影，以及用「full-blown yellow（鮮黃色）」來形容她晃動的乳房，藉以讚美他的情人。對西方人而言，自然界的萬物都為造物主所造，因此使用明亮鮮豔的色彩來形容造物主所造之物，更能達到推崇的效果。又如〈A Red, Red Rose（紅紅的玫瑰）〉裡寫道的：「O my Luve's like a red, red rose／That's newly sprung in June……（噢，我的愛人像紅紅的玫瑰／新綻放在六月天……）」（同上，132～133）和〈The Gardener ＃30（園丁集　第三十首）〉裡寫的：「……Your feet are rosy-red with the glow of my heart's desire, Gleaner of my sunset songs……（……我的渴望染紅了你的纖足／你撿走了我的黃昏戀歌……）」（尤克強，2007：232～233），都使用了如玫瑰般豔紅的色調〔red（紅）與rosy-red（玫瑰紅）〕，來讚揚心儀的愛人，這種鮮豔的色彩不但讓人怦然心動，更直接傳達出對上帝所造之物的頌揚。再如愛倫坡（E. Allan Poe）在〈A Dream Within a Dream（夢中夢）〉裡所寫的：「I stand amid the roar／Of a surf-tormented shore, ／And I hold within my hand／Grains of the golden sand——／How few! yet how they creep／Through my fingers to the deep, ／While I weep——while I weep! O God! Can I not grasp／Them with a tighter clasp?（我站在滾滾的潮聲中／面向驚濤駭浪的海岸／我緊緊地握在手裡／一把金色的沙粒——／一小撮！卻仍不停地流走／從我指縫溜進大海／我柔腸寸斷——柔腸寸斷！／上帝啊！我就不能緊抓／緊緊地抓住那撮沙？）」（同上，68～69）詩人在十八歲創作了這首詩，緊握在手裡的金色（golden）沙粒，代表著詩人追求理想的熱情，而這份追求唯美理想的熱情始終如一，至死無悔。由此可知，西方人在文學作品的表現上，不僅蘊涵著一神信仰的世界觀，其喜愛明亮暖色色調的偏好也可從中窺知。

相較於西方，漢民族在文學作品裡的色調表達上，就顯得柔和許多，色彩也比較沒有那麼刺眼鮮豔。例如謝馨的〈粧鏡詩・藍眼膏〉：

> 塗上藍眼膏的時候
> 你不會見到我
> 哭泣……
>
> 我已懂得憂鬱，比爵士樂的
> 藍調更低沈底韻律

比畢加索藍色時期更陰暗底畫面，甚至
比藍田
更淒迷底詩句。我以懂得由濃
而淡、由淡而濃的
藍色的天空的無語底悲哀
由深而淺、由淺
而深的藍色的海洋的無盡底孤寂
我已懂得，真的，我已全然
懂得屬於藍色的
憤怒、感傷
與幻滅。可是你不會
見到我
哭泣……
當我塗上藍眼膏的時候
（李瑞騰編，1986：272～273）

詩中充斥著濃厚的憂鬱情感，以「藍」字作貫串，展現出詩人對這份愛情的悲哀沉重感。畢加索的「藍色時期」指的是其 1900 年～1904 年的創作作品，他在這期間的畫作呈現出一種孤獨與絕望的情緒，而畫面多以瘦削的人物形象和冷灰的藍色為主色調。詩中由灰藍色轉為深藍，再從深藍轉為淺藍，接著又由淺藍轉深藍，這樣無止盡的孤寂哀傷，在詩人的心裡無限迴盪著，但心所繫的另一半卻無論如何都無法感受到，這種帶著憂鬱感的愛情散發出一股柔和而淒美的風格。又如鴻鴻的〈愛過的人〉一詩：

愛過以後
兩人就一動不動睡到天亮
愛過的字句
棄置在地上

還有背心，揉皺的衛生紙，一把陌生的鑰匙
一杯漸涼的水倒映越來越亮的燈光
一球吃到一半的霜淇淋
在暗綠色的地毯
溶化成完美的形狀
泛著濃香的乳汁一直滲，一直滲，一直滲到
地毯的最下方
徹底占據每一寸經過之處
像他們愛過的舌頭開始發苦
無法挽救

在他們的夢裡（誰？）
在他們，有人在外面的接到跳著雙人舞
繞著大圈，滑向遠處
畫著完美的線
直到消失不見
（馬悅然、奚密、向陽主編，2001：626～627）

詩中對於相愛的兩個人在一起生活之後，便以固定的形式重複著每天的生活，缺乏激情的愛在相同的生活模式中漸被磨損，而「暗綠色」則暗指這段感情已經開始發酵出「不忠」的因子，夢裡出現的另一個誰表明了彼此內心的同床異夢。由以上可以得知，中方的新詩在表達上總較為含蓄柔和，情感的表現也較內斂。同樣都是愛情詩，西方就顯得熱情奔放許多。而這種柔和內斂的情感與偏愛使用寒色系的風格，也內蘊著氣化觀的文化特性。

佛教國家（印度）在表現系統中則顯現出偏愛明亮的暖色系色調，與西方國家相似。例如印度詩人奈都夫人的〈殺戮者〉一詩所寫道的：「又，假使在暮色中縱飲者要叫喊；／『什麼紅色葡萄酒給你溢出？／還是你的外袍被潑著／搗碎的緋紅花瓣之赤色染汁？』／哦，愛啊，復語是：／『這些是我用悲哀的利刃殺戮的／心的生之點滴。』」（糜文開編譯，1981：1051）詩中蘊涵著一股濃烈且悲壯的情感氛圍，「紅色」、「緋紅」與「赤色」等色調將詩中的愛情渲染得濃厚而深刻，彷彿是用盡全身的心力去愛，即使是被悲哀的利刃所殺戮，也在所不惜。又如在印度史詩《羅摩衍那》中描述悉多的的形態：「全身戴著精製的首飾，／身上穿著黃色絲衣裳，／這一位公主渾身閃爍，／像那雲中的閃電一樣。」（蟻垤，2005：263）、「非常美麗的毗提訶公主，／她的荷花瓣香氣芬芳；／荷花瓣的顏色又黑又紅，／一下子蓋到羅波那身上。」（同上，263）、「她那身絲衣服在空中／飄揚起來，閃出金光，／就好像那太陽光中／被太陽照射的紅雲一樣。」（同上，263）、「臉龐美麗得像是月亮，／鼻子端正，櫻唇紅豔，／這臉龐在空中閃閃發光。」（同上，263）、「山呀！請把悉多指給我！她有黃金顏色黃金光彩。」（同上，313）詩中用「黃色」、「金色」、「紅色」、「黃金顏色」與「黑」、「紅」等色彩詞，將悉多描述的崇高而美艷動人，而整首詩也散發出光亮的色彩。利用明亮鮮豔的暖色色調，不僅能強烈表達出情感，還能將所欲描寫的人、事、物崇高化。

在世界觀的支配影響下，由行動系統延伸到表現系統，可以清楚地理出中西方色彩詞在文化次系統位階上的脈絡，如下圖所示：

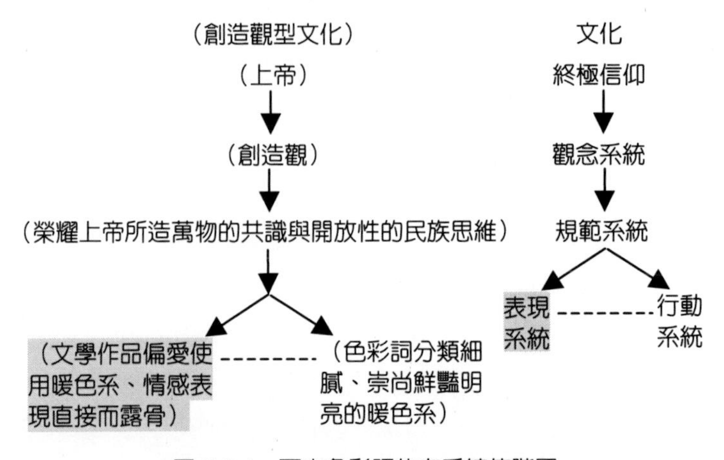

圖 5-2-4　西方色彩詞的次系統位階圖

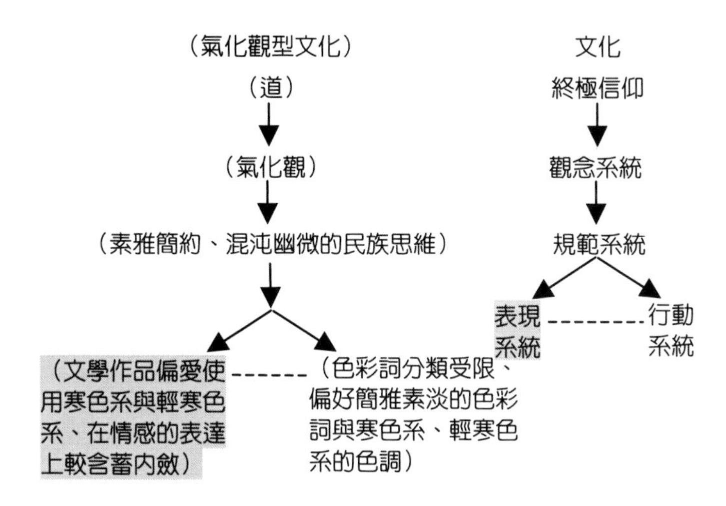

圖 5-2-5　中方色彩詞的次系統位階圖

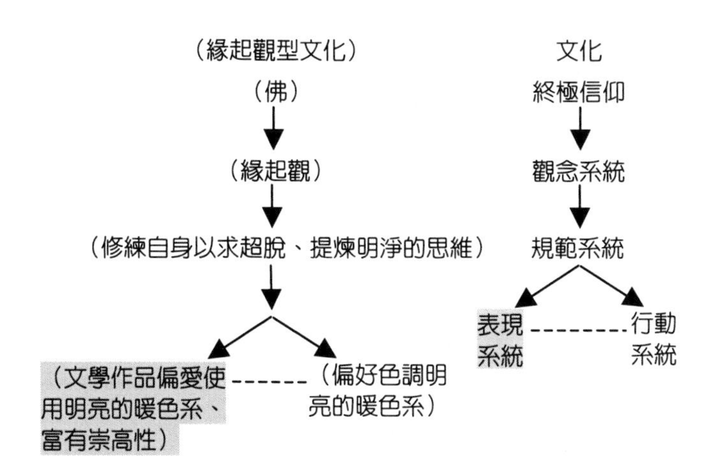

圖 5-2-6　佛教國家色彩詞的次系統位階圖

西方在創造觀型文化的的影響下，秉持著榮耀上帝所造萬物的共識，有著開放性的民族思維。因此，在行動系統的表現上，色彩詞的分類細膩，崇尚鮮豔明亮的暖色系；而在表現系統中，西方的文學作品容易展現出暖色系的色調，在情感的表達上也較為直接且露骨（詳見圖 5-2-4）。中方的終極信仰為道，在這種精氣化生萬物的文化特性下，會表現出素雅簡約、混沌幽微的民族思維。也因此，其影響到行動系統上，會使得漢民族的色彩詞分類受限，並且偏好簡雅素淡的色彩詞與寒色系、輕寒色系的色調。而在表現系統中，可以很清楚地感受到中方文學作品的情感表達較含蓄內斂，色調的選擇上也會比較偏愛寒色系或輕寒色系（詳見圖 5-2-5）。此外，在緣起觀型文化所支配的佛教國家中，希望能藉著修練自身以求超脫，與提煉出明淨的思維。這種純淨明亮的思想使得佛教國家在行動系統中，會偏好色調明豔的暖色系；而在表現系統裡，則可以發現其文學作品也偏愛使用明亮的暖色系，且作品中蘊涵著崇高性（詳見圖 5-2-6）。然而，在文化次系統位階中，行動系統與表現系統都是處於低階的位置，倘若想要對中西方色彩詞的文化性作更進一步的探究，必須上溯到規範系統與觀念系統，其文化性才能有層次地被建構出來。因此，接續所要探究的，就是色彩詞的文化規範系統象徵與觀念系統象徵，並藉以建構出一套具有層次感的理論架構。

第三節　色彩詞的文化規範系統象徵

前章第三節所談論的色彩詞的社會功能是屬於一般認知，其在文化規範系統中只是一小部分。在規範系統的象徵中，色彩詞還可以擴及到不同民族在不同文化系統的支配下，對於跟自然或鬼神間會有什麼樣的關係，這包含人對大自然環境的共識，以及人如何利用色彩詞語和靈界作溝通。此外，在人際關係的營造上（友情、親情、愛情等），中西方在文學作品中使用的色彩詞都能透露出其人際經營的特質（含蓄或熱情的交際手腕）。這些特徵雖然會在行動系統與表現系統中顯現出來，但倘若想將這些一般認知予以理出有層次感的論述，就必須要上溯到規範系統。因此，以下我針對中西方色彩詞在關於自然界、靈界與人際經營的關係上，作一文化規範系統的探究。

一、規範系統中人類對自然環境的共識

西方民族由於一神信仰與世界觀的影響，認為自然界的萬物為造物主所創造，所以在規範系統中，西方人有著榮耀上帝所造萬物的共識，並且希望能進一步去模擬造物主來創造新事物，以滿足媲美上帝的想望。也因此，西方民族通常有著開放性的民族思維，能以邏輯性與科學性的思考模式來從事研究；而這種想要頌揚自然界萬物的共識，以及利用崇高宇宙間的事物來表達某些特定的情感，從文學作品裡也可見一斑。例如愛倫坡在〈A Dream Within a Dream（夢中夢）〉（詳見前節）裡寫到自己站在海岸，眼前看到的景象是一片驚濤駭浪，而在這無情的浪潮中，詩人懷抱著焦慮的心情，祈求上帝讓他留住手裡抓著的那撮「金沙」。這裡的「金沙」象徵的是詩人所欲追求的理想，而藉著「金」這個色彩詞語，也崇高了這份理想與詩人無法澆熄的熱情。又如佛洛斯特（R. Frost）在〈Nothing Gold Can Stay（黃金事物難久留）〉一詩裡所寫的：「Nature's first green is gold,／Her hardest hue to hold.／Her early leaf's a flower;／But only so an hour.／／Then leaf subsides to leaf.／So Eden sank to grief,／So dawn goes down to day.／Nothing gold can stay.（自然的初綠是為金，／她這種色彩最難存。／她的新葉像朵花；／但也只能保剎那。／／之後葉復褪為葉。／同理伊甸淪悲切，／同理清晨沉為晝。／黃金事物難久留。）」（彭鏡禧、夏燕生譯著，2000：166～167）大自然的人和物，最初都是清純美好的，只可惜好景難長，因而引發了詩人的嘆惋。「first green（初綠）」是最美好的事物，所以用「gold（金）」來形容，象徵珍貴和美麗，而「Then leaf subsides to leaf（葉復褪為葉）」則是從絢麗趨於平淡的轉變。這種每下愈況的改變，如同白晝不如黎明，也如同伊甸園的墮落，令人撫今追昔。詩人從自然界情景轉變的過程中，體會到事物沉淪的過程，因而產生了感嘆惋惜的心緒。由此可知，西方民族既秉著榮

耀自然環境與萬物的的共識，在其文學作品裡的表現上，色彩詞的使用就鮮豔明亮，即使是「綠葉」，也會使用「金色」來形容，以崇高它的價值。

相較於西方，中方在「道」的支配下，顯現於規範系統中的民族思維就較為簡約素淡、幽微混沌。而這樣的思維方式表現在對自然環境的共識中，會比較內斂含蓄；且對於自然環境中的色彩辨識，也會較不敏銳。例如在如朱陵的〈月光邊沿的樹〉一詩中（詳見第四章第二節），詩人藉由夜晚月光下的一棵樹而產生哀傷感。「白」在漢語色彩詞裡有悲傷沉重的意涵，詩人藉著一棵發白的樹與每一片蒼白的葉子，引發出無限的憂愁與絕望，我們除了能感受到詩裡所散發出的憂傷，也能看出漢文化中素淡的思維。又如季野的〈羈泊篇〉一詩中（詳見第四章第二節），描寫一個羈旅作客的在外者，瞻望著空曠的遠方，眼前無限的「白」襯托出羈旅者孤單傷感的心情，而唯一一片不是白的「●」也隨風遠逝。這種純淨淡雅的詩境，透露出漢民族簡約內斂的思維。再如商禽的〈月光——悼或人〉一詩：

> 根據一位目擊者的描述，說：開始時我簡直被他的行徑所震驚，他舉步在微風中搖擺著的芒草之頂端，他難道是達摩？他又高舉手丈兩臂向外猛揮，彷彿在叱吒著什麼，他大概以為自己是能叫海水讓路的摩西，雖然溪水很淺，然而隨處都有盜採砂石所留下的坑洞，不過，我沒有聽到任何水聲，已經是十六號凌晨，月亮特別圓，天空非常藍，按理他可以抵達彼岸。
>
> 他的衣褲甚至鞋子都沒有打濕。根據法醫的報告：他是被月光淹死的。（馬悅然、奚密、向陽主編，2001：247）

由詩中可以得知當晚月色皎潔的訊息，但晚上的天空應該是黑的，藍色的天空只有在白天可以看見，而詩中卻有著「月亮特別圓，天空非常藍」的景象。藍色在此顯然有著「超凡脫俗、明淨」的意涵，藍天應該能帶領或人走往光明的彼岸，卻未料到今晚的月光過於明亮，造成被月光淹死的慘劇。這首詩在隱微含蓄的思維中有著一股滑稽的審美感。

至於被緣起觀型文化所支配的佛教國家，其在規範系統中有著超凡解脫的民族思維，在色彩詞的使用上則與西方國家相類似（詳見前節）。因此，佛教文化裡的文學作品，對於自然環境中的萬物也有著頌揚的共識。例如泰戈爾在〈生日〉一詩中寫道：「……在那清晨的從容裡，／不知名的枝頭燃起了花的聖火，／春天展開金色的翅膀在無邊的天際……」。（糜文開編譯，1981：944）春天是萬物開始蓬勃發展的季節，詩人用「聖火」和「金色的翅膀」來讚頌生機蓬勃的春天與它的到來。此外，泰戈爾也藉由讚嘆自然萬物來祝福生日者也能戴上金色的翅膀，超脫自己在塵世中的軀殼。又如泰戈爾的另一首詩〈榕樹〉裡所寫的：「……日光在水波上舞蹈，像不息地梭織著金色的綉帷……」。（同上，925）詩中形容日光照射在池塘上的時候，閃耀的金色光芒跟隨著水波舞動著，看起來就像是不停梭織著的綉帷，美艷而動人。由此可知，佛教國家的色彩詞在文學作品中的表現與西方相似，但倘若上溯到其規範系統，則有明顯的差異。佛教國家（印度）除了曾受過亞利安人的統治外，也因為他們有著嚮往超脫和明淨的思維，所以在色彩或色彩詞的表現上會偏向喜好明亮的暖色系；西方民族則是因為秉著榮耀上帝所造萬物的共識，因而偏愛鮮豔的暖色色調。

二、規範系統中人類對靈界的想望與溝通

人們總是希望能藉由各種管道與靈界（鬼神）作溝通，所以在西方會有禱告、上教堂作禮拜；在中方則會問卜、扶乩或詢問靈媒等。而從文學作品中，我們也能看到詩人將對靈界的想望或將想說的話寄託於文字中。例如歐茲的〈Birthday Poem for My Grandmother（給我祖母的生日詩）〉一詩中（詳見前章第二節），詩人在夜晚回憶起過世的祖母，因而站在陽臺上，希冀能與死者對話。雖然他不確定自己要面朝哪個方向，

才能與死者溝通，但顯然這已不是重點，只要詩人能娓娓道出對祖母的思念，以及抒發出沉重哀傷的情感，便已足夠。詩中所運用的「灰色」和「黑」的色彩詞，都能代表著詩人憂傷沉痛的心情。由於西方在創造觀型文化的影響下，在文化規範系統上有著一神信仰的共識，他們認為人死後會上天堂，回到上帝的身邊。因此，不論是面朝哪個方向，只要望著天空，他們就能和所思念的人作最近距離的溝通。又如彌爾頓（J. Milton）的〈On His Deceased Wife（夢亡妻）〉一詩：「Me thought I saw my late espoused Saint／Brought to me like Alcestis from the grave, ／Whom Joves great Son to her glad Husband gave, ／Rescu'd from death by force though pale and faint, ／Mine as whom washt from apot of child-bed. Taint, ／Purification in theold Law did save, ／And such, as yet once more I trust to have／Full sight of her in Heaven without restraint, ／Came vested all in white, pure as her mind: ／Her face was vail'd, yet to my fancied sight, ／Love, sweetness, goodness, in her persin shin'd／So clear, as in no face with more delight. ／But O as to embrace me she enclin'd／I wak'd, she fled, and dat brought back my night.（我彷彿看見我最近死去的愛妻，／被送回人間，像赫克里斯當初，／從死亡手裡搶救的亞爾塞斯蒂，／蒼白無力，又還給她的丈夫。／她好像古時洗身體拯救的婦女，／已洗滌乾淨原來產褥的血污；／她穿著她心地那樣純淨的白衣，／正如我相信我會無拘無束／有一天在天堂裡遇見她那樣。／她雖然蒙著面紗，我好像看見／她全身透出親熱、淑善和溫純，／比任何人臉上顯露的都叫人喜歡。／但她正俯身要和我擁抱時，我醒了，／人空了，白天帶來了黑夜漫漫。）」（孫梁編選，2000：76～77）詩中更直接表露出亡妻死後的去處——天堂，並且身穿白衣，象徵純潔的意涵。整首詩透露出詩人對死去妻子的思念，以及渴望見到妻子卻無法實現的憂傷。他在夢裡見到了妻子（也許是妻子的托夢），夢醒後卻人去樓空；因此即使白天來臨了，卻也如同陷入黑夜般，徒留哀傷而不能自已。

中方的文學作品中也可窺知其對於鬼神的關係。例如杜十三的〈煤〉一詩中（詳見第四章第二節），作者以死去礦工的口吻對孩子述說內心的話，即使軀體已不在世上，靈魂仍惦記著孩子，要到更深更黑的地方，為孩子挖出一條有藍色天空的路。這種活著的人（指詩人）模擬著死去的人（礦工）所說的話，蘊涵著漢民族中「天人感應」的道家思維；此外，在傳統的道家思想中，萬物既為精氣化生而成，那麼人死去後，必然也是以靈體的方式流動於世上，不會像西方人那樣，回到造物主的身邊（天堂），表現出規範系統中混沌的民族思維特質。

被緣起觀型文化所支配的佛教國家中，有著修練自我以超脫生死的思維。在泰戈爾的〈雲與浪〉一詩中有寫道：「媽媽，那些住在雲中的人民對我喊著——／『我們遊玩，從我們醒來直到一日完了。／我們同金色的黎明玩，同銀色的月亮玩。』／我問：『不過我怎麼能到你們那邊來？』／他們回答：『到大地的邊緣那裡，舉起你的雙手向著天空，你就會被帶上雲中來。』／『我的母親在家裡等待我回去，』我說：『我怎能離她而到你們那邊來？』／於是他們笑笑飄去了⋯⋯」。（糜文開編譯，1981：918～919）在佛教國家中，要與靈界（或佛界）作溝通或接觸，只要自身修練夠了，就能超脫塵世，前往神聖的國度（佛界）或與其溝通。而他們與西方國家不同的地方，是在於西方相信造物主的存在，因此人死後會回到祂的身邊（天堂）；而佛教國家認為修行全在個人，他們相信會有一個國度是讓完成修練的人前往的，但不是每個人都能到達，必須要證得涅槃的人才能前往。

三、規範系統中的人際經營

西方人在人際關係的經營上，常表現出熱絡的情感，在用句遣詞上也會比較直接露骨。例如唐恩（J. Donne）在〈Her Legs（她的腿）〉一詩中描述他如何對愛人展現熱情：「Fain would I kiss Julia's dainty leg,／Which is as white and hairless as an egg.（我樂於親吻茱麗亞優美的腿，／

它白淨如一棵蛋，一根毛都沒。）」（陳黎、張芬齡譯，2005：86～87）詩人大膽且露骨地描述他如何對自己所喜歡的人示愛，這種直接表達愛意的方式在傳統的中國社會裡是很少見的，但在西方卻很習以為常。又如休斯（L. Hughers）的〈Cross（雜種）〉一詩：「My old man's a white old man, ／My old mother'black.／But if ever I cursed my white old man／I take my curses back.／／If ever I cursed my black old mother／And wished she were in hell,／I'm sorry for that evil wish／And now I wish her well.／／My old man died in a fine big house,／My ma died in a shack.／I wonder where I'm gonna die,／Being neither white nor black.（我的老爹是個白老頭，／我的老媽黑。／如果我曾詛咒過我的白老爹／我現在把它收回。／／如果我曾詛咒過我的黑老媽／希望她下地獄，／我後悔我惡毒的願望／現在我祝她有個好結局。／／我的老爹死在巍峨的大廈內，／我媽死在一間小屋裡。／我長得不白又不黑，／不知將死於何地？）」（非馬編譯，1999：186～187）在美國南北戰爭以前的南方，白主人和黑女奴有了苟且之事，生下一些混血小孩，在當時是司空見慣的事。這個被生下來的混血兒，曾對父母感到憎恨，而這些心情也都忠實且直接地在詩中表露出來。另外，他也對自己的家世背景感到卑微，覺得前途茫茫而不知何去何從。由此我們可以感受到，西方人在規範系統中有著開放性且直接的民族思維，有任何的情緒反應，都會很直接的表明出來，這種大膽露骨的表情方式，從文學作品中也可見一斑。

相較於西方，中方在人際關係中的情感表達就較為含蓄內斂。例如鴻鴻〈愛過的人〉一詩中（詳見前節），原本相愛的兩人，在「愛過」之後，就一動也不動睡到天亮，曾經愛過的字句早已被丟棄在地上，兩人最終也只是背對著背，享受著這一場無法挽救的愛。詩中的情感表達非常含蓄，用「暗綠色的地毯（暗示愛情的不忠）」在溶化後，佔據房內的每一寸，沒有挽回的餘地。這種幽微含蓄的情感表達，正代表著傳統中國人的民族特質。又如鄭愁予的〈寺鐘〉一詩：

又聽見寺鐘了
還疑是昨夜的 Galway 仍在唱機上
松窗飛下露珠
將朝陽的光譜析成七種白

最後的一種白我正飲著
杯中的乳
而送乳的女尼已在天亮前離去
門掩著
（馬悅然、奚密、向陽主編，2001：299）

詩人在朝陽中看見了七種白，而最後的一種白，是女尼在天亮前送來的乳。女尼送來了食物，卻不發一語地離開，幽微內斂的民族思維體現於詩中。「盡在不言中」的交往，也是傳統中國人的一種人際交流模式，但這種含蓄的人際交流模式在西方顯然是行不通的，因為西方喜愛直接而露骨的表達方式。雖然在科技發達的今日，中西方互動頻繁，漢民族有許多事物都受到西化，但在規範系統中所顯現出的傳統文化思想，仍然是存在著的，而規範系統中的漢民族思維，也會在行動系統與表現系統中顯現出來。

受到西方文化影響頗深的佛教國家，對於人際交往上也傾向直接而露骨。如奈都夫人在〈愉快之門・樂極〉裡寫道的：

讓春光把火的花枝照耀那西山，
讓春光把樹的芽焱使南谷醒來——
但我卻採擷你，哦，我渴望的神奇之花，
把你口部的燃燒之花辦啣在我唇間。

讓春光解放那濃香的風髻，
去招引紫色蜜蜂銷魂地死滅——

縱使狂熱使我的靈魂甘願馳向絕命，
我已痛飲你呼吸的甘美芳醇。
讓春光開放那水泉的樂曲，
讓春光教導人的幻想去模擬飛禽之藝術，
但更天然的音樂震顫了我，當你熱血的河流
經我生命的閘門，淹沒了我期待的心！
（糜文開編譯，1981：1034～1035）

奈都夫人在這首詩中透露出對情人奔放熱情的愛意，這份愛使她熱血沸騰、心口燃燒，即使是紫色（象徵高貴）蜜蜂也會銷魂地死滅，這份甘美芳醇而又熱情的愛充分地表露於詩中，而這種直接表達愛意的方式也與西方國家一樣露骨而激情。

經由探究色彩詞在文學作品中對自然環境、靈界與人際經營上和各文化系統間的關係，我們可以得出以下的圖示：

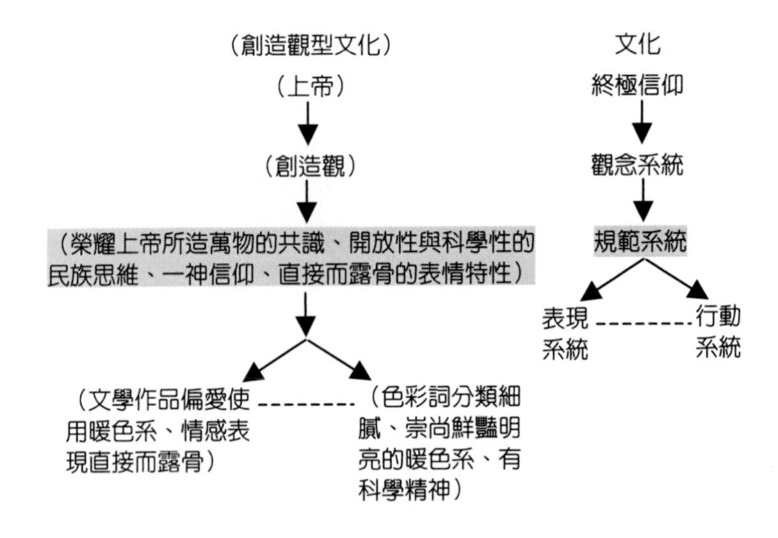

圖 5-3-1　西方色彩詞的規範系統表現圖

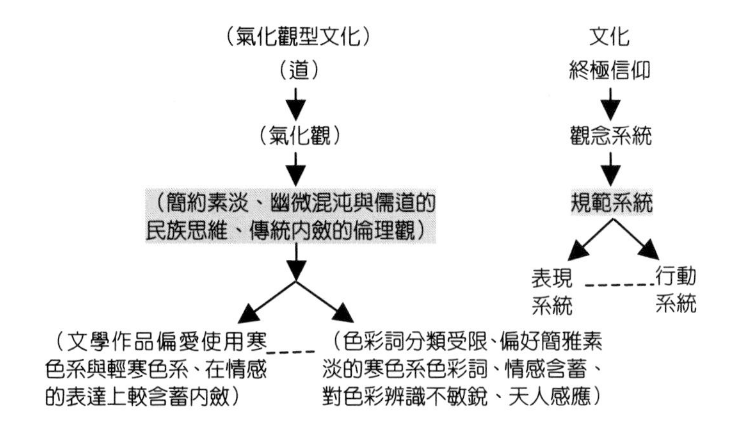

圖 5-3-2　中方色彩詞的規範系統表現圖

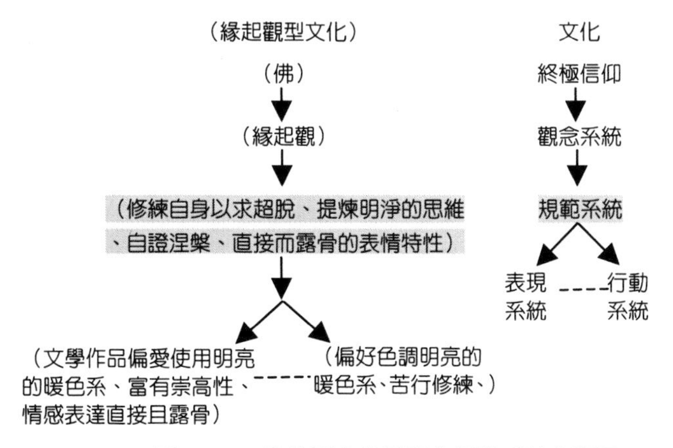

圖 5-3-3　佛教國家色彩詞的規範系統表現圖

由此可知，西方國家在規範系統中，有著榮耀上帝所造萬物的共識、開放性與科學性的民族思維、一神信仰與直接露骨的表情特性；使其在行動系統的表現上，色彩詞的分類會較為細膩、並且崇尚鮮豔明亮的暖色系與富含科學精神；而影響到表現系統上，則會讓西方的文學作品偏愛使用暖色系，在情感的表現上也會直接而露骨（詳見圖 5-3-1）。傳統的漢民族在世界觀的影響下，其所顯現出的規範系統，有著簡約素淡、幽微混沌與儒道的民族思維、以及傳統內斂的倫理觀；因此在行動系統的表現上，傳統漢語色彩詞的分類會受限，並且偏好典雅素淡的色系，還有著天人感應的思維；而在表現系統中，中方的文學作品偏愛使用寒色系與輕寒色系，在情感的表達上則較含蓄內斂（詳見圖 5-3-2）。此外，在緣起觀型文化系統底下的佛教國家，由於其終極信仰為佛（也希望自己能成佛），所顯露出來的規範系統則有著修練自身以求超脫與提煉明淨的思維，以及自證涅槃和直接露骨的表情特性；這樣的民族思維模式表現在行動系統中，除了會苦行修練、也會較偏愛明亮的暖色系；而在表現系統裡，佛教國家的文學作品偏愛使用明亮的暖色系，色彩詞在使用上也會富有崇高性的性質，且情感的表露也會直接而露骨（詳見圖 5-3-3）。佛教國家對於色彩詞的使用偏好與特性除了受到亞利安人的統治所影響外，其文學作品會比較露骨綺情也是由於佛教信仰的關係。作品中會先使用華麗的字句，讓人有繁華享盡之感，但這些華美無法長久享有，因此會再去執，朝苦行超脫的目標邁進，使得文學作品會華美且露骨。

除了文化系統中的規範系統，倘若想更確切理解中西方在使用色彩與色彩詞時被什麼樣的文化思想所統攝著，就必須要再上溯到其觀念系統。因此，下一節將接續本節，繼續往上追溯三大文化系統，使色彩詞的文化性有更為完整的理論架構。

第四節　色彩詞的文化觀念系統象徵

不論是行動系統、表現系統或是規範系統，在整個文化次系統位階中都是屬於較低階的層次，這三個次系統都受到更上層級「觀念系統」的統攝。因此，我們如果想確切地理解中西方在色彩詞的使用上為何會有所差異（為什麼西方偏愛明亮鮮豔的暖色系而中方喜好樸素的寒色系與輕寒色系，以及為什麼西方在運用色彩或色彩詞時投射出熱情奔放的感情，而中方在運用色彩或色彩詞時所顯現的卻是內斂含蓄的情感），就必須要再上溯到他們的觀念系統，才能了解在不同的文化系統中，各民族所展現出的文化差異的原因。因此，以下我針對創造觀型文化、氣化觀型文化與緣起觀型文化這三大文化系統和色彩詞之間的關係作一探析。

西方民族由於受到創造觀型文化的支配影響，使得色彩詞在分類上呈現細膩豐富的特質；而秉著榮耀上帝造物的美意，他們崇尚鮮豔明亮的暖色系，甚至想進一步創造或提煉色彩，以朝媲美造物主的目標邁進。因此，紅色與黑色等暖色系在西方國家有著舉足輕重的地位，而西方色彩詞的詞彙量也相當豐富；此外，「鍊金術」的發展更是西方人認為這是把人類變成與神明同等存在的技術，進而榮耀上帝或媲美上帝（詳見本章第二節）。而在文學作品中，西方人喜愛明亮鮮豔的暖色色調與直接露骨的奔放情感也在文本中有充分的顯現。例如英國詩人勞倫斯的〈Gloire de Dijon（第戎市的榮耀）〉、愛倫坡的〈A Dream Within a Dream（夢中夢）〉、佛洛斯特的〈Nothing Gold Can Stay（黃金事物難久留）〉、唐恩的〈Her Legs（她的腿）〉、休斯的〈Cross（雜種）〉、費茲傑羅的〈Rubaiyat of Omar Khayyam # 19（《魯拜集》19）〉等詩（詳見第四章第三節及第五章第二、三節），我們從這些作品中可以觀察到西方民族大量使用明亮鮮豔的暖色色調，且詩中所表現出的情感直接而露骨，不論是對愛的熱情渴望、或是咬牙切齒的悲憤、以及悲嘆人事的感慨，都是用很直接的情緒明白地表達出來。由於西方人的終極信仰是上帝，其觀念系統為創造觀，認為宇宙萬物都為上帝所造，在這種信仰造物主的影響下，西方人會極盡所能去發掘造物主所造萬物的美，並且崇尚明亮鮮豔的色彩；他們認為鮮豔的色彩是最吸引人目光，也最能展現所造之物的美感。也因此，不論是在行動系統或表現系統中，西方民族都體現出這樣的特質；而在規範系統裡，他們也會有著開放性與科學性的民族思維和榮耀上帝所造萬物的共識，以及直接露骨的表情特性。這些所顯現出的民族特質，最終都是由其觀念系統（創造觀）與終極信仰（上帝）所統攝支配著（詳見圖 5-4-1）。

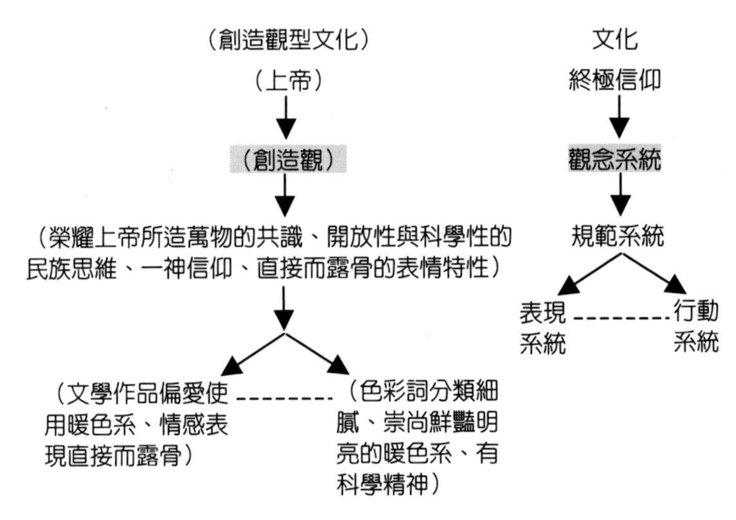

圖 5-4-1　西方色彩詞的觀念系統表現圖

相較於西方，中方的民族特性就顯得內斂許多。漢民族的終極信仰為道，認為自然萬物都偶然氣化而成，因此其所支配的文化系統為氣化觀型文化，蘊涵著重人倫、崇自然的道德觀。這種幽微混沌、崇尚自然的觀念，使得漢民族會偏好寒色系與輕寒色系。因此，常見於街頭巷弄中的服飾色彩為青衣白布等寒色系色調（詳見第四章第三節），而溫潤柔和、有著深淺翠綠色澤的玉（寒色系），以及鵝黃色的啤酒（輕寒色系），也都成為中國人鍾愛的物品（詳見本章第二節）。此外，在不需要榮耀造物主的前提下，漢民族對色彩的辨識度也會較為含糊不敏銳。這些民族特性在文本中有很充分的展現，例如季野的〈羈泊篇〉、詹冰的〈五月〉、杜十三的〈煤〉、朱陵的〈月光邊沿的樹〉、謝馨的〈粧鏡詩・藍眼膏〉、鴻鴻的〈愛過的人〉、商禽的〈月光——悼或人〉、鄭愁予的〈寺鐘〉等詩（詳見第四章第二節及第五章第二、三節），都可以感受出漢民族在文學作品裡的色調表達上，柔和且內斂，詩中的色彩也沒有像西方的文學作品那樣刺眼鮮豔；而在情感的表現上也較為含蓄收斂。這種簡約素淡、幽微混沌的民族思維，都是受到終極信仰——道，以及規範系統——氣化觀的支配所影響（詳見圖 5-4-2）。

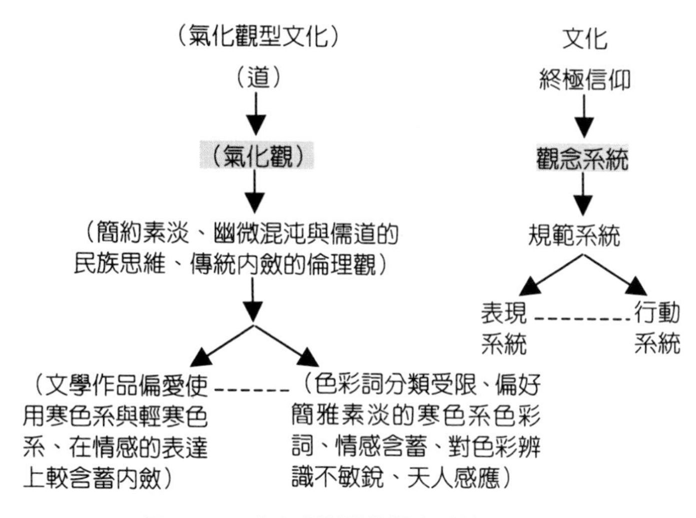

圖 5-4-2　中方色彩詞的觀念系統表現圖

在緣起觀型文化系統中的佛教國家，對於色彩和色彩詞的偏好與西方國家相類似，都喜愛明亮的暖色色調，尤以「金色」特別為他們所推崇。這種對暖色系色彩的喜好，從他們崇尚的煉金活動與佛經裡的色彩使用可見一斑（詳見本章第二節）。此外，佛教國家在文學作品中所展現出的色彩基調也是以明亮的暖色系為主，例如印度史詩《羅摩衍那》、奈都夫人的〈殺戮者〉與〈愉快之門〉、泰戈爾的〈生日〉、〈榕樹〉與〈雲與浪〉等詩（詳見本章第二、三節），都可以明顯感受到佛教國家對於暖色系的偏愛，也可以察覺到他們和西方國家一樣，在表情達意時都露骨而激情。這些相似性除了是受到亞利安人入侵印度帶來西方文化的影響有關外，也與佛教教義中要人們藉著修練自我以超脫世俗的理念相一致。而這些在行動系統、表現系統與規範系統中所表露出的跡象，都是由於其背後的觀念系統（緣起觀）與所信仰的對象（佛）所統攝支配著，才會顯示出偏愛明亮色系的現象。也因為佛教國家受到緣起觀型文化的影響，所以嚮往明淨的思維，並希望藉由修練自身來達到超脫或解脫，而純淨明亮的暖色系正象徵著崇高無雜質。因此，在佛教國家中，明亮的暖色色調成為受歡迎的色彩，佛教文學中也常可見「金色」的色系出現於其中（詳見圖 5-4-3）。

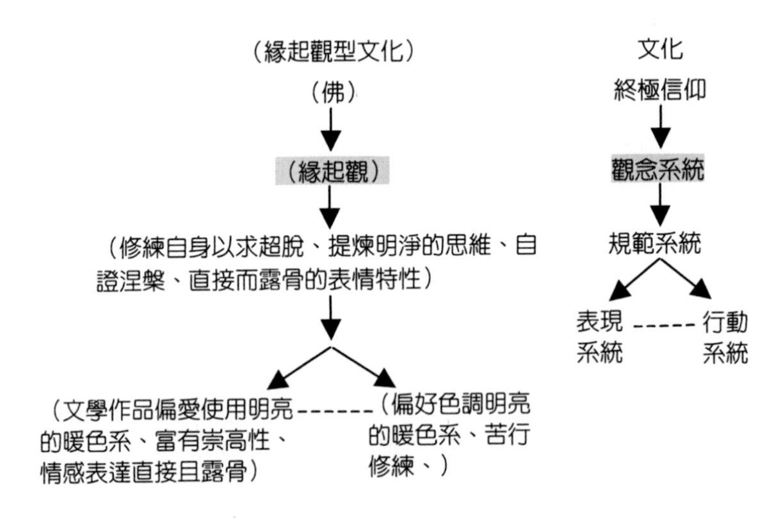

圖 5-4-3　佛教國家色彩詞的觀念系統表現圖

本章對色彩詞的文化性試圖作一有系統的論述，從中我們可以得知，緣起觀型文化的佛教國家，其所使用色彩詞的偏好與西方民族相近。因此，在後續章節中（包含色彩詞的修辭與審美，以及色彩詞在新詩中的統計分析），會針對漢民族與西方的文學作品作一論析，緣起觀型文化的色彩詞則暫不予以討論或收攝在西方文學作品中一起論述，以期能明顯比較出中西方色彩詞的使用差異。

第六章　色彩詞的審美性

第一節　色彩詞的文化表現系統定位

文學作品中的色彩詞在文化次系統位階中，是屬於表現系統（詳見第四、五章），而對於文本的審美，在表現系統中則有著不容忽視的重要地位，這些色彩詞經由運用，能展現出其美感特徵。每種色彩都有自己的特性，可以在視覺、感情與意義上產生不同的審美效果，但由於色彩本身的模糊性，使得主體對色彩或色彩詞進行審美時，會產生模糊的感覺，這就是色彩的模糊效果。（曾婷、李冀宏，2005）也因為色彩的模糊性特徵，使得色彩詞的藝術審美通常較為隱微。但是色彩美在文本中有其重要性，一部文學作品倘若少了色彩詞的點綴，便會黯然失色許多。因此，在這一章中，我把色彩詞的審美性單獨提出來談論，將色彩詞在表現系統中的修辭特徵與其所連結的審美類型，在本章中作一探討與歸納。

色彩詞在三大文化系統中雖然都屬於表現系統，但其美感內涵卻有所差異。美感類型大致上可分為九類，色彩詞的美感展現是屬於前現代的模象美，包含優美、崇高與悲壯這三種類型（詳見圖 6-1-1）。所謂優美，是指形式的結構和諧、圓滿，可以使人產生純淨的快感；崇高，是指形式的結構龐大、變化劇烈，可以使人的情緒振奮高揚；悲壯，是指形式的結構包含有正面或英雄性格的人物遭到不應有卻又無法擺脫的失敗、死亡或痛苦，可以激起人的憐憫和恐懼等情緒。（周慶華，2007b：252）倘若將這三種美感類型與三大文化系統作連結，則可以用圖 6-1-2 來表示：

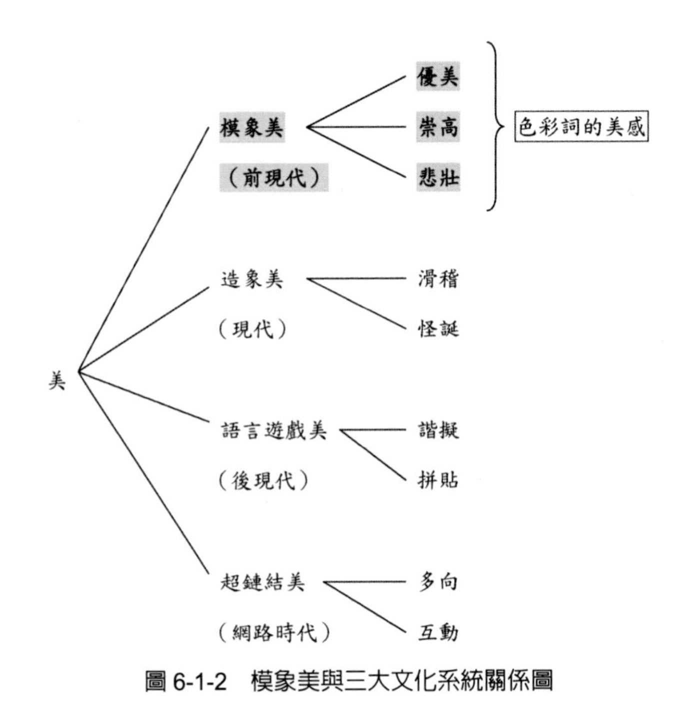

圖 6-1-2　模象美與三大文化系統關係圖

（引自周慶華，2007b：254）

上圖（圖 6-1-2）是模象美與三大文化系統之間的關係圖，色彩詞在三大文化系統中雖然都屬於模象美的範疇，但每一種文化中所隸屬的美感特徵卻有「質性」上的差異。創造觀型文化所孕育出的文學作品通常會近於崇高或悲壯；而氣化觀型文化這種世界觀所表現出的就是含蓄宛轉的優美風格（例如就愛情詩而言，西方的詩中所愛戀的對象會有繁複的麗美內蘊，寫詩的人也有善於想像興感的造美手段；而中方因為氣化觀的影響，只能做到「強忍思長」的階段）；緣起觀型文化的佛教國家則當生命是一大苦集而亟欲加以超脫，所以也就無所謂「美醜縈心」一類的世俗煩惱，其文學作品中所展現出的文學美感只是附加價值，重點是在於藉由文本的宣揚（如佛經、史詩等），達到解脫世俗的效果，因此在

種則是顯示出個人被預定失敗，並不是因為自己命運的難於抗衡，而是因為他自己的性格襲有某種遺傳的缺陷（如《哈姆雷特》）；第三種是個人和環境的抗爭，描寫個人的性格和社會情形之間的劇戰，並凸顯出現代人的渺小、渺茫。（周慶華，2002：331）西方的這三種傳統悲壯，人類的力量都無法挽救或改變，因為上帝具有絕對性，萬物既為祂所造，祂也就擁有操控萬物的決定權。被造物主所管轄的人類能力有限，所以無法抗拒這些悲劇的發生。由於西方所信守的創造觀，已經命定他們要被「拋擲」到塵世來承受各種苦難，以至正視人生的這種悲劇性並設法從中「解脫」，就成了西方人所追求的理想。因此，悲劇的存在，無異「道」出了西方人心中的痛，同時也「激」起他們的希望與夢想，因而受到了他們的重視。（周慶華，2002：334）反觀中方的傳統悲劇，幾乎是由悲轉喜，這與信守氣化觀中仿氣流動的思維有關係，且最終所追求的是以團圓美滿為目的。不論是精衛填海式的（跟邪惡勢力抗衡到底，如關漢卿《竇娥冤》），還是孔雀東南飛式的（以寧為玉碎而不為瓦全的精神和現實抗爭，如小說《嬌紅記》和電影《梁山伯與祝英臺》），或是愚公移山式的（一代接著一代跟現實搏鬥，如紀君樣《趙式孤兒》），都以追求「團圓之趣」為歸宿。（熊元義，1998：221～223）這都是在氣化觀的前提下，作者自居高明或道德使命感的促使而為人間不平「補憾」的結果（不論是在生前得到補償還是在死後得到補償，人間有的不平都無從逸出去像西方人那樣改向造物主控訴或尋求補救，這是任何一個傳統的中國人「共有的認知」；而作者特能編綴「曲折離奇」的情節以享讀者、觀眾），但實際的苦難還是得勞當事人自我「寬慰化解」而無法別為寄望。不過，這種大團圓式的結局，可以聊為喚起人對「天理」的一點信心，不致妄自絕望。（周慶華，2002：334）因此，在世界觀的支配影響下，中西方在文學創作中所展現出的模象美，不論是優美、崇高或悲壯，都有其特定專屬的文學美感，而這些文學美感也都蘊涵著他們的民族特性，不能被其他民族或文化所取代，所以文本的審美性就成了一門值得深入探討的課題。

在表現系統中，色彩詞能為文學作品描情摹色，提升文學的美學價值。色彩詞可以為詩歌裝飾色彩，以色誘人，增加其觀感價值；色彩詞也能描繪出詩人的情感，以色感人，實現其情感價值；色彩詞更能運用譬喻、象徵等修辭，寓意於其中，以色啟人，達到其思想價值。因此，在進行詩歌創作時，創作者常致力於審美的追求。而既然不同的文化系統就會有不同的美感追求與展現（西方→崇高、悲壯；中方→優美），那麼色彩詞的運用也會因世界觀的影響而顯現出這樣的特性：也就是西方的色彩詞使用多會呈現崇高、悲壯的特徵，而中方的色彩詞使用則會表現出優美的特質。這在下節會有更為詳盡的論辨，在此就先不加以贅述。

在第二章的文獻探討中，我針對色彩詞的審美作了一綜觀性的論述。從中我們可以得知，目前的確有許多關於色彩詞修辭的專論，但這些都只是泛談修辭美感，而沒有確切地將色彩詞的審美類型作歸類（中西方各偏好哪些審美類型與修辭），實為可惜。因此，在後續的節次中，我針對中西方的審美類型與修辭特徵作一整體性的歸類研究，以期理出一套有系統性的論說。

第二節　表現系統中色彩詞的修辭特徵及其審美類型

客觀世界的萬物都有它獨特的色彩，生活在繽紛世界的人們，不僅接觸著這些最自然的美感，還會不自覺地把自己的感情、意念，附著於自然界中的「五光十色」。也因此，無論是日常生活中的交際，還是書面創作，使用者為了想真實地反映生活和情緒感知，便會越來越擴張色彩詞的意涵。今日，色彩詞的運用日趨廣泛複雜與藝術化，而它在文學中也受到重視，佔有一席之地。

在所有的文學種類中，詩歌是最能引發讀者產生美感共鳴的文類。詩歌（新詩）是以語言為媒介，創造鮮明生動的藝術形象與優美深邃的意境，藉此來感染讀者，引起讀者的想像，激動讀者的心靈，讓讀者得到美的享受。（祁琦，2000）而語言中表現色彩的詞語由於比較容易被感知，有跡象可循，讀者或創作者只要累積了相當的經驗，就能引發美感而不受到外在形式的限制，產生「言有盡而意無窮」的韻味。從文學創作的角度而言，作者首先感知於外部世界的物像，產生深刻的共鳴，沈浸於廣泛的聯想之中，再經過細緻深入的整理、揣摩與構想，充分把握外物聲色狀貌的特徵和最感人的部分之後，才訴諸文辭，正所謂「情以物遷，辭以情發」，就是這個意涵。（同上）而詩歌作為一種凝煉而富於音樂性的語言藝術，倘若能適當地使用色彩詞，則有利於景物畫面的濃縮，以及語言的含蓄。同時透過譬喻、象徵等修辭手法的運用，使情意更加濃烈豐富，就能創造出更深刻的意境。

關於修辭學，陳望道在《修辭學發凡》一書中說道：「修辭原是達意傳情的手段，主要的為意與情，修辭不過是調整語辭使達意傳情能夠適切的一種努力。」（陳望道，1961：5）陳介白認為「修辭學是研究文辭之如何精美的表出作者豐富的情思，以激動讀者情思的一種學術。」（引自陳正治，2001：2）黃慶萱則說：「修辭學是研究如何調整語文表意的方法，設計語文優美的形式，使精確而生動地表達出說話者或作者的意象，希望可以借此引發讀者共鳴的藝術。」（黃慶萱，2000：9）而董季棠在《修辭析論》一書中則提到：「修辭是研究如何適切地、巧妙地表出作者的情意，使讀者發生共鳴的一種學問。」（董季棠，1992：2）大致而言，修辭學就是研究如何使語文表達精確而生動，以引起讀者或聽者共鳴的學問。而詳細的修辭學定義，應可採用黃慶萱的說法較為完整。色彩詞在詩歌中的使用除了純敷彩的運用，以「譬喻」、「象徵」為最主要修辭法。因此，以下針對這兩種修辭法作一論析。

一、譬喻

譬喻又叫做比喻，這是「打比方」的修辭法。黃慶萱在《修辭學》一書中說：「譬喻是一種『借彼喻此』的修辭法，凡兩件或兩件以上的事物中有類似之點，說話、作文時運用『那』有類似點的事物，來比方說明『這』件事物的，就叫譬喻。它的理論架構是建立在心理學『類比作用』的基礎上——利用舊經驗引起新經驗。通常是以易知說明難知；以具體說明抽象。使人在恍然大悟中驚佩作者設喻之巧妙，從而產生滿足與信服的快感。」（黃慶萱，2000：227）例如「面如土色」，使用了乙（泥土的顏色）≒（接近、類似）甲（面色），進而形容一個人驚恐到了極點。

「譬喻」修辭的構成要件有三部分：一個是所要譬喻的事物主體，簡稱「本體」；一個是用來比方說明這一事物主體的另一個事物，簡稱「喻體」；一個是連接本體和喻體的詞語，簡稱「喻詞」。（陳正治，2001：2）依據本體、喻體和喻詞的出現、省略或改變，而構成各種不同形式的譬喻。例如宋代陳騤《文則》將譬喻分成十類，分別為：直喻、隱喻、類喻、詰喻、對喻、博喻、簡喻、詳喻、引喻、虛喻。（引自黃慶萱，2000：238～239）《修辭類說》將譬喻簡單分成三類，分別是：明喻、隱喻和借喻。（文史哲編輯部，1980）黃慶萱將譬喻分成五種，分別是：明喻、隱喻、略喻、借諭和假喻。（黃慶萱，2000）蘇慧霜則將譬喻分成四類，分別是：明喻、隱喻、略喻和借諭。（蘇慧霜 2007）以下我針對較常見的四種譬喻作一探討。

（一）明喻

明喻就是明顯的譬喻。它的形式是本體、喻體、喻詞一起出現。（陳正治，2001：13）一般公式如下：

> 甲（本體、主詞）＋「像」、「如」、「彷彿」、「若」……（喻詞）＋乙（喻體）。

例如：

> Gloire de Dijon（第戎市的榮耀）
> ……
> She stoops to the sponge, and her swung breasts
> Sway like the full-blown yellow
> Gloire de Dijon roses.
> ……

（……她彎身取海綿，晃動的乳房
擺盪如盛開的鮮黃色
第戎市的榮耀玫瑰……）
（陳黎、張芬齡譯，2005：286～287）

在勞倫斯〈Gloire de Dijon（第戎市的榮耀）〉這首詩中，「swung breasts（晃動的乳房）」是本體（主詞），「the full-blown yellow Gloire de Dijon roses（盛開的鮮黃色第戎市的榮耀玫瑰）」為喻體，而「like（如）」則是喻詞，這三行詩句使用明喻的方式表達。愛人晃動的乳房讓詩人垂涎欲滴，並且情不自禁地想去讚美榮耀她，因此使用「鮮黃色的第戎市玫瑰」來崇高他的愛人，以鮮黃色的聯想義顯現出詩人這份崇高露骨的愛，直接具體地表達出其內心的抽象情感。又如：

垂滅的星

輕輕地，我想輕輕地
用一把銀色的裁紙刀
割斷那像藍色的河流的靜脈
讓那憂鬱和哀愁
憤怒地氾濫起來

對著一顆垂滅的星
我忘記了爬在臉上的淚。
（楊牧、鄭樹森編，1991：426）

在楊牧的這首詩中，本體是「靜脈」，而「藍色的河流」為喻體，詩人以藍色的聯想義表達出憂鬱和哀愁的抽象意涵，喻詞則是「像」。原本緩慢流動的靜脈，被一把裁紙刀割斷後，便如河流氾濫般一發不可收拾，也使得憂傷的情感溢滿整個心頭，不能自已。

（二）隱喻

隱喻就是隱藏的譬喻，又叫暗喻，是比明喻更進一層的譬喻。它的形式是將本體跟喻體說成同一個東西的比喻；喻詞由：是、就是、簡直是、一定是、為、成為、變成、成了、叫做……等繫詞代替。（文史哲編輯部，1980：81；陳正治，2001：15）明喻和隱喻的差別在於，明喻的形式是「甲如（像、若、猶、似）乙」；隱喻的形式則為「甲就是（為）乙」。也就是說，明喻在形式上是相類的關係，隱喻在形式上卻是相合的關係。（文史哲編輯部，1980：81）一般公式如下：

甲（本體、主詞）＋「是」、「為」……（喻詞）＋乙（喻體）。

例如：

Green（綠）

The dawn was apple-green,
The sky was green wine held up in the sun,
The moon was a golden petal between.
……
（曙光是蘋果綠，
天空是綠酒在陽光中舉起，
月亮是其間的一瓣金玉……）
（非馬編譯，1999：116～117）

勞倫斯的這首詩中連續使用了三次隱喻。首先在第一句中，「dawn（曙光）」是本體，「apple-green（蘋果綠）」是喻體，喻詞為「was（是）」；在第二句中，「The sky（天空）」是本體，「green wine（綠酒）」是喻體，喻詞為「was（是）」；而在第三句裡，「The moon（月亮）」是本體，「golden petal（金玉）」是喻體，喻詞為「was（是）」。在到處都是綠的早晨裡，曙光雖然還有點青澀如蘋果，天空卻已經清澈透明，如流動的醇酒般醉人。而在這樣的美景裡，如金玉的月亮也依依不忍離去。這首詩靈活運用了隱喻修辭手法，藉由綠色這個充滿朝氣與希望的色彩詞象徵義，使整首詩呈現出綠光絢爛且美好的基調。又如：

秋之管絃樂

……

秋天的森林，如此典麗，靜謐
淡青、鵝黃、紫紅的落葉，在盤旋，盤旋……
是夢帶著奇妙的聲響，飄落……
（楊牧、鄭樹森編，1991：254）

在覃子豪的這首詩中，以「落葉」為本體，淡青、鵝黃、紫紅的色調則象徵著森林的典麗；喻體是「夢」，落葉如同帶著奇妙聲響的夢般盤旋、飄落，最後回復靜謐；喻詞為「是」，表示彷彿、好像。

（三）略喻

略喻就是省略喻詞，留下本體和喻體的譬喻。（陳正治，2001：18）一般公式如下：

甲（本體、主詞）＋X（省略喻詞）＋乙（喻體）。

例如：

In a Station of the Metro（地鐵車站）

The apparition of these faces in the crowd,
Petals on wet, black bough.

（人群裡這些幽靈般的臉龐，

濕黑枝上的花瓣。）

（非馬編譯，1999：98～99）

〈In a Station of the Metro（地鐵車站）〉可以算是一首典型的意象詩，明朗凝煉，語言精確。詩中的「The apparition of these faces in the crowd（人群裡這些幽靈般的臉龐）」為本體，「Petals on wet,black bough（濕黑枝上的花瓣）」為喻體，省略了喻詞。這首詩借用了黑色「絕望、悲傷」的聯想意涵，描寫在熙熙攘攘、面目模糊的人群裡，浮現了幾張幽靈般的臉孔，而這些臉就像幾片被風吹落的花瓣，濕濕地黏在黑樹幹上。又如：

飲一八四二年葡萄酒

……

當纖纖的手指將你們初次從枝頭摘下，

圓潤而豐滿，飽孕著生命緋色的血漿，

白郎寧和伊麗莎白還不曾私奔過海峽，

但馬左卡島上已棲息喬治桑和蕭邦，

雪萊初躺在濟慈的墓旁。

……

（楊牧、鄭樹森編，1991：348～349）

余光中的這首詩是在描寫品嚐葡萄酒的美好與愉悅。詩中的本體為「圓潤而豐滿（的葡萄）」，喻體是「飽孕著生命緋色的血漿」，省略了喻詞。這幾行詩句是在形容剛摘下的葡萄圓潤豐滿，有如鮮紅的血液般，散發出一股異國熱情的風味。「緋色」除了表示葡萄汁液的顏色，也象徵著熱情。

（四）借喻

借喻是借用喻體來表達整個意思的譬喻法，它比隱喻更深一層。在借喻裡，正文和譬喻的關係非常密切，它直接把譬喻當作正文的代表，而省略正文。簡單來說，借喻就是用一個明確、簡單、易懂的事物來說明另一個抽象、不具體、難懂的事物；而且在形式上並不會出現被比喻的事物，只出現用來比喻者，也就是形象意指的符徵。這種譬喻法，省略了本體和喻詞。這樣的譬喻形式，除了具體、生動外，也富有委婉的效果。（文史哲編輯部，1980：82；陳正治，2001：20～21；王桂沺，2005：160）一般公式如下：

X（省略本體、主詞）＋X（省略喻詞）＋乙（喻體）。

例如：

Upon the Nipples of Julia's Breast（茱麗亞的乳頭）

Have you beheld (with much delight)
A red rose peeping through a white ?
Or else a cherry (double graced)
Within a lily? Centre placed ?
……
〔你曾否看到（十分欣喜地）
一朵紅玫瑰自白玫瑰背後偷窺？
或者一顆櫻桃（雙重的優雅）
在一朵百合花內？位置正中？〕
（陳黎、張芬齡譯，2005：80～91）

這一首詩使用了借喻，省略了本體和喻詞，只留下喻體。詩中的「a red rose（紅玫瑰）」、「a white （rose）（白玫瑰）」、「cherry（櫻桃）」、「lily（百合花）」為喻體；白玫瑰和百合花用來比喻茱麗亞的身體就如它們一樣潔白優美，而紅玫瑰和櫻桃則比喻茱麗亞的乳房鮮美誘人。這樣的修辭生動地表現出詩人對愛人的渴求與熱情，也具體呈現出茱麗亞的美麗。又如：

花開的聲音

……

你，就是你的升起

重疊了海和天

使雲，自白色爆發的洪流裡

拂起古代奔蹄穿梭的大火？

……

（張錯編，1987：113）

在葉維廉的這首詩中，也使用了借喻的修辭法，只留下喻體。詩人用「使雲，自白色爆發的洪流裡／拂起古代奔蹄穿梭的大火」來比喻花開的聲音令人赫然可驚，而詩裡省略了「花開的聲音（本體）」、「就像是（喻詞）」這二者，直接以喻體代替正文，提升了整首詩的文學美感。

二、象徵

在日常生活或詩文中，象徵是常被應用的修辭法。例如中國過年或家裡有喜事的時候，常會貼上紅色的門聯。紅色，就是象徵喜事、喜慶。關於象徵一詞的定義，黃慶萱在《修辭學》一書中說：「任何一種抽象的觀念、情感與看不見的事物，不直接予以指明，而由於理性的關聯、社會的約定，從而透過某種意象的媒介，間接予以陳述的表達方式，我們名之為『象徵』。」（黃慶萱，2000：337）黃邦君在《詩藝探索》一書中則說：「所謂象徵，是指通過某一特定的具體形象，以表明與之相似或相近的概念、思想和感情。」（引自陳正治，2001：198～199）由此可知，象徵是透過某一特定的象徵體，來寄寓某種概念、思想和感情等意義。象徵體富有具體的形象，可以使抽象的意義具體化，達到生動、感人的效果。此外，藉由象徵修辭法的運用，也可以使語意含蓄，增加文學作品的藝術美感效果。象徵和上述的譬喻往往只是一線之隔，有時難以分辨。不過，我們可以用一個較為簡單的方式來說明：

譬喻：以甲比乙，意義在乙。 象徵：以甲比乙，甲乙都有意義，甚至還可以擴及丙、丁、戊……

圖 6-2-1　譬喻與象徵差別示意圖

由圖 6-2-1 可知，譬喻是用甲來比乙，意義在乙；象徵則是用甲來比乙，但是甲、乙都可以帶有意義，有時還可以擴及到丙、丁、戊等意涵。關於色彩詞的象徵修辭在新詩中的運用，如爾利的〈One Thousand Nine-Hundred & Sixty-Eight Winters（一九六八個冬天）〉一詩（詳見第四章第二節），這是一首由黑人女詩人所創作的詩。作為長期受欺壓的民族，黑人每天在白人主宰的美國社會上所面臨的壓力，是外人難以想像的。在詩的最後使用「White／Snow（白／雪）」作收尾，白雪在這裡除了指白雪，還象徵著「白人社會」。一個被欺壓的黑人長期處於這個白人社會，就如同一千九百六十八個冬天一樣漫長難捱，詩中充滿著無奈悲壯的心情。又如：

White Heliotrope（白色向日花）

The feverish room and that white bed,
The tumbled skirts upon a chair,
The novel flung half-open where
Hat, hair-pins, puffs, and pains are spread;

The mirror that has sucked your face
Into its secret deep of deeps,
And there mysteriously keeps
Forgotten memories of grace;

And you, half dressed and half awake,
Your slant eyes strangely watching me,
And I, who watch you drowsily,
With eyes that, having slept not, ache;

This (need one dread? Nay, dare one hope?)
Will rise, a ghost of memory, if
Ever again my handkerchief
Is accented with White Heliotrope.

〔發熱的房間以及那白色的床，
椅子上亂七八糟的裙子，
丟在一旁半開半闔的小說，
帽子，髮夾，粉撲，口紅散置其間：

那面把你的臉孔吸進
它最祕密深處的鏡子，
那兒神秘地藏著
被遺忘的美好記憶；

而你，半裸半醒著，
斜著眼陌生地看著我，
而我，昏昏欲睡地望著你，
我迄未睡眠的兩眼疼痛著；

這一切（需要怕嗎？不，敢奢望嗎？）
將復活，啊記憶的幽靈，如果
我的手帕再度沾有
白色向日花的氣味。〕
（陳黎、張芬齡譯，2005：80～91）

在〈White Heliotrope（白色向日花）〉這首詩中，詩人回溯已然逝去的某個時空。整首詩的前三節似乎是做愛後的凌亂場景，但浮現的卻是一種疏離頹廢的氛圍，而不是甜蜜的餘溫；被遺忘的美好記憶藏於鏡子的深處，也代表著他們之間的親密關係似乎無法堅實。詩人在末段說，一旦手帕染上白色向日花的氣味，記憶的幽靈便會復活。因此「White Heliotrope（白色向日花）」在這裡就有了「穿越時空、重啟記憶之門的鑰匙」的象徵，而白色也有「純潔美好的愛」的象徵意涵，至於「白色向日花」真正代表的是什麼，詩人並未留下線索，讀者只好自行想像了。再如詹冰的〈五月〉一詩（詳見第四章第二節）中提到，在五月這樣的生物裡，有綠血球游泳著，綠色在這裡有「生命、希望」的象徵，藉由綠色，顯示出五月是一個生氣蓬勃的季節，整首詩讓人感受到鮮明的形象與柔和的美感。又如季野的〈羈泊篇〉一詩（詳見第四章第二節）中，白色除了表示眼前所見的景色為一片空白，也象徵著「無奈傷感的心境」，藉由白色這個色彩詞，使這首詩散發出優美散淡的文學美感。

色彩詞除了有敷彩的直敘技巧外，也有譬喻、象徵等修辭特徵，還富含優美、崇高與悲壯等審美類型。那麼在中西方的新詩中是否會各有其偏好的修辭與審美類型，毋乃是值得探討的一個問題。而基於時間和能力所及，我依需選取中西方新詩合集各一本作統計〔西:《讓盛宴開始》（非馬編譯，1999）；中：《詩路 1999 年詩選》（代橘主編，2000）〕，分析其所偏愛的修辭並對照美感類型作一探討。由於色彩詞的統計分析會在第七章有更為詳盡的討論，因此在此只針對有譬喻、象徵修辭的色彩詞與其美感類型作一探究，純敷彩直敘的色彩詞則先暫不予以納入歸類。

西方的修辭特徵與美感類型整理如下：

表 6-2-1　西方的修辭特徵與審美類型整理表：以《讓盛宴開始》為例

修辭特徵 美感類型	譬喻	象徵
優美	The dawn was apple-green（曙光是蘋果綠）p116~117→*隱喻*。	White sweet May（白色甜蜜的五月）p94~95→*象徵「美好」*。
	The sky was green wine held up in the sun（天空是綠酒在陽光中舉起）p116~117→*隱喻*。	She opened her eyes, and green.（她張開眼，綠芒）《盛宴》P116→*象徵「充滿希望」*。
	While waves far off in a pale rose twilight（當遠處波浪在淺玫瑰顏色般的微曦裡）p140~141→*略喻*。	At the gold of November sunset（對著金黃的十一月落日）p166~167→*象徵「美好」*。
	Like a gondola of green scented fruits（像一條載滿綠色香果的平底船）p150~151→*明喻*。	
	Honey distils its amber sweetness（蜂蜜滲出了琥珀顏色的甜汁）p206~207→*略喻*。	
崇高	Sweetest odor and at first could not find its Source then a blue as of the seastruck（那絕頂的清香，起先找不到它的來源然後有如藍海衝出）p82~83→*明喻*。	While the lily white, shall in love delight, nor a thorn nor a threat stain her beauty bright（而白色的百合花在愛的歡愉裡，沒有刺或角沾污她明亮的美麗 p8~9→*象徵「純潔」*。
	The moon was a golden petal between（月亮是其間的一瓣金玉）p116~117→*隱喻*。	
	While waves far off in a pale rose twilight.（當遠處波浪在淺玫瑰色的晨曦裡）《盛宴》P140→*略喻*。	His name was in the newspapers that day. Spelled out in tall black headlines and thousands of people were talking about him（他的名字出現在當天的報紙上，用黑色的大頭條拼出，成千上萬的人在談論他）p66~67→*象徵「嚴肅、正式」*。
	The blue smoke leaps.Like swirling clouds of birds vanishing. So my love leaps forth towards you, Vanishes and is renewed（藍煙躍起，如盤旋的烏雲消逝。我的愛情也躍向你，消逝之後又再生）p150~151→*明喻*。	
		The blue air rushes above my ceiling. There are suns beneath my floor（藍色的空氣在我天花板

		上馳過，衆多的太陽在我地板底下）p142~143→*象徵「祥和」*。
		At the gold of November sunset.（對著金黃的十一月落日）《盛宴》P166→*象徵「崇高」*。
悲壯	There is nothing to save, now all is lost, but a tiny core of stillness in the heart like the eye of a violet（無可挽救，什麼都完了，除了一個靜寂的小孩在心頭，如紫羅蘭顏色的眼）p108~109→*明喻*。	Has found out thy bed of crimson joy:and his dark secret love does thy life destroy（發現了妳緋紅色快活的床：他黑暗的祕戀使妳遭殃）p2~3→*象徵「熱情」*。
	The stars pale silently in a coral sky（星星在珊瑚紅般的天空懨懨欲滅）P142~143→*略喻*。	The apparition of these faces in the crows; Petals on a wet, black bough（人群裡這些幽靈般的臉龐；濕黑枝上的花瓣）p98~ 99→*象徵「絕望、悲傷」*。
	And mountains flash in the rose- white dusk, their shoulders black with rains（而山在玫瑰白般的迷濛中閃動，它們的肩被與淋黑）p142~ 143→*略喻*。	
	A rose-yollow moon in the pale sky（玫瑰黃般的月亮在黯淡的天空）p152~153→*略喻*。	I cannot see her, since the mist's pale scaef, obscures the dark wood and the dull orange sky（我看不到她，因霧的蒼巾遮住了黑暗的樹林及單調的橙色天際）p126~127→*象徵「愛情」*。
	Only the purple brilliance of the fuchsias trumpets defiance to death's dominion（只有晚櫻紫色的絢爛鼓吹反抗死亡的統轄）p212~ 213→*略喻*。	And mountains flash in the rose-white dusk, their shoulders black with rains（而山在玫瑰白般的迷濛中閃動，它們的肩被雨淋黑）p142~143→*象徵「沉重」*。
	She is going to starve to death that winter with millions of others. Deep in her body the ovaries let out her first eggs, golden as drops of grain（她將在那個冬天同千百萬人一起餓死。在她身體深處卵巢產下她的頭一批卵，金黃如麥粒）p274~275→*明喻*。	The blue vein, bright on her temple, pitifully beating（藍色的靜脈，顯目地在她的太陽穴上，惹憐地博動）p200~201→*象徵「憂鬱」*。
	I cannot see her,since the mist's pale scarf.（我看不到他，因霧的灰巾）《盛宴》P126→*略喻*。	Lord have Mercy! White Snow（老天爺！白雪！）p284~285
	Pale in a saffron mist and seem to die.（在鬱金色的迷霧中蒼白欲絕）《盛宴》P138→*略喻*。	→*象徵「白人社會」*。

從表 6-2-1 中我們可以得知，在西方的修辭特徵中，譬喻修辭共出現十七次，象徵修辭出現十三次；而在美感類型中，優美共出現八次，崇高出現八次，悲壯則有十四次。從圖 6-2-2 中可知，西方的譬喻修辭佔了 57%，象徵修辭佔 43%。而在美感類型中，優美佔了 27%，崇高佔了 27%，悲壯則有 46%（詳見圖 6-2-3）。由此可知，色彩詞在西方自由詩中的使用情形，以譬喻修辭使用較多，而文學美感中也以悲壯和崇高為主要基調（共有 73%），優美性的美感較少（27%）。

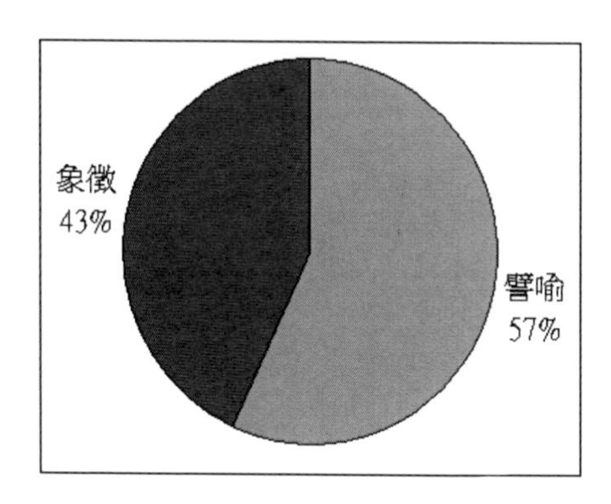

圖 6-2-2 西方的修辭特徵比例圖

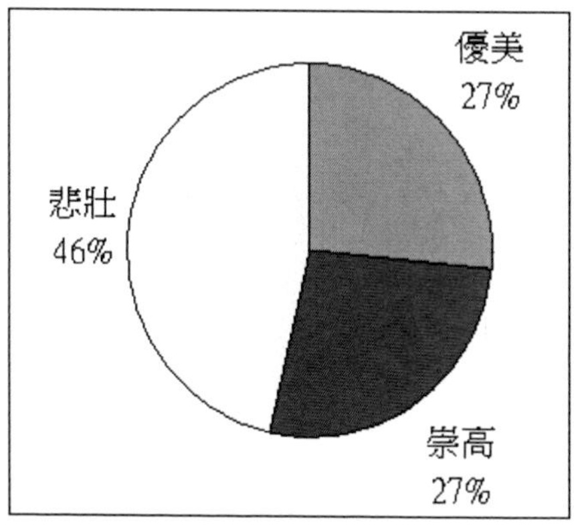

圖 6-2-3 西方的美感類型比例圖

中方的修辭特徵與美感類型整理如下：

表 6-2-2　中方的修辭特徵與審美類型整理表：以《詩路 1999 年詩選》為例

修辭特徵／美感類型	譬喻	象徵
優美		一座城市交換一朵紅色棉花糖。P10→*象徵「幸福」*。
		而我只記得泛著微光的暗藍海岸，和逐漸靠近的自己。P42→*象徵「悠遠無限」*。
		以最最輕盈的肉身於椰影中搖曳，展開你白色底翅膀。P54→*象徵「純潔」*。
		我們踩著白色天空經過。P55→*象徵「光亮、明亮」*。
		綠色的稻田透明的雨線我們在頂樓製造紙上雲樹。P57→*象徵「生命」*。
		你銀色著噓息的笛聲。P59→*象徵「純真」*。
		我們望向天空垂落的藍絲絨跳圓舞曲。P67→*象徵「超凡」*。
		海繼續分泌苦藍色的呻吟。P98→*象徵「憂鬱」*。
		街燈剛睜開眼，夜的臉抹上酡紫色淡粧。P114→*象徵「高雅」*。
		魚族的性欲幻想出朵朵白蝴蝶，在水面盡情的交配。P141→*象徵「純潔」*。
崇高		也許時間洗白金色袈裟。P50→*象徵「尊貴崇高」*。
		那扇綠色的門開啓時，你記起窗櫺。P126→*象徵「希望」*。
		那扇綠色的門緊閉時，你忘了鑰匙。P126→*象徵「希望」*。
悲壯		黑色的白色的黃色的小孩，走出畫面全變成了骨骸。P11→*象徵「黑人白人黃人等人種」*。
		成是湮滅，溫暖的蛇毒，莽莽蛇身潛入我的足底，踝靜脈竄成暗藍，行道樹向後馳奔，舉手張眼，戀人們的幸福彼此靠近取暖。P71→*象徵「淫欲」*。
		孩童咯咯訕笑一尾穿著卡其色（黃）長褲的蛇，這時我才發現廣場吃痛墮下濕軟的蛇卵。P71→*象徵「色情」*。
		聲音溶解如跌墜的月光，距離油煎我的耳朵，向我展示焦黑的欲望。P97→*象徵「沉重」*。
		我將被流星擊中，倒臥於藍色蒼穹或血色的埃及窗帘。P130→*象徵「悠遠無限」*。

從表 6-2-2 中我們可以得知，在中方的修辭特徵中，沒有使用到譬喻修辭，象徵修辭出現十八次；而在美感類型中，優美共出現十次，崇高出現三次，悲壯則有五次。從圖 6-2-3 中可知，中方的譬喻修辭佔了 0%，象徵修辭佔 100%。而在美感類型中，優美佔了 55%，崇高佔了 17%，悲壯則有 28%（詳見圖 6-2-4）。由此可知，色彩詞在中方新詩中的使用情形，以象徵喻修辭使用為主，而文學美感中也以優美為主要基調（55%），悲壯和崇高的美感則稍少（共 45%）。

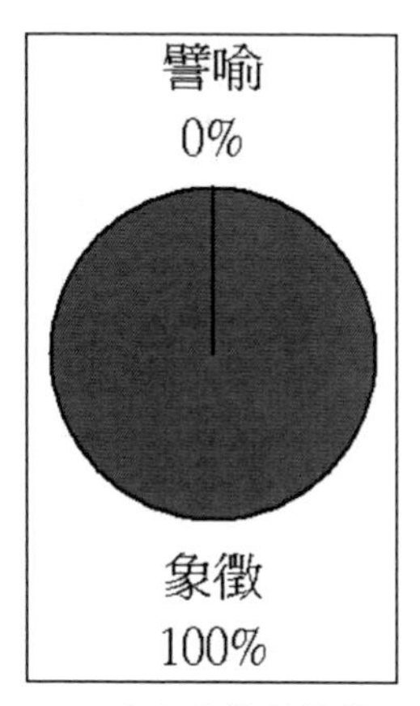

圖 6-2-4　中方的修辭特徵比例圖

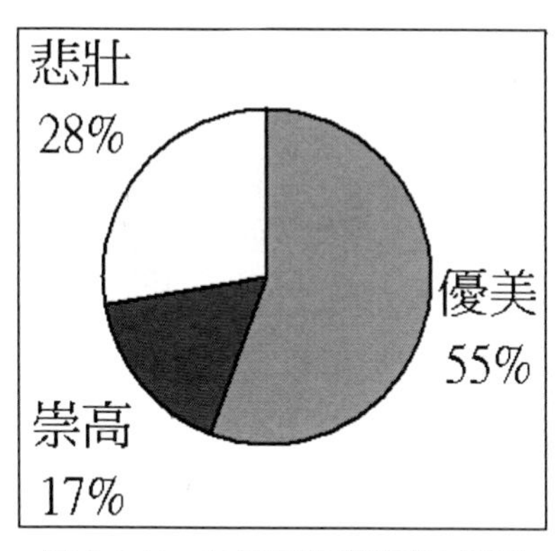

圖 6-2-5　中方的美感類型比例圖

從以上的比較中，大致可以得知，西方色彩詞在文學作品中的運用以譬喻修辭和崇高、悲壯的美感為主要基調；而中方色彩詞的使用則以象徵修辭和優美性為主要風格。會造成這樣的差異是由於彼此世界觀的不同。西方深受創造觀的影響而有詩性思維在揣想人／神的關係；而中國受氣化觀的影響，有情志的思維在綰結人情和諧和自然。西方的詩性思維會以隱喻、借喻等譬喻手段來創新事物，從而找到寄寓化解人／神衝突的方式（也就是試圖藉由文學創作來昇華人性終而解決人不能成為神的困窘的「化解」跟神性衝突的一種作法）。因此，在色彩詞的使用中，由於想像力介入而有了遙想，所以會以譬喻為常用修辭，且為了接近造物主，文學美感會偏向崇高或悲壯。反觀中方因為情志思維，這種思維方式的目的不在馳騁想像力而在盡可能的「感物應事」，因此文學會較為凝鍊，朝向象徵，它完全從人有內感外應的需求去找尋「文學的出路」。如此一來，中方的色彩詞使用便有了優美柔和的文學美感。（周慶華，2007b：291～292）關於色彩詞在表現系統中的修辭特徵與審美類型在本節中作了一初步的歸類與分析，而審美類型與文化其他次系統的連結，將於下一節再作詳述，在此就先不加以贅述。

第三節　審美類型與文化其他次系統的連結

一首詩或一部文學作品，我們在定義其學派類型（前現代、現代、後現代或網路時代）時，是就整個文本來作歸類。但色彩詞本身的使用，不出優美、崇高與悲壯三類（詳見本章第一節），它無法單獨被歸類為是哪種學派類型（例如就網路互動詩而言，整首詩是屬於超鏈結美的互動，但如就詩中的色彩詞使用來說，仍是屬於模象美裡的優美、崇高或悲壯）。因此，這一節我針對模象美中的這三種審美類型，將色彩詞的審美性與文化其他次系統作一連結，藉由上溯到其世界觀的方式，區分出中西方在色彩詞使用時美感差異的原因。

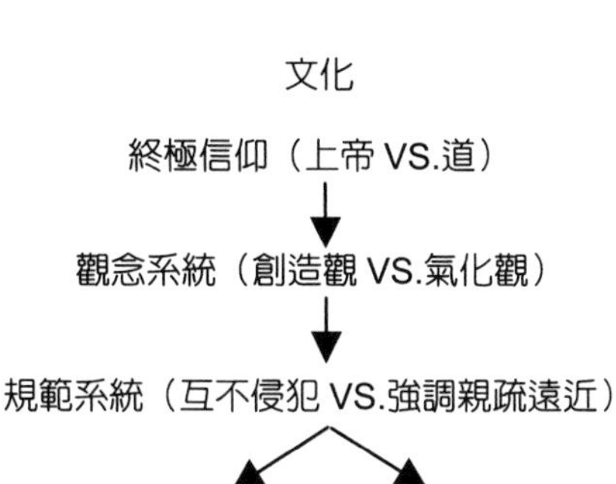

圖 6-3-1　文化五個次系統關係圖

（修改自周慶華，2007b：184）

從圖 6-3-1 中可以得知，色彩詞的審美性在文化次系統位階中是屬於表現系統。而西方的色彩詞在表現系統中會偏好使用鮮豔明亮暖色系，情感表現也比較直接露骨，且色彩詞的分類細膩多樣；此外，西方民族在詩中的色彩詞使用，顯露出對譬喻修辭的偏愛，其文學美感也會以崇高或悲壯較為常見。相較於西方，中方的色彩詞在表現系統中會偏好使用簡雅素淡的寒色系與輕寒色系，情感的表達也較為含蓄內斂，對色彩的感知力也不像西方那樣敏銳細膩，有著幽微混沌的特性；另外，漢民族在詩中的色彩詞使用，表露出了對象徵修辭的喜愛，其文學美感也以優美風格為主要基調（詳見第五章及第六章第二節），這是色彩詞在表現系統中所顯現出的差異。

在行動系統中，一般色彩詞的使用可能會出現在科普叢書、美術叢書或其他非文學性的書籍裡。而在此一系統中的色彩詞使用，有可能會運用到修辭技巧或含有些許的文學美感，但在行動系統裡的這兩種特徵並不會像表現系統中的色彩詞表現那樣強烈。因此，我們可以說表現系統和行動系統之間，在某些層次上是可以「互通」的，所以用虛線來連接。例如格林菲在《爭紅——帝國、間諜與欲望的顏色》中提到西方民族對於色彩的想法，他提到紅色在世界各地幾乎代表了許多人類的重大事件和情感，像是危險和勇氣、革命和戰爭、暴力和罪惡、慾望和熱情……等（詳見第五章第二節），而「危險」、「勇氣」、「革命」、「戰爭」、「暴力」、「罪惡」、「欲望」和「熱情」這些詞語，都是紅色的象徵意涵，所以這裡使用到色彩詞的象徵技巧，但這樣的修辭使用又不像文學作品那樣富含文學性。因此，行動系統中的色彩詞在某些程度的使用上會與表現系統相通，但仍屬於行動系統裡的範疇。又如蓋斯在其所著的《藍・色 癲狂的藝術》一書中提到西方人對於「藍色」的分類，他將藍比喻成有像孔雀的藍、像牽牛花的藍、或者像蛋殼那樣的藍……等（詳見第五章第二節），蓋斯使用了許多譬喻手法來形容西方人對藍這個色彩詞的聯想，但這些文字敘述都是以表達某種概念為主，而不是抒發情感，因此也不像文學作品那樣富含美感。另外，如曾啟雄的《色彩的科學與文化》一書，以色彩學為出發點，運用簡易的文字，將色彩與生活、文化作一連結。書中提到死亡的色彩、藝術的色彩、身體的色彩、國旗的色彩……等顏色的象徵意涵，也說明了在不同的文化背景下，色彩會如何被使用以及會出現哪些聯想義。（曾啟雄，1999：212～264）但書中所蘊涵的修辭技巧或文學美感並沒有像表現系統裡的文本來得強烈動人，因為它只是站在一個學理的立場，去解釋色彩的材料與色彩發展的演變，以及對色彩和文化的相關性作一闡述，沒有添加作者的情感因素，因此也就較缺乏文學美感。

雖然在行動系統裡，一般色彩詞的表現特徵沒有像表現系統中那樣強烈，但不管是在行動系統還是表現系統，我們都可以感受出中西方色彩詞在使用上的差異——西方色彩詞分類細膩豐富，偏愛明亮鮮豔的暖色系，喜歡使用譬喻修辭，而文學作品也大多表現出崇高或悲壯的美感；中方色彩詞的分類則較為含糊混沌，偏好內斂含蓄的寒色系與輕寒色系，喜歡使用象徵修辭，其文學作品也大多表現出優美的美感。倘若我們想從彼此的文化內涵來深究其差異的原因，那麼我們就先必須上溯到其規範系統，而規範系統中所涉及到的就是倫理道德的關係。西方在規範系統中是以互不侵犯為原則，在這種均權主義下，西方民族有著開放性與科學性的民族思維，因此他們對色彩的聯想與創新會有很豐富的表現。此外，在一神信仰的規範下，西方民族秉持著榮耀上帝所造萬物的共識，所以在進行創作時，容易將文學美感推向崇高化或悲壯化。而中方的規範系統是強調親疏遠近，重視人際和諧，這種簡約素淡、傳統內斂的倫理觀讓中國人在進行創作時，容易展現出優美的文學美感；此外，幽微混沌與儒道的民族思維蘊涵著天人感應的觀念，這也使得中國人會比較偏愛以象徵修辭來抒發情感。

如果我們從規範系統再繼續上溯，所涉及到的就是觀念系統（世界觀）的差異。西方民族受到創造觀的影響，有了詩性的思維在揣想人／神的關係，這種詩性的思維，是指非邏輯的思維（原始的思維或野性的思維），它以明喻、隱喻、略喻和借喻等手段來創新事物，從而找到寄寓化解人／神衝突的方式。像這種情況，所締造的勢必是一波又一波的創新風潮。就一般的文學作品而言，它從前現代的敍事寫實性作品奠定了「模象」的基礎，再經過現代的新敍事寫實性作品轉而開啟了「造象」的道路，然後又躍進到後現代的解構性作品和網路時代的多向性作品展衍出「語言遊戲」和「超鏈結」的新天地，這中間沒有「停滯發展」的可能性；而西方人在這裡得到的已經不只是審美創造上的快悅，它還有涉及脫困的倫理抉擇方面的滿足，直接或間接體現作為一個受造者所能極盡「回應」的本事。（周慶華，2007b：291～292）由此可知，在創造觀這種世界觀的影響下，西方人會偏愛使用譬喻的修辭技巧來進行創作。又由於色彩詞的使用並不會涉及到現代、後現代與網路時代等的美感類型，只會停留在前現代的模象美，所以它只會表露出優美、崇高或悲壯的美感。而在西方文化中，身為受造者的他們，為了接近或媲美造物主，因此會展現出崇高或悲壯的美感意識，而這樣的思維也會展現在行動系統或表現系統中，使得西方人在使用色彩詞時，也會偏向崇高化或悲壯化。

反觀漢民族由於氣化觀的影響，而有情志的思維在綰結人情和諧和自然。這種情志思維的目的不在馳騁想像力而在於「內感外應」，它是一種純為抒發情志（情性或性靈）的思維。因此，相對於西方的詩性思維，情志思維就明顯少了些野蠻／強創造的氣勢，它完全是經由「感物應事」來進行文學創作。而這無慮是緣於氣化觀底下以為回應上述的「綰結人情和諧和自然」的文化特色使然（因為氣化成人，大家如「氣」聚般的糾結在一起，必須分親疏遠近才能過有秩序的生活，以至專門致力於經營良好的人際關係或無意世路以為逆向保有人我實存的自在，也就「勢所必趨」；而同樣都是氣化，萬物一體，當然就不會像有受造意識的西方人那樣為達媲美上帝的目的而窮於戡天役物）。（周慶華，2007b：291～292）因此，在這種世界觀的影響下，漢民族表現在行動系統或表現系統中時，會偏好使用象徵的修辭技巧，也由於幽微內斂的思維方式，中國人在進行文學創作時，特別容易顯露出優美的文學美感。

不管是觀念系統、規範系統、表現系統或是行動系統，都是被最上層級的終極信仰所統攝。西方民族在終極信仰「神／上帝」的支配下，產生了創造觀型文化；也由於他們是個別組成社會，強調個別性，因此以互不侵犯為原則。而在這些文化思維的影響下，他們在色彩詞的使用上，會偏好明亮鮮豔的暖色系，在進行創作時喜歡使用譬喻手法，而為了能更接近造物主，作品也大多表現出崇高或悲壯的美感（接近不了就淪為悲壯）。漢民族則是在終極信仰「道（自然氣化過程）」的統攝下，產生了氣化觀型文化；也由於中國人強調親疏遠近，重人倫、崇自然，不需榮耀造物主，因此文學創作只為抒發情志，無創新需求。在這樣的情志思維影響下，漢民族在進行文學創作時喜歡使用象徵手法，而作品在表達上也較含蓄內斂，呈現出優美的文學美感。

在這一章中，我針對色彩詞的審美性（包含修辭特徵與美感類型）作一歸類研究，並歸結出中西方在色彩詞的使用上確有其差異性存在，而這些差異則是由於其世界觀（終極信仰已經「內在」其中）所支配影響。而關於色彩詞在中西方新詩中的使用情形，將於下一章節再作論述。

第七章　色彩詞在新詩中的使用情形

第一節　中方色彩詞在新詩中的統計分析

在前面的章節中，我對色彩詞的文化性與審美性作一探討，也大致歸類出中西方的色彩詞在不同的世界觀中，有著什麼樣的偏好與美感。而在本章中，我針對色彩詞在中西方新詩中的使用情形作一統計分析，以詳細歸納出中西方色彩詞在寒暖色系、修辭與美感類型中的差異情況。由於統計資料的處理非常龐雜，礙於時間與能力所及，我依需選取《現代百家詩選》（張默編，2003）（以下簡稱《現代》）、《星空無限藍》（羅門、張健主編，1986）（以下簡稱《星空》）、《新世代詩人精選集》（以下簡稱《新世代》）（簡政珍主編，2003）與《二十世紀臺灣詩選》（馬悅然、奚密、向陽主編，2001）（以下簡稱《二十世紀》）這四本詩選合集作為統計對象。

中方色彩詞在新詩中的寒暖色系使用情形如下：

表 7-1-1　中方色彩詞在新詩中的色系統計表

寒色系	暖色系	*灰色（中間色）
這是被俘不屈、蒼白乾癟的英雄首級。《現代》P44 那時宿草已五十度無聊地青而復枯。《現代》P49 枯而復青，那時我將尋訪你。《現代》P49 在紅白掩映的淚香裡，以熟悉的觸撫將隔世訴說。《現代》P49 藍淚垂垂照著，回答在你風圓的海心激響著。《現代》P51	他揚著手杖，緩緩地走向血紅的落日，而消失於有暮靄冉冉升起的弧形地平線。《現代》P40 赤紅的額燃燒著邪惡的瘋狂。《現代》P44 把一朵苦笑如雪淚灑在又瘦又黑的一株玫瑰刺上。《現代》P48 在紅白掩映的淚香裡，以熟悉的觸撫將隔世訴說。《現代》P49 多想化身為地下你枕著的那片	灰色的雪花紛紛彈落。《現代》P479 灰色的防波堤像古老的長城。《星空》P41 很多灰雲。《星空》P227 使它沈沒於灰色的浪濤。《星空》

五月，透明的血管中，綠血球在游泳著。《現代》P55 在曠野，以銀光歌唱。《現代》P55 所謂潔白，就是顯出在我外面的虛榮而已。《現代》P58 祇是讚美我這暫時潔白的花容。《現代》P59 紫的，漂流。《現代》P68 白色無罪，刀子跌落。《現代》P89～90 心驚於室外逐漸擴大的白色的喧囂。《現代》P90～91 你是慈悲的天使，白羽無疵。《現代》P95 沉默給馬尼拉海灣看，蒼白給遊客們的照相機看。《現代》P101 七萬個故事焚毀於白色不安的戰慄。《現代》P102 青光閃閃。《現代》P118 當在那白髮老漢吐出第一口頗有音樂的痰之前吧。《現代》P124 一滴滴紅花中結著一張張青菓。《現代》P128 我想輕輕的用一把銀色的裁紙刀，割斷那像藍色的河流的靜脈。《現代》P131 我想輕輕的用一把銀色的裁紙刀，割斷那像藍色的河流的靜脈。《現代》P131 森白帶灰的那些形而上的冷。《現代》P150 雲，仍是藍的。《現代》P160 那年豌豆差不多完全開了白花。《現代》P171 雲天的深處，仍一抹青青。《現代》P178	黑。《現代》P49 在丘陵，以金毛呼吸。《現代》P55 黑的，埋沒。《現代》P67～68 在這暗得深沉而又耀眼如錦緞的圓弧中，我探求這黑色的神秘。《現代》P73 在這靜而流動的宇宙中我探求這黑色的神秘。《現代》P73 風吹來，深暗的覆蓋依舊，閃爍的黑色依舊。《現代》P74 音樂飄來，深暗的覆蓋依舊，閃爍的黑色依舊。《現代》P74 迷魅的香氣搖曳而來，深暗的覆蓋依舊，閃爍的黑色依舊。《現代》P74 我仰望穹蒼，我心掩映在閃爍的黑色裡。《現代》P74 閃著黃銅膚色的梨。《現代》P89 滿地都是我那黃銅色的皮膚。《現代》P90 一幅悲天泣地的大浮雕，掛入死亡最黑的背景。《現代》P102 生命黑絹似皺起。《現代》P113 在深夜的海上，黑色的風浪，撞擊著水手的心。《現代》P116 金色的斜陽。《現代》P118 一滴滴紅花中結著一張張青菓。《現代》P128 蛇不聲不響，吞下剛從屍骨上長出來的一株黑菊。《現代》P170 那杏仁色的雙臂應由宦官來守衛。《現代》P172 紅夾克的男還有一長很帥的臉。《現代》P175 復活的是朵黑色之花又埋葬於。《現代》P179	P326 要不要染一染灰髮。《星空》P389 灰的雲線。《星空》P400 在灰堇的堆雲後。《星空》P404 灰灰卑南溪吊橋。《星空》P430 灰灰卑南溪吊橋。《星空》P430 冬天他一雙鐵灰的手餵食鴿子的手。《星空》P470 貓的鬚莖，原來也是灰的。《新世代》P92 你可曾看到灰色的土石已斑剝。《新世代》P132 這是花園沒有音樂的花園灰濛濛的。《新世代》P250 是花園沒有音樂的花園灰濛濛的。《新世代》P251 你的頭髮從黑洗到白，從白又染成了灰。《新世代》P280 一堵廢牆仍然顫抖在灰瓦之下。《新世代》P301 在那麼一片灰色的聚落裡。《新世

雲天的深處，仍一抹青青。《現代》P178 而請你勿再點燃這旅店中青青的燭火。《現代》P179 而請你勿再點燃這旅店中青青的燭火。《現代》P179 看時間的白馬嘶鳴著。《現代》P179 我們僅只見到兩隻白森森的手，在兩把空空的椅子上，演出一幕習慣性的手勢。《現代》P183 月光中飛起的一隻白鳥。《現代》P185 不知什麼是香著的話，或什麼是綠著的樹。《現代》P187 青石的街道向晚。《現代》P193 而那南方的藍色的小星呢。《現代》P194 白髮揮出是執節的手掌，生命是不投降的。《現代》P195 懸掛著白色圍巾。《現代》P203 樟腦色的月亮。《現代》P209 逃亡之臉將垂死前的嫵媚，還給來時的一角而棲於青石之即逝。《現代》P210 輕顫是鬱鬱白花偏首是隔世的涓滴。《現代》P210 洪水前的蒼白激激於不竟之構成。《現代》P211 髮茨間的青紗帳。《現代》P211 奧藍而沒有底部的天空。《現代》P218 他發現竟有一株綠色植物。《現代》P223 紅裡透白。《現代》P230 白裡透香。《現代》P230 把黑白相間的日子。《現代》P233	黑赭色的田畝。《現代》P184 一片橘黃色的雲，在雨後的晚空。《現代》P201 雲已不再是橘黃色的了。《現代》P202 黑亮的外皮。《現代》P203 橙黃是日。《現代》P209 黑色的大地。《現代》P218 一朵盛開的紅玫瑰。《現代》P223 紅裡透白。《現代》P230 把黑白相間的日子。《現代》P233 白髮隱藏在黑髮裡。《現代》P237 在奔跑著紅髮雀斑頑童的屋頂上。《現代》P243 白髮，一根一根的隱藏在黑色的森林中。《現代》P249 黑髮只是白雪覆蓋著的一些雜草。《現代》P250 一路摘著手掌般的紅葉。《現代》P254 斷橋以東是攤開的黑髮。《現代》P256 金黃色的鐘聲。《現代》P261 即令是熟稔的星子，也隱在異國的黑雲之後。《現代》P270 在焦黑的草叢中燃起來。《現代》P271 陽光展現你多變的風貌，一邊閃耀著金紅。《現代》P273 紫褐的斷岩。《現代》P273 通體發亮的黑漆。《現代》P277 絲絲金黃的銅線。《現代》P278 蜂們便一窩風在他黑色的鬍鬚裡築起巢來。《現代》P287 小路彎進薄薄的暮色，彎近永無休止的黑漆。《現代》P299 在最後的墨黑裡，你是歸來的激	代》P312 但也是灰色的聚落。《新世代》P312 再右也是一群灰色的房子。《新世代》P313 再右也是一群灰色的房子。《新世代》P313 我才發現到他，座落於灰色的長衣裡。《新世代》P321 盆景擺在灰灰的窗前。《新世代》P373 盆景擺在灰灰的窗前。《新世代》P373 平均一個人擁有十扇窗子，卻整個灰灰的。《新世代》P373 平均一個人擁有十扇窗子，卻整個灰灰的。《新世代》P373 公園鐵灰色的地面波光湧現闇中流動。《新世代》P423 佇立在灰茫茫的坡道。《新世代》P435 還有紅頭髮的拉法格。《新世代》

白髮隱藏在黑髮裡。《現代》P237

躺在深藍色的天空下。《現代》P237

當我又懷著雪白的信封回來。《現代》P243

去看白髮姨姥娘。《現代》P246

去看白髮姨姥娘。《現代》P247

四十歲就會有銀色的白髮。《現代》P249

四十歲就會有銀色的白髮。《現代》P249

山坡泛白。《現代》P258

綠色的腰。《現代》P262

蝴蝶飛過了還在那邊兒濃綠的夏天。《現代》P266

化為盛夏午後的白石。《現代》P271

一面披著沉重的鬱綠與墨藍。《現代》P273

一面披著沉重的鬱綠與墨藍。《現代》P273

乍起的霧，染成你朦朧的白。《現代》P273

將一海躍動的藍，還給攬盡青翠的山色。《現代》P275

將一海躍動的藍，還給攬盡青翠的山色。《現代》P275

白濛濛一片刃身。《現代》P278

間雜著綠樹。《現代》P284

海浪自額上升起，白皓皓的，白皓皓的。《現代》P295

海浪自額上升起，白皓皓的，白皓皓的。《現代》P295

一冊厚厚童話書的藍。《現代》P297

慘白的君的遺物。《現代》P305

鬱鬱青青的野草。《現代》P310

痛。《現代》P302

木柵溪是一條黑黑的民謠。《現代》P309

木柵溪是一條黑黑的民謠。《現代》P309

面對自己的罪，天是黑的，地是黑的，雙手伸出可及的四週也是黑的。《現代》P352

面對自己的罪，天是黑的，地是黑的，雙手伸出可及的四週也是黑的。《現代》P352

面對自己的罪，天是黑的，地是黑的，雙手伸出可及的四週也是黑的。《現代》P352

一群歡樂的黃色小花。《現代》P361

當最燙最紅的一盆岩漿噴到半空。《現代》P366

那一頭坐著落日，它全紅的眼光流入透明底杯底。《現代》P366

桌上的那雙黑皮手套。《現代》P389

在檸檬一般酸黃的眼睛後面。《現代》P392

把一株黃色的野菊花種在瓶口。《現代》P404

你看見過黑色的海浪嗎。《現代》P413

像一朵紅花插在山的斗笠上。《現代》P415

你以一柄黑傘。《現代》P426

一片血色濺滿憔悴落地的蘭花。《現代》P441

黑色書簽，夾在工作和成果之間。《現代》P465

微涼的紅色歌聲在枯林間流動。《現代》P474

P427

皮毛成棕灰色。《新世代》P469

灰色的靜謐敲打春天的氣息。《二十世紀》P94

灰色腦漿夢著痴呆國度的空地。《二十世紀》P97

落進它吐不完的灰網裡去了。《二十世紀》P222

一隻灰灰的狗。《二十世紀》P241

一隻灰灰的狗。《二十世紀》P241

灰灰的，然而很光潔。《二十世紀》P244

灰灰的，然而很光潔。《二十世紀》P244

空的眠床，是軟軟的灰色偎襯著我。《二十世紀》P296

在單調灰色的影子間。《二十世紀》P321

冬天灰色的大海。《二十世紀》P380

灰濛濛的天空。《二十世紀》P526

鬱鬱青**青**的野草。《現代》P310 雲裡霧裡，山茶鬱鬱地**青**。《現代》P311 微雨凝貯著**青**青茶園。《現代》P312 微雨凝貯著青**青**茶園。《現代》P312 **綠**綠油油，把手臂高舉。《現代》P321 綠**綠**油油，把手臂高舉。《現代》P321 穿著**藍色**比基尼泳裝的她躺在潔白的沙灘上。《現代》P352 穿著藍色比基尼泳裝的她躺在**潔白**的沙灘上。《現代》P352 點亮了油油**綠**綠的青青小草。《現代》P361 點亮了油油綠**綠**的青青小草。《現代》P361 點亮了油油綠綠的**青**青小草。《現代》P361 點亮了油油綠綠的青**青**小草。《現代》P361 兩隻小白鴿從對岸**綠**草地飛起，雙雙遙向青空。《現代》P364 兩隻小白鴿從對岸綠草地飛起，雙雙遙向**青**空。《現代》P364 於一根**綠**莖之上。《現代》P366 對著滿月的引力，射出**銀花花**的星斗。《現代》P368 細細細的**白色**線由最右邊逐漸向左劃。《現代》P368 噴湧著**綠色**的汁液。《現代》P369 水**綠**線紋的稿紙上。《現代》P381 **雪白**的豆花。《現代》P384 海蹲下來在**藍**天底下。《現代》P413	他們說了我的惡，我**黑色**的邪惡。《現代》P484 他們說了我的惡，**黑色**的山神。《現代》P484 我偏為山神，山神不是**黑色**的樣子 **紅**豔的鳳尾花點綴著竹籬和野徑。《星空》P42 **濃墨色**的夜打金色的黃昏染黑。《星空》P43 濃墨色的夜打**金色**的黃昏染黑。《星空》P43 濃墨色的夜打金色的黃昏染**黑**。《星空》P43 **黑**亮的礁石發出激越的潮聲。《星空》P43 我被隱沒在**濃墨色**的夜裡，是天文學家不曾發現的一顆星。《星空》P43 月球如一把**黑**團扇遮盡了太陽的光燦。《星空》P43 而你此時亦隱沒於畫廊裡**黑色**的帷幕。《星空》P43 火柴的藍焰，染**黃**了黑暗。《星空》P45 目光如兩條蝮蛇，帶著**黑色**的閃光，黑色的戰慄。《星空》P48 目光如兩條蝮蛇，帶著黑色的閃光，**黑色**的戰慄。《星空》P48 你自非洲來，自象牙海岸來，頭上插過**紅**羽毛。《星空》P49 他臉上累集著太平洋上落日的餘暉，而眼睛卻儲藏著**黑**森林的黑暗。《星空》P58～59 豎多毛的耳朵聽機械在自己的**黑**影裡吶喊，要造物者賦予它們以靈魂。《星空》P61	

<table>
<tr>
<td>雲母色的雲。《現代》P414
一條白色風路開向出海口。《現代》P414
雲母色的雲。《現代》P415
浸泡過久的腳掌皺褶蒼白。《現代》P444
一朵雲飽蓄著月光沉降，和平地灑下銀色的雨水。《現代》P452
閱讀白色的記憶。《現代》P466
看到你眼睛湛藍的倒影。《現代》P470
只有五節芒與他的白髮知道風的邏輯。《現代》P474
處在這綠色的迷宮之中，白色的透明飄散空中。《現代》P483
處在這綠色的迷宮之中，白色的透明飄散空中。《現代》P483
綠色驕傲的靈魂。《現代》P484
把理想投影於白色的紙上。《星空》P38
天空是一片幽藍，永恆而神秘。《星空》P40
蒼白的沙漠是古代死了的海洋。《星空》P41
青色的海洋是活著的沙漠。《星空》P41
防坡提內錯落著青青的田野。《星空》P42
防坡提內錯落著青青的田野。《星空》P42
野花在畫廊的窗外搖著粉白的頭。《星空》P44
火柴的藍焰，染黃了黑暗。《星空》P45
蒼白如一尊古希臘的石像，髮怒而目盲。《星空》P46
永遠凝視著廊外青青的海。《星</td>
<td>一片黑色的沃土。《星空》P63
幻中的黑水仙。《星空》P65
金黃色的蕊，閃爍著奇妙的語言。《星空》P65
海風吹亂他長長的黑髮。《星空》P66
黑色的閃爍，如蝙蝠竄入黃昏。《星空》P66
黑髮的山地人歸去。《星空》P66
溶入古銅色的鏡中。《星空》P67
溶入古銅色的鏡中。《星空》P67
春天繫在黑髮的林裡。《星空》P67
當它酡紅的甜夢自雙夜裡圓醒。《星空》P72
不為什麼地摩玩那顆紅鈕釦，靦靦而溫柔。《星空》P74
我對自己說：那顆紅鈕釦，準是從七重天上掉下來的。《星空》P74
當心愈近而路愈長愈黑。《星空》P77
這不死的黑貓。《星空》P78
晝夜是以葵仰之黑與鵲滴之紫織成的重重針氈。《星空》P80
時間走著黑貓步子。《星空》P92
客廳裡珊瑚紅的貝殼燈。《星空》P95
遠遠望見有一雙暗紅的失眠的眼。《星空》P97
你還是你，愛紅甚於一切。《星空》P101
臙脂的深紅落盡。《星空》P102。《星空》P102
在這金色的夜裡。《星空》P115
夕陽已收起它耀眼的金箭。《星空》P116</td>
<td></td>
</tr>
</table>

<table>
<tr>
<td>空》P47
永遠凝視著廊外青青的海。《星空》P47
頭髮似青青的針葉。《星空》P51
頭髮似青青的針葉。《星空》P51
白頭的鷺鷥，滿天飛翔。《星空》P66
一片純白的羽毛落下。《星空》P66
我的一莖白髮。《星空》P66
我的一莖白髮。《星空》P67
燈光給你底蒼白，鍍上一層眩暈，一層薄薄羞怯。《星空》P72
風入千帆，鯨吹白浪。《星空》P76
痛心，疾首，慘白而搖曳。《星空》P79
晝夜是以葵仰之黑與鵑滴之紫織成的重重針氈。《星空》P80
必須將影子漂白。《星空》P81
那不能自己的美與渴切白西瓜。《星空》P85
唯一的這顆白西瓜。《星空》P85
好一團波濤洶湧大合唱的紫色。《星空》P88
這兩位老者，瘦高，著水藍長袍。《星空》P91～92
高山青。《星空》P105
澗水藍。《星空》P105
高山常青。《星空》P105
澗水常藍。《星空》P105
然後有一條白色的紗帷，將暮山的膝蓋遮起。《星空》P116
又怕發綠的人，值得我們憐憫。《星空》P122
聯合國遠得像一塊未曾銘刻的白碑。《星空》P125</td>
<td>朵朵玫紅的微笑向臺下擲落。《星空》P118
紅鬍子的玉米。《星空》P118
你顋邊有蘋果的顏色，稚氣的青，初熟的紅。《星空》P137
赭色山脈。《星空》P138
棕色森林。《星空》P138
有一個黑髮指揮。《星空》P141～142
昨天在路上我遇見珍妮，她拋我一朵鮮紅的微笑。《星空》P147
一池的紅蓮如紅焰。《星空》P150
讓夜和死亡在黑的邊境。《星空》P156
江戶風味，還有能劇的假面，黑齒，細眼。《星空》P174
京扇子閃著古金。《星空》P174
還有點濕意的黑綢褶裡。《星空》P175
連作為天堂支柱的牧師，也終日抱怨光穿著黑色的睡衣。《星空》P180
教堂的尖頂，吸進滿天寧靜的藍，卻注射不入你玫瑰色的血管。《星空》P187
而神父步紅氈，子彈跑直線。《星空》P192
是一朵雛菊，似有若無地金黃。《星空》P217
紅色朝暾。《星空》P218
黑色晚雲。《星空》P218
閃漾著金片或銀線的光。《星空》P220
多一分紅色歡悅。《星空》P225
在憂鬱藍的穹蒼下，我們採摘不到一束金黃。《星空》P226
只有薔薇色光焰柔和的點影。《星</td>
<td></td>
</tr>
</table>

你頸邊有蘋果的顏色，稚氣的青，初熟的紅。《星空》P137 有一位白髮的提琴手。《星空》P142 滿頭的白髮。《星空》P142 鳥後的藍山，山端的流雲。《星空》P142 白頂的藍郵車。《星空》P154 白頂的藍郵車。《星空》P154 有些天色仍超然地藍著。《星空》P154 童時，你的眼睛似蔚藍的天空。《星空》P179 紫羅蘭色的圓燈罩下。《星空》P179 凡是眼睛都成為藍空裡的鷹目。《星空》P185 教堂的尖頂，吸進滿天寧靜的藍，卻注射不入你玫瑰色的血管。《星空》P187 整座藍天斜入太陽的背面。《星空》P193 那隻天鵝在入暮的靜野上，留下最後的一朵潔白。《星空》P202 一把銀髮。《星空》P202 紫色向晚，向夕陽的長窗。《星空》P214 仍有蓊鬱的青翠。《星空》P215 揚起在綠色的國度。《星空》P216 一把綠色小傘是一頂荷蓋。《星空》P218 閃漾著金片或銀線的光。《星空》P220 在綠蔭深處，在丁香垂掛。《星空》P223 以片片綠葉交互的窣窣。《星空》P223	空》P231 天文學家將發現一顆拖黑尾巴的彗星。《星空》P244 在一場大雪中，以一柄黑傘，杯葛白色的優勢。《星空》P246 在髮茨間由黑轉白。《星空》P253 我要我天真的綠，羞澀的紅。《星空》P264 深呼吸在薔薇色的晨曦裡。《星空》P269 也該有幾級的微震，起自黑水晶的四周。《星空》P279 它把一張豔紅的臉，朝著遠山那挺得高聳的胸脯。《星空》P282 是什麼人，會那麼貪饞地，吮吸空那些紅潤的血肉。《星空》P283 黑色的流質已疲於自己的濃度。《星空》P293 誰能消受那橘紅色的死光之魅惑。《星空》P293 將所有的黑一股腦兒推給我之後。《星空》P299 擎著一把黃黃的油紙傘。《星空》P301 今夜，又為我撐開了這沉沉的一片黑。《星空》P301 向上帝索取了一點紅、一點藍。《星空》P305 風自庭前閃過，貽我以梧桐的金色一帖。《星空》P307 一些蘋果的紅。《星空》P308 重新點綴成一片斑斕金黃。《星空》P327 更滿滿醮起了一筆朱紅，把它灑在蓼汀和楓葉之上。《星空》P327 看一看鮮紅的太陽。《星空》P331 像狰獰的褐石中游動無數的青	

如此地走過紫色的繁花。《星空》P223 以旋風的姿，揚起了一片紫。《星空》P224 這年代揚起了紫色深怨。《星空》P224 而我所愛的一片紫。《星空》P224 為金銀色的喇叭花所吹送。《星空》P224 而紫色潮水不斷上揚。《星空》P225 此乃我所喜靈魂之莊敬紫。《星空》P225 多一分藍色沉鬱。《星空》P225 穿上了紫色裙。《星空》P226 在憂鬱藍的穹蒼下，我們採摘不到一束金黃。《星空》P226 一群白色音符之寂靜。《星空》P227 我的憂悒在其中，在紫色花蕊。《星空》P227 枝條潤澤而青翠。《星空》P229 青青的繁貌又添加。《星空》P229 青青的繁貌又添加。《星空》P229 在一場大雪中，以一柄黑傘，杯葛白色的優勢。《星空》P246 在髮茨間由黑轉白。《星空》P253 我要我天真的綠，羞澀的紅。《星空》P264 種子的兩頁綠扉是要開向風雨的。《星空》P264 冰冷的木屋裡是一枝銀亮的燭光。《星空》P266 可以撈起一方湛藍的菱鏡。《星空》P270 青青的樹。《星空》P271 青青的樹。《星空》P271	蛇。《星空》P331 但她向我來了，像一枝金色的箭。《星空》P333 鋒銳的斧刃似閃電，劈進這巨人褐色的皮膚。《星空》P333 但牠古銅的肌膚在碎裂而四濺，如火的激怒。《星空》P334 猙獰的黑石。《星空》P336 撥了皮的橘色大空間。《星空》P336 像秋日的穗粒，睡熟在一個永恆的金黃色的夢裡。《星空》P346 想起該揭開那終年長垂的黑帷。《星空》P346 寧靜地注視那扇黑色的門朝我們移過來。《星空》P355 桌上的黃色是盞燈吧。《星空》P357 褐色自隙間垂落，蔓延。《星空》P357 墨黑的骨架在前面。《星空》P357 而你散播著黑色的虛無。《星空》P362 掩映著行人額際的灰黃。《星空》P367 黑色的瘟疫滴汗於史偉哲的雙頰。《星空》P367 鞠躬時眼神的捕捉寒夜紅被的旁白。《星空》P375 左左右右日記紅藍絨封面。《星空》P378 只一枚赤色的釘。《星空》P402 霓虹塔以初熟的絳色一遍遍地偷舔。《星空》P404 耳語回顧黑檀色的靜默。《星空》P407 有人曳黑色的披風，穿過白色的	

蒼白傳染著的。《星空》P298 向上帝索取了一點紅、一點藍。《星空》P305 它抹去樹梢繁茂的綠色。《星空》P327 螺旋形的，鐵青色的長梯呵。《星空》P328 我寧可一親地面上的綠。《星空》P330 我的雙手把握住青冷的鐵桿。《星空》P331 在潔白的冰上飛掠。《星空》P332 而急轉的圓心在她冰鞋銀色的刀尖。《星空》P333 又在藍色的冰湖上旋舞著而去。《星空》P333 白色的肌肉遂裂開，顯出千層的年輪。《星空》P333 綠色的樹頂是一個天國的崩潰。《星空》P334 在天空藍色的座標紙上。《星空》P335 我的標槍劃下了銀色的拋物線。《星空》P335 銀青色的浪花之蕊。《星空》P336 我游過藍沙的廣場。《星空》P336 只是見到你綠色的寂靜之國。《星空》P337 我拉開胸前白色的生命之線。《星空》P337 一朵潔白的花之蓓蕾迅速升起。《星空》P337 像一朵巨大的白玫瑰。《星空》P337 我俯視足下鐵青色的大空間。《星空》P339 閃電的白臂猛擊八十八個琴鍵。	拱門。《星空》P411 一幢金色高樓矗立在遠方。《星空》P418 落日在我背後以火紅的無奈。《星空》P419 木棉花突然以鐵黑的枝幹，舉起遍街火紅的燈盞簇簇。《星空》P419 木棉花突然以鐵黑的枝幹，舉起遍街火紅的燈盞簇簇。《星空》P419 金色高樓矗立在黑夜的隱蔽中。《星空》P419 在金色高樓的巨影黯黯等待。《星空》P420 黑霧中高樓頂端一聲驚呼。《星空》P420 金色高樓黑霧散去。《星空》P422 金色高樓黑霧散去。《星空》P422 金色金光。《星空》P441 金色金光。《星空》P441 赤色赤光。《星空》P441 赤色赤光。《星空》P441 黑色的鳳蝶。《星空》P451 一隻褐色蝶。《星空》P452 當燭座上絳紅的鐘乳成形。《星空》P481 我們竟不扣響板機因那列黑色火車已駛入槍管裡。《新世代》P25 拉出的一列血紅的火車。《新世代》P25 絲絲紅紅血流成的髮髮髮髮髮髮髮髮。《新世代》P26 絲絲紅紅血流成的髮髮髮髮髮髮髮髮。《新世代》P26 我的髮不得是窩死亡的黑貓。《新世代》P28	

《星空》P339 誰畫的天？藍得單調。《星空》P343 為什麼不補上幾筆白的顏色呢。《星空》P343 那些像是藍葡萄的果實。《星空》P347 看見我披著藍色的雨衣。《星空》P353 白的一片已經轉向別人跟前。《星空》P355 鑿成的石室青青。《星空》P357 鑿成的石室青青。《星空》P357 我踱向藍天。《星空》P361 妹妹好想她我想藍天。《星空》P377 左左右右日記紅藍絨封面。《星空》P378 茶几上有一幅白紗衣。《星空》P379 睡意懸在淺紫的天花板上。《星空》P380 這一段白色方磚長街的憂鬱。《星空》P380 青的山脈。《星空》P400 當摩天樓都呼喊著白色的名字，我只是一個多餘的錯誤。《星空》P400 白色的漿果匆匆落去。《星空》P402 在純白銀幕的反光下。《星空》P405 在白色山脈之外。《星空》P405 逸走的眼神逸走寶藍的逸走。《星空》P407 有人曳黑色的披風，穿過白色的拱門。《星空》P411	黑色天空。《新世代》P29 黑貓的男人。《新世代》P30 在房間的四壁塗上黑影，好讓房間找不到你。《新世代》P39 張開大嘴露出血紅色喉囊。《新世代》P39 披著黑色的羽毛。《新世代》P42 褪去身上的黑色。《新世代》P42 鮮紅的太陽穿越。《新世代》P42 十一歲的小女孩用一支黃色的陽傘保護自己的影子。《新世代》P48 他看見一隻觸鬚發出訊號而且身體不斷蠕動的活蝦，在碳火上面由青灰變成鮮紅。《新世代》P48 只有小女孩帶著自己童年完整的影子，並撐著黃色的陽傘走向遠處的山坡。《新世代》P48 影子像一柄黑色的刀插在廣場的中央。《新世代》P49 從紅色的裡面借一些溫暖。《新世代》P50 我在綠色的裡面在紅色繾綣。《新世代》P50 我在紅色的裡面和綠色擁吻。《新世代》P50 紅色的海洋。《新世代》P53 黑色的岩堆上。《新世代》P53 廳內的舞袖如彤雲旋飛。《新世代》P66 男人脫下黑色的墨鏡。《新世代》P67 黑色車廂在灰霧中浮沉。《新世代》P71 青銅的月光下。《新世代》P72 青銅的月光下。《新世代》P73 徐徐滑行南方金色的斜紋船裡。	

<table>
<tr>
<td>一襲白衣將我的創傷遮掩。《星空》P418
我脫下白衣。《星空》P419
一個人影墜落中旋成白衣一件。《星空》P421
將自己白色的影子穿在身上。《星空》P421
涉過這面寫著睡蓮的藍玻璃。《星空》P425
而後綠綠的草原。《星空》P427
而後綠綠的草原。《星空》P427
滋生綠草的地。《星空》P438
雲是綿綿的白。《星空》P438
青煙如青色的蓮花雨。《星空》P438
白色白光。《星空》P441
白色白光。《星空》P441
青色青光。《星空》P441
青色青光。《星空》P441
我們的星兒流著藍色的血。《新世代》P23
我們用刀的彎度切斷青色的地平線。《新世代》P24
天就要慘白地亮。《新世代》P30
躺在地上，瞧瞧天空的湛藍。《新世代》P33
一對雪白的翅膀。《新世代》P37
披著白色的羽毛。《新世代》P42
褪去兒上的白色。《新世代》P42
綠色來臨並占領了每一棵樹。《新世代》P45
小女孩的媽媽用一把銀亮的刀子剖開一塊全麥麵包。《新世代》P48
他看見一隻觸鬚發出訊號而且身體不斷蠕動的活蝦，在碳火上面由青灰變成鮮紅。《新世代》P48</td>
<td>《新世代》P73
黑白玻璃帷。《新世代》P75
黑色的船屋。《新世代》P81
黑色的船屋。《新世代》P82
薔薇色的旗。《新世代》P85
金色的凌晨。《新世代》P87
紅色電話停裡。《新世代》P91
黑色鍵盤上。《新世代》P94
黑色的池塘上。《新世代》P94
山巒的答案是半黑半白。《新世代》P107
不要掉了滿盤的金牙。《新世代》P107
在鏡中，還我枯黃的面目。《新世代》P108
獨光下泛黃的紙張。《新世代》P110
為了一點紅。《新世代》P112
洶湧成黃浪，拍打墨色的海洋。《新世代》P118
在掛滿紅布條的門下，摔一摔頭髮。《新世代》P121
街巷退下一襲已無重量的黑衣。《新世代》P127
從黝黑的洞口出來。《新世代》P127
我們從母體黝黑的隧道，進入一個無性的世界。《新世代》P129
他黝黑的臉孔。《新世代》P135
千層紅之外。《新世代》P144
坎坎坷坷黑黑白白黑黑。《新世代》P152
坎坎坷坷黑黑白白黑黑。《新世代》P152
坎坎坷坷黑黑白白黑黑。《新世代》P152
坎坎坷坷黑黑白白黑黑。《新世</td>
<td></td>
</tr>
</table>

從綠色的裡面借一些寧靜。《新世代》P50 我在綠色的裡面在紅色繾綣。《新世代》P50 我在紅色的裡面和綠色擁吻。《新世代》P50 白色沙灘。《新世代》P53 從藍天滴落下來。《新世代》P53 青色的窗戶不斷自貓的瞳子裡流動過去。《新世代》P64 魚肚一般的白了。《新世代》P64 黑青色的銅像。《新世代》P68 撫摸我黑青色的足踝，繼續聽著生鏽的鐐銬聲。《新世代》P70 無數悶壞的心靈要化成銀色的雲朵。《新世代》P72 在我蒼白的床單上繡出鮮豔的花果。《新世代》P73 糖果工廠製造碧綠如酒的海岸。《新世代》P75 黑白玻璃帷。《新世代》P75 大量製造嬰兒色的眼眸。《新世代》P75 在白孔雀的天空下。《新世代》P75 不曾想及那細雪冷炙顏色的白。《新世代》P76 白茫茫的岩石平原。《新世代》P82 薄薄的淡紫及岩波的凹窪。《新世代》P82 白茫茫的大地。《新世代》P82 白色的消息。《新世代》P82 白色的劇場。《新世代》P82 白色暴風的音響。《新世代》P82 漾滿白花的林木。《新世代》P85 留下蒼青色的空格。《新世代》	代》P152 黑色的在哭。《新世代》P153 是在黑白糾纏不清。《新世代》P153 或者黑色的黑夜。《新世代》P153 沈澱成濃稠的苦楚凝固之後的黑。《新世代》P155 每一絲迷人的黑，都從內心生根。《新世代》P156 我們生命中的色彩，是註定要從黑色的地層下面挖出來的。《新世代》P160 媽媽的紅色拖鞋。《新世代》P160 還有你的黃色書包。《新世代》P161 從黑色的洞裡挖出來的。《新世代》P161 因為阿爸要到更深更黑的地方。《新世代》P161 拚命的用眼睛去挖，挖出一具黑色的阿爸。《新世代》P161 你奮力吐著火紅的舌頭。《新世代》P163 透過紅橙黃綠藍靛紫各種鮮豔的色彩。《新世代》P166 透過紅橙黃綠藍靛紫各種鮮豔的色彩。《新世代》P166 透過紅橙黃綠藍靛紫各種鮮豔的色彩。《新世代》P166 我看到一片紅色的燈光打出妳的羞澀。《新世代》P169 一兩黑髮攪拌一勺嫵媚。《新世代》P171 一錢花香滲入一對紅唇。《新世代》P171 黑色，是最迷人的顏色了。《新世代》P176	

P85 一片雪色的大汪洋。《新世代》P86 皙白的寧靜島。《新世代》P87 潔白的花蕊在春風裡。《新世代》P89 蔚藍的鐵有他勇氣的血親。《新世代》P91 把桌面浸深成透明的白樹幹。《新世代》P93 牠昂首於枯草色的牀單上。《新世代》P93 城市的藍光。《新世代》P94 收音機的白色雜音，鼓動漲潮。《新世代》P102 水把山中的倒影，繪成一片白。《新世代》P105 伸手去撈那片白。《新世代》P105 柳枝突出綠色的河岸。《新世代》P106 山巒的答案是半黑半白。《新世代》P107 芒草殘存的墨綠。《新世代》P119 一個急飛而來的白影。《新世代》P122 銀色的塗料，掉下時間的碎片。《新世代》P125 白花花的燈芒掉了一地，你檢起來裝扮失神的眼睛。《新世代》P127 萬層紫之間。《新世代》P144 你偷偷的用口紅塗去一片，紫色的傷痕。《新世代》P145 皮肉綻開的白色馬背。《新世代》P150 坎坎坷坷黑黑白白黑黑。《新世代》P152	抱一顆火紅滾燙的心躍入太空。《新世代》P186 掏紅紅的心。《新世代》P186 掏紅紅的心。《新世代》P186 在內裡，向深洞的虛黑中。《新世代》P187 香紅嘴唇。《新世代》P190 那頭巨獸打哈欠露出誘人的金牙。《新世代》P197 衝進去才撇清金牙盡是光的神話。《新世代》P197 一瓣孤影在地面似薄而黑的異形。《新世代》P197 黑髮驚惶的季節。《新世代》P210 有三條赤赭的小蛇競自其身後。《新世代》P211 紅赤赤的蜈蚣為何總是奮足飛降。《新世代》P212 一帶濕寒泛白泛黑沿髮根向下。《新世代》P216 紅花別上衣襟時。《新世代》P217 金色織錦的平原外。《新世代》P219 黑沁沁的山林禿了。《新世代》P221 褐黃重濁的水。《新世代》P222 棋佈著一如從前的童話般的紅屋瓦。《新世代》P225 那不易剝淨的黃皮，教人鯁喉的筋絡。《新世代》P225 二百六十個黑字像。《新世代》P226 哪像一個個黑字拈它不起撥它不動。《新世代》P226 金色的筆在紙上摩擦。《新世代》P231 紅唇在淺草地玩著遊戲。《新世	

坎坎坷坷黑黑白白黑黑。《新世代》P152 白色的在笑。《新世代》P153 是在黑白糾纏不清。《新世代》P153 在白色的白天。《新世代》P153 在嗆鼻的白煙裡。《新世代》P154 一陣陣燃燒過的痕跡吐成的白。《新世代》P155 留下幾絲蒼白。《新世代》P157 必須借用一根白色的吸管，自己品嚐體會。《新世代》P158 用那種白色的吸管勤加複習。《新世代》P159 家裡飯桌上綠色的菜。《新世代》P160 白色的米。《新世代》P160 姊姊的綠色香皂。《新世代》P160 有藍色天空的路來。《新世代》P161 因為遺失一句沾滿銅綠的諾言。《新世代》P162 泅向如海的乳白色漩渦之中。《新世代》P163 目擊那一句沾滿銅綠的諾言閃爍而過。《新世代》P164 因再度偷竊了那句沾滿銅綠的諾言。《新世代》P165 透過紅橙黃綠藍靛紫各種鮮豔的色彩。《新世代》P166 透過紅橙黃綠藍靛紫各種鮮豔的色彩。《新世代》P166 透過紅橙黃綠藍靛紫各種鮮豔的色彩。《新世代》P166 透過紅橙黃綠藍靛紫各種鮮豔的色彩。《新世代》P166	代》P231 黑色大地。《新世代》P245 只是一張黑白的風景。《新世代》P245 我們黑色肌膚的國王。《新世代》P245 自一只黑色的蛋卵窺視他的節慶。《新世代》P246 失蹤母親的黑髮。《新世代》P254 失蹤女兒的黑髮。《新世代》P254 我尋找追逐鼴鼠的落日的紅膝蓋。《新世代》P259 我們的島是一粒不完整的黃鈕釦鬆落在藍色的制服上。《新世代》P262 穿過被島上人民的手磨圓磨亮的黃鈕釦。《新世代》P263 那些紫黑的瘀傷是與山脈的碰撞。《新世代》P267 紅色的血液。《新世代》P267 紅色，因為你曾經為所愛的女子。《新世代》P267 因為愛所引起的恨，引發的鮮紅的血液。《新世代》P267 你的頭髮從黑洗到白，從白又染成了灰。《新世代》P280 粗黑的宋體字。《新世代》P295 沿黑亮的鐵軌。《新世代》P296 從黑髮，朝也思。《新世代》P300 黑藍的天空隱藏迷幻的紅。《新世代》P300 污黑的囚車載滿叛徒顛簸前行。《新世代》P301 黑濕的草地。《新世代》P311 墨色的爛泥溝。《新世代》P311 水量充沛的河，暗褐色的。《新世代》P312	

一根閃亮的白髮。《新世代》P171 白牆西裝。《新世代》P191 一朵浪花伸出一隻森白的手。《新世代》P198 許多筍子在一陣雨後，一夜間長高，青青細瘦地悄立在月光下。《新世代》P209 許多筍子在一陣雨後，一夜間長高，青青細瘦地悄立在月光下。《新世代》P209 一大片淒白。《新世代》P210 曼陀羅在病人身上，開滿了白花。《新世代》P212 煙斗搖出白髮。《新世代》P214 一帶濕寒泛白泛黑沿髮根向下。《新世代》P216 雙鬢斑白蓬亂。《新世代》P220 三兩支透著粉色的花苞。《新世代》P224 粉色的花苞給如夢的人生看。《新世代》P227 喉頭的活塞將一尾青魚自空中接住。《新世代》P231 把偌大一張滾白的水藍被子。《新世代》P241 把偌大一張滾白的水藍被子。《新世代》P241 皀藍的樹林。《新世代》P245 月白。《新世代》P245 月白。《新世代》P245 只是一張黑白的風景。《新世代》P245 一些雪白的花撲打它的睫毛一些蝴蝶。《新世代》P250 一些雪白的花撲打它的睫毛一些蝴蝶。《新世代》P251 秀才郎，騎白馬。《新世代》P252	黑的、隱約的沙洲。《新世代》P312 你金色的額頭上，那些深思的紋路。《新世代》P318 我們崇愛黑色鑲金的美學。《新世代》P326 黑色列車正要南下。《新世代》P333 紅磚與苔綠。《新世代》P338 森黑的長袍徐行。《新世代》P342 雙方人馬慘烈地廝殺，在血紅的黃昏。《新世代》P353 而泛著桃紅屍斑的屍身將在我清潔的思維裡。《新世代》P355 中央那根焦黑的蕊。《新世代》P358 以褐亮的肌膚吸粗大的黑色鋼筋。《新世代》P360 以褐亮的肌膚吸粗大的黑色鋼筋。《新世代》P360 一具具機件龐大的軀體，如今悄無聲息地蜷伏在黝黑的艙底。《新世代》P364 一如紅醜的石榴。《新世代》P374 墨色的口涎。《新世代》P380 一條被歷史磨損的黑色錄音帶。《新世代》P401 在得到任何回應以前，他們的存在都埋藏在黑色的邊際，低聲喘息。《新世代》P406 兩枚至紅至豔，鼓動的草莓。《新世代》P407 在這樣廣渺無盡的黑色坡道上。《新世代》P407 將鬱鬱藍色的視網膜，埋成艷紅的沙漠。《新世代》P409 一千枚紅珊瑚同時爆破的音效。	

當孤寂的心依然在荒蕪中尋找草綠。《新世代》P255 寫滿白霜與塵土。《新世代》P255 墨藍的星空。《新世代》P256 我們的島是一粒不完整的黃鈕釦鬆落在藍色的制服上。《新世代》P262 用力刺入藍色制服後面地球的心臟。《新世代》P263 如綠色植物，行光合作用。《新世代》P266 你的頭髮從黑洗到白，從白又染成了灰。《新世代》P280 你的頭髮從黑洗到白，從白又染成了灰。《新世代》P280 漸藍的天。《新世代》P296 到白髮，暮也想。《新世代》P300 黑藍的天空隱藏迷幻的紅。《新世代》P300 淺綠的窗簾飄搖虛空的白。《新世代》P300 淺綠的窗簾飄搖虛空的白。《新世代》P300 綠色的歷史。《新世代》P308 陌生冷綠的光芒撥弄著。《新世代》P311 一群群米色的，萬頭鑽動的，在遠處的鴨。《新世代》P312 綠色列車正交錯而過。《新世代》P333 紅磚與苔綠。《新世代》P338 磨光或磨白的木製家具。《新世代》P338 均勻地編就銀色的夜幕。《新世代》P359 工人們正攪拌銀色的岩漿澆灌。《新世代》P360	《新世代》P410 物種原始的黑色情境。《新世代》P411 一架黑色警用直昇機。《新世代》P414 黑蜻蜓般通過他銅綠斑斕的額際。《新世代》P417 挺直黑色龍骨。《新世代》P418 金色印記。《新世代》P419 塑膠線滑穿稚嫩的掌心，拉出一道殷紅軌跡。《新世代》P420 億萬把黑色雨傘瞬間張開。《新世代》P423 鋁罐歡天喜地載歌載舞列隊步入色澤鮮紅的圓桶。《新世代》P424 血紅的穹空。《新世代》P424 紅豔的玫瑰。《新世代》P424 城郊的蘆葦被黃昏搓揉出金色旋律。《新世代》P424 脊背幻化出充滿筆觸的紅羽翼。《新世代》P425 叢叢紅豔的玫瑰靜謐聆聽。《新世代》P425 還有紅頭髮的拉法格。《新世代》P427 拉法格的紅髮。《新世代》P428 幽晦的空間被燈光切割出金色的三角形。《新世代》P428 馬拉美將半身置放金色。《新世代》P428 漂流出無數金綠斑紋、蘊含珍珠的扇貝。《新世代》P430 都市焦茶色的天空流貫著。《新世代》P432 宇宙中某個橙赤的斷層。《新世代》P432 在鍋中換起紅色褻衣的明蝦。《新	

這天降的泥濘，覆在淡青色的水平線上。《新世代》P366 斜簽在一片潔白。《新世代》P371 散發白色輻射。《新世代》P372 爆炸成無數雪白紙片。《新世代》P373 盆景深綠，重在每一扇窗前，這無法作夢的城啊。《新世代》P373 堅吝的蒼白。《新世代》P379 魚肚白略帶腥污。《新世代》P379 在磁力流晃的白瓷面，狠狠駛出。《新世代》P408 將鬱鬱藍色的視網膜，埋成艷紅的沙漠。《新世代》P409 劃開白膚。《新世代》P410 天空鬱藍。《新世代》P416 黑蜻蜓般通過他銅綠斑斕的額際。《新世代》P417 床單白的天空。《新世代》P419 白色廣場。《新世代》P419 石粉蓬散白霧激湧脫逸。《新世代》P420 戴上白口罩的工人。《新世代》P420 白色廣場。《新世代》P420 靛藍色的鋁電阻線條優美。《新世代》P423 雪白的稿紙期盼墨瀋。《新世代》P426 慾望成熟得紫青發漲。《新世代》P426 慾望成熟得紫青發漲。《新世代》P426 撥開花崗石般的大氣我眺望母系世界的紫色記憶。《新世代》P430 漂流出無數金綠斑紋、蘊含珍珠的扇貝。《新世代》P430	世代》P435 在浮升的氣泡間與金色的海豚嬉戲。《新世代》P436 目睹火紅的岩漿噴洩流竄且迅速掩蓋家園。《新世代》P445 金黃的羽毛緩緩飄落。《新世代》P459 一尾赤色的鰷魚。《新世代》P460 在肉體中，一株綻放的黑玫瑰。《新世代》P462 我用黑筆塗抹去這最後的一行。《新世代》P465 黑色，呵呵星期五。《新世代》P466 布滿褐色的雲彩斑紋。《新世代》P469 腥臭的黑血。《新世代》P470 褐色的草舍三兩間。《二十世紀》P89 紅玻璃的如意燈繼續燃燒著。《二十世紀》P92 青銅色的鐘漾著寒冷的心。《二十世紀》P92 紅彩的影翳裡。《二十世紀》P92 這亞麻色的日落下。《二十世紀》P93 緋紅的嘴唇發出可怕的叫喊。《二十世紀》P96 我底臉頰旋即發黃。《二十世紀》P98 你的四十朵黑色的玫瑰。《二十世紀》P106 那些是日吻橙色的少女。《二十世紀》P113 那些是桃色的少女。《二十世紀》P113 那些是黛色的，緋色的，和紫羅	

透明的牆在朽葉色的雲層之外。《新世代》P432 古代紫的柔幻光澤緩緩渦轉。《新世代》P432 一縷縷冰綠。《新世代》P432 燦爛的星群撫摩她潔白的乳房。《新世代》P434 潔白的潛意識。《新世代》P434 滑落紫色海洋。《新世代》P436 猶太人白袍上的鮮血嗎。《新世代》P445 確是一種白色的誘惑。《新世代》P448 受傷於妳和父親用鬢角的白髮與病痛來串連編織我年少的夢想。《新世代》P449 一如白鼠逃入了迷宮。《新世代》P461 我要送你一大片海洋，那湛藍的大鏡子。《新世代》P477 綠色的垂楊四五株。《二十世紀》P89 美里以白色的手撫摸腳的線。《二十世紀》P92 端端伸出白白的胳臂抱緊胸懷。《二十世紀》P92 端端伸出白白的胳臂抱緊胸懷。《二十世紀》P92 海溶化的綠寶石上。《二十世紀》P94 但青色的百葉窗再也不開。《二十世紀》P94 「Parnasse」的白色牌子。《二十世紀》P95 沒有月亮的回憶被雪白的花埋。《二十世紀》P96 創傷的心靈的風貌白蒼蒼的。《二	蘭色的少女。《二十世紀》P113 那些是黛色的，緋色的，和紫羅蘭色的少女。《二十世紀》P113 建築們的灰色，白色，黑色，土黃色，和屋頂的紅色。《二十世紀》P113 建築們的灰色，白色，黑色，土黃色，和屋頂的紅色。《二十世紀》P113 建築們的灰色，白色，黑色，土黃色，和屋頂的紅色。《二十世紀》P113 我抹我的聲音以青色，橙色，檸檬黃色，紫色，綠色，寶石藍色，灰色，白色和極黑的黑色。《二十世紀》P114 我抹我的聲音以青色，橙色，檸檬黃色，紫色，綠色，寶石藍色，灰色，白色和極黑的黑色。《二十世紀》P114 我抹我的聲音以青色，橙色，檸檬黃色，紫色，綠色，寶石藍色，灰色，白色和極黑的黑色。《二十世紀》P114 我抹我的聲音以青色，橙色，檸檬黃色，紫色，綠色，寶石藍色，灰色，白色和極黑的黑色。《二十世紀》P114 也有抹以強烈的赤色和紅色的。《二十世紀》P114 也有抹以強烈的赤色和紅色的。《二十世紀》P114 但是我的赤色不是共產國際的旗的赤色。《二十世紀》P114 但是我的赤色不是共產國際的旗的赤色。《二十世紀》P114 我的紅色也不是他們紅場的紅	

十世紀》P96 為蒼白的驚骸。《二十世紀》P96 在蒼白的夜風中向青春的墓碑飛去。《二十世紀》P97 故鄉的哀嘆是蒼白的。《二十世紀》P97 蒼白的皮膚的美學。《二十世紀》P99 在墨綠色的海藻間游泳。《二十世紀》P102 那些是黛色的，緋色的，和紫羅蘭色的少女。《二十世紀》P113 建築們的灰色，白色，黑色，土黃色，和屋頂的紅色。《二十世紀》P113 我抹我的聲音以青色，橙色，檸檬黃色，紫色，綠色，寶石藍色，灰色，白色和極黑的黑色。《二十世紀》P114 我抹我的聲音以青色，橙色，檸檬黃色，紫色，綠色，寶石藍色，灰色，白色和極黑的黑色。《二十世紀》P114 我抹我的聲音以青色，橙色，檸檬黃色，紫色，綠色，寶石藍色，灰色，白色和極黑的黑色。《二十世紀》P114 我抹我的聲音以青色，橙色，檸檬黃色，紫色，綠色，寶石藍色，灰色，白色和極黑的黑色。《二十世紀》P114 我抹我的聲音以青色，橙色，檸檬黃色，紫色，綠色，寶石藍色，灰色，白色和極黑的黑色。《二十世紀》P114 我的裸體是瘦弱的，蒼白的。《二十世紀》P115	色。《二十世紀》P114 我的紅色也不是他們紅場的紅色。《二十世紀》P114 在妻的黑髮中找出白髮。《二十世紀》P131 黑亮的香髮。《二十世紀》P131 一雙雙黑天使的翅膀。《二十世紀》P133 沉默地開黑花於我底胸脯上。《二十世紀》P134 黑花追蹤我。《二十世紀》P134 一顆顆金紅的秋之完成。《二十世紀》P138 眼前相思樹的花蕾遍地黃黃。《二十世紀》P147 眼前相思樹的花蕾遍地黃黃。《二十世紀》P147 黃黃的黃昏逐漸接近了。《二十世紀》P147 黃黃的黃昏逐漸接近了。《二十世紀》P147 血色的晚霞。《二十世紀》P148 黃褐皮膚的愛情。《二十世紀》P148 豔紅而純潔的擴大了的牡丹花。《二十世紀》P148 被燻得油黑。《二十世紀》P149 現在我底影子濃到反黑了。《二十世紀》P150 黃色的絲帶。《二十世紀》P161 黑色絲帶。《二十世紀》P161 我的死，以桃紅色柔軟的絲帶，打著蝴蝶結重生。《二十世紀》P161 風撩起黑髮。《二十世紀》P166 任一條黑色支流咆哮橫過他的脈管。《二十世紀》P167	

<table>
<tr>
<td>而且傷痕累累，青的，紫的。《二十世紀》P115
而且傷痕累累，青的，紫的。《二十世紀》P115
凡綠和腐葉。《二十世紀》P118
憂思的紫色。《二十世紀》P122
映照著藍天。《二十世紀》P129
映照著白雲。《二十世紀》P129
映照著綠樹。《二十世紀》P129
插在綠樹上。《二十世紀》P129
插在白雲上。《二十世紀》P129
插在藍天上。《二十世紀》P129
如綠草中尋找白蛇一般。《二十世紀》P131
在妻的黑髮中找出白髮。《二十世紀》P131
為了生活的辛勞，一根一根變白了。《二十世紀》P131
隨著拔出的一根一根的白髮。《二十世紀》P131
撿回扔掉的白髮。《二十世紀》P131
一根一跟的白髮發出銀的光輝。《二十世紀》P131
一根一根的白髮發出銀的光輝。《二十世紀》P131
忽然白髮的銀針刺進我的胸脯。《二十世紀》P131
一襲襲鐵的紫外套。《二十世紀》P133
南方有翠綠柚子樹。《二十世紀》P163
疲倦到已經蒼白。《二十世紀》P163
埋葬那顆青綠柚子樹下去吧。《二十世紀》P163
那青青的山。《二十世紀》P166</td>
<td>而我時間的皮膚逐漸變黑。《二十世紀》P171
頭髮只有兩種顏色，非黑即白。《二十世紀》P172
這歷史中最黑的一夜。《二十世紀》P176
趕快對鏡梳你那又黑又柔的嫵媚。《二十世紀》P177
那深紅的點子。《二十世紀》P182
大地褐觀音般躺著。《二十世紀》P203
以紅色的小喇叭花吹出。《二十世紀》P208
一圈溫柔的黃暈。《二十世紀》P218
黑漓漓的夜色。《二十世紀》P218
黑蟠蟠的松樹林。《二十世紀》P221
從焰紅到燼紫。《二十世紀》P221
晚霞一翻全變了黑旗。《二十世紀》P221
走向一盞昏黃的油燈。《二十世紀》P224
走向田野的金黃。《二十世紀》P225
一輛紅色車。《二十世紀》P227
吃黑太陽。《二十世紀》P228
生一群小小黑太陽。《二十世紀》P228
一塊紅漆棺材。《二十世紀》P230
紅色的腳距。《二十世紀》P235
我從樹下拾起一片腥紅的葉子。《二十世紀》P236
黑煙燻飄。《二十世紀》P236
黃土染黃了的。《二十世紀》P236
黑土染黑了的。《二十世紀》P236
赭褐的白粗手套。《二十世紀》</td>
<td></td>
</tr>
</table>

<table>
<tr>
<td>那青青的山。《二十世紀》P166
沿著白色的石階。《二十世紀》P171
月光的肌肉何其蒼白。《二十世紀》P171
頭髮只有兩種顏色，非黑即白。《二十世紀》P172
你那寬大的藍布衫。《二十世紀》P175
白髮散落的枕邊。《二十世紀》P178
豐盈的綠色世界。《二十世紀》P204
從焰紅到燼紫。《二十世紀》P221
用一只藍瓷的盤子。《二十世紀》P222
蒼白的櫻樹花。《二十世紀》P234
嫩綠的葉片像那個小孩的小手。《二十世紀》P235
樹的枝幹都呈銀灰色。《二十世紀》P235
赭褐的白粗手套。《二十世紀》P236
一雙赭褐色的粗白色手套。《二十世紀》P236
看那些草是多麼青。《二十世紀》P237
其上有黑白相間的斑紋。《二十世紀》P244
黑白分明的腹部。《二十世紀》P244
我所看見的只是那些黑白斑紋的漲大。《二十世紀》P244
白的變得有些粉紅。《二十世紀》P244
白的變得有些粉紅。《二十世紀》P244</td>
<td>P236
一雙赭褐色的粗白色手套。《二十世紀》P236
瀝青一樣濃黑得發光的糖水。《二十世紀》P238
牠那灰紅色的大肚子。《二十世紀》P238
濃黑的水被擠到塘邊。《二十世紀》P238
由昏黃看到明亮。《二十世紀》P241
那黑黑的狗。《二十世紀》P241
那黑黑的狗。《二十世紀》P241
其上有黑白相間的斑紋。《二十世紀》P244
黑白分明的腹部。《二十世紀》P244
我所看見的只是那些黑白斑紋的漲大。《二十世紀》P244
先是黑的變成赭色。《二十世紀》P244
先是黑的變成赭色。《二十世紀》P244
鮮紅的血。《二十世紀》P245
當蚊子的腹斑完全消失而成為一種赭紅色。《二十世紀》P245
圓鼓鼓的腹部不但是赭紅色。《二十世紀》P245
中年人濃黑的身影。《二十世紀》P246
紅眼睛不斷擠眨。《二十世紀》P250
獻給夜，釀造黑葡萄酒。《二十世紀》P258
漆黑的長長的木盒子裡。《二十世紀》P260
當衰老的夕陽掀開金鬍子。《二十</td>
<td></td>
</tr>
</table>

<table>
<tr>
<td>天空非常藍。《二十世紀》P247
我把一頁信紙從反面摺疊，這樣比較白。《二十世紀》P248
白的，展開。《二十世紀》P249
伸手抓住幾塊懶洋洋的白雲。《二十世紀》P254
女孩們的紫手帕。《二十世紀》P260
銀絲披垂下來。《二十世紀》P261
銀絞鏈繫鸚鵡的棲木上。《二十世紀》P262
我是一個白髮的祭司。《二十世紀》P263
那些白色的精靈們。《二十世紀》P264
在藍緞子的風中。《二十世紀》P271
蒼白的深淵之間。《二十世紀》P274
輓聯般蒼白。《二十世紀》P276
如一描藍的窗。《二十世紀》P293
是淡黃色的假的蜜。《二十世紀》P296
將朝陽的光譜析成七種白。《二十世紀》P299
最後的一種白我正飲著。《二十世紀》P299
雪的潔白。《二十世紀》P310
把竹林照得一帶翡翠。《二十世紀》P314
林木初綠。《二十世紀》P318
這橫桄施於藍天的分割。《二十世紀》P328
我在其中，我是白羽。《二十世紀》P333
計算我的蒼白。《二十世紀》P337
青色的水瓢流去。《二十世紀》</td>
<td>世紀》P261
我是一個黑皮膚的女奴。《二十世紀》P262
紅土壤。《二十世紀》P266
曾有一個黑女孩。《二十世紀》P266
和他那些紅背脊的航海書。《二十世紀》P267
一種桃色的肉之翻譯。《二十世紀》P275
在這鯖魚色的下午。《二十世紀》P277
絲綢一般光潔的全黑中。《二十世紀》P290
我擦過黑石的肩膀。《二十世紀》P292
任金黃的瀉落。《二十世紀》P314
洒出金黃的路。《二十世紀》P314
上面是無邊若夢的醉紅。《二十世紀》P315
金黃的稻穗。《二十世紀》P315
穿戴玄色的衿衣。《二十世紀》P324
那褐色，滴入胡圖少女剖開的胸臆。《二十世紀》P328
焚黃的報。《二十世紀》P328
黑了，林蔭道。《二十世紀》P332
黑了，寬闊的長橋。《二十世紀》P332
黑色的鐘點過了。《二十世紀》P332
黃黃的一畦菜花。《二十世紀》P333
黃黃的一畦菜花。《二十世紀》P333
棗色的踢起塵埃。《二十世紀》P338</td>
<td></td>
</tr>
</table>

<table>
<tr>
<td>P338
她那一襲藍花的新衣服。《二十世紀》P353
這一排綠油油的闊葉樹。《二十世紀》P354
一隻白貓在陽台上瞌睡。《二十世紀》P357
綠色的風和綠色馬。《二十世紀》P360
綠色的風和綠色馬。《二十世紀》P360
看白雲。《二十世紀》P365
母親在他印象中總是白皙的微笑著。《二十世紀》P367
留下那些枯骨和白刺。《二十世紀》P369
驚喜的海紅，孔雀藍。《二十世紀》P371
灰白的頭髮。《二十世紀》P372
燈下細看我一頭白髮。《二十世紀》P373
我回答以蒼白容顏。《二十世紀》P381
皚白冰雪。《二十世紀》P381
以夏天純紫盛開作貯備。《二十世紀》P384
無所謂的陰著或藍著。《二十世紀》P388
初降的白雪。《二十世紀》P406
紙窗雪白。《二十世紀》P407
一隻蒼白的纖指。《二十世紀》P409
白色的柯多巴是一座方糖城。《二十世紀》P411
黃黃橘子在墨綠的樹葉間，黃黃亮著。《二十世紀》P411
爆裂的青橄欖。《二十世紀》P413</td>
<td>春天化成一個紅衣裳的小女孩。《二十世紀》P339
思想金蘋果樹枯搞的城。《二十世紀》P340
一隻黑鳥在撲翅。《二十世紀》P365
就這樣把皮膚晒黑了。《二十世紀》P365
驚喜的海紅，孔雀藍。《二十世紀》P371
在猩紅季節的色調。《二十世紀》P379
等到一樹銀杏滿地金黃。《二十世紀》P380
使土地變成赭紅色。《二十世紀》P400
牆角陰黑之處。《二十世紀》P408
黃黃橘子在墨綠的樹葉間，黃黃亮著。《二十世紀》P411
黃黃橘子在墨綠的樹葉間，黃黃亮著。《二十世紀》P411
黃黃橘子在墨綠的樹葉間，黃黃亮著。《二十世紀》P411
黃黃橘子在墨綠的樹葉間，黃黃亮著。《二十世紀》P411
火紅如酒的胸腔之中。《二十世紀》P413
一隻褐色的手指頭。《二十世紀》P414
沾著黑濃的咖啡。《二十世紀》P414
你是紅葉黃葉織成的大壁毯。《二十世紀》P417
你是紅葉黃葉織成的大壁毯。《二十世紀》P417
是黑色樹枝編成的鐵絲網。《二十世紀》P417</td>
<td></td>
</tr>
</table>

使用一具龐大無比的銀色吸管。《二十世紀》P414 你是醉後紅得發紫的頑皮詩人。《二十世紀》P418 你在綠色的西瓜裡發動紅色的十月革命。《二十世紀》P418 在三月藍色的地中海發動白色的五四學潮。《二十世紀》P418 在三月藍色的地中海發動白色的五四學潮。《二十世紀》P418 暗綠的黑板。《二十世紀》P421 黑板是暗綠色的叢林。《二十世紀》P421 白白的粉筆字。《二十世紀》P421 白白的粉筆屑。《二十世紀》P421 一層一層的梨皮逐漸削去，裸出水汪汪的白肉。《二十世紀》P421 山頭的白雪。《二十世紀》P432 捕獲青色之鳥。《二十世紀》P441 青色之鳥。《二十世紀》P442 這匹白馬就堂而皇之。《二十世紀》P442 白胖的蘿蔔。《二十世紀》P455 一陀一陀白土。《二十世紀》P456 海藍的天空。《二十世紀》P457 我向藍天噴射水柱。《二十世紀》P458 我也要製造一面蔚藍的天空。《二十世紀》P467 一顆痣因肉體的白，成為一座島。《二十世紀》P480 你用深藍的眉筆在書上畫下。《二十世紀》P487 從潛意識飛出的黑白的魚。《二十世紀》P491 銀白色的號角。《二十世紀》P496 有人用白色的領帶上吊自殺。《二	你是醉後紅得發紫的頑皮詩人。《二十世紀》P418 你在綠色的西瓜裡發動紅色的十月革命。《二十世紀》P418 我面目漆黑。《二十世紀》P421 又皺又黃的上午。《二十世紀》P422 也許周遭的楓紅。《二十世紀》P432 並請你用鮮紅的嘴形，在路的開端，吻上一枚唇印。《二十世紀》P437 落在牠褐黑的土地。《二十世紀》P454 黑沁沁的山林禿了。《二十世紀》P456 為什麼獨留一朵紅花在枝頭。《二十世紀》P456 朱紅，像先民的血一樣。《二十世紀》P466 朱紅的血。《二十世紀》P466 金黃的稻穗。《二十世紀》P479 從潛意識飛出的黑白的魚。《二十世紀》P491 一條洗過的橘色內褲。《二十世紀》P493 緊抿著紅唇。《二十世紀》P500 紅帽子、黃書包以及白襪子。《二十世紀》P501 紅帽子、黃書包以及白襪子。《二十世紀》P501 黑黝無夢的騎樓下。《二十世紀》P503 一頭黑濃長髮。《二十世紀》P504 被雨打濕了金黃羽翼的故鄉的銀杏林下。《二十世紀》P518 小雪趕在紅葉之後。《二十世紀》	

十世紀》P498 站著綠色郵筒的街角。《二十世紀》P501 紅帽子、黃書包以及白襪子。《二十世紀》P501 綠光和藍薔薇。《二十世紀》P504 綠光和藍薔薇。《二十世紀》P504 我銀色的額頭因熟睡而，融化。《二十世紀》P509 一隻鷺鷥，舞動著灰白的雙翅。《二十世紀》P518 拒絕綠葉掩護。《二十世紀》P519 蔚藍的天空。《二十世紀》P520 參加的人都領了一條白手帕。《二十世紀》P533 狼牙色的月光下。《二十世紀》P544 露出粉色的鼻頭。《二十世紀》P550 白雪紛飛的季節。《二十世紀》P565 誰把大地的樣稿校對得紅紅綠綠。《二十世紀》P565 誰把大地的樣稿校對得紅紅綠綠。《二十世紀》P565 搬走我心室藍色石磚的那人。《二十世紀》P565 一雙銀色的翅膀。《二十世紀》P566 此時一隻白蝶撲撞擋風玻璃。《二十世紀》P582 斜簽在一片潔白。《二十世紀》P590 露出的牙齒潔白整齊。《二十世紀》P592 頭髮有些斑白。《二十世紀》P593 高高的茫草大片翻白。《二十世	P526 右肩黑髮的暗香。《二十世紀》P533 穿過黑色鞦韆廢墟。《二十世紀》P555 沉沒在栗子色的四肢。《二十世紀》P558 嫣紅的桃花瓣。《二十世紀》P565 將雷電自黑漆漆的森林摔出。《二十世紀》P565 誰把大地的樣稿校對得紅紅綠綠。《二十世紀》P565 誰把大地的樣稿校對得紅紅綠綠。《二十世紀》P565 拿起紅色的話筒。《二十世紀》P567 黑色話筒等待聲音的耳朵。《二十世紀》P570 琉璃朱紅的身子。《二十世紀》P575 繫紅巾的小狗。《二十世紀》P575 花豔黑裙曳地正低著頭。《二十世紀》P580 日光橙色與電扇的呼吸。《二十世紀》P581 紅色的疤。《二十世紀》P585 夜黑如磚。《二十世紀》P590 一個黝黑瘦小的鄰家孩子。《二十世紀》P593 慘白的膚色掩住了黧黑的臉蛋。《二十世紀》P601 用黑色的手蓋住白色的臉。《二十世紀》P601 金黃色的田園。《二十世紀》P604 黑色的濁水溪發出紅色的光芒。《二十世紀》P605 黑色的濁水溪發出紅色的光芒。	

紀》P593 慘白的膚色掩住了黧黑的臉蛋。《二十世紀》P601 用黑色的手蓋住白色的臉。《二十世紀》P601 我們的眼睛很快地就發出白色的光芒。《二十世紀》P605 我以為我知道那是白色的鹽粒。《二十世紀》P605 銀的雪白。《二十世紀》P611 雪的銀白。《二十世紀》P611 銀的雪白。《二十世紀》P611 雪的銀白。《二十世紀》P611 十二釵，在奔湧的雲氣下，站成銀色的悲塚。《二十世紀》P616 只有它最後的芬芳和顏色，鮮明鵝黃。《二十世紀》P622 在暗綠色的地毯，溶化成完美的形狀。《二十世紀》P627 白色雪原上。《二十世紀》P637 躍出一隻紫兔。《二十世紀》P637 啊紫兔紫兔。《二十世紀》P638 啊紫兔紫兔。《二十世紀》P638	《二十世紀》P605 黑色的彩筆沾滿紅色的顏彩。《二十世紀》P606 黑色的彩筆沾滿紅色的顏彩。《二十世紀》P606 宇宙漆黑的景深。《二十世紀》P611 一條黑色鐵道，通向地球陌生的另一半。《二十世紀》P612 橙紅的焰心。《二十世紀》P615 隨時會衝來的黑色車輛。《二十世紀》P620 沒有黑貓蹲踞。《二十世紀》P624	
寒色系：共 554 次	暖色系：共 525 次	中間色：共 39 次

從表 7-1-1 中我們可以看出，中方色彩詞在這四本詩選合集中，寒色系（包含輕寒色系）共使用了 554 次，暖色系共使用 525 次，而屬於中間色的灰色則使用 39 次。由此可知，漢民族在氣化觀型文化的影響下，因為有著混沌幽微的民族思維，所以會比較偏好寒色系與輕寒色系的色彩詞。而關於中方色彩詞在新詩中的修辭特徵與審美類型的使用情形，如下：

表 7-1-2 中方色彩詞在新詩中的修辭特徵與審美類型統計表

修辭特徵 審美類型	譬喻	象徵	直敘
崇高 共 35 次	那杏仁色的雙臂應由宦官來守衛。《現代》P172	白色無罪，刀子跌落。《現代》P89～90 你是慈悲的天使，白羽無疵。《現代》P95 白髮揮出是執節的手掌，生命是不投降的。《現代》P195 金黃色的鐘聲。《現代》P261 火柴的藍焰，染黃了黑暗。《星空》P45 金黃色的蕊，閃爍著奇妙的語言。《星空》P65 在這金色的夜裡。《星空》P115 夕陽已收起它耀眼的金箭。《星空》P116 為金銀色的喇叭花所吹送。《星空》P224 但她向我來了，像一枝金色的箭。《星空》P333 像秋日的穗粒，睡熟在一個永恆的金黃色的夢裡。《星空》P346 一幢金色高樓矗立在遠方。《星空》P418 金色高樓矗立在黑夜的隱蔽中。《星空》P419 在金色高樓的巨影黯黯等待。《星空》P420 金色高樓黑霧散去。《星空》P422 徐徐滑行南方金色的斜紋船裡。《新世代》P73 金色的凌晨。《新世代》P87	

		那頭巨獸打哈欠露出誘人的金牙。《新世代》P197 衝進去才撇清金牙盡是光的神話。《新世代》P197 金色織錦的平原外。《新世代》P219 金色的筆在紙上摩擦。《新世代》P231 你金色的額頭上，那些深思的紋路。《新世代》P318 金色印記。《新世代》P419 城郊的蘆葦被黃昏搓揉出金色旋律。《新世代》P424 幽晦的空間被燈光切割出金色的三角形。《新世代》P428 馬拉美將半身置放金色。《新世代》P428 在浮升的氣泡間與金色的海豚嬉戲。《新世代》P436 金黃的羽毛緩緩飄落。《新世代》P459 走向田野的金黃。《二十世紀》P225 任金黃的瀉落。《二十世紀》P314 洒出金黃的路。《二十世紀》P314 思想金蘋果樹枯搞的城。《二十世紀》P340 被雨打濕了金黃羽翼的故鄉的銀杏林下。《二十世紀》P518 金黃色的田園。《二十世紀》P604	
悲壯 共 36 次		他揚著手杖，緩緩地走向血紅的落日，而消失於有暮靄冉冉升起的弧形地平線。《現代》P40 這是被俘不屈、蒼白乾癟的英雄	逃亡之臉將垂死前的嫵媚，還給來時的一角而棲於青石之即逝。《現代》P210

		首級。《現代》P44 一幅悲天泣地的大浮雕，掛入死亡最黑的背景。《現代》P102 七萬個故事焚毀於白色不安的戰慄。《現代》P102 在深夜的海上，黑色的風浪，撞擊著水手的心。《現代》P116 蛇不聲不響，吞下剛從屍骨上長出來的一株黑菊。《現代》P170 復活的是朵黑色之花又埋葬於。《現代》P179 我們僅只見到兩隻白森森的手，在兩把空空的椅子上，演出一幕習慣性的手勢。《現代》P183 洪水前的蒼白激激於不竟之構成。《現代》P211 黑色的大地。《現代》P218 在最後的墨黑裡，你是歸來的澈痛。《現代》P302 面對自己的罪，天是黑的，地是黑的，雙手伸出可及的四週也是黑的。《現代》P352 面對自己的罪，天是黑的，地是黑的，雙手伸出可及的四週也是黑的。《現代》P352 面對自己的罪，天是黑的，地是黑的，雙手伸出可及的四週也是黑的。《現代》P352 一片血色濺滿憔悴落地的蘭花。《現代》P441 黑色書簽，夾在工作和成果之間。《現代》P465 他們說了我的惡，我黑色的邪惡。《現代》P484	鋒銳的斧刃似閃電，劈進這巨人褐色的皮膚。《星空》P333 白色的肌肉遂裂開，顯出千層的年輪。《星空》P333 但牠古銅的肌膚在碎裂而四濺，如火的激怒。《星空》P334

		他們說了我的惡，黑色的山神。《現代》P484 我偏為山神，山神不是黑色的樣子。《現代》P485 蒼白如一尊古希臘的石像，髮怒而目盲。《星空》P46 豎多毛的耳朵聽機械在自己的黑影裡吶喊，要造物者賦予它們以靈魂。《星空》P61 痛心，疾首，慘白而搖曳。《星空》P79 讓夜和死亡在黑的邊境。《星空》P156 綠色的樹頂是一個天國的崩潰。《星空》P334 黑色的瘟疫滴汗於史偉哲的雙頰。《星空》P367 我們竟不扣響板機因那列黑色火車已駛入槍管裡。《新世代》P25 一堵廢牆仍然顫抖在灰瓦之下。《新世代》P301 雙方人馬慘烈地廝殺，在血紅的黃昏。《新世代》P353 目睹火紅的岩漿噴洩流竄且迅速掩蓋家園。《新世代》P445 猶太人白袍上的鮮血嗎。《新世代》P445 血色的晚霞。《二十世紀》P148 十二釵，在奔湧的雲氣下，站成銀色的悲塚。《二十世紀》P616	
優美 共 1047 次	生命黑絹似皺起。《現代》P113 樟腦色的月	赤紅的額燃燒著邪惡的瘋狂。《現代》P44 在紅白掩映的淚香裡，以熟悉的觸撫將隔世訴說。《現代》P49	把一朵苦笑如雪淚灑在又瘦又黑的一株玫瑰刺上。《現代》P48 那時宿草已五十度無

	亮。《現代》P209 白髮，一根一根的隱藏在黑色的森林中。《現代》P249 在檸檬一般酸黃的眼睛後面。《現代》P392 雲母色的雲。《現代》P414 那不能自己的美與渴切白西瓜。《星空》P85→*「白西瓜」比喻「月亮」*。 唯一的這顆白西瓜。《星空》P85→*「白西瓜」比喻「月亮」*。 好一團波濤洶湧大合唱的紫色。《星空》P88→*「紫色」比喻「鬱金香」*。	在紅白掩映的淚香裡，以熟悉的觸撫將隔世訴說。《現代》P49 多想化身為地下你枕著的那片黑。《現代》P49 藍淚垂垂照著，回答在你風圓的海心激響著。《現代》P51 五月，透明的血管中，綠血球在游泳著。《現代》P55 在丘陵，以金毛呼吸。《現代》P55 在曠野，以銀光歌唱。《現代》P55 所謂潔白，就是顯出在我外面的虛榮而已。《現代》P58 祇是讚美我這暫時潔白的花容。《現代》P59 黑的，埋沒。《現代》P67～68 紫的，漂流。《現代》P68 在這暗得深沉而又耀眼如錦緞的圓弧中，我探求這黑色的神秘？《現代》P73 在這靜而流動的宇宙中我探求這黑色的神秘。《現代》P73 在這靜而流動的宇宙中我探求這黑色的神秘。《現代》P73 風吹來，深暗的覆蓋依舊，閃爍的黑色依舊。《現代》P74 音樂飄來，深暗的覆蓋依舊，閃爍的黑色依舊。《現代》P74 迷魅的香氣搖曳而來，深暗的覆蓋依舊，閃爍的黑色依舊。《現代》P74 我仰望穹蒼，我心掩映在閃爍的黑色裡。《現代》P74	聊地青而復枯。《現代》P49 枯而復青，那時我將尋訪你。《現代》P49 閃著黃銅膚色的梨。《現代》P89 滿地都是我那黃銅色的皮膚。《現代》P90 青光閃閃。《現代》P118 金色的斜陽。《現代》P118 當在那白髮老漢吐出第一口頗有音樂的痰之前吧。《現代》P124 一滴滴紅花中結著一張張青葉。《現代》P128 一滴滴紅花中結著一張張青葉。《現代》P128 我想輕輕的用一把銀色的裁紙刀，割斷那像藍色的河流的靜脈。《現代》P131 那年豌豆差不多完全開了白花。《現代》P171 紅夾克的男還有一長很帥的臉。《現代》P175 雲天的深處，仍一抹青青。《現代》P178 雲天的深處，仍一抹青青。《現代》P178

	客廳裡珊瑚紅的貝殼燈。《星空》P95 朵朵玫紅的微笑向臺下擲落。《星空》P118 童時，你的眼睛似蔚藍的天空。《星空》P179 紫羅蘭色的圓燈罩下。《星空》P179 教堂的尖頂，吸進滿天寧靜的藍，卻注射不入你玫瑰色的血管。《星空》P187 只有薔薇色光焰柔和的點影。《星空》P231 深呼吸在薔薇色的晨曦裡。《星空》P269 在天空藍色的座標紙	心驚於室外逐漸擴大的白色的喧囂。《現代》P90～91 沉默給馬尼拉海灣看，蒼白給遊客們的照相機看。《現代》P101 我想輕輕的用一把銀色的裁紙刀，割斷那像藍色的河流的靜脈。《現代》P131 森白帶灰的那些形而上的冷。《現代》P150 雲，仍是藍的。《現代》P160 而那南方的藍色的小星呢。《現代》P194 奧藍而沒有底部的天空。《現代》P218 一朵盛開的紅玫瑰。《現代》P223 把黑白相間的日子。《現代》P233 把黑白相間的日子。《現代》P233 當我又懷著雪白的信封回來。《現代》P243 斷橋以東是攤開的黑髮。《現代》P256 山坡泛白。《現代》P258 蝴蝶飛過了還在那邊兒濃綠的夏天。《現代》P266。 即令是熟稔的星子，也隱在異國的黑雲之後。《現代》P270 一條白色風路開向出海口。《現代》P414 乍起的霧，染成你朦朧的白。《現代》P273 一冊厚厚童話書的藍。《現代》P297 小路彎進薄薄的暮色，彎近永無休止的黑漆。《現代》P299	而請你勿再點燃這旅店中青青的燭火。《現代》P179 而請你勿再點燃這旅店中青青的燭火。《現代》P179 看時間的白馬嘶鳴著。《現代》P179 黑赭色的田畝。《現代》P184 月光中飛起的一隻白鳥。《現代》P185 不知什麼是香著的話，或什麼是綠著的樹。《現代》P187 青石的街道向晚。《現代》P193 一片橘黃色的雲，在雨後的晚空。《現代》P201 雲已不再是橘黃色的了。《現代》P202 黑亮的外皮。《現代》P203 懸掛著白色圍巾。《現代》P203 橙黃是日。《現代》P209 輕顫是鬱鬱白花偏首是隔世的涓滴。《現代》P210 髮茨間的青紗帳。《現代》P211 他發現竟有一株綠色植物。《現代》P223

	上。《星空》P335 魚肚一般的白了。《新世代》P64 糖果工廠製造碧綠如酒的海岸。《新世代》P75 在白孔雀的天空下。《新世代》P75 透明的牆在朽葉色的雲層之外。《新世代》P432 都市焦茶色的天空流貫著。《新世代》P432 床單白的天空。《新世代》P419 把竹林照得一帶翡翠。《二十世紀》P314 狼牙色的月光下。《二十世紀》P544 沉沒在栗子色的四肢。《二十世紀》P558	慘白的君的遺物。《現代》P305 木柵溪是一條黑黑的民謠。《現代》P309 木柵溪是一條黑黑的民謠。《現代》P309 兩隻小白鴿從對岸綠草地飛起，雙雙遙向青空。《現代》P364 噴湧著綠色的汁液。《現代》P369 你看見過黑色的海浪嗎。《現代》P413 海蹲下來在藍天底下。《現代》P413 像一朵紅花插在山的斗笠上。《現代》P415 一朵雲飽蓄著月光沉降，和平地灑下銀色的雨水。《現代》P452 閱讀白色的記憶。《現代》P466 看到你眼睛湛藍的倒影。《現代》P470 微涼的紅色歌聲在枯林間流動。《現代》P474 處在這綠色的迷宮之中，白色的透明飄散空中。《現代》P483 處在這綠色的迷宮之中，白色的透明飄散空中。《現代》P483 綠色驕傲的靈魂。《現代》P484 把理想投影於白色的紙上。《星空》P38 天空是一片幽藍，永恆而神秘。《星空》P40 蒼白的沙漠是古代死了的海洋。《星空》P41→*象徵「傷感悲涼* 青色的海洋是活著的沙漠。《星空》P41	紅裡透白。《現代》P230 紅裡透白。《現代》P230 白裡透香。《現代》P230 白髮隱藏在黑髮裡。《現代》P237 白髮隱藏在黑髮裡。《現代》P237 躺在深藍色的天空下。《現代》P237 在奔跑著紅髮雀斑頑童的屋頂上。《現代》P243 去看白髮姨姥娘。《現代》P246 去看白髮姨姥娘。《現代》P247 四十歲就會有銀色的白髮。《現代》P249 四十歲就會有銀色的白髮。《現代》P249 黑髮只是白雪覆蓋著的一些雜草。《現代》P250 一路摘著手掌般的紅葉。《現代》P254 綠色的腰。《現代》P262 化為盛夏午後的白石。《現代》P271 在焦黑的草叢中燃起來。《現代》P271 陽光展現你多變的風貌，一邊閃耀著金紅。《現代》P273 一面披著沉重的鬱綠

		我被隱沒在濃墨色的夜裡，是天文學家不曾發現的一顆星。《星空》 月球如一把黑團扇遮盡了太陽的光燦。《星空》 而你此時亦隱沒於畫廊裡黑色的帷幕。《星空》P43 火柴的藍焰，染黃了黑暗。《星空》P45 目光如兩條蝮蛇，帶著黑色的閃光，黑色的戰慄。《星空》P48 目光如兩條蝮蛇，帶著黑色的閃光，黑色的戰慄。《星空》P48 他臉上累集著太平洋上落日的餘暉，而眼睛卻儲藏著黑森林的黑暗。《星空》P58～59 幻中的黑水仙。《星空》P65 黑色的閃爍，如蝙蝠竄入黃昏。《星空》P66 一片純白的羽毛落下。《星空》P66 春天繫在黑髮的林裡。《星空》P67 當它酡紅的甜夢自雙夜裡圓醒。《星空》P72 燈光給你底蒼白，鍍上一層眩暈，一層薄薄羞怯。《星空》P72 不為什麼地摩玩那顆紅鈕釦，靦靦而溫柔。《星空》P74 我對自己說：那顆紅鈕釦，準是從七重天上掉下來的。《星空》P74 當心愈近而路愈長愈黑。《星空》P77 這不死的黑貓。《星空》P78 晝夜是以葵仰之黑與鵑滴之紫織成的重重針氈。《星空》P80	與墨藍。《現代》P273 一面披著沉重的鬱綠與墨藍。《現代》P273 紫褐的斷岩。《現代》P273 將一海躍動的藍，還給攬盡青翠的山色。《現代》P275 將一海躍動的藍，還給攬盡青翠的山色。《現代》P275 通體發亮的黑漆。《現代》P277 絲絲金黃的銅線。《現代》P278 白濛濛一片刃身。《現代》P278 間雜著綠樹。《現代》P284 蜂們便一窩風在他黑色的鬍鬚裡築起巢來。《現代》P287 海浪自額上升起，白皓皓的，白皓皓的。《現代》P295 海浪自額上升起，白皓皓的，白皓皓的。《現代》P295 鬱鬱青青的野草。《現代》P310 鬱鬱青青的野草。《現代》P310 雲裡霧裡，山茶鬱鬱地青。《現代》P311

		晝夜是以葵仰之黑與鵲滴之紫織成的重重針氈。《星空》P80 必須將影子漂白。《星空》P81 時間走著黑貓步子。《星空》P92 遠遠望見有一雙暗紅的失眠的眼。《星空》P97 臙脂的深紅落盡。《星空》P102 又怕發綠的人，值得我們憐憫。《星空》P122 聯合國遠得像一塊未曾銘刻的白碑。《星空》P125 你顥邊有蘋果的顏色，稚氣的青，初熟的紅。《星空》P137 你顥邊有蘋果的顏色，稚氣的青，初熟的紅。《星空》P137 鳥後的藍山，山端的流雲。《星空》P142 昨天在路上我遇見珍妮，她拋我一朵鮮紅的微笑。《星空》P147 一池的紅蓮如紅焰。《星空》P150 有些天色仍超然地藍著。《星空》P1540 江戶風味，還有能劇的假面，黑齒，細眼。《星空》P174 連作為天堂支柱的牧師，也終日抱怨光穿著黑色的睡衣。《星空》P180 凡是眼睛都成為藍空裡的鷹目。《星空》P185 教堂的尖頂，吸進滿天寧靜的藍，卻注射不入你玫瑰色的血管。《星空》P187 而神父步紅氈，子彈跑直線。《星空》P192	微雨凝貯著青青茶園。《現代》P312 微雨凝貯著青青茶園。《現代》P312 綠綠油油，把手臂高舉。《現代》P321 綠綠油油，把手臂高舉。《現代》P321 穿著藍色比基尼泳裝的她。《現代》P352 穿著藍色比基尼泳裝的她躺在潔白的沙灘上。《現代》P352 一群歡樂的黃色小花。《現代》P361 點亮了油油綠綠的青青小草。《現代》P361 點亮了油油綠綠的青青小草。《現代》P361 點亮了油油綠綠的青青小草。《現代》P361 點亮了油油綠綠的青青小草。《現代》P361 兩隻小白鴿從對岸綠草地飛起，雙雙遙向青空。《現代》P364 於一根綠莖之上。《現代》P366 當最燙最紅的一盆岩漿噴到半空。《現代》P366 對著滿月的引力，射出銀花花的星斗。《現代》P368

		那隻天鵝在入暮的靜野上，留下最後的一朵潔白。《星空》P202 揚起在綠色的國度。《星空》P216 如此地走過紫色的繁花。《星空》P223 以旋風的姿，揚起了一片紫。《星空》P224 這年代揚起了紫色深怨。《星空》P224 而我所愛的一片紫。《星空》P224 而紫色潮水不斷上揚。《星空》P225 此乃我所喜靈魂之莊敬紫。《星空》P225 多一分紅色歡悅。《星空》P225 多一分藍色沉鬱。《星空》P225 在憂鬱藍的穹蒼下，我們採摘不到一束金黃。《星空》P226 在憂鬱藍的穹蒼下，我們採摘不到一束金黃。《星空》P226 一群白色音符之寂靜。《星空》P227 我的憂悒在其中，在紫色花蕊。《星空》P227 在一場大雪中，以一柄黑傘，杯葛白色的優勢。《星空》P246 在一場大雪中，以一柄黑傘，杯葛白色的優勢。《星空》P246 在髮茨間由黑轉白。《星空》P253 在髮茨間由黑轉白。《星空》P253 我要我天真的綠，羞澀的紅。《星空》P264 我要我天真的綠，羞澀的紅。《星空》P264	細細細的白色線由最邊逐漸向左劃。《現代》P368 那一頭坐著落日，它全紅的眼光流入透明底杯底。《現代》P366 水綠線紋的稿紙上。《現代》P381 雪白的豆花。《現代》P384 桌上的那雙黑皮手套。《現代》P389 把一株黃色的野菊花種在瓶口。《現代》P404 雲母色的雲。《現代》P415 你以一柄黑傘。《現代》P426 浸泡過久的腳掌皺褶蒼白。《現代》P444 只有五節芒與他的白髮知道風的邏輯。《現代》P474 灰色的雪花紛紛彈落。《現代》P479 灰色的防陂堤像古老的長城。《星空》P41 防坡提内錯落著青青的田野。《星空》P42 防坡提内錯落著青青的田野。《星空》P42 紅豔的鳳尾花點綴著竹籬和野徑。《星空》P42

		種子的兩頁綠扉是要開向風雨的。《星空》P264 冰冷的木屋裡是一枝銀亮的燭光。《星空》P26 可以撈起一方湛藍的菱鏡。《星空》P270 也該有幾級的微震，起自黑水晶的四周。《星空》P279 它把一張豔紅的臉，朝著遠山那挺得高聳的胸脯。《星空》P282 是什麼人，會那麼貪饞地，吮吸空那些紅潤的血肉。《星空》P283 黑色的流質已疲於自己的濃度。《星空》P293 誰能消受那橘紅色的死光之魅惑。《星空》P293 蒼白傳染著的。《星空》P298 將所有的黑一股腦兒推給我之後。《星空》P299 今夜，又為我撐開了這沉沉的一片黑。《星空》P301 它抹去樹梢繁茂的綠色。《星空》P327 我寧可一親地面上的綠。《星空》P330 像猙獰的褐石中游動無數的青蛇。《星空》P331 我的雙手把握住青冷的鐵桿。《星空》P331 我的標槍劃下了銀色的拋物線。《星空》P335 我游過藍沙的廣場。《星空》P336 猙獰的黑石。《星空》P336 只是見到你綠色的寂靜之國。《星	濃墨色的夜打金色的黃昏染黑。《星空》P43 濃墨色的夜把金色的黃昏染黑。《星空》P43 濃墨色的夜打金色的黃昏染黑。《星空》P43 黑亮的礁石發出激越的潮聲。《星空》P43 野花在畫廊的窗外搖著粉白的頭。《星空》P44 永遠凝視著廊外青青的海。《星空》P47 永遠凝視著廊外青青的海。《星空》P47 你自非洲來，自象牙海岸來，頭上插過紅羽毛。《星空》P49 頭髮似青青的針葉。《星空》P51 頭髮似青青的針葉。《星空》P51 一片黑色的沃土。《星空》P63 海風吹亂他長長的黑髮。《星空》P66 黑髮的山地人歸去。《星空》P66 白頭的鷺鷥，滿天飛翔。《星空》P66 我的一莖白髮。《星空》P66 溶入古銅色的鏡中。《星空》P67

		空》P337 撥了皮的橘色大空間。《星空》P336 我拉開胸前白色的生命之線。《星空》P337 一朵潔白的花之蓓蕾迅速升起。《星空》P337 像一朵巨大的白玫瑰。《星空》P337 我俯視足下鐵青色的大空間。《星空》P339 閃電的白臂猛擊八十八個琴鍵。《星空》P339 誰畫的天？藍得單調。《星空》P343 為什麼不補上幾筆白的顏色呢。《星空》P343 看見我披著藍色的雨衣。《星空》P353 想起該揭開那終年長垂的黑帷。《星空》P346 白的一片已經轉向別人跟前。《星空》P355 寧靜地注視那扇黑色的門朝我們移過來。《星空》P355 褐色自隙間垂落，蔓延。《星空》P357 墨黑的骨架在前面。《星空》P357 我踱向藍天。《星空》P361 而你散播著黑色的虛無。《星空》P362 掩映著行人額際的灰黃。《星空》P367 鞠躬時眼神的捕捉寒夜紅被的旁	我的一莖白髮。《星空》P67 溶入古銅色的鏡中。《星空》P67 風入千帆，鯨吹白浪。《星空》P76 這兩位老者，瘦高，著水藍長袍。《星空》P91～92 你還是你，愛紅甚於一切。《星空》P101 高山青。《星空》P105 澗水藍。《星空》P105 高山常青。《星空》P105 澗水常藍。《星空》P105 然後有一條白色的紗帷，將暮山的膝蓋遮起。《星空》P116 紅鬍子的玉米。《星空》P118 赭色山脈。《星空》P138 棕色森林。《星空》P138 有一個黑髮指揮。《星空》P141～142 有一位白髮的提琴手。《星空》P142 滿頭的白髮。《星空》P142 白頂的藍郵車。《星空》P154 白頂的藍郵車。《星空》P154

		白。《星空》P375 妹妹好想她我想藍天。《星空》P377 睡意懸在淺紫的天花板上。《星空》P380 這一段白色方磚長街的憂鬱。《星空》P380 當摩天樓都呼喊著白色的名字，我只是一個多餘的錯誤。《星空》P400 霓虹塔以初熟的絳色一遍遍地偷舔。《星空》P404 在純白銀幕的反光下。《星空》P405 在白色山脈之外。《星空》P405 耳語回顧黑檀色的靜默。《星空》P407 逸走的眼神逸走寶藍的逸走。《星空》P407 有人曳黑色的披風，穿過白色的拱門。《星空》P411 有人曳黑色的披風，穿過白色的拱門。《星空》P411 一襲白衣將我的創傷遮掩。《星空》P418 落日在我背後以火紅的無奈。《星空》P419 黑霧中高樓頂端一聲驚呼。《星空》P420 一個人影墜落中旋成白衣一件。《星空》P421 將自己白色的影子穿在身上。《星空》P421 金色高樓黑霧散去。《星空》P422	京扇子閃著古金。《星空》P174 還有點濕意的黑綢褶裡。《星空》P175 整座藍天斜入太陽的背面。《星空》P193 一把銀髮。《星空》P202 紫色向晚，向夕陽的長窗。《星空》P214 仍有蓊鬱的青翠。《星空》P215 是一朵雛菊，似有若無地金黃。《星空》P217 一把綠色小傘是一頂荷蓋。《星空》P218 紅色朝暾。《星空》P218 黑色晚雲。《星空》P218 閃漾著金片或銀線的光。《星空》P220 閃漾著金片或銀線的光。《星空》P220 在綠蔭深處，在丁香垂掛。《星空》P223 以片片綠葉交互的窣窣。《星空》P223 穿上了紫色裙。《星空》P226 很多灰雲。《星空》P227 枝條潤澤而青翠。《星空》P229 青青的繁貌又添加。

		涉過這面寫著睡蓮的藍玻璃。《星空》P425 青煙如青色的蓮花雨。《星空》P438 冬天他一雙鐵灰的手餵食鴿子的手。《星空》P470。《星空》P438 當燭座上絳紅的鐘乳成形。《星空》P481 我們的星兒流著藍色的血。《新世代》P23 我們用刀的彎度切斷青色的地平線。《新世代》P24 拉出的一列血紅的火車。《新世代》P25 絲絲紅紅血流成的髮髮髮髮髮髮髮髮。《新世代》P26 絲絲紅紅血流成的髮髮髮髮髮髮髮髮。《新世代》P26 我的髮不得是窩死亡的黑貓。《新世代》P28 黑色天空。《新世代》P29 黑貓的男人。《新世代》P30 天就要慘白地亮。《新世代》P30 躺在地上，瞧瞧天空的湛藍。《新世代》P33 一對雪白的翅膀。《新世代》P37 在房間的四壁塗上黑影，好讓房間找不到你。《新世代》P39 張開大嘴露出血紅色喉囊。《新世代》P39 披著黑色的羽毛。《新世代》P42 披著白色的羽毛。《新世代》P42 褪去身上的黑色。《新世代》P42 褪去兒上的白色。《新世代》P42	《星空》P229 青青的繁貌又添加。《星空》P229 天文學家將發現一顆拖黑尾巴的彗星。《星空》P244 青青的樹。《星空》P271 青青的樹。《星空》P271 擎著一把黃黃的油紙傘。《星空》P301 向上帝索取了一點紅、一點藍。《星空》P305 向上帝索取了一點紅、一點藍。《星空》P305 風自庭前閃過，貽我以梧桐的金色一帖。《星空》P307 一些蘋果的紅。《星空》P308 使它沈沒於灰色的浪濤。《星空》P326 重新點綴成一片斑爛金黃。《星空》P327 更滿滿醮起了一筆朱紅，把它灑在蓼汀和楓葉之上。《星空》P327 螺旋形的，鐵青色的長梯呵。《星空》P328 看一看鮮紅的太陽。《星空》P331 在潔白的冰上飛掠。《星空》P332 而急轉的圓心在她冰

		鮮紅的太陽穿越。《新世代》P42 綠色來臨並占領了每一棵樹。《新世代》P45 十一歲的小女孩用一支黃色的陽傘保護自己的影子。《新世代》P48 只有小女孩帶著自己童年完整的影子，並撐著黃色的陽傘走向遠處的山坡。《新世代》P48 影子像一柄黑色的刀插在廣場的中央。《新世代》P49 從綠色的裡面借一些寧靜。《新世代》P50 從紅色的裡面借一些溫暖。《新世代》P50 我在綠色的裡面在紅色繾綣。《新世代》P50 我在綠色的裡面在紅色繾綣。《新世代》P50 我在紅色的裡面和綠色擁吻。《新世代》P50 我在紅色的裡面和綠色擁吻。《新世代》P50 紅色的海洋。《新世代》P53 白色沙灘。《新世代》P53 黑色的岩堆上。《新世代》P53 從藍天滴落下來。《新世代》P53 青色的窗戶不斷自貓的瞳子裡流動過去。《新世代》P64 廳內的舞袖如彤雲旋飛。《新世代》P66 撫摸我黑青色的足踝，繼續聽著生鏽的鐐銬聲。《新世代》P70 黑色車廂在灰霧中浮沉。《新世代》P71	鞋銀色的刀尖。《星空》P333 又在藍色的冰湖上旋舞著而去。《星空》P333 銀青色的浪花之蕊。《星空》P336 那些像是藍葡萄的果實。《星空》P347 桌上的黃色是盞燈吧。《星空》P357 鑿成的石室青青。《星空》P357 鑿成的石室青青。《星空》P357 左左右右日記紅藍絨封面。《星空》P378 左左右右日記紅藍絨封面。《星空》P378 茶几上有一幅白紗衣。《星空》P379 要不要染一染灰髮。《星空》P389 灰的雲線。《星空》P400 青的山脈。《星空》P400 白色的漿果匆匆落去。《星空》P402 只一枚赤色的釘。《星空》P402 在灰堇的堆雲後。《星空》P404 木棉花突然以鐵黑的枝幹，舉起遍街火紅的燈盞簇簇。《星空》P419

		無數悶壞的心靈要化成**銀色**的雲朵。《新世代》P72 **青銅**的月光下。《新世代》P72 **青銅**的月光下。《新世代》P73 在我**蒼白**的床單上 繡出鮮豔的花果。《新世代》P73 大量製造**嬰兒色**的眼眸。《新世代》P75 不曾想及那細雪冷炙顏色的**白**。《新世代》P76 **黑色**的船屋。《新世代》P81 **白茫茫**的岩石平原。《新世代》P82 薄薄的**淡紫**及岩波的凹窪。《新世代》P82 **黑色**的船屋。《新世代》P82 **白茫茫**的大地。《新世代》P82 **白色**的消息。《新世代》P82 **白色**的劇場。《新世代》P82 **白色**暴風的音響。《新世代》P82 **薔薇色**的旗。《新世代》P85 一片**雪色**的大汪洋。《新世代》P86 **皙白**的寧靜島。《新世代》P87 **紅色**電話停裡。《新世代》P91 **蔚藍**的鐵有他勇氣的血親。《新世代》P91 貓的鬚莖，原來也是**灰**的。《新世代》P92 牠昂首於**枯草色**的牀單上。《新世代》P93 城市的**藍**光。《新世代》P94 **黑色**的池塘上。《新世代》P94 收音機的**白色**雜音，鼓動漲潮。《新世代》P102 水把山中的倒影，繪成一片**白**。	木棉花突然以鐵黑的枝幹，舉起遍街**火紅**的燈盞簇簇。《星空》P419 我脫下**白**衣。《星空》P419 而後**綠**綠的草原。《星空》P427 而後綠**綠**的草原。《星空》P427 **灰**灰卑南溪吊橋。《星空》P430 灰**灰**卑南溪吊橋。《星空》P430 滋生**綠**草的地。《星空》P438 雲是綿綿的**白**。《星空》P438 **金色**金光。《星空》P441 金色**金**光。《星空》P441 **白色**白光。《星空》P441 白色**白**光。《星空》P441 **青色**青光。《星空》P441 青色**青**光。《星空》P441 **赤色**赤光。《星空》P441 赤色**赤**光。《星空》P441 **黑色**的鳳蝶。《星空》P451 **粉白**蛺蝶。《星空》P451 一隻**褐色**蝶。《星空》P452 他看見一隻觸鬚發出訊號而且身體不斷蠕動的活蝦，在碳火上面

		《新世代》P105 伸手去撈那片白。《新世代》P105 柳枝突出綠色的河岸。《新世代》P106 山巒的答案是半黑半白。《新世代》P107 山巒的答案是半黑半白。《新世代》P107 在鏡中，還我枯黃的面目。《新世代》P108 為了一點紅。《新世代》P112 洶湧成黃浪，拍打墨色的海洋。《新世代》P118 芒草殘存的墨綠。《新世代》P119 在掛滿紅布條的門下，摔一摔頭髮。《新世代》P121 一個急飛而來的白影。《新世代》P122 銀色的塗料，掉下時間的碎片。《新世代》P125 街巷退下一襲已無重量的黑衣。《新世代》P127 白花花的燈芒掉了一地，你檢起來裝扮失神的眼睛。《新世代》P127 從黝黑的洞口出來。《新世代》P127 我們從母體黝黑的隧道，進入一個無性的世界。《新世代》P129 你偷偷的用口紅塗去一片，紫色的傷痕。《新世代》P145 皮肉綻開的白色馬背。《新世代》P150 坎坎坷坷黑黑白白黑黑。《新世	由青灰變成鮮紅。《新世代》P48 他看見一隻觸鬚發出訊號而且身體不斷蠕動的活蝦，在碳火上面由青灰變成鮮紅。《新世代》P48 小女孩的媽媽用一把銀亮的刀子剖開一塊全麥麵包。《新世代》P48 男人脫下黑色的墨鏡。《新世代》P67 黑青色的銅像。《新世代》P68 黑白玻璃帷。《新世代》P75 黑白玻璃帷。《新世代》P75 漾滿白花的林木。《新世代》P85 潔白的花蕊在春風裡。《新世代》P89 把桌面浸深成透明的白樹幹。《新世代》P93 黑色鍵盤上。《新世代》P94 不要掉了滿盤的金牙。《新世代》P107 燭光下泛黃的紙張。《新世代》P110 你可曾看到灰色的土石已斑剝。《新世代》P132 他黝黑的臉孔。《新世

		代》P152 坎坎坷坷黑黑白白黑黑。《新世代》P152 坎坎坷坷黑黑白白黑黑。《新世代》P152 坎坎坷坷黑黑白白黑黑。《新世代》P152 坎坎坷坷黑黑白白黑黑。《新世代》P152 坎坎坷坷黑黑白白黑黑。《新世代》P152 白色的在笑。《新世代》P153 黑色的在哭。《新世代》P153 是在黑白糾纏不清。《新世代》P153 是在黑白糾纏不清。《新世代》P153 一陣陣燃燒過的痕跡吐成的白。《新世代》P155 沈澱成濃稠的苦楚凝固之後的黑。《新世代》P155 每一絲迷人的黑，都從內心生根。《新世代》P156 留下幾絲蒼白。《新世代》P157 必須借用一根白色的吸管，自己品嚐體會。《新世代》P158 用那種白色的吸管勤加複習。《新世代》P159 我們生命中的色彩，是註定要從黑色的地層下面挖出來的。《新世代》P160 從黑色的洞裡挖出來的。《新世代》P161 因為阿爸要到更深更黑的地方。	代》P135 千層紅之外。《新世代》P144 萬層紫之間。《新世代》P144 在白色的白天。《新世代》P153 或者黑色的黑夜。《新世代》P153 在嗆鼻的白煙裡。《新世代》P154 家裡飯桌上綠色的菜。《新世代》P160 白色的米。《新世代》P160 媽媽的紅色拖鞋。《新世代》P160 姊姊的綠色香皂。《新世代》P160 還有你的黃色書包。《新世代》P161 透過紅橙黃綠藍靛紫各種鮮豔的色彩。《新世代》P166 透過紅橙黃綠藍靛紫各種鮮豔的色彩。《新世代》P166 透過紅橙黃綠藍靛紫各種鮮豔的色彩。《新世代》P166 透過紅橙黃綠藍靛紫各種鮮豔的色彩。《新世代》P166 透過紅橙黃綠藍靛紫

		《新世代》P161 有藍色天空的路來。《新世代》P161 拚命的用眼睛去挖，挖出一具黑色的阿爸。《新世代》P161 因為遺失一句沾滿銅綠的諾言。《新世代》P162 你奮力吐著火紅的舌頭。《新世代》P163 泅向如海的乳白色旋渦之中。《新世代》P163 目擊那一句沾滿銅綠的諾言閃爍而過。《新世代》P164 因再度偷竊了那句沾滿銅綠的諾言。《新世代》P165 我看到一片紅色的燈光打出妳的羞澀。《新世代》P169 黑色，是最迷人的顏色了。《新世代》P176 抱一顆火紅滾燙的心躍入太空。《新世代》P186 掏紅紅的心。《新世代》P186 掏紅紅的心。《新世代》P186 在內裡，向深洞的虛黑中。《新世代》P187 一瓣孤影在地面似薄而黑的異形。《新世代》P197 一朵浪花伸出一隻森白的手。《新世代》P198 一大片淒白。《新世代》P210 黑髮驚惶的季節。《新世代》P210 一帶濕寒泛白泛黑沿髮根向下。《新世代》P216 一帶濕寒泛白泛黑沿髮根向下。《新世代》P216	各種鮮豔的色彩。《新世代》P166 透過紅橙黃綠藍靛紫各種鮮豔的色彩。《新世代》P166 透過紅橙黃綠藍靛紫各種鮮豔的色彩。《新世代》P166 一根閃亮的白髮。《新世代》P171 一兩黑髮攪拌一匀嫵媚。《新世代》P171 一錢花香滲入一對紅唇。《新世代》P171 香紅嘴唇。《新世代》P190 白牆西裝。《新世代》P191 許多筍子在一陣雨後，一夜間長高，青青細瘦地悄立在月光下。《新世代》P209 許多筍子在一陣雨後，一夜間長高，青青細瘦地悄立在月光下。《新世代》P209 有三條赤赭的小蛇競自其身後。《新世代》P211 曼陀羅在病人身上，開滿了白花。《新世代》P212 紅赤赤的蜈蚣為何總是奮足飛降。《新世代》

		紅花別上衣襟時。《新世代》P217 三兩支透著粉色的花苞。《新世代》P224 棋佈著一如從前的童話般的紅屋瓦。《新世代》P225 粉色的花苞給如夢的人生看。《新世代》P227 紅唇在淺草地玩著遊戲。《新世代》P231 皀藍的樹林。《新世代》P245 月白。《新世代》P245 月白。《新世代》P245 黑色大地。《新世代》P245 我們黑色肌膚的國王。《新世代》P245 自一只黑色的蛋卵窺視他的節慶。《新世代》P246 這是花園沒有音樂的花園灰濛濛的。《新世代》P250 灰濛濛的大象沉重地走過你的身邊。《新世代》P251 這是花園沒有音樂的花園灰濛濛的。《新世代》P251 當孤寂的心依然在荒蕪中尋找草綠。《新世代》P255 寫滿白霜與塵土。《新世代》P255 墨藍的星空。《新世代》P256 我尋找追逐鼯鼠的落日的紅膝蓋。《新世代》P259 我們的島是一粒不完整的黃鈕釦鬆落在藍色的制服上。《新世代》P262 我們的島是一粒不完整的黃鈕釦鬆落在藍色的制服上。《新世代》	P212 雙鬢斑白蓬亂。《新世代》P220 黑沁沁的山林禿了。《新世代》P221 褐黃重濁的水。《新世代》P222 那不易剝淨的黃皮，教人鯁喉的筋絡。《新世代》P225 二百六十個黑字像。《新世代》P226 哪像一個個黑字拈它不起撥它不動。《新世代》P226 喉頭的活塞將一尾青魚自空中接住。《新世代》P231 把偌大一張滾白的水藍被子。《新世代》P241 把偌大一張滾白的水藍被子。《新世代》P241 只是一張黑白的風景。《新世代》P245 只是一張黑白的風景。《新世代》P245 一些雪白的花撲打它的睫毛一些蝴蝶。《新世代》P250 一些雪白的花撲打它的睫毛一些蝴蝶。《新世代》P251 秀才郎，騎白馬。《新世代》P252

		P262 穿過被島上人民的手磨圓磨亮的黃鈕釦。《新世代》P263 用力刺入藍色制服後面地球的心臟。《新世代》P263 如綠色植物，行光合作用。《新世代》P266 紅色的血液。《新世代》P267 紅色，因為你曾經為所愛的女子。《新世代》P267 因為愛所引起的恨，引發的鮮紅的血液。《新世代》P267 黑藍的天空隱藏迷幻的紅。《新世代》P300 黑藍的天空隱藏迷幻的紅。《新世代》P300 淺綠的窗簾飄搖虛空的白。《新世代》P300 淺綠的窗簾飄搖虛空的白。《新世代》P300 污黑的囚車載滿叛徒顛簸前行。《新世代》P301 綠色的歷史。《新世代》P308 陌生冷綠的光芒撥弄著。《新世代》P311 黑的、隱約的沙洲。《新世代》P312 在那麼一片灰色的聚落裡。《新世代》P312 但也是灰色的聚落。《新世代》P312 再右也是一群灰色的房子。《新世代》P313 再右也是一群灰色的房子。《新世代》P313	失蹤母親的黑髮。《新世代》P254 失蹤女兒的黑髮。《新世代》P254 那些紫黑的瘀傷是與山脈的碰撞。《新世代》P267 你的頭髮從黑洗到白，從白又染成了灰。《新世代》P280 你的頭髮從黑洗到白，從白又染成了灰。《新世代》P280 你的頭髮從黑洗到白，從白又染成了灰。《新世代》P280 你的頭髮從黑洗到白，從白又染成了灰。《新世代》P280 粗黑的宋體字。《新世代》P295 漸藍的天。《新世代》P296 沿黑亮的鐵軌。《新世代》P296 黑濕的草地。《新世代》P311 墨色的爛泥溝。《新世代》P311 一群群米色的，萬頭鑽動的，在遠處的鴨。《新世代》P312 水量充沛的河，暗褐色的。《新世代》P312

		我才發現到他，座落於灰色的長衣裡。《新世代》P321 我們崇愛黑色鑲金的美學。《新世代》P326 黑色列車正要南下。《新世代》P333 綠色列車正交錯而過。《新世代》P333 森黑的長袍徐行。《新世代》P342 而泛著桃紅屍斑的屍身將在我清潔的思維裡。《新世代》P355 中央那根焦黑的蕊。《新世代》P358 均勻地編就銀色的夜幕。《新世代》P359 工人們正攪拌銀色的岩漿澆灌。《新世代》P360 一具具機件龐大的軀體，如今悄無聲息地蜷伏在黝黑的艙底。《新世代》P364 這天降的泥濘，覆在淡青色的水平線上。《新世代》P366 斜簽在一片潔白。《新世代》P371 散發白色輻射。《新世代》P372 爆炸成無數雪白紙片。《新世代》P373 盆景擺在灰灰的窗前。《新世代》P373 盆景擺在灰灰的窗前。《新世代》P373 盆景深綠，重在每一扇窗前，這無法作夢的城啊。《新世代》P373 平均一個人擁有十扇窗子，卻整個灰灰的。《新世代》P373 平均一個人擁有十扇窗子，卻整個灰灰的。《新世代》P373	紅磚與苔綠。《新世代》P338 紅磚與苔綠。《新世代》P338 磨光或磨白的木製家具。《新世代》P338 以褐亮的肌膚吸粗大的黑色鋼筋。《新世代》P360 以褐亮的肌膚吸粗大的黑色鋼筋。《新世代》P360 一如紅醜的石榴。《新世代》P374 在磁力流晃的白瓷面，狠狠駛出。《新世代》P408 劃開白膚。《新世代》P410 一千枚紅珊瑚同時爆破的音效。《新世代》P410 一架黑色警用直昇機。《新世代》P414 一尾赤色的儵魚。《新世代》P460 一如白鼠逃入了迷宮。《新世代》P461 我用黑筆塗抹去這最後的一行。《新世代》P465 皮毛成棕灰色。《新世代》P469 布滿褐色的雲彩斑紋。《新世代》P469

		堅吝的**蒼白**。《新世代》P379 **魚肚白**略帶腥污。《新世代》P379 **墨色**的口涎。《新世代》P380 一條被歷史磨損的**黑色**錄音帶。《新世代》P401 輕輕捧起我沾血的臉龐舔乾**赤色**的漬跡。《新世代》P404 在得到任何回應以前，他們的存在都埋藏在**黑色**的邊際，低聲喘息。《新世代》P406 兩枚至**紅**至豔，鼓動的草莓。《新世代》P407 在這樣廣渺無盡的**黑色**坡道上。《新世代》P407 將鬱鬱**藍色**的視網膜，埋成艷紅的沙漠。《新世代》P409 將鬱鬱藍色的視網膜，埋成**豔紅**的沙漠。《新世代》P409 物種原始的**黑色**情境。《新世代》P411 天空**鬱藍**。《新世代》P416 **黑**蜻蜓般通過他銅綠斑斕的額際。《新世代》P417 黑蜻蜓般通過他**銅綠**斑斕的額際。《新世代》P417 挺直**黑色**龍骨。《新世代》P418 **白色**廣場。《新世代》P419 塑膠線滑穿稚嫩的掌心，拉出一道**殷紅**軌跡。《新世代》P420 **白色**廣場。《新世代》P420 公園**鐵灰色**的地面波光湧現闇中流動。《新世代》P423 億萬把**黑色**雨傘瞬間張開。《新世代》P423	**褐色**的草舍三兩間。《二十世紀》P89 **綠色**的垂楊四五株。《二十世紀》P89 端端伸出**白**白的胳臂抱緊胸懷。《二十世紀》P92 端端伸出白**白**的胳臂抱緊胸懷。《二十世紀》P92 我底臉頰旋即發**黃**。《二十世紀》P98 在**墨綠色**的海藻間游泳。《二十世紀》P102 建築們的**灰色**，白色，黑色，土黃色，和屋頂的紅色。《二十世紀》P113 建築們的灰色，**白**色，黑色，土黃色，和屋頂的紅色。《二十世紀》P113 建築們的灰色，白色，**黑色**，土黃色，和屋頂的紅色。《二十世紀》P113 建築們的灰色，白色，黑色，**土黃色**，和屋頂的紅色。《二十世紀》P113 建築們的灰色，白色，黑色，土黃色，和屋頂的**紅色**。《二十世紀》P113

		鋁罐歡天喜地載歌載舞列隊步入色澤鮮紅的圓桶。《新世代》P424 血紅的穹空。《新世代》P424 紅豔的玫瑰。《新世代》P424 脊背幻化出充滿筆觸的紅羽翼。《新世代》P425 叢叢紅豔的玫瑰靜謐聆聽。《新世代》P425 雪白的稿紙期盼墨瀋。《新世代》P426 慾望成熟得紫青發漲。《新世代》P426 慾望成熟得紫青發漲。《新世代》P426 撥開花崗石般的大氣我眺望母系世界的紫色記憶。《新世代》P430 宇宙中某個橙赤的斷層。《新世代》P432 古代紫的柔幻光澤緩緩渦轉。《新世代》P432 一縷縷冰綠。《新世代》P432 燦爛的星群撫摩她潔白的乳房。《新世代》P434 潔白的潛意識。《新世代》P434 在鍋中換起紅色褻衣的明蝦。《新世代》P435 佇立在灰茫茫的坡道。《新世代》P435 滑落紫色海洋。《新世代》P436 確是一種白色的誘惑。《新世代》P448 受傷於妳和父親用鬢角的白髮與病痛來串連編織我年少的夢想。《新世代》P449	而且傷痕累累，青的，紫的。《二十世紀》P115 而且傷痕累累，青的，紫的。《二十世紀》P115 映照著藍天。《二十世紀》P129 映照著白雲。《二十世紀》P129 映照著綠樹。《二十世紀》P129 插在綠樹上。《二十世紀》P129 插在白雲上。《二十世紀》P129 插在藍天上。《二十世紀》P129 如綠草中尋找白蛇一般。《二十世紀》P131 在妻的黑髮中找出白髮。《二十世紀》P131 在妻的黑髮中找出白髮。《二十世紀》P131 黑亮的香髮。《二十世紀》P131 隨著拔出的一根一根的白髮。《二十世紀》P131 撿回扔掉的白髮。《二十世紀》P131 一根一跟的白髮發出銀的光輝。《二十世紀》P131 一根一根的白髮發出銀的光輝。《二十世紀》

		在肉體中，一株綻放的**黑**玫瑰。《新世代》P462 **黑色**，呵呵星期五。《新世代》P466 腥臭的**黑**血。《新世代》P470 我要送你一大片海洋，那**湛藍**的大鏡子。《新世代》P477 美里以**白色**的手撫摸腳的線。《二十世紀》P92 **紅**玻璃的如意燈繼續燃燒著。《二十世紀》P92 **青銅色**的鐘漾著寒冷的心。《二十世紀》P92 **紅**彩的影翳裡。《二十世紀》P92 這**亞麻色**的日落下。《二十世紀》P93 **灰色**的靜謐敲打春天的氣息。《二十世紀》P94 海溶化的**綠**寶石上。《二十世紀》P94 但**青色**的百葉窗再也不開。《二十世紀》P94 「Parnasse」的**白色**牌子。《二十世紀》P95 沒有月亮的回憶被**雪白**的花埋。《二十世紀》P96 創傷的心靈的風貌**白蒼蒼**的。《二十世紀》P96 為**蒼白**的驚骸。《二十世紀》P96 **緋紅**的嘴唇發出可怕的叫喊。《二十世紀》P96 在**蒼白**的夜風中向青春的墓碑飛去。《二十世紀》P97 **灰色**腦漿夢著痴呆國度的空地。	P131 忽然**白**髮的銀針刺進我的胸脯。《二十世紀》P131 一襲襲鐵的**紫**外套。《二十世紀》P133 眼前相思樹的花蕾遍地**黃**黃。《二十世紀》P147 眼前相思樹的花蕾遍地黃**黃**。《二十世紀》P147 **黃**黃的黃昏逐漸接近了。《二十世紀》P147 黃**黃**的黃昏逐漸接近了。《二十世紀》P147 **黃褐**皮膚的愛情。《二十世紀》P148 被燻得油**黑**。《二十世紀》P149 風撩起**黑**髮。《二十世紀》P166 那**青**青的山。《二十世紀》P166 那青**青**的山。《二十世紀》P166 沿著**白色**的石階。《二十世紀》P171 頭髮只有兩種顏色，非**黑**即白。《二十世紀》P172 頭髮只有兩種顏色，非黑即**白**。《二十世紀》P172

		《二十世紀》P97 故鄉的哀嘆是蒼白的。《二十世紀》P97 蒼白的皮膚的美學。《二十世紀》P99 你的四十朵黑色的玫瑰。《二十世紀》P106 那些是日吻橙色的少女。《二十世紀》P113 那些是桃色的少女。《二十世紀》P113 那些是黛色的，緋色的，和紫羅蘭色的少女。《二十世紀》P113 那些是黛色的，緋色的，和紫羅蘭色的少女。《二十世紀》P113 那些是黛色的，緋色的，和紫羅蘭色的少女。《二十世紀》P113 我抹我的聲音以青色，橙色，檸檬黃色，紫色，綠色，寶石藍色，灰色，白色和極黑的黑色。《二十世紀》P114 我抹我的聲音以青色，橙色，檸檬黃色，紫色，綠色，寶石藍色，灰色，白色和極黑的黑色。《二十世紀》P114 我抹我的聲音以青色，橙色，檸檬黃色，紫色，綠色，寶石藍色，灰色，白色和極黑的黑色。《二十世紀》P114 我抹我的聲音以青色，橙色，檸檬黃色，紫色，綠色，寶石藍色，灰色，白色和極黑的黑色。《二十世紀》P114 我抹我的聲音以青色，橙色，檸	你那寬大的藍布衫。《二十世紀》P175 白髮散落的枕邊。《二十世紀》P178 大地褐觀音般躺著。《二十世紀》P203 落進它吐不完的灰網裡去了。《二十世紀》P222 用一只藍瓷的盤子。《二十世紀》P222 走向一盞昏黃的油燈。《二十世紀》P224 一輛紅色車。《二十世紀》P227 一塊紅漆棺材。《二十世紀》P230 樹的枝幹都呈銀灰色。《二十世紀》P235 紅色的腳距。《二十世紀》P235 我從樹下拾起一片腥紅的葉子。《二十世紀》P236 黑煙燻飄。《二十世紀》P236 赭褐的白粗手套。《二十世紀》P236 赭褐的白粗手套。《二十世紀》P236 一雙赭褐色的粗白色手套。《二十世紀》P236 一雙赭褐色的粗白色

		檬黃色，紫色，綠色，寶石藍色，灰色，白色和極黑的黑色。《二十世紀》P114 我抹我的聲音以青色，橙色，檸檬黃色，紫色，綠色，寶石藍色，灰色，白色和極黑的黑色。《二十世紀》P114 我抹我的聲音以青色，橙色，檸檬黃色，紫色，綠色，寶石藍色，灰色，白色和極黑的黑色。《二十世紀》P114 我抹我的聲音以青色，橙色，檸檬黃色，紫色，綠色，寶石藍色，灰色，白色和極黑的黑色。《二十世紀》P114 我抹我的聲音以青色，橙色，檸檬黃色，紫色，綠色，寶石藍色，灰色，白色和極黑的黑色。《二十世紀》P114 我抹我的聲音以青色，橙色，檸檬黃色，紫色，綠色，寶石藍色，灰色，白色和極黑的黑色。《二十世紀》P114 也有抹以強烈的赤色和紅色的。《二十世紀》P114 也有抹以強烈的赤色和紅色的。《二十世紀》P114 但是我的赤色不是共產國際的旗的赤色。《二十世紀》P114 但是我的赤色不是共產國際的旗的赤色。《二十世紀》P114 我的紅色也不是他們紅場的紅色。《二十世紀》P114 我的紅色也不是他們紅場的紅	手套。《二十世紀》P236 瀝青一樣濃黑得發光的糖水。《二十世紀》P238 牠那灰紅色的大肚子。《二十世紀》P238 濃黑的水被擠到塘邊。《二十世紀》P238 由昏黃看到明亮。《二十世紀》P241 一隻灰灰的狗。《二十世紀》P241 一隻灰灰的狗。《二十世紀》P241 那黑黑的狗。《二十世紀》P241 那黑黑的狗。《二十世紀》P241 灰灰的，然而很光潔。《二十世紀》P244 灰灰的，然而很光潔。《二十世紀》P244 其上有黑白相間的斑紋。《二十世紀》P244 其上有黑白相間的斑紋。《二十世紀》P244 黑白分明的腹部。《二十世紀》P244 黑白分明的腹部。《二十世紀》P244 我所看見的只是那些黑白斑紋的漲大。《二十世紀》P244

		色。《二十世紀》P114 我的裸體是瘦弱的，蒼白的。《二十世紀》P115 凡綠和腐葉。《二十世紀》P118 憂思的紫色。《二十世紀》P122 為了生活的辛勞，一根一根變白了。《二十世紀》P131 一雙雙黑天使的翅膀。《二十世紀》P133 沉默地開黑花於我底胸脯上。《二十世紀》P134 黑花追蹤我。《二十世紀》P134 一顆顆金紅的秋之完成。《二十世紀》P138 豔紅而純潔的擴大了的牡丹花。《二十世紀》P148 現在我底影子濃到反黑了。《二十世紀》P150 黃色的絲帶。《二十世紀》P161 黑色絲帶。《二十世紀》P161 我的死，以桃紅色柔軟的絲帶，打著蝴蝶結重生。《二十世紀》P161 南方有翠綠柚子樹。《二十世紀》P163 疲倦到已經蒼白。《二十世紀》P163 埋葬那顆青綠柚子樹下去吧。《二十世紀》P163 任一條黑色支流咆哮橫過他的脈管。《二十世紀》P167 月光的肌肉何其蒼白。《二十世紀》P171 而我時間的皮膚逐漸變黑。《二十世紀》P171	我所看見的只是那些黑白斑紋的漲大。《二十世紀》P244 先是黑的變成赭色。《二十世紀》P244 先是黑的變成赭色。《二十世紀》P244 白的變得有些粉紅。《二十世紀》P244 白的變得有些粉紅。《二十世紀》P244 鮮紅的血。《二十世紀》P245 當蚊子的腹斑完全消失而成為一種赭紅色。《二十世紀》P245 圓鼓鼓的腹部不但是赭紅色。《二十世紀》P245 伸手抓住幾塊懶洋洋的白雲。《二十世紀》P254 獻給夜，釀造黑葡萄酒。《二十世紀》P258 漆黑的長長的木盒子裡。《二十世紀》P260 銀絲披垂下來。《二十世紀》P261 銀絞鏈繫鸚鵡的棲木上。《二十世紀》P262 我是一個黑皮膚的女奴。《二十世紀》P262 我是一個白髮的祭司。《二十世紀》P263 紅土壤。《二十世紀》

		這歷史中最黑的一夜。《二十世紀》P176 趕快對鏡梳你那又黑又柔的嫵媚。《二十世紀》P177 那深紅的點子。《二十世紀》P182 豐盈的綠色世界。《二十世紀》P204 以紅色的小喇叭花吹出。《二十世紀》P208 一圈溫柔的黃暈。《二十世紀》P218 黑漓漓的夜色。《二十世紀》P218 黑蟠蟠的松樹林。《二十世紀》P221 從焰紅到燼紫。《二十世紀》P221 從焰紅到燼紫。《二十世紀》P221 晚霞一翻全變了黑旗。《二十世紀》P221 吃黑太陽。《二十世紀》P228 生一群小小黑太陽。《二十世紀》P228 蒼白的櫻樹花。《二十世紀》P234 嫩綠的葉片像那個小孩的小手。《二十世紀》P235 黃土染黃了的。《二十世紀》P236 黑土染黑了的。《二十世紀》P236 看那些草是多麼青。《二十世紀》P237 中年人濃黑的身影。《二十世紀》P246 天空非常藍。《二十世紀》P247 我把一頁信紙從反面摺疊，這樣比較白。《二十世紀》P248 白的，展開。《二十世紀》P249	P266 就想起住在那兒的灰色哥兒們。《二十世紀》P266 曾有一個黑女孩。《二十世紀》P266 和他那些紅背脊的航海書。《二十世紀》P267 在這鯖魚色的下午。《二十世紀》P277 絲綢一般光潔的全黑中。《二十世紀》P290 我擦過黑石的肩膀。《二十世紀》P292 是淡黃色的假的蜜。《二十世紀》P296 金黃的稻穗。《二十世紀》P315 焚黃的報。《二十世紀》P328 這橫桄施於藍天的分割。《二十世紀》P328 黃黃的一畦菜花。《二十世紀》P333 黃黃的一畦菜花。《二十世紀》P333 她那一襲藍花的新衣服。《二十世紀》P353 一隻白貓在陽台上瞌睡。《二十世紀》P357 看白雲。《二十世紀》P365 就這樣把皮膚晒黑了。《二十世紀》P365

		紅眼睛不斷擠眨。《二十世紀》P250 女孩們的紫手帕。《二十世紀》P260 當衰老的夕陽掀開金鬍子。《二十世紀》P261 那些白色的精靈們。《二十世紀》P264 在藍緞子的風中。《二十世紀》P271 蒼白的深淵之間。《二十世紀》P274 一種桃色的肉之翻譯。《二十世紀》P275 輓聯般蒼白。《二十世紀》P276 如一描藍的窗。《二十世紀》P293 空的眠床，是軟軟的灰色偎襯著我。《二十世紀》P296 將朝陽的光譜析成七種白。《二十世紀》P299 最後的一種白我正飲著。《二十世紀》P299 雪的潔白。《二十世紀》P310 上面是無邊若夢的醉紅。《二十世紀》P315 林木初綠。《二十世紀》P318 在單調灰色的影子間。《二十世紀》P321 穿戴玄色的衿衣。《二十世紀》P324 那褐色，滴入胡圖少女剖開的胸臆。《二十世紀》P328 黑了，林蔭道。《二十世紀》P332 黑了，寬闊的長橋。《二十世紀》P332 黑色的鐘點過了。《二十世紀》P332 我在其中，我是白羽。《二十世紀》P333	留下那些枯骨和白刺。《二十世紀》P369 灰白的頭髮。《二十世紀》P372 燈下細看我一頭白髮。《二十世紀》P373 古寺庭院般的灰鴿中午。《二十世紀》P379 等到一樹銀杏滿地金黃。《二十世紀》P380 皚白冰雪。《二十世紀》P381 使土地變成赭紅色。《二十世紀》P400 初降的白雪。《二十世紀》P406 紙窗雪白。《二十世紀》P407 黃黃橘子在墨綠的樹葉間，黃黃亮著。《二十世紀》P411 黃黃橘子在墨綠的樹葉間，黃黃亮著。《二十世紀》P411 黃黃橘子在墨綠的樹葉間，黃黃亮著。《二十世紀》P411 黃黃橘子在墨綠的樹葉間，黃黃亮著。《二十世紀》P411 黃黃橘子在墨綠的樹葉間，黃黃亮著。《二十世紀》P411 爆裂的青橄欖。《二十

		計算我的蒼白。《二十世紀》P337 棗色的踢起塵埃。《二十世紀》P338 青色的水瓢流去。《二十世紀》P338 春天化成一個紅衣裳的小女孩。《二十世紀》P339 這一排綠油油的闊葉樹。《二十世紀》P354 綠色的風和綠色馬。《二十世紀》P360 綠色的風和綠色馬。《二十世紀》P360 一隻黑鳥在撲翅。《二十世紀》P365 母親在他印象中總是白皙的微笑著。《二十世紀》P367 驚喜的海紅，孔雀藍。《二十世紀》P371 驚喜的海紅，孔雀藍。《二十世紀》P371 在猩紅季節的色調。《二十世紀》P379 冬天灰色的大海。《二十世紀》P380 我回答以蒼白容顏。《二十世紀》P381 以夏天純紫盛開作貯備。《二十世紀》P384 無所謂的陰著或藍著。《二十世紀》P388 牆角陰黑之處。《二十世紀》P408 一隻蒼白的纖指。《二十世紀》P409 白色的柯多巴是一座方糖城。《二	世紀》P413 沾著黑濃的咖啡。《二十世紀》P414 你是紅葉黃葉織成的大壁毯。《二十世紀》P417 你是紅葉黃葉織成的大壁毯。《二十世紀》P417 暗綠的黑板。《二十世紀》P421 黑板是暗綠色的叢林。《二十世紀》P421 白白的粉筆字。《二十世紀》P421 白白的粉筆屑。《二十世紀》P421 一層一層的梨皮逐漸削去，裸出水汪汪的白肉。《二十世紀》P421 山頭的白雪。《二十世紀》P432 也許周遭的楓紅。《二十世紀》P432 這匹白馬就堂而皇之。《二十世紀》P442 落在牠褐黑的土地。《二十世紀》P454 白胖的蘿蔔。《二十世紀》P455 黑沁沁的山林禿了。《二十世紀》P456 金黃的稻穗。《二十世紀》P479 一條洗過的橘色內

		十世紀》P411 火紅如酒的胸腔之中。《二十世紀》P413 一隻褐色的手指頭。《二十世紀》P414 使用一具龐大無比的銀色吸管。《二十世紀》P414 是黑色樹枝編成的鐵絲網。《二十世紀》P417 你是醉後紅得發紫的頑皮詩人。《二十世紀》P418 你是醉後紅得發紫的頑皮詩人。《二十世紀》P418 你在綠色的西瓜裡發動紅色的十月革命。《二十世紀》P418 你在綠色的西瓜裡發動紅色的十月革命。《二十世紀》P418 在三月藍色的地中海發動白色的五四學潮。《二十世紀》P418 在三月藍色的地中海發動白色的五四學潮。《二十世紀》P418 我面目漆黑。《二十世紀》P421 又皺又黃的上午。《二十世紀》P422 並請你用鮮紅的嘴形，在路的開端，吻上一枚唇印。《二十世紀》P437 捕獲青色之鳥。《二十世紀》P441 青色之鳥。《二十世紀》P442 一陀一陀白土。《二十世紀》P456 為什麼獨留一朵紅花在枝頭。《二十世紀》P456 海藍的天空。《二十世紀》P457 我向藍天噴射水柱。《二十世紀》P458	褲。《二十世紀》P493 站著綠色郵筒的街角。《二十世紀》P501 紅帽子、黃書包以及白襪子。《二十世紀》P501 紅帽子、黃書包以及白襪子。《二十世紀》P501 紅帽子、黃書包以及白襪子。《二十世紀》P501 一頭黑濃長髮。《二十世紀》P504 一隻鷺鷥，舞動著灰白的雙翅。《二十世紀》P518 拒絕綠葉掩護。《二十世紀》P519 小雪趕在紅葉之後。《二十世紀》P526 右肩黑髮的暗香。《二十世紀》P533 露出粉色的鼻頭。《二十世紀》P550 白雪紛飛的季節。《二十世紀》P565 嫣紅的桃花瓣。《二十世紀》P565 誰把大地的樣稿校對得紅紅綠綠。《二十世紀》P565 誰把大地的樣稿校對得紅紅綠綠。《二十世紀》P565 誰把大地的樣稿校對得紅紅綠綠。《二十世

		朱紅，像先民的血一樣。《二十世紀》P466 朱紅的血。《二十世紀》P466 我也要製造一面蔚藍的天空。《二十世紀》P467 一顆痣因肉體的白，成為一座島。《二十世紀》P480 你用深藍的眉筆在書上畫下。《二十世紀》P487 從潛意識飛出的黑白的魚。《二十世紀》P491 從潛意識飛出的黑白的魚。《二十世紀》P491 銀白色的號角。《二十世紀》P496 有人用白色的領帶上吊自殺。《二十世紀》P498 緊抿著紅唇。《二十世紀》P500 黑黝無夢的騎樓下。《二十世紀》P503 綠光和藍薔薇。《二十世紀》P504 綠光和藍薔薇。《二十世紀》P504 我銀色的額頭因熟睡而，融化。《二十世紀》P509 蔚藍的天空。《二十世紀》P520 灰濛濛的天空。《二十世紀》P526 草莓色長裙的背影。《二十世紀》P533 參加的人都領了一條白手帕。《二十世紀》P533 穿過黑色鞦韆廢墟。《二十世紀》P555 將雷電自黑漆漆的森林摔出。《二十世紀》P565 搬走我心室藍色石磚的那人。《二	紀》P565 誰把大地的樣稿校對得紅紅綠綠。《二十世紀》P565 琉璃朱紅的身子。《二十世紀》P575 繫紅巾的小狗。《二十世紀》P575 花豔黑裙曳地正低著頭。《二十世紀》P580 此時一隻白蝶撲撞擋風玻璃。《二十世紀》P582 紅色的疤。《二十世紀》P585 夜黑如磚。《二十世紀》P590 露出的牙齒潔白整齊。《二十世紀》P592 頭髮有些斑白。《二十世紀》P593 高高的茫草大片翻白。《二十世紀》P593 一個黝黑瘦小的鄰家孩子。《二十世紀》P593 銀的雪白。《二十世紀》P611 雪的銀白。《二十世紀》P611 銀的雪白。《二十世紀》P611 雪的銀白。《二十世紀》P611 宇宙漆黑的景深。《二十世紀》P611

		十世紀》P565 一雙銀色的翅膀。《二十世紀》P566 拿起紅色的話筒。《二十世紀》P567 黑色話筒等待聲音的耳朵。《二十世紀》P570 日光橙色與電扇的呼吸。《二十世紀》P581 斜簽在一片潔白。《二十世紀》P590 慘白的膚色掩住了黧黑的臉蛋。《二十世紀》P601 慘白的膚色掩住了黧黑的臉蛋。《二十世紀》P601 用黑色的手蓋住白色的臉。《二十世紀》P601 用黑色的手蓋住白色的臉。《二十世紀》P601 我們的眼睛很快地就發出白色的光芒。《二十世紀》P605 我以為我知道那是白色的鹽粒。《二十世紀》P605 黑色的濁水溪發出紅色的光芒。《二十世紀》P605 黑色的濁水溪發出紅色的光芒。《二十世紀》P605 黑色的彩筆沾滿紅色的顏彩。《二十世紀》P606 黑色的彩筆沾滿紅色的顏彩。《二十世紀》P606 一條黑色鐵道，通向地球陌生的另一半。《二十世紀》P612 隨時會衝來的黑色車輛。《二十世紀》P620 沒有黑貓蹲踞。《二十世紀》P624 在暗綠色的地毯，溶化成完美的	橙紅的焰心。《二十世紀》P615 只有它最後的芬芳和顏色，鮮明鵝黃。《二十世紀》P622 白色雪原上。《二十世紀》P637

		形狀。《二十世紀》P627 躍出一隻紫兔。《二十世紀》P637 啊紫兔紫兔。《二十世紀》P638	
	譬喻： 共 26 次	象徵：共 640 次	直敘：共 452 次

從表 7-1-2 中我們可以看出，中方色彩詞在這四本詩選合集中，譬喻修辭使用了 26 次，象徵修辭使用 640 次，而直敍修辭則使用 452 次；在審美類型裡，崇高使用了 35 次，悲壯使用 36 次，優美則使用了 1047 次。由此可知，漢民族在其世界觀的影響下，強調親疏遠近，重人倫、崇自然，也不需榮耀造物主，因此文學創作純為抒發情志，無創新需求。而在這樣的情志思維影響下，中國人在進行文學創作時，喜歡使用象徵手法，作品在表達上也比較含蓄內斂，所以才會呈現出優美的文學美感，較少有崇高或悲壯的美感。

第二節　對比西方色彩詞在自由詩中的統計分析

在前一節裡，我對色彩詞在中方新詩中的使用情形作一統計。而在本節中，則針對西方色彩詞在自由詩中的使用情況作為研究範疇，進而比較出中西方色彩詞的使用差異。由於統計資料的處理非常龐雜，礙於時間與能力所及，我依需選取《當秋光越過邊境》（尤克強，2005）（以下簡稱《秋光》）、《未盡的春雨珠光》（尤克強，2007）（以下簡稱《春雨》）、《讓盛宴開始》（非馬編譯，1999）（以下簡稱《盛宴》）、《致羞怯的情人——400 年英語情詩名作選》（陳黎、張芬齡譯，2005）（以下簡稱《致羞怯》）、《好詩大家讀——英美短詩五十首賞析》（彭鏡禧、夏燕生譯著，1994）（以下簡稱《好詩》）、《英詩漢譯集》（楊牧編譯，2007）（以下簡稱《英詩》）這六本詩選合集作為統計對象。

西方色彩詞在自由詩中的寒暖色系使用情形如下：

表 7-2-1　西方色彩詞在自由詩中的色系統計表

寒色系	暖色系	*灰色（中間色）
The little waves, with their soft, white（白色）hands.《秋光》P30 Ride a watersmooth-silver（水銀色） stallion.《秋光》P36 Put crepe bows round the white（白色）necks of the public doves.《秋光》P66 Lo, where the trees, deeper green（深綠）, yellower and redder.《秋光》P120 Sickly white（蒼白） in the face and dull in the head, very faint.《秋光》P122 Blue（藍色） tainted sky above.《秋光》P146 The night is starry and the stars are blue（藍色） and shiver in the distance.《秋光》P190 Even to the original air-blue（天藍色） gown.《秋光》P222 My face turned pale（蒼白） as deadly pale.《秋光》P266 My face turned pale as deadly pale（蒼白）.《秋光》P266 I was white〔白（棋）〕.《春雨》P48 Black and white（白） squares.《春雨》P48 Only you, ever green（如常青）, ever sun, ever moon.《春雨》P106	Along the sea-sands damp and brown（褐色）.《秋光》P30 Let the traffic policemen wear black（黑色） cotton gloves.《秋光》P66 Lo, where the trees, deeper green, yellower（黃）and redder.《秋光》P120 Lo, where the trees, deeper green, yellower and redder（紅）.《秋光》P120 She with thin form presently drest in black（黑色）.《秋光》P122 One day more bursts them open fully——you know the red（紅色） turns gray.《秋光》P134 For each glance of that eye so bright and black（黑色）, though I keep with heart's endeavorur.《秋光》P134 I sometimes think that never blows so red（紅色）.《秋光》P140 Oil brown（如石油的褐色） smog over Denver.《秋光》P146 Oil red（如石油的紅色） dung colored smoke, level to lever across the horizon.《秋光》P146 Hazing red（紅色） Denver's day, December bare trees.《秋光》P146 Black（黑色） smoke drifts wobbly from tailfins.《秋光》P146 While your lips are still red（紅色）.《秋光》P152	One day more bursts them open fully——you know the red turns gray（灰色）.《秋光》P134 Through broken walls and gray（灰色）, the winds blow bleak and shrill.《秋光》P260 While I stand on the roadway, or on the pavements gray（灰色）.《春雨》P181 The fields were only grey（灰） with scattered snow.《盛宴》P126 Through the grey（灰） haze of their threads.《盛宴》P204 And went out over the grey

She is black and white（白）.《春雨》P174 His lips are pale（蒼白）and still.《春雨》P198 With his ebony hands on each ivory（象牙白）key.《春雨》P203 His face was white（蒼白） and peaked.《春雨》P240 Looping the purple（紫色） moor.《春雨》P244 With the white road smoking（如白煙）behind him and his rapier brandished high.《春雨》P252 When the road is a ribbon of moonlight over the purple(紫色) moor.《春雨》P252 While the Lily white（白色）.《盛宴》P8 Silver（銀色） voices, singing.《盛宴》P72 Beside the white（白） chickens.《盛宴》P78 Source then a blue（藍） as of the sea struck.《盛宴》P82 Among of green（綠色）.《盛宴》P94 White（白色） sweet May.《盛宴》P94 The youth walks up to the white（白） horse.《盛宴》P102 There is nothing to save, now all is lost, but a tiny core of stillness in the heart Like the of	While your hair is still black（黑色）, and before your heart withers.《秋光》P152 Sundays too my father got up early and put his clothes on in the blueblack（藍黑色）cold.《秋光》P168 Look off, dear Love, across the sallow（灰黃色） sands.《秋光》P236 Now, in the sea's red vintage（葡萄酒紅）melts the sun, as Egypt's pearl dissolved in rosy wine.《秋光》P236 Now, in the sea's red vintage melts the sun, as Egypt's pearl dissolved in rosy wine（瑰紅）.《秋光》P236 My darling's hands——a pair of swans——are driving in the gold（金色） of my hair.《春雨》P22 The heart will become a golden（金色的） block.《春雨》P22 I used to play chess with daddy, when daddy was alive. He was black〔黑（棋）〕 and I was white.《春雨》P48 Black（黑） and white squares.《春雨》P48 The sun has drowned in its congealing blood（如血色般）.《春雨》P58 The sun has drowned in its congealing blood（如血色般）.《春雨》P58	（灰）lawn.《盛宴》P280 When you are old and grey（灰色）and full of sleep.《致羞怯》P244 Now faded, and in the photograph only a trace of grays（灰）.《好詩》P86 And the wheel's kick and the wind's song and the white sail's shaking,and a gray（灰） mist on the sea's face and a gray dawn breaking.《好詩》P136 And the wheel's kick and the wind's song and the white sail's shaking,and a gray mist on the sea's face and a gray（灰） dawn breaking.

a violet（如紫羅蘭色）.《盛宴》P108 The dawn was apple-green（如蘋果綠）.《盛宴》P116 The sky was green wine（酒綠）held up in the sun.《盛宴》P116 She opened her eyes, and green（綠）.《盛宴》P116 Go on towards the pines at the hill's white（白）verge.《盛宴》P126 Since the mist's pale scarf（如灰白巾）.《盛宴》P126 Pale（蒼白） in a saffron mist and seem to die.《盛宴》P138 Crash on a white（白色） sand shore.《盛宴》P140 How small and white（白） my face.《盛宴》P140 The green（綠色） earth.《盛宴》P140 Tossing their long white（白） manes.《盛宴》P142 And mountains flash in the rose-white（如玫瑰白）dusk.《盛宴》P142 The blue（藍色）air.《盛宴》P142 O blue（藍）flower of the evening.《盛宴》P146 You have touched my face with your leaves of silver（銀色）.《盛宴》P146 Like a gondola of green（綠）scented fruits.《盛宴》P150 The blue（藍） smoke leaps.	And I hold within my hand, grains of the golden（金色的） sand.《春雨》P68 Let it be forgotten, as a flower is forgotten, forgotten as a fire that once was singing gold（金色）.《春雨》P96 Darker even than winter——the browns（褐色）of earth.《春雨》P146 She is black（黑）and white.《春雨》P174 The apparition of these faces in the crowd; petals on a wet, black（黑色） bough.《春雨》P184 With his ebony（似檀木色的） hands on each ivory key.《春雨》P203 Your feet are rosy-red（玫瑰紅） with the glow of my heart's desire.《春雨》P232 A coat of the claret（如葡萄酒的紫紅）velvet, and breeches of brown doe-skin.《春雨》P238 A coat of the claret velvet, and breeches of brown（褐色）doe-skin.《春雨》P238 But the landlord's black（黑）-eyed daughter.《春雨》P240 Plaiting a dark red（殷紅）love-knot into her long black hair.《春雨》P240 Plaiting a dark red love-knot into her long black（黑）hair.《春雨》P240 The landlord's red（紅）-lipped daughter.《春雨》P240 But I shall be back with the yellow	《好詩》P136 Thy voice, and suddenly grow grey（灰） with fear.《英詩》P234 Last gray（灰） hairs.《英詩》P252 The gray（灰） sea and the long black land.《英詩》P298 The grey（灰） lawns cold where gold.《英詩》P324

Like swirling clouds of birds vanishing. So my love leaps forth towards you, Vanishes and is renewed.《盛宴》P150 A rose-yellow moon in a pale（蒼白）sky.《盛宴》P152 A white（白）moth flew.《盛宴》P158 O purple（紫）finch.《盛宴》P168 The overstuffed plum（紫色）sofa.《盛宴》P196 Simple in blue（藍）.《盛宴》P196 The blue（藍色）vein.《盛宴》P200 The moon drops its silver（銀色）on the pond.《盛宴》P206 Twists its green（綠色）rope into a fatal noose.《盛宴》P208 Only the purple（紫色）brilliance of the fuchsias trumpets defiance to death's dominion.《盛宴》P212 He was wearing green（綠色）suspenders.《盛宴》P214 His penis. Pale（蒼白）and lovely there.《盛宴》P278 The rose stood half-uncurled, glowing white（白）in the black air.《盛宴》P280 Lord have Mercy. White（白）smow.《盛宴》P284 That o'er the green（綠色）	（黃）gold before the morning light.《春雨》P242 As the black cascade（如黑瀑）of perfume came tumbleing over his breast.《春雨》P242 A red（紅）-coat troop came marching.《春雨》P244 The landlord's black（黑）-eyed daughter.《春雨》P250 Blood-red（血紅色的）were his spurs I' the golden noon; wine-red was his velvet coat.《春雨》P252 Blood-red were his spurs I' the golden（金色的）noon; wine-red was his velvet coat.《春雨》P252 Blood-red were his spurs I' the golden noon; wine-red（如酒紅的）was his velvet coat.《春雨》P252 But the landlord's black（黑）-eyed daughter.《春雨》P252 Plaiting a dark red（殷紅）love-knot into her long black hair.《春雨》P252 Plaiting a dark red（殷紅）love-knot into her long black（黑）hair.《春雨》P252 He found out thy bed of crimson（緋紅色）joy.《盛宴》P2 And priests in black（黑）gowns, were walking their rounds.《盛宴》P10 Spelled out in tall black（黑）headines.《盛宴》P66 A red（紅色）whell.《盛宴》P78 The moon was a golden petal（如	

comfield did pass.《致羞怯》P58 A red rose peeping through a white（白）.《致羞怯》P80 Which is as white（白）and hairless as an egg.《致羞怯》P8 The sky was blue（藍）, the wind was still.《致羞怯》P140 Now sleeps the crimson petal, now the white（白）.《致羞怯》P176 Now droops the milk-white（如牛奶的白）peacock like a ghost.《致羞怯》P177 All along the valley, stream that flashest white（白）.《致羞怯》P178 I see his white（白色）body.《致羞怯》P190 Even to the original air-blue（天藍色）gown.《致羞怯》P234 Had I the heavens'embroidered cloths, enwrought with golden and silver（銀）light.《致羞怯》P246 The blue（藍）and the dim and the dark cloths.《致羞怯》P246 The ferverish room and that white（白色）bed.《致羞怯》P258 Ever agaun my handkerchief is scented with white（白色）heliotrope.《致羞怯》P258 To put thy pale（蒼白）, lost lilies	金色花瓣）between.《盛宴》P116 I cannot see her, since the mist's pale scaef, obscures the dark wood and the dull Orange（橘色）sky.《盛宴》P126 His body black（黑）fur.《盛宴》P128 Or clasped the yellow（黃）soles of feet.《盛宴》P134 Pale in a saffron（如番紅花色）mist and seem to die.《盛宴》P138 While waves far off in a pale rose（淺玫瑰色）twilight.《盛宴》P140 The stars pale silently In a coral（如珊瑚色）sky.《盛宴》P142 Their shoulders black（黑）with rains.《盛宴》P142 Colorless waters and brown（褐）, fading hills.《盛宴》P146 A rose-yellow（如玫瑰黃）moon in a pale sky.《盛宴》P152 The red（紅）deer are high on the mountain.《盛宴》P152 At the gold（金色）of November sunset.《盛宴》P166 Now summer grasses, brown（褐）with hat.《盛宴》P182 And deep brown（深褐色）level eyes.《盛宴》P188 The brown（褐色）room.《盛宴》P196 Where orange（橘色）carp.《盛宴》P206 Distils its amber（琥珀色）sweetenss.《盛宴》P206 A red（紅色）geranium.《盛宴》P212	

out of mind.《致羞怯》P262 Golden shadow glows.《致羞怯》P286 If snow be white（白）, why then her breasts are dum.《好詩》P4 I have seen roses damasked, red and white（白）.《好詩》P4 And the white（白） rose breathes of love.《好詩》P58 And the white（白） rose is a dove.《好詩》P58 But I send you a cream-white（如牛奶的白） rosebud.《好詩》P58 That long years ago showed, no doubt, pink（粉紅色） and white.《好詩》P86 That long years ago showed, no doubt, pink and white（白色）.《好詩》P86 That center of attention, swathed in a sort of white（白色） dress.《好詩》P86 And the wheel's kick and the wind's song and the white（白） sail's shaking,and a gray mist on the sea's face and a gray dawn breaking.《好詩》P136 And all I ask is a windy day with the white（白） clouds flying.《好詩》P136 Nature's first green（綠） is gold.《好詩》P166 Blue（藍） curtains of the sky,	Deep in her body the ovaries let out her first eggs, golden(金黃) as drops of grain.《盛宴》P274 The rose stood half-uncurled, glowing white in the black（黑） air.《盛宴》P280 Feeling good & black（黑）.《盛宴》P284 Thinking black（黑） thoughts.《盛宴》P284 Did black（黑） things.《盛宴》P284 Played all my black（黑） records.《盛宴》P284 And minded my own black（黑） bidness.《盛宴》P284 Put on my best black（黑） clothes.《盛宴》P284 Walked out my black（黑） door.《盛宴》P284 Her blood（如血的顏色） still fresh into her face.《致羞怯》P22 And often is his gold（金色） complexion dimm'd.《致羞怯》P50 A red（紅） rose peeping through a white.《致羞怯》P80 O my Luve's like a red（紅）, red rose.《致羞怯》P132 O my Luve's like a red, red（紅） rose.《致羞怯》P132 So in my veins red（紅） life might stream again.《致羞怯》P160 Now sleeps the crimson（緋紅色） petal, now the white.《致羞怯》P176 Nor winks the gold(金色) fin in the	

scater thy silver dew.《英詩》P158 Blue curtains of the sky, scater thy silver（銀）dew.《英詩》P158 And the pale（蒼白） Virgin shrouded in snow, a rise from their gravews and aspire.《英詩》P164 Flow gently, sweet Afton, among thy green（綠） braces.《英詩》P168 How pleasant thy banks and green（綠） valleys below.《英詩》P168 How wanton thy waters her snowy（如雪般的白） feet lave.《英詩》P170 With my cheek on one of those green（綠）stones.《英詩》P178 And the green and moss（苔綠）bower.《英詩》P178 Inaudible as dreams! The thin blue（藍） flame.《英詩》P196 Are driven, like ghosts from an enchanter fleeing, yellow, and black, and pale（蒼白）, and hectic red.《英詩》P230 There are spread on the blue（藍） surface of thine aery surge, like the bright hair uplifted from the head.《英詩》P230 The blue（藍） Mediterranean.《英詩》P232	porphyry font.《致羞怯》P176 His brown（褐色）hair.《致羞怯》P190 Had I the heavens'embroidered cloths, enwrought with golden（金） and silver light.《致羞怯》P246 Golden（金色）shadow glows.《致羞怯》P286 Concentrates her golden（金色） shadow.《致羞怯》P286 And her swung breast sway like the full-blown yellow（黃色） Gloire de Dijon roses.《致羞怯》P286 Coral is far more red（像珊瑚的紅） than her lips' red.《好詩》P4 Coral is far more red than her lips' red（紅）.《好詩》P4 If snow be white, why then her breasts are dum（暗褐色）.《好詩》P4 I have seen roses damasked, red（紅） and white.《好詩》P4 The red（紅） rose whispers of passion.《好詩》P58 The red（紅） rose is a falcon.《好詩》P58 In black（黑色） coat, derby at breast, he is quick to assure you the world's in good hands.《好詩》P86 Nature's first green is gold（金）.《好詩》P166 O Autumn, laden with furit, and stained with the blood of the grape（葡萄血色）, pass not.《英詩》P156	

<table>
<tr>
<td>In some melodious plot of beechen green（如山毛櫸的綠）, and shadows numberless, singest of summer in full-throated ease.《英詩》P250
With beaded bubbles winking at the brim, and purple（紫色）-stained mouth.《英詩》P250
Where youth groes pale, and spectre-thin（如幽靈般的蒼白）, and dies.《英詩》P252
Through verdureous（碧綠的）glooms and winding mossy ways.《英詩》P252
To what green（綠） altar.《英詩》P260
Nor suffer thy pale（蒼白）forehead to be kiss'd by nightshade.《英詩》P262
And hides the green（綠） hill in an April shroud.《英詩》P264
In placed sandals, and in white（白） robes graced: they pass'd like figures on a marble urn.《英詩》P266
Pale（蒼白） of cheek.《英詩》P268
I saw pale（蒼白） kings, and princes too, pale warriors, death pale were they all.《英詩》P280
I saw pale kings, and princes too, pale（蒼白） warriors, death pale were they all.《英詩》P280</td>
<td>But left his golden（金黃色） load.《英詩》P156
A host, of golden（金黃） daffodils.《英詩》P182
And all was black（黑）.《英詩》P212
Are driven, like ghosts from an enchanter fleeing, yellow（黃）, and black,
nd pale, and hectic red.《英詩》P230
Are driven, like ghosts from an enchanter fleeing, yellow, and black（黑）, and pale, and hectic red.《英詩》P230
Are driven, like ghosts from an enchanter fleeing, yellow, and black, and pale, and hectic red（如病態的腥紅）.《英詩》P230
Black（黑） rain and fire and hail will burst.《英詩》P232
Ruby（如紅寶石色）grape of Proserpine.《英詩》P262
Sunset ran, one glorious blood-red（血紅色）, reeking into Cadiz Bay.《英詩》P292
The gray sea and the long black（黑） land.《英詩》P298
And the yellow（黃） half-moon large and low.《英詩》P298
In fiery（如火的紅色） ringlets from their sleep.《英詩》P298
And straight was a path of gold（金色） for him.《英詩》P298</td>
<td></td>
</tr>
</table>

<table>
<tr>
<td>I saw pale kings, and princes too, pale warriors, death pale（如死的蒼白） were they all.《英詩》P280
All along the vallery, stream that flashest white（白）.《英詩》P286
And blue（藍）spurt.《英詩》P298
And straight was a path of gold（金色） for him.《英詩》P298
The waxen（如蠟的蒼白） colours weep and run.《英詩》P332
Into the flat blue（藍） mist the sun drops out and all our day is done.《英詩》P332
And how can body, land in that white（白色） rush.《英詩》P348
White（白色） and distant, absorbed.《英詩》P356
Or white（白色） feathers.《英詩》P356
Now to recollect by the fireside on the white（白色） square of marble.《英詩》P358
From ivory（象牙色） depths words rising shed their blackenss.《英詩》P358
While space rushes blue（藍） and stars glint.《英詩》P358
When the grey-blue（灰藍色） clouds of the northern hemisphere let a grey-blue patch shine for a moment on the waters of the</td>
<td>And though the last lights off the black（黑） West went.《英詩》P322
Morning, at the brown（褐色） brink eastward springs.《英詩》P322
The grey lawns cold where gold（金）.《英詩》P324
Look! March-bloom, like on mealed-with-yellow（黃）sallows.《英詩》P324
Horseback brown（褐色）.《英詩》P328
But through black（黑） branches, rarely drest.《英詩》P332
Where yonder crimson（緋紅色） fireball sits.《英詩》P332
The sun gold（金色） on its slopes.《英詩》P356
Light sheds gold（金） scales.《英詩》P356
Radiating to a point men's feet and women's feet, black（黑） or gold-encrusted.《英詩》P356
Radiating to a point men's feet and women's feet, black or gold（金）-encrusted.《英詩》P356
The firelight darting and making the room red（紅）, save for the black figures and their bright eyes.《英詩》P356
The firelight darting and making the room red, save for the black（黑） figures and their bright eyes.《英詩》P356
When the blue-black（藍黑色） hollow of the sky resounded with</td>
<td></td>
</tr>
</table>

Seine.《英詩》P360 When the grey-blue clouds of the northern hemisphere let a grey-blue(灰藍色) patch shine for a moment on the waters of the Seine.《英詩》P360 Diversting herself of her golden shift, asn so emergeng white(白色)and exquisite.《英詩》P364 About the lilting house and happy as the gress was green（如草般的綠）.《英詩》P372 And as I was green（綠） and carefree.《英詩》P372 And green（綠） and golden I was huntsman and herdsman.《英詩》P372 And fire green as gress（如草般的綠）.《英詩》P374 The spellbound horses walking warm out of the whinnying green（綠） stable on to the fields of praise.《英詩》P374 And nothing I cared, at my sky blue(天空藍)trades.《英詩》P376 Before the children green（綠） and golden.《英詩》P376 othing I cared, in the lamb white（綿羊白） days.《英詩》P376	the tap tap tap of the vulture's beak on skeleton that had a littlee flesh and only a half tail.《英詩》P358 Her face was yellow（黃） and red.《英詩》P360 Her face was yellow and red（紅）.《英詩》P360 Slowly the moon is rising out of the ruddy（紅的） haze.《英詩》P364 Diversting herself of her golden（金色） shift, and so emerging white and exquisite.《英詩》P364 The great black（黑） piano.《英詩》P366 Golden（金） in the heydays of his eyes.《英詩》P372 Golden（金） in the mercy of his means.《英詩》P372 And green and golden（金） I was huntsman and herdsman.《英詩》P372 Before the children green and golden（金）.《英詩》P376	
寒色系：共 128 次	暖色系：共 137 次	中間色：共 14 次

從表 7-2-1 中我們可以看出，西方色彩詞在這六本詩選合集中，寒色系（包含輕寒色系）共使用了 128 次，暖色系共使用 137 次，而屬於中

間色的灰色則使用 14 次。由此可知，西方民族在創造觀型文化的影響下，因為有著榮耀造物主所造萬物的民族思維，所以會比較偏好鮮豔明亮的暖色系色彩詞。而關於西方色彩詞在自由詩中的修辭特徵與審美類型的使用情形，如下：

表 7-2-2　西方色彩詞在自由詩中的修辭特徵與審美類型統計表

修辭特徵／審美類型	譬喻	象徵	直敘
崇高 共 114 次	Ride a watersmooth-silver（水銀色）stallion.《秋光》P36 Even to the original air-blue（天藍色）gown.《秋光》P222 Now, in the sea's red vintage（葡萄酒紅） melts the sun, as Egypt's pearl dissolved in rosy wine.《秋光》P236 Now, in the sea's red vintage melts the sun, as Egypt's pearl dissolved in rosy wine（瑰紅）.《秋光》P236 Let it be forgotten, as a flower is forgotten, forgotten as a fire that once was singing gold（金色）.《春雨》P96	While your lips are still red（紅色）.《秋光》P152 My darling's hands ——a pair of swans ——are driving in the gold（金色） of my hair.《春雨》P22 The heart will become a golden（金色的） block.《春雨》P22 And I hold within my hand, grains of the golden（金色的）sand.《春雨》P68 Plaiting a dark red（殷紅） love-knot into her long black hair.《春雨》P240 Looping the purple（紫色） moor.《春雨》P244 Blood-red were his spurs I' the golden	For each glance of that eye so bright and black（黑色）, though I keep with heart's endeavorur.《秋光》P134 One day more bursts them open fully——you know the red（紅色） turns gray.《秋光》P134 Look off, dear Love, across the sallow（灰黃色） sands.《秋光》P236 But the landlord's black（黑）-eved daughter.《春雨》P240 Plaiting a dark red love-knot into her long black（黑）hair.《春雨》P240 The landlord's black（黑）-eyed daughter.《春雨》P250 But the landlord's black（黑）-eyed daughter.《春雨》P252 Plaiting a dark red（殷紅） love-knot into her long black（黑）hair.《春雨》P252 Silver（銀色） voices,

	Only you, ever green（如常青）, ever sun, ever moon.《春雨》P106 With his ebony（似檀木色的） hands on each ivory key.《春雨》P203 With his ebony hands on each ivory（象牙白） key.《春雨》P203 Your feet are rosy-red（玫瑰紅） with the glow of my heart's desire.《春雨》P232 As the black cascade（如黑瀑） of perfume came tumbleing over his breast.《春雨》P242 Source then a blue（藍） as of the sea struck.《盛宴》P82 The moon was a golden petal（如金色花瓣） between.《盛宴》P116 While waves far off in a pale rose（淺玫瑰色） twilight.《盛宴》P140 The blue（藍）	（金色的） noon; wine-red was his velvet coat.《春雨》P252 When the road is a ribbon of moonlight over the purple(紫色) moor.《春雨》P252 Plaiting a dark red（殷紅） love-knot into her long black hair.《春雨》P252 While the Lily white（白色）.《盛宴》P8 Spelled out in tall black（黑） headines.《盛宴》P66 The blue（藍色） air.《盛宴》P142 At the gold（金色） of November sunset.《盛宴》P166 And often is his gold（金色） complexion dimm'd.《致羞怯》P50 So in my veins red（紅） life might stream again.《致羞怯》P160 Golden（金色） shadow glows.《致	singing.《盛宴》P72 The moon drops its silver（銀色） on the pond.《盛宴》P206 The landlord's red（紅）-lipped daughter.《春雨》P240 But I shall be back with the yellow（黃） gold before the morning light.《春雨》P242 Nor winks the gold（金色） fin in the porphyry font.《致羞怯》P176 I see his white（白色） body.《致羞怯》P190 Had I the heavens' embroidered cloths, enwrought with golden（金） and silver light.《致羞怯》P246 Had I the heavens' embroidered cloths, enwrought with golden and silver（銀） light.《致羞怯》P246 His penis. Pale（蒼白） and lovely there.《盛宴》P278 I have seen roses damasked, red（紅） and white.《好詩》P4 I have seen roses damasked, red and white（白）.《好詩》P4 That long years ago showed, no doubt, pink（粉紅色） and white.《好詩》

<table>
<tr>
<td></td>
<td>smoke leaps. Like swirling clouds of birds vanishing. So my love leaps forth towards you, Vanishes and is renewed.《盛宴》P150
Her **blood（如血的顏色）** still fresh into her face.《致羞怯》P22
A **red（紅）** rose peeping through a white.《致羞怯》P80
A red rose peeping through a **white（白）**.《致羞怯》P80
Which is as **white（白）** and hairless as an egg.《致羞怯》P86
O my Luve's like a **red（紅）**, red rose.《致羞怯》P132
O my Luve's like a red, **red（紅）** rose.《致羞怯》P132
Even to the original **air-blue（天藍色）** gown.《致羞怯》P234
And her swung</td>
<td>羞怯》P286
Concentrates her **golden（金色）** shadow.《致羞怯》P286
In **black（黑色）** coat, derby at breast, he is quick to assure you the world's in good hands.《好詩》P86
Blue curtains of the sky, scater thy **silver（銀）** dew.《英詩》P158
And straight was a path of **gold（金色）** for him.《英詩》P298
White（白色） and distant, absorbed.《英詩》P356
The firelight darting and making the room red, save for the **black（黑）** figures and their bright eyes.《英詩》P356
While space rushes **blue（藍）** and stars glint.《英詩》P358
Diversting herself of her golden shift, asn so emergeng</td>
<td>P86
That long years ago showed, no doubt, pink and **white（白色）**.《好詩》P86
And the wheel's kick and the wind's song and the **white（白）** sail's shaking, and a gray mist on the sea's face and a gray dawn breaking.《好詩》P136
And the wheel's kick and the wind's song and the white sail's shaking,and a **gray（灰）** mist on the sea's face and a gray dawn breaking.《好詩》P136
And the wheel's kick and the wind's song and the white sail's shaking,and a gray mist on the sea's face and a **gray（灰）** dawn breaking.《好詩》P136
And all I ask is a windy day with the **white（白）** clouds flying.《好詩》P136
But left his **golden（金黃色）** load.《英詩》P156
Blue（藍） curtains of the sky, scater thy silver dew.《英詩》P158
Flow gently, sweet Afton, among thy **green（綠）** braces.《英詩》P168
How pleasant thy banks</td>
</tr>
</table>

	breast sway like the full-blown yellow（黃色） Gloire de Dijon roses.《致羞怯》P286 The red（紅） rose whispers of passion.《好詩》P58 And the white（白） rose breathes of love.《好詩》P58 The red（紅）rose is a falcon.《好詩》P58 And the white（白） rose is a dove.《好詩》P58 Nature's first green is gold（金）.《好詩》P166 O Autumn, laden with furit, and stained with the blood of the grape（葡萄血色）, pass not.《英詩》P156 How wanton thy waters her snowy（如雪般的白） feet lave.《英詩》P170 In some melodious plot of beechen green（如山毛櫸的綠）, and shadows numberless, singest of summer in full-	white（白色） and exquisite.《英詩》P364 Golden（金） in the heydays of his eyes.《英詩》P372 Golden（金） in the mercy of his means.《英詩》P372 Before the children green（綠） and golden.《英詩》P376 Before the children green and golden（金）.《英詩》P376	and green（綠） valleys below.《英詩》P168 A host, of golden（金黃） daffodils.《英詩》P182 There are spread on the blue（藍） surface of thine aery surge, like the bright hair uplifted from the head.《英詩》P230 With beaded bubbles winking at the brim, and purple（紫色）-stained mouth.《英詩》P250 All along the vallery, stream that flashest white（白）.《英詩》P286 And the yellow（黃） half-moon large and low.《英詩》P298 Morning, at the brown（褐色） brink eastward springs.《英詩》P322 The grey（灰） lawns cold where gold.《英詩》P324 The grey lawns cold where gold（金）.《英詩》P324 But through black（黑） branches, rarely drest.《英詩》P332 Where yonder crimson（緋紅色） fireball sits.《英詩》P332 The sun gold（金色） on its slopes.《英詩》P356

	throated ease.《英詩》P250 Ruby（如紅寶石色）grape of Proserpine.《英詩》P262 Sunset ran, one glorious blood-red（血紅色）, reeking into Cadiz Bay.《英詩》P292 In fiery（如火的紅色） ringlets from their sleep.《英詩》P298 Look! March-bloom, like on mealed- with-yellow（黃）sallows.《英詩》P324 Light sheds gold（金）scales.《英詩》P356 Radiating to a point men's feet and women's feet, black（黑）orgold-encrusted.《英詩》P356 Radiating to a point men's feet and women's feet, black or gold（金）-encrusted.《英詩》P356 From ivory（象牙色） depths words		Or white（白色） feathers.《英詩》P356 Diversting herself of her golden（金色） shift, and so emerging white and exquisite.《英詩》P364 The great black（黑） piano.《英詩》P366 The spellbound horses walking warm out of the whinnying green（綠） stable on to the fields of praise.《英詩》P374

	rising shed their blackenss.《英詩》P358 And green（綠）and golden I was huntsman and herdsman.《英詩》P372 And green and golden（金）I was huntsman and herdsman.《英詩》P372 And nothing I cared, at my sky blue（天空藍） trades.《英詩》P376 Nothing I cared, in the lamb white（綿羊白）days.《英詩》P376		
悲壯 共 84 次	Oil brown（如石油的褐色） smog over Denver.《秋光》P146 Oil red（如石油的紅色） dung colored smoke, level to lever across the horizon.《秋光》P146 The sun has drowned in its congealing blood（如血色般）.《春	Put crepe bows round the white（白色） necks of the public doves.《秋光》P66 Let the traffic policemen wear black（黑色） cotton gloves.《秋光》P66 She with thin form presently drest in black（黑色）.《秋光》P122 I sometimes think that	Sickly white（蒼白） in the face and dull in the head, very faint.《秋光》P122 Hazing red（紅色） Denver's day, December bare trees.《秋光》P146 Black（黑色） smoke drifts wobbly from tailfins.《秋光》P146 While your hair is still black（黑色）, and before your heart withers.《秋光》P152 Sundays too my father got

	雨》P58 The sun has drowned in its congealing blood（如血色般）.《春雨》P58 With the white road smoking（如白煙）behind him and his rapier brandished high.《春雨》P252 Blood-red（血紅色的）were his spurs I' the golden noon; wine-red was his velvet coat.《春雨》P252 Blood-red were his spurs I' the golden noon; wine-red（如酒紅的）was his velvet coat.《春雨》P252 There is nothing to save, now all is lost, but a tiny core of stillness in the heart Like the of a violet（如紫羅蘭色）.《盛宴》P108 The stars pale silently In a coral（如珊瑚色）sky.《盛宴》P142 And mountains flash	never blows so red（紅色）.《秋光》P140 Blue（藍色）tainted sky above.《秋光》P146 Through broken walls and gray（灰色）, the winds blow bleak and shrill.《秋光》P260 My face turned pale（蒼白）as deadly pale.《秋光》P266 My face turned pale as deadly pale（蒼白）.《秋光》P266 Darker even than winter——the browns（褐色）of earth.《春雨》P146 The apparition of these faces in the crowd; petals on a wet, black（黑色）bough.《春雨》P184 His lips are pale（蒼白）and still.《春雨》P198 His face was white（蒼白）and peaked.《春雨》P240 His face grew grey（灰色）to hear.	up early and put his clothes on in the blueblack（藍黑色）cold.《秋光》P168 While I stand on the roadway, or on the pavements gray（灰色）.《春雨》P181 A red（紅）-coat troop came marching.《春雨》P244 The fields were only grey（灰）with scattered snow.《盛宴》P126 Pale（蒼白）in a saffron mist and seem to die.《盛宴》P138 How small and white（白）my face.《盛宴》P140 You have touched my face with your leaves of silver（銀色）.《盛宴》P146 A rose-yellow moon in a pale（蒼白）sky.《盛宴》P152 A white（白）moth flew.《盛宴》P158 And went out over the grey（灰）lawn.《盛宴》P280 The rose stood half-uncurled, glowing white（白）in the black air.《盛宴》P280 The rose stood half-uncurled, glowing white in the black（黑）air.《盛宴》P280 Feeling good & black（黑）.《盛宴》P284

	in the rose-white（如玫瑰白） dusk.《盛宴》P142 A rose-yellow（如玫瑰黃） moon in a pale sky.《盛宴》P152 Only the purple（紫色）brilliance of the fuchsias trumpets defiance to death's dominion.《盛宴》P212 Deep in her body the ovaries let out her first eggs, golden（金黃） as drops of grain.《盛宴》P274 Since the mist's pale scarf（如灰白巾）.《盛宴》P126 Pale in a saffron（如番紅花色） mist and seem to die.《盛宴》P138 Now droops the milk-white（如牛奶的白）peacock like a ghost.《致羞怯》P177 Coral is far more red（像珊瑚的紅） than her lips' red.《好詩》P4	《春雨》P250 He found out thy bed of crimson（緋紅色） joy:and his dark secret love does thy life destroy《盛宴》P2 I cannot see her, since the mist's pale scaef, obscures the dark wood and the dull Orange（橘色） sky.《盛宴》P126 Their shoulders black（黑） with rains.《盛宴》P142 The blue（藍色） vein.《盛宴》P200 Lord have Mercy. White（白） smow.《盛宴》P284 To put thy pale（蒼白）, lost lilies out of mind.《致羞怯》P262 If snow be white（白）, why then her breasts are dum.《好詩》P4 If snow be white, why then her breasts are dum（暗褐色）.《好詩》P4 Now faded, and in	Thinking black（黑） thoughts.《盛宴》P284 Did black（黑） things.《盛宴》P284 Played all my black（黑） records.《盛宴》P284 And minded my own black（黑） bidness.《盛宴》P284 Put on my best black（黑） clothes.《盛宴》P284 Walked out my black（黑） door.《盛宴》P284 Coral is far more red than her lips' red（紅）.《好詩》P4 Are driven, like ghosts from an enchanter fleeing, yellow（黃）, and black, and pale, and hectic red.《英詩》P230 Are driven, like ghosts from an enchanter fleeing, yellow, and black（黑）, and pale, and hectic red.《英詩》P230 Are driven, like ghosts from an enchanter fleeing, yellow, and black, and pale（蒼白）, and hectic red.《英詩》P230 Last gray（灰） hairs.《英詩》P252 In placed sandals, and in white（白） robes graced:

	Are driven, like ghosts from an enchanter fleeing, yellow, and black, and pale, and hectic red（如病態的腥紅）.《英詩》P230 Where youth groes pale, and spectre-thin（如幽靈般的蒼白）, and dies.《英詩》P252 I saw pale kings, and princes too, pale warriors, death pale（如死的蒼白） were they all.《英詩》P280 The waxen（如蠟的蒼白） colours weep and run.《英詩》P332	the photograph only a trace of grays（灰）.《好詩》P86 And the pale（蒼白）Virgin shrouded in snow, a rise from their gravews and aspire.《英詩》P164 And all was black（黑）.《英詩》P212 Black（黑） rain and fire and hail will burst.《英詩》P232 Thy voice, and suddenly grow grey（灰） with fear.《英詩》P234 I saw pale（蒼白） kings, and princes too, pale warriors, death pale were they all.《英詩》P280 I saw pale kings, and princes too, pale（蒼白） warriors, death pale were they all.《英詩》P280 The gray（灰） sea and the long black land.《英詩》P298 The gray sea and the long black（黑） land.《英詩》P298 And how can body,	they pass'd like figures on a marble urn.《英詩》P266 Pale（蒼白） of cheek.《英詩》P268 And though the last lights off the black（黑） West went.《英詩》P322 Into the flat blue（藍） mist the sun drops out and all our day is done.《英詩》P332

		land in that white（白色） rush.《英詩》P348	
優美 共 81 次	I used to play chess with daddy, when daddy was alive. He was black〔黑（棋）〕 and I was white.《春雨》P48 I used to play chess with daddy, when daddy was alive. He was black and I was white〔白（棋）〕.《春雨》P48 A coat of the claret（如葡萄酒的紫紅） velvet, and breeches of brown doe-skin.《春雨》P238 A coat of the claret velvet, and breeches of brown（褐色） doe-skin.《春雨》P238 The dawn was apple-green（如蘋果綠）.《盛宴》P116 The sky was green wine（酒綠） held up in the sun.《盛宴》P116 Like a gondola of	The little waves, with their soft, white（白色） hands.《秋光》P30 The night is starry and the stars are blue（藍色） and shiver in the distance.《秋光》P190 White(白色) sweet May.《盛宴》P94 She opened her eyes, and green（綠）.《盛宴》P116 The ferverish room and that white (白色) bed.《致羞怯》P258 Ever agaun my handkerchief is scented with white（白色） heliotrope.《致羞怯》P258 That center of attention, swathed in a sort of white(白色）dress.《好詩》P86 Nature's first green（綠） is gold.《好詩》P166	Along the sea-sands damp and brown（褐色）.《秋光》P30 Lo, where the trees, deeper green（深綠）, yellower and redder.《秋光》P120 Lo, where the trees, deeper green, yellower（黃） and redder.《秋光》P120 Lo, where the trees, deeper green, yellower and redder（紅）.《秋光》P120 One day more bursts them open fully——you know the red turns gray（灰色）.《秋光》P134 Black（黑）and white squares.《春雨》P48 Black and white（白） squares.《春雨》P48 She is black（黑） and white.《春雨》P174 She is black and white(白).《春雨》P174 And priests in black（黑） gowns, were walking their rounds.《盛宴》P10 A red（紅色）whell.《盛宴》P78 Beside the white（白） chickens.《盛宴》P78

	green（綠）scented fruits.《盛宴》P150 Distils its amber（琥珀色）sweetenss.《盛宴》P206 But I send you a cream-white（如牛奶的白）rosebud.《好詩》P58 And the green and moss（苔綠）bower.《英詩》P178 About the lilting house and happy as the gress was green（如草般的綠）.《英詩》P372 And fire green as gress（如草般的綠）.《英詩》P374	Nor suffer thy pale（蒼白）forehead to be kiss'd by nightshade.《英詩》P262 And as I was green（綠）and carefree.《英詩》P372	Among of green（綠色）.《盛宴》P94 The youth walks up to the white（白）horse.《盛宴》P102 Go on towards the pines at the hill's white（白）verge.《盛宴》P126 His body black（黑）fur.《盛宴》P128 Or clasped the yellow（黃）soles of feet.《盛宴》P134 Where orange（橘色）carp.《盛宴》P206 Twists its green（綠色）rope into a fatal noose.《盛宴》P208 A red（紅色）geranium.《盛宴》P212 He was wearing green（綠色）suspenders.《盛宴》P214 And deep brown（深褐色）level eyes.《盛宴》P188 The brown（褐色）room.《盛宴》P196 The overstuffed plum（紫色）sofa.《盛宴》P196 Simple in blue（藍）.《盛宴》P196 Through the grey（灰）haze of their threads.《盛宴》P204 The red（紅）deer are high on the mountain.《盛宴》P152 O purple（紫）finch.《盛宴》

			P168 Now summer grasses, brown（褐）with hat.《盛宴》P182 Crash on a white（白色）sand shore.《盛宴》P140 The green（綠色） earth.《盛宴》P140 Tossing their long white（白） manes.《盛宴》P142 Colorless waters and brown（褐）, fading hills.《盛宴》P146 O blue（藍） flower of the evening.《盛宴》P146 That o'er the green（綠色）comfield did pass.《致羞怯》P58 The sky was blue（藍）, the wind was still.《致羞怯》P140 Now sleeps the crimson（緋紅色） petal, now the white.《致羞怯》P176 Now sleeps the crimson petal, now the white（白）.《致羞怯》P176 All along the valley, stream that flashest white（白）.《致羞怯》P178 His brown（褐色） hair.《致羞怯》P190 When you are old and grey（灰色）and full of sleep.《致羞怯》P244 The blue（藍）and the dim

			and the dark cloths.《致羞怯》P246 With my cheek on one of those green（綠） stones.《英詩》P178 Inaudible as dreams! The thin blue（藍）flame.《英詩》P196 The blue（藍）Mediterranean.《英詩》P232 Through verdureous（碧綠的） glooms and winding mossy ways.《英詩》P252 To what green（綠）altar.《英詩》P260 And hides the green（綠）hill in an April shroud.《英詩》P264 And blue（藍） spurt.《英詩》P298 Horseback brown（褐色）.《英詩》P328 The firelight darting and making the room red（紅）, save for the black figures and their bright eyes.《英詩》P356 Now to recollect by the fireside on the white（白色） square of marble.《英詩》P358 When the blue-black（藍黑色） hollow of the sky resounded with the tap tap tap of the vulture's beak on skeleton that had a littlee flesh and only a half tail.《英

			詩》P358 When the grey-blue（灰藍色） clouds of the northern hemisphere let a grey-blue patch shine for a moment on the waters of the Seine.《英詩》P360 When the grey-blue clouds of the northern hemisphere let a grey-blue（灰藍色） patch shine for a moment on the waters of the Seine.《英詩》P360 Her face was yellow（黃） and red.《英詩》P360 Her face was yellow and red（紅）.《英詩》P360 Slowly the moon is rising out of the ruddy（紅的） haze.《英詩》P364
	譬喻：共 75 次	象徵：共 69 次	直敘：共 135 次

從表 7-2-2 中我們可以看出，西方色彩詞在這六本詩選合集中，譬喻修辭使用了 75 次，象徵修辭使用 69 次，而直敘修辭則使用 135 次；在審美類型裡，崇高使用了 114 次，悲壯使用 84 次，優美則使用了 81 次。由此可知，西方民族在一神信仰的規範下，秉持著榮耀上帝所造萬物的共識，在進行文學創作時，容易將文學美感推向崇高化或悲壯化。此外，也由於創造觀這種世界觀的支配影響，西方人會偏愛使用譬喻的修辭技巧來進行創作（詳見第六章第二、三節）。

在本章的第一、二節分別針對色彩詞在中西方新詩中的使用情形作一約略的統計，而關於中西方色彩詞的差異比較及其解釋在下節會有更為詳細的討論，在此就先不加敘述。

第三節　中西方色彩詞的差異比較及其解釋

在前面兩節我針對色彩詞在中西方新詩中的使用情形作一初步的統計，從表 7-1-1 與表 7-2-1 中我們可以得知其色系的使用情況，並可得出以下圖示：

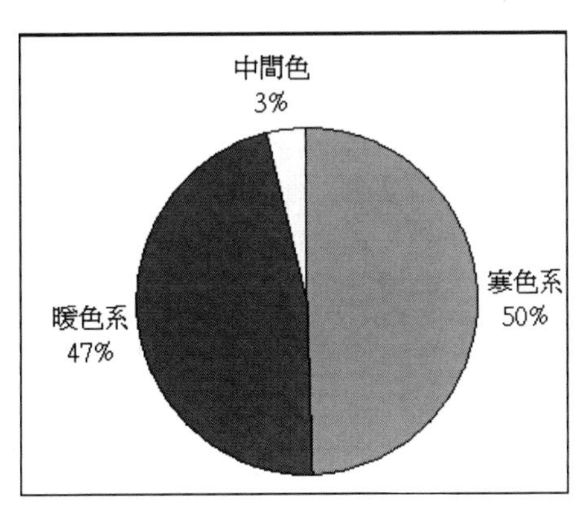

圖 7-3-1　中方色彩詞的色系比例圖

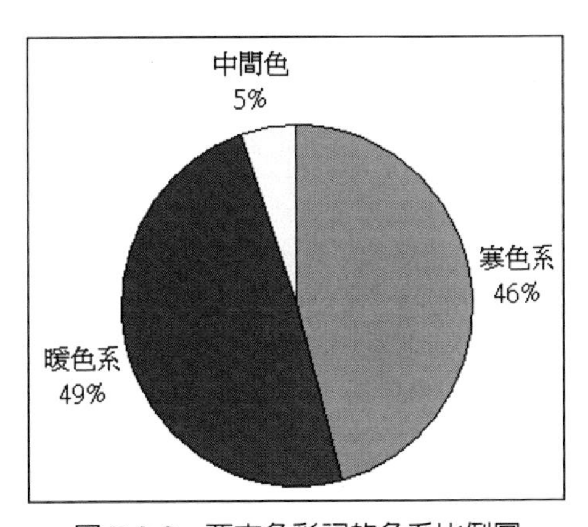

圖 7-3-2　西方色彩詞的色系比例圖

從圖 7-3-1 中可以看出中方色彩詞的色系比例圖，圖中寒色系佔了 50%，暖色系佔 47%，中間色（灰色）則有 3%；而西方色彩詞在色系的比例上，寒色系佔了 46%，暖色系佔 49%，中間色（灰色）則有 5%（見圖 7-3-2）。由此可以得知，漢民族在色系的使用上，對寒色系（包含輕寒色系）較有偏愛，而西方民族則比較偏好暖色系。中西方對於色系的喜好所以會顯現出這樣的差別，是由於中方的終極信仰是道，認為自然萬物都偶然氣化而成，其所支配的文化系統為氣化觀型文化，這樣的世界觀使得中方的民族特性較為內斂含蓄；而這種幽微混沌、崇尚自然的思維，也讓漢民族會偏好寒色系與輕寒色系。相較於西方，他們的終極信仰是上帝，認為宇宙萬物為上帝所造，在這種創造觀的世界觀影響下，西方人會比較崇尚明亮鮮豔的色彩，並且會極盡所能地去發掘造物主所造萬物的美；在所有的色彩中，鮮豔的色彩最能展現出所造物的美感，也最能頌揚所造物，因此西方人在色彩的使用上，自然就會比較偏好溫暖明亮的暖色系色調（詳見第五章第四節）。而從前兩節中的表 7-1-2 與表 7-2-2，關於中西方色彩詞審美類型與修辭特徵的使用情況，可以得出以下圖示：

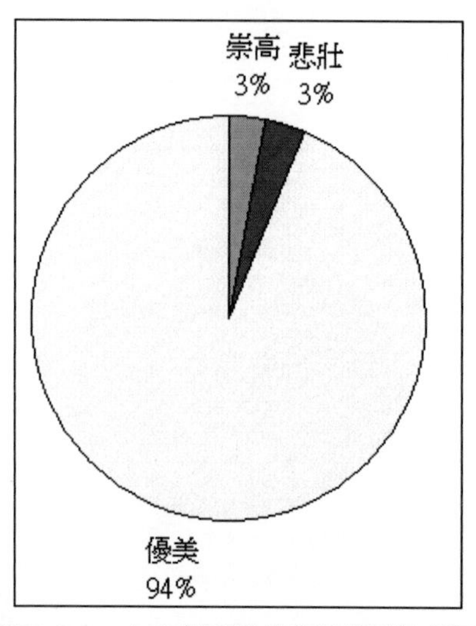

圖 7-3-3　中方色彩詞的審美類型比例圖

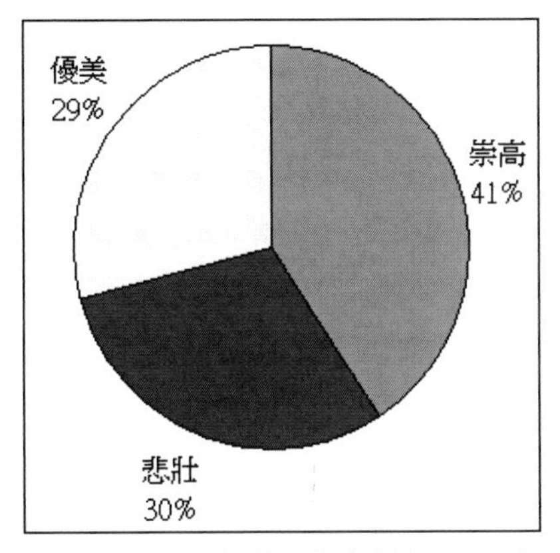

圖 7-3-4　西方色彩詞的審美類型比例圖

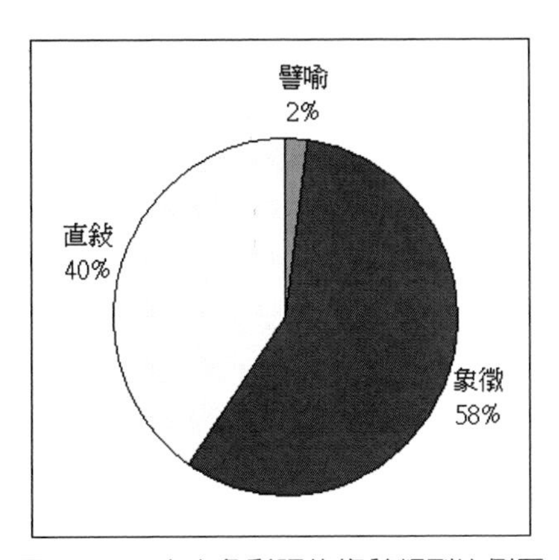

圖 7-3-5　中方色彩詞的修辭類型比例圖

從圖 7-3-3 中可以看出中方色彩詞的審美類型比例圖，圖中崇高佔了 3%，悲壯佔 3%，優美則有 94%；而西方色彩詞在審美類型的比例上，崇高佔了 41%，悲壯佔 30%，優美則有 29%（見圖 7-3-4）。而在修辭特徵的使用上，從圖 7-3-5 可知中方色彩詞裡的譬喻佔了 2%，象徵佔 58%，直敍則有 40%；西方色彩詞在修辭類型的比例上，譬喻佔了 27%，象徵佔 25%，直敍則有 48%（見圖 7-3-6）。從以上這些圖示中，我們可以得出以下的結論：西方色彩詞在文學作品中的運用以譬喻修辭和崇高、悲壯的美感為主要基調；而中方色彩詞的使用則以象徵修辭和優美性為主要風格。會造成這樣的差異也是由於彼此世界觀的不同。西方深受創造觀的影響而有詩性思維在揣想人／神的關係；中國則在氣化觀的支配中，有情志的思維在綰結人情和諧和自然。西方的詩性思維會以譬喻的手段來創新事物，從而找到寄寓化解人／神衝突的方式。因此，在色彩詞的使用中，由於想像力的介入而有了遙想，所以比較常使用譬喻修辭，且為了接近造物主，文學作品也大多表現出崇高或悲壯的美感（接近不了就淪為悲壯）。反觀漢民族因為情志思維，因此文學會較為凝鍊，偏愛使用象徵的修辭技巧，它完全從人有內感外應的需求去從事文學創作。如此一來，中方的色彩詞使用便有了優美柔和的文學美感。（詳見第六章第二、三節）

關於色彩詞在新詩中的使用情形於本章中作了一歸類與統計分析，礙於時間與能力所及，無法挑選更多的詩集作統計，只能從中依需選取一些詩選合集，作初步的歸納統計，以比較其差異。而色彩詞的功能、文化性與審美性既已有了一整體性的探究，在下一章節中，我將針對色彩詞在新詩閱讀與寫作教學上的如何運用作一探析，以期能提供語文教學者或未來的研究者一些建議和方向。

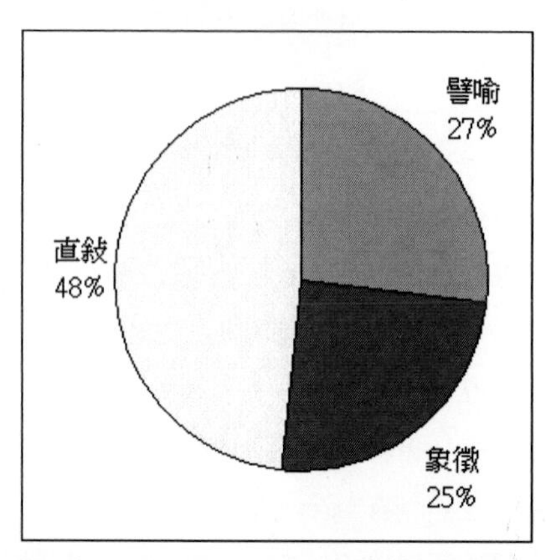

圖 7-3-6　西方色彩詞的修辭類型比例圖

第八章　色彩詞在新詩閱讀與寫作教學上的運用方向

第一節　強化色彩詞的認知

在詩中適時的加入色彩詞，可以深化詩的意涵。經由前章對詩集中色彩詞使用的統計分析，我們可以發現色彩詞在詩中擔任視覺意象效果呈現的大概。為了增加詩句的藝術美感，許多詩都會用色彩詞加以綴飾，且有些詩的色彩詞還不只一個。可見在進行文學創作時，色彩詞的使用對於作品的優劣是一大關鍵。倘若能在創作中妥善地運用色彩詞，將能提升作品的文學美感及意境。在第四章我探討了色彩詞的語義特徵與文化審美性，可以知道色彩詞在中西方都具有一些相似的「基本」象徵意義，例如紅色代表「順利、好運」，黑色代表「恐怖、邪惡」，白色則有「純潔，和平」的意涵等等，這些象徵義在中西方都可以互為通用。但又由於彼此文化的差別，不同文化中的色彩詞所代表的具體涵義又有很大的差異，有些甚至是截然相反的，例如黃色在中方有著「神聖、尊貴、皇權」等的崇高意涵，但在西方卻會被使用於「低級、嫉妒、膽小」的負面義。因此，如果想將色彩詞運用在閱讀或寫作教學中，首先教學者所需具備的就是對色彩詞的語義特徵有正確的理解，才能進而強化學習者對色彩詞的概念與認知。

在現有的語文教學中，一般教學者對色彩詞的文化涵義與聯想象徵意涵並未予以適當的重視，而多偏重在課文生難字詞的釋義或段落中修辭的運用，鮮少著墨於句中的色彩詞，使得這些充滿意象與美感的色彩詞語在文章中「黯然失色」不少，殊為可惜。此外，也因為教學者在上課時常忽視這方面的教學，因此學習者對色彩詞語義的掌握就顯得相對薄弱，他們往往會對色彩詞特有的聯想義感到陌生，而無法正確地使用色彩詞語或體會文學作品中色彩詞的美感。關於教學者在進行語文教學時，如何強化學習者的色彩詞認知，提出了以下幾點建議：

一、讓學習者了解色彩詞象徵義的來源

漢語基本色彩詞除了用來表示各種不同的色彩，還具有廣泛的象徵意義。例如：白色表示純潔、和平、肅穆、傷感和懦弱；紫色表示高貴、華麗；藍色表示脫俗、坦蕩、憂鬱和沮喪；綠色表示生命、希望；黑色表示悲痛、嚴肅和恐怖；紅色是革命色，也用來表示熱烈、熱情、喜慶；黃色則表示神聖、崇高和尊貴。這些基本色彩詞的象徵意義並不是憑空想像的，它們都有自己的來源，有些流傳自古代，有些則是外來文化的影響，而又被漢語借為使用，成為漢語色彩詞的象徵義。例如「紅色」在漢語中會成為革命之色，起源於法國大革命時期所用的紅色旗幟。爾後這樣的意涵傳入中國，使原本在漢語中只有正面義的紅色，也開始有了危險或暴力的聯想義。又如「黃色」在中國是統治階級的象徵色，是源於古代對地神的崇拜。土地是萬物生長的必須條件，在五行觀念產生後，土居中央，而黃色為中央之色，因此它就有著「神聖、皇權、尊貴、崇高」等文化涵義。自古以來，黃色就被帝王所壟斷，代表至高無上的尊貴，而這也使得在傳統社會中，黃色成為皇帝的專用色（詳見第四章第一、二節）。在進行色彩詞的教學中，倘若能讓學習者了解色彩詞象徵義的來源，不但有助於對色彩詞語的理解，也可以避免在進行創作時，對色彩詞的誤用。

二、讓學習者體會色彩詞所給予的情緒和情感

法國畫家莫內（C. Monet）曾道：「我終日被顏色所困擾，它既令我快樂，又讓我苦惱。」（引自林麗芳，1998）瑞士藝術家克利（P. Klee）也說：「色彩佔有了我。」（同上）莫內和克利並非在闊談哲理，科學家早已發現色彩確實影響著人們的情緒和情感，如：紅色使人興奮、憤怒；

藍色使人平靜；綠色使人鎮靜；黑色使人悲哀、沉重等。(牛小玲，2000)因此，利用色彩的特性，人們將這些色彩與人的情感之間的關係，製造出各種環境或事物，創造出各種文學作品，以達到自身的目的。例如西方國家的商人極為重視顏色在商品銷售中的作用，顏色的研究在商品生產、商品廣告和商品銷售中都佔有十分重要的地位。美國一名洗衣粉製造商曾在白色洗衣粉裡摻了一些紅色顆粒，家庭主婦就經常抱怨這種洗衣粉手感太粗糙；後來他換成黃色的顆粒，主婦們說這種洗衣粉手感好多了，但衣服洗不乾淨；爾後他又把顆粒變成藍色，主婦們就說這種洗衣粉正好。但其實製造商除了顆粒的顏色以外，什麼成分也沒有改變。(同上)這就是人們對色彩有不同的感知所帶來的差異。

正因為色彩可以帶給人不同的情緒感知，所以才能延伸出許多豐富的聯想義。在閱讀文學作品時，我們如果能仔細品味作品裡色彩詞所欲表達的象徵情感，則有助於對詩文的體會。例如楊牧在〈垂滅的星〉一詩中以「藍色的河流」來形容「靜脈」(詳見第六章第二節)，因為代表憂鬱與哀愁情感的藍色才能把這種憂傷的情感表露出來，如果將它改成「紅色的河流」或是「黃色的河流」，在情緒的表達上，就顯得不對味了。因此，在賞析一篇文學作品時，倘若能多花些心思去玩味作品中色彩詞所給予的情緒和情感，才能更確切地掌握作者所欲傳達的文意與巧思。

三、讓學習者了解在不同的文化背景下，中西方對色彩詞見解的差異

語言是一種社會現象，是文化信息的載體，不同的民族就存在著不同的文化。而對不同文化背景的人而言，同一種表達可能指的並不是同一件事，或者同一件事又有不同的表達方式，這就是文化差異。因此，在學習語言時，一定要了解中西方的文化差異(如國家歷史、文化傳統與風俗習慣等)，倘若忽視文化差異，就容易造成語言的誤用，甚至鬧出笑話。語言表達不單單是個人主觀意識的問題，它還受到社會習俗的制

約。因此，要使語言收到預期的效果，除了能靈活運用語言技巧，還要了解文化差異。文化差異滲透到語言的各個層面，表示顏色的詞也不例外。（牛小玲，2000）例如在喪禮上，中國人穿白色衣服以示哀悼，而美國人則著黑裝；又如中國的皇帝及寺院中有權勢者穿的是「黃袍」，但羅馬皇帝與大主教則身穿「紫袍」以表高貴。這些都是由於文化系統的不同，導至色彩的使用與色彩詞的聯想語義有所差異。而關於中西方色彩詞的文化差異，在第四、五章已有詳細的敍述，於此就不加贅述。

既然對色彩詞的認知有文化性的差異，那麼教學者在進行色彩詞的教學時，建議可以將其本義與文化義（引伸義）區分開來。在初級的階段（小學低、中年級），應該以傳授知識為主，介紹詞語的本義即可；等到中、高級階段（小學高年級、國中），再對色彩詞的文化義進行闡釋。在這一階段教學者除了關注那些容易引起誤解和衝突的詞語外，也可以引導學習者從詞義闡釋方面來進行思考，使他們能進一步理解中西方的文化內涵，以強化對色彩詞的認知。

雖然現階段的色彩詞文化象徵義教學還沒有達到很好的效果，但是如果我們能重視這個問題，在課堂教學時，針對詩文中的色彩詞進行闡釋，引導學習者作更多的思考，並且對色彩詞的文化性與審美性加以著墨，從不同的角度去發掘更多的文學美感，必然能體會色彩詞在詩文中的著色之美。

第二節　分析色彩詞與詩中其他成分的互動

詩所以迷人，正是因為它精鍊的語言和跳脫語法的文字，使作者或讀者能從詩中得到遊戲的樂趣或駕馭文字的快感。蘇凌在〈將詩帶進我們的心靈〉一文中曾言：

> 凡是一個詩讀者，當面對一首完整而美好的現代詩，且希望這首詩能走進他的心靈，或是他本身走進詩的核心中。首先，這位詩

> 讀者本身必須具備有纖細而廣幅的感知之動脈，敏銳的靈智之觸角，而當一首詩，像海底的奇異風景逐次展現在他眼前時，他必須做的第一個動作即是迅速地伸出所有的觸角，而像一隻千年的多足鱆魚，將詩中所羅列的意象，聲音與意味一一網羅，而後藉著那相當有彈性和延伸性的沉思過程，將之不斷地反覆咀嚼……吞化。（洛夫、張默、瘂弦主編，1969：70～72）

蘇凌的話甚是，讀者看到一首美好的新詩，除了要有敏銳的感知力，也要有彈性與延伸性的沉思，才能玩味出詩中的樂趣。具體來說，新詩主要有以下幾點特質：（一）精鍊的語言。新詩文字的密度高，它能以最短少的文字篇幅來表達深刻的情意。而文字精鍊的益處，除了去蕪存菁，減少拖字贅言外，還能賦予新詩多樣性的解讀，每一位讀者都可以依自己的生活經驗來映照詩中情境。（二）多義的內涵。陳世驤曾說：「詩不只是用字面上的意思傳達意見，而通篇要有更嚴肅的調和性，要透過字面，或超出字面以外，每個字與字之間有更深的互相關係，除了傳達，並且暗示和象徵更深的情意。」（引自向明，1997：13）由此可知，詩除了字面上的意義外，其文字背後還暗藏著令人感動的詩意。詩通常也有著含蓄迂迴的特性，富暗示性且具想像空間，常讓讀者有「意在言外」的發現與驚喜。（三）具象的思維。人們內心的情感是抽象的，必須借具體的形象才易於傳達。（四）跳躍的文法。詩的文法往往是跳躍性的，沒有像一般散文的文法那樣具有因果性或邏輯性。（饒曉娟，2004：39～43）大體而言，詩能抒情遣興，情境豐富，形式精美，用字精鍊含蓄；讀詩，如米釀酒，使人沉醉於其中。

詩既是言志抒情的藝術，重在表達情致，展示意境，色彩詞則有畫龍點睛的效果，增添詩文蘊藉含蓄之美。朱自清說：「詩的欣賞在於了解，了解的方法要從分析著手。」（引自饒曉娟，2004：56）當讀者面對一首具有色彩意象的新詩卻無法賞析其色彩詞時，就無法切入要旨，窺見其奧妙之處。一首詩除了顯示出修辭審美類型，還能表露其社會文化內涵。倘若讀者能賞析詩中的色彩詞與其他成分（包含社會文化與修辭審美）的互動情形，將更能意會出詩文的色彩美。以下我針對教學者在進行教學或學習者在閱讀新詩作品時，如何分析詩中的色彩詞與社會、文化和修辭審美的互動，作一說明。

自然界中的每一種色彩，都有自己的特點，人們對色彩的喜好，反映出其性格差異，例如性格外向、熱情奔放的人，通常喜歡明快鮮豔的暖色系；內向含蓄的人，則往往偏好素樸淡雅的寒色系。而社會對於色彩的偏愛，則反映出民族文化中深層的社會心理。就色彩詞的社會功能而言，它能夠表明政治色彩和倫理取向、反映經濟倫理生活、建立階級倫理和禮俗文化與抒發集體情感以追求倫常上的圓滿等（詳見第四章第三節）。如以杜十三的〈煤〉一詩來說（詳見第四章第二節），詩人模擬礦工的口吻，對他們的孩子述說心底的話。詩中提到「我們生命中的色彩／是註定要從黑色的地層下面挖出來的」，這裡的「黑色」，除了指煤顏色，更隱含著悲痛絕倫的沉重心情。這種內心深處的痛苦，藉著從地層下面挖出的黑色煤炭，一同被發掘出來，這是身為礦工的悲情。但即使日子再黑再苦，他們仍努力工作，要為孩子們挖出一條「有藍色天空的路來」，這樣的殷切企盼也正是所有父母對子女未來的期盼。中國傳統的倫理情感在詩中色彩詞的聯想象徵下，表達得淋漓盡致。因此，在賞析一首詩的色彩詞與其社會功能時，除了要了解背後的風俗民情、社會文化外，還要能掌握色彩詞本身的象徵意涵，才能釐清詩人所欲表達的言外之意，這也是教學者在進行新詩閱讀教學或讀者在閱讀新詩時所需注意的地方。教學者在進行新詩閱讀教學時，倘若能針對色彩詞所蘊含的社會功能作一剖析，再和內容作連結，不僅可以使學習者閱讀出更多不同的面向，也能增添詩文的意象與趣味。

在第五章探討色彩詞的文化性時，我們得知色彩詞在文學作品中的展現，能顯露出各民族對色彩的喜好與價值觀，而這種對色彩詞的使用偏好是由於其各有所尊崇的世界觀（中方：氣化觀；西方：創造觀），因此西方民族在造物主的支配下，偏愛明亮的暖色系色調；漢民族則在道的影響下，鍾愛寒色系與輕寒色系的色調。也因為彼此文化系統的差異，中方的新詩表達上較為含蓄柔和，情感的表現也比較內斂；而西方在詩中多使用明快鮮豔的暖色系，所以表露出的情感就顯得熱情奔放許多。既然中西方色彩詞在使用上會有不同，而這些差異又是因為其背後所統攝世界觀的不同所影響。因此，在進行新詩閱讀時，教學者應讓學習者對色彩意涵的文化差異與色彩詞的語義象徵有正確的認知。周慶華在《作文指導》一書中提道：「語文成品的生產就是透過描述、詮釋、和評價及其衍生或分化的再現、重組、添補和新創等手段或隱或顯的跟接受者對話，進行直接或間接的參與了『推移變遷』或『改造修飾』世界的行列。」（周慶華，2001b，29～33）藉著賞析新詩，教學者可以讓學習者去體會在不同的文化系統中，中西方色彩詞的使用差異。有了這一層次的認知，學習者也才能進一步地在新詩創作中進行詮釋或運用。

最後，以詩中的色彩詞和修辭審美的互動而言，我們知道任何客觀事物都離不開色彩，客觀的世界是經由色彩才顯得五彩繽紛。而作家也藉由色彩詞，使作品的表現富有色彩美感。色彩詞的描寫牽涉到修辭與審美類型，這在第六章色彩詞的審美性已有詳細的論析，在此就不再重述。而色彩詞既作為一種藝術手法，在文學藝術（新詩）的表現中，其作用主要表現在描摹肖像、描繪心理與描寫自然景物三方面。（何家榮，1996）在人物方面，不同的民族有不同的外貌和膚色，而同一民族也會由於生活經歷、年齡、職業或教育等的不同，在肖像上有不一樣的特點。至於服飾或其他形象的變化則更為豐富，它不僅與個性特點有密切相關，也與不同時代、不同民族的社會心理有密切聯繫。因此，創作者經常把色彩詞的描寫作為塑造人物形象的一個重要手段。（同上）藉著譬喻、象徵等修辭手法與崇高、悲壯、優美的審美類型，可以將肖像描摹得活靈活現，躍然於紙上。例如瘂弦的〈坤伶〉一詩中提到的：「那杏仁色的雙臂應由宦官來守衛。」（洛夫、張默、瘂弦主編，1969：172）詩人用杏仁色來比喻坤伶的雙臂，顯露出她高雅可人的姿態，也暗指這雙手臂什麼事也不會做，什麼活也不會幹。在心理方面，心理活動就其本質而言是沒有色彩的，人物的心理是最內在隱蔽，也是最微妙廣闊的領域。但情動於中而形於外，內心千迴百轉的感情，總會不經意地顯現於外。而在文字語言中，色彩詞則是表達情感的最佳利器。豐子愷曾說：「凡是辭典裡所有一切感情的形容詞，在顏色上都可表演。」（引自何家榮，1996）因此，藉由譬喻、象徵等修辭手法與崇高、悲壯、優美的審美類型，可以將所欲描述的心理狀態形象化，使其富有文學美感。例如楊喚的〈垂滅的星〉一詩（詳見第六章第二節）中，詩人將內心的憂鬱和哀愁，具象化成「藍色的河流」，再利用河流的氾濫，象徵內心的憂愁滿溢心頭，無處發洩。只能對著遙遠的一顆垂滅的星，暫時忘記爬在臉上的淚水，沉鬱的心緒充滿於詩中。在自然景物方面，色彩美可說是自然美不可或缺的因素。在新詩中，作家總是用色彩詞把大自然描繪得搖曳多姿，絢麗多彩。自然景物藉由色彩詞的描寫，可以增強作品的生動性、形象性與真實感，也能夠間接表達出作家或人物的思想感情。色彩詞一方面作用於人的心理感知，使其在人的心靈上留下痕跡；另一方面，色彩詞經過人的心理感知而被藝術化。經由色彩詞的藝術展現，可以讓詩中的「情」與「景」更加水乳交融，引人入勝。因此，善用譬喻、象徵等修辭手法與崇高、悲壯、優美的審美類型，不但能展現出「詩中有畫」的意境，也能寓情意於景中，增添新詩的藝術美感。如紀弦的〈荒原上〉一詩：「……多少年來／這古怪的傢伙，是唯一的過客／他揚著手杖，緩緩地走向血紅的落日／而消失於有暮靄冉冉升起的弧形地平線／那不再四顧的獨步之姿／是那麼的矜持。」（洛夫、張默、瘂弦主編，1969：40）詩人藉著荒原上的仙人掌，表達出心中對於生命變化迅速的慨嘆，「血紅的落日」暗指時光飛逝的快速與無情。詩中色彩詞的運用，不僅深刻描繪出荒原的情景，也表達出詩人惆悵的心緒，令讀者不勝唏噓。

以上我以社會、文化與修辭審美的觀點，和詩中色彩詞的互動情形作一探討，也給予教學者一個教學向度的建議。其實，色彩詞的描寫在新詩中並不單單只是裝飾，更不是隨意的點綴。文學要展現出美感，就離不開色彩詞，因為人們是生活在萬紫千紅的世界裡。而想要將色彩詞的藝術美感發揮得淋漓盡致，就得沈浸在色彩中，如同將臉埋入一堆沾滿晨露的綠葉裡，去感受它們的清涼、芬芳和氣息一般，才能真實地描繪出最美麗的色彩詞。

第三節　類推色彩詞的語義組合與構詞系統

色彩詞和其他詞類一樣，都是在人類不斷實踐與認知過程中發展與豐富起來。人們在社會實踐中，隨著觀察力、感知力與審美感受力的不斷提高，色彩詞語會從簡單到複雜，由少至多，從具體描述到抽象形容而逐步豐富多彩。人們對事物的認知總是不斷地增加，新事物也在人們的實踐認識過程中持續產生。因此，色彩詞的構成始終是處於一種「運動活躍」的狀態。既然瑰麗斑斕的色彩詞在新詩作品中有著形象生動、意蘊多變的藝術魅力，在進行創作時，我們就必須準確地掌握色彩詞的語義組合並嘗試作多元化的類推，才能展現出作品的獨特美感。

色彩詞的語義在不同的語言環境中會具有不同的意義，這是受到民族風俗與信仰、社會政治制度、思想文化傳統與個人心理習慣等的影響。就民族風俗與信仰而言，人對色彩的感受，不僅是生理反應，也是一種審美反射。不同民族由於其信仰、行為與文化的不同，對同一種色彩的感受存在著很大的差異性，使得相應的色彩詞語義有著不同的情感價值與文化意義。例如「白色」在西方文化中象徵純潔，是一種美好的色彩；但在漢民族中，白色是一種陰冷的色彩，多用來表示死亡、哀喪等。因此，不同的文化與長期歷史發展所融匯起來的觀念複雜性，導至色彩詞語義的差異性和多層次性。其次，色彩詞語義還受到社會政治制度與時代崇尚的影響。文學作品可說是反映社會生活的一面鏡子，是特定時代的產物，所以不同時代的文學作品在運用色彩詞時，有時會自然而然地烙上時代的印記，而作品中色彩詞的語義與運用也就成為當時代的特色。再者，思想文化傳統也會影響色彩詞的語義。我們生活在一個環境中，其言語、行為和觀念都會被社會文化所影響；而一個民族所表現出的詞語內容或詞彙也能反映出其社會文化。語言以最典型的形式表現出文化特色，作為與社會文化密切相關的色彩及色彩詞，也在一定程度上「圖解」著某種文化，而且越複雜的社會，所需要的色彩詞就越多。色彩詞往往會伴隨著尊卑、褒貶、善惡、美醜等倫理道德或美學的色彩，我們能透過這些意涵，了解這個民族的世界觀。因此，我們也可以說，色彩詞的語義能構成一個觀念體系，而這個觀念體系又受制於其文化系統。最後，個人的心理習慣也會影響到色彩詞的語義聯想。由於每個人的身分、經歷、知識、愛好、性格與思維方式等的差異，每個人對色彩與色彩詞的認知理解和感覺評價也就不會完全一致。對色彩詞語義倘若有不同的理解，就會導至個人對色彩詞選用上的差別。（周延云，1994；李堯，2004）色彩詞的語義既會反映出客觀的語言環境，就有著模糊性、主觀性與變動性的特點。（周延云，1994）教學者在進行新詩寫作教學時，如何讓學習者能從色彩詞的語義特點類推其語義組合，以擴增色彩詞的使用廣度，以下我提出了幾點建議：

一、就色彩詞的主觀性而言

色彩雖然是客觀性的存在於自然界，但有時為了表情達意的需要，創作者可以突破客觀事物原本色彩的限制，臨時賦予其全新的色彩，也就是「有我之境，以我觀物，故物皆著我之色彩。」（引自周延云，1994）或者讓沒有色彩的事物具有色彩。例如在艾青的〈大堰河——我的保姆〉一詩中寫到：「呈現你黃土下紫色的靈魂。」（艾青，1936：15）靈魂本身是一種無法具體描繪出的抽象物，本無什麼色彩可言，但詩人在詩中卻賦予它以「紫色」，這也產生許多人對詩裡所使用的「紫色」有不同的詮釋。有些人認為紫是高貴的代表，有人覺得紫色表示悲哀的情感，也有人主張紫色是一種虔誠的色相，蘊含著對情感的渴慕與嚮往。一直到詩人自己將紫色解釋為「崇高善良」的象徵義，這些對詩義的歧解才告終止。（周延云，1994）新詩本身就有著凝煉、韻律之美。在作品中，有時候詩人會對新詩語言作「故意的破壞」，但這其實是一種語言技法的運用，將文學語言「主觀化」與「陌生化」。因此，當讀者鑑賞新詩作品時，常常會對生活中本來熟悉的詞語產生陌生的感覺。創作者透過這樣的技巧，讓讀者在日常生活中形成的認知思維被「創造性地破壞」，從而引起讀者的注意，也喚起讀者的審美情趣。我們知道，新詩語言的目的不在於傳達邏輯內容，而是在構成意象與意境，激起讀者的聯想與審美。因此，在進行新詩寫作時，創作者必須要盡可能在有限的語言中，讓文字包含更多的意蘊。而教學者在進行新詩教學時，也應要激發學習者天馬行空的想像思維，讓他們跳脫原有的邏輯框架，創造出特別的語義組合，如「銀色的歌唱」、「一輪黑色的太陽」等，這種超常的搭配不僅能帶給人獨特的感受，也能反映出作者的獨特思維與作品的特殊性美感。

二、就色彩詞的變動性而言

色彩詞語義的主觀性特點決定它具有變動性。所謂變動性，是指色彩詞的語義在不同的語言環境中處於時常被動的狀態，也就是同一個色彩詞在不同的語言環境下，會有著截然不同的意義。（周延云，1994）例如就「綠色」而言，詹冰的〈五月〉一詩寫「綠血球在游泳著」表現出五月生氣蓬勃的清新景象（詳見第四章第二節）；在《詩經．邶風．綠衣》中寫到「綠衣黃裡」、「綠衣黃裳」，表示上下顛倒，裡外不分（詳見第四章第三節），綠色在這裡就有不忠的意涵；而《詩路 1999 年詩選》中所收錄的〈冬眠者〉一詩寫「那扇綠色的門開啟時，你記起窗櫺。」（代橘主編，2000：126）綠色的門在詩中就象徵通往希望。由此可知，詩人將客觀事物的色彩化實為虛，寓虛於實，而這樣的描寫，可以誘發讀者豐富的想像力，從而達到獨特的審美效果。因此，在進行新詩寫作教學時，教學者能教導學習者利用色彩詞語義的變動性來從事創作，不僅能提高文字語言的表達效果，也可以從中培養審美能力，提高作品的美感。

三、就色彩詞的模糊性而言

模糊概念和理論是美國科學家查德（L. A. Zadek）在 1965 年提出的。他認為現實的物體類別之間經常沒有確定的界線，這種被稱為「模糊集（fuzzy sets）」的現象，表明了人類認識能力具有一種模糊特性。（引自周延云，1994）在查德模糊理論的啟發下，語言學界認知到模糊也是自然語言具備的屬性之一，而這屬性是由模糊語言及其模糊語義來體現的，詞義的模糊性指的就是詞義的界線不清楚。作為客觀事物色彩信息載體的色彩詞，在具體的語言環境中，其語義本身不夠確定，便造成了色彩詞語義的模糊性。（同上）如朱陵的〈月光邊沿的樹〉一詩（詳見第四章第二節），詩人藉著一棵月光邊沿的樹，暗示自我內心的惆悵與哀傷。他起初寫到：「站在月光邊沿／有一棵樹／發白」，後來又寫：「站在月光邊沿的樹／每一葉是一面蒼白的」。在這裡，「白」與「蒼白」的詞義都是模糊的，二者的界線也不清楚〔「白」原本的語義是「像霜或雪的顏色，是物體被日光或與日光相似的光線照射，各種波長的光都被反射時呈現的顏色」;「蒼白」的語義則是「顏色白而略微發青」。（李紅印，2007：349、354）〕。但正因為如此，我們的語言才有豐富的形象，也增強了語言的表現力與藝術美感。因此，在進行新詩寫作時，教學者可以指導學習者利用色彩詞的模糊特性，類推色彩詞的語義組合。例如就「紅色」而言，「紅色」、「緋紅」、「鮮紅」、「血紅」、「嫣紅」、「豔紅」、「嶄紅」等都可以用來指比較鮮豔的紅色，或者使用名物詞+色彩單音詞，如「寶石紅」、「瑪瑙紅」、「櫻桃紅」等，這些色彩詞彼此之間的語義界線並不清楚，所以能互為挪用。在新詩寫作中倘若要運用到「紅色」，就可以使用各種語義組合來增加作品的色彩美感，甚至鼓勵學習者創造出新的語義組合。如此一來，所創作出來的新詩作品，不但具有獨創性，也能增添作者的獨特風格。

除了語義組合的類推，構詞系統的衍生也能提升新詩的文學美感。一般而言，越是原始的時代，越是文化落後的民族，其色名就越簡單；

而複雜的社會所需的色彩詞會較多，色彩詞會隨著人們對色彩認知的水平提高而增加。（李堯，2004）就漢語色彩詞的構詞方式來看，可以分為「單純色彩詞」和「合成色彩詞」兩大類，合成色彩詞又分「複合色彩詞」與「派生色彩詞」兩類，其構詞系統可以表 8-3-1 來表示：

表 8-3-1　色彩詞的構詞系統

構詞系統		例子
單純色彩詞	表色語素	黑
複合色彩詞	表色語素+色	黑色
	表色語素+其他語素	黑郁
	其他語素+表色語素	焦黑
	其他語素+表色語素+色	鉛黑色
	表色語素+其他語素+色	黑醬色
派生色彩詞	表色語素+BB	黑壓壓
	表色語素+BC	黑不溜
	表色語素+BCD	黑咕隆咚

（修改自李紅印，2007：249）

由此可知，漢語色彩詞的構詞系統能夠從複合色彩詞與派生色彩詞中，作很豐富的延伸。教學者可以利用色彩詞這樣的特性，指導學習者在新詩創作時，作多樣化的衍生。例如可使用借物法讓所欲描寫的事物形象化，像是茶色、牛奶色、銅綠色、紫褐色……等；或者運用組合法，將兩個單音色彩詞作一結合，而成為一個新色彩，如灰白、朱紅、黝黑、蔥綠、茶青……等；另外，也可以用「深、淺、濃、淡」等表程度的語素來顯現出色彩的明度與純度，或使用形容詞來修飾單純色彩詞，如鮮紅、豔紅、幽紅、醉紅、妖紅……等；還可以用顏料的產地、年號來修飾，如永樂紅、寶石紅、普魯士藍……等；此外，我們也能利用聽覺、視覺、味覺、觸覺或視覺的流動來衍生出新的色彩詞，如柔綠、軟紅、慘白、怒紅……等；以及使用重疊法來構成新的色彩詞，如蒼蒼、皓皓、綠粼粼、白茫茫、灰不溜、黑咕隆咚……等。如此一來，漢語色彩詞的構詞系統便可以不斷衍生，而在進行新詩創作時，也就能更生動傳神地描繪出事物與感受及增加詩文的審美情趣。

新詩寫作最忌諱的就是像白開水一般平淡無味，詩人創作的主觀意圖往往不是一眼就能看出來的，新詩具有超常組合的特點，而這種超乎尋常的詞語搭配，更能營造出優美含蓄或迷離晦澀的意境。教學者可以指導學習者類推色彩詞的語義組合與構詞系統，憑藉著自己獨特的聯想力對色彩詞進行鑑別，以及對色彩詞進行創造性的變異改造，創作出有自我風格的新詩。用「心靈的眼睛」來描繪色彩，才能表現出特殊的情感與文學美感，所創作出的新詩也才會有獨特性與審美性。

第四節　塑造色彩詞在詩中的意象美

詩是抒情性文章的大宗，或者說一般所講的抒情性文章都以詩為代表；甚至還有人把它誇大到涵括一切文學作品而有所謂「文學的特質就是詩的特質」一類的推斷。（王夢鷗，1976：12；周慶華，2005b：135）詩這種文體，在中國始終也都以抒情為主（偶爾雜有敘事，但都不脫離抒情氛圍），所謂「詩者，志之所之也。在心為志，發言為詩。情動於中而形於言；言之不足，故嗟嘆之；嗟嘆之不足，故永歌之；永歌之不足，不知手之舞之足之蹈之也」（孔穎達等，1982：13）、「詩緣情而綺靡」（李善等，1979：310）、「詩者，持也，持人情性」（王謨輯，1979：310）、「詩者，根情、苗言、華聲、實義」（白居易，1965：26）、「詩者，吟詠情性也」（何文煥編，1983：443）等，都在說明詩的抒情特質。

由於抒情性的文章是以詩為大宗，所以有關抒情性文章中「意象的安置和韻律的經營」等抒情動機，也就成為寫詩的重要關鍵。其中又以意象的安置為最重要，它是表達情感的主要媒介，也是詩成就藝術作品的一大保障。（周慶華，2005b：137）所謂意象，在心理學上，是指過去的感覺或已被知解的經驗在腦海中的重演或記憶（韋勒克等，1987：

278）；而用在文學方面，就是寫作者內心的感受或經驗藉著語言表達出來，使它成為可被知解和想像的成分。（周慶華，2005b：137）而這種成分，可以有不同的性質，包括空間的、時間的、關係的、人事的、價值的、情緒的、確定或不確定的、真實或不真實的、意識或潛意識的和公眾或個人的等等（而有所謂空間的意象、時間的意象、關係的意象、人事的意象、價值的意象、情緒的意象、確定或不確定的意象、真實或不真實的意象、意識或潛意識的意象和公眾或個人的意象等）。（姚一葦，1974：27～33；周慶華，2005b：137）這對詩人來說，就得特別注意「鍛鍊」。余光中說：「所謂意象，即是詩人之意，訴之於外在形象。」（余光中，1986：17）由此可知，意象可說是詩的基本特徵，意象的有無，是詩與非詩的根本區別。沒有意象，詩就成了平鋪直述，讀起來就像白開水般無味。換句話說，也就不能稱為詩。而簡政珍在《詩的瞬間狂喜》一書中曾提到：

> 詩人對人生的感受不是搬用既有的形象，也不是藉由抽象語的理念。他將一切的感悟濃縮成意象。讀者從意象裡看到詩人的智力和才情。所有文類中，詩最倚賴意象的經營。成功的散文或小說也有意象，但通常和較鬆散的「散文」穿插。而詩的意象大都環環相扣，因為大體上詩的語言就是意象的語言。意象思維是詩存在的要素。（簡政珍，1991：100）

因此，詩是由意象構成的。在一首詩中，意象的成分是不可或缺的，而且應當佔主導的地位。既然新詩常利用精鍊的意象來傳達豐富的情感，所以教學者在教學的過程中，倘若能引導學習者去解讀新詩中的意象，就等於握有一把開啟新詩天地的鑰匙。爾後再進一步教導學習者在進行新詩寫作時，塑造詩裡的意象美，才能盡情徜徉於新詩的瀚海中。而在意象的塑造中，色彩詞在詩中佔有舉足輕重的地位。從前面的研究中，我們可以看出，色彩詞除了有豐富的聯想象徵義，還能渲染詩文的色彩美感。因此，在新詩的意象塑造中，色彩詞的使用就顯得非常重要。倘若能靈活運用色彩詞，可以讓讀者在閱讀新詩作品時，腦中喚起逼真明晰的視覺形象，繼而產生對色彩的美感聯想，並在想像中再造一個色彩空間以及引發情緒感知的共鳴。關於意象的表達方法，王夢鷗在其所著的《文學概論》一書中，曾提到意象的三層次表達法（詳見第一章第三節），這種三層次的表達方法，跟中國傳統區分詩法為賦、比、興等約略相當。王夢鷗又各以一句話來標明它：第一層叫做「意象之直接的傳達」（賦）；第二層叫做「意象之間接的傳達」（比）；第三層叫做「意象之繼起的傳達」（興）。（王夢鷗，1976：123）換句話說，「意象之直接的傳達」是直敘，「意象之間接的傳達」是譬喻（以甲比乙，意義在乙），「意象之繼起的傳達」是象徵（以甲比乙，甲乙都有意義）。這三種意象的表達技巧，必須「斟酌運用」或「變換為用」，才能提升詩作的審美價值。（周慶華，2005b：139）而色彩詞在新詩裡的意象經營也有著直敘、譬喻與象徵三種功能，這三種功能的使用情形也在第七章作了一詳細的歸納統計，在此就不再重述。以下我針對教學者在進行新詩寫作教學時，如何引導學習者塑造色彩詞在新詩中的這三種意象作一建議。

一、色彩詞在詩中意象之直接的傳達（直敘）

一首好詩應該是一幅出色的畫，例如當我們讀著王維的詩時，腦海裡就會浮現畫的意境，所謂「詩中有畫，畫中有詩」，就是這樣的意思，而如此的意境則必須依靠意象的直接傳達來完成。例如徐志摩在〈再別康橋〉一詩中分別使用了河畔旁輕擺腰身的金柳、隨波招搖的綠油油青荇與星輝斑斕的青草更青處等幾個富有亮度的意象，不僅重筆渲染和表現了對康橋的無限眷戀，那華麗的文字語言也在讀者的想像中，清晰地構成了一幅極具層次感與透明感的畫面，令人神往與陶醉。（趙寧子，1995）一個帶有色彩的主體形象，可以喚起欣賞客體潛在的審美意識，新詩所強調的就是捕捉色彩鮮明的形象，進而激發讀者豐富的色彩美感。因此，教學者在進行引導教學時，需注意新詩寫作的色彩詞不能僅僅以表現景物的色彩特徵為目的，色彩詞在詩中呈現出的圖畫美並不是消極孤立的形式美，而是為充實詩的內容美而存在的積極詞語，它必須要能反映出滲透在色彩詞中的創作者的生活情趣與思想感情。在揣摩詩人筆下色彩詞的同時，我們就能深入到詩人的心靈深處，去探訪那被埋藏著的心緒。這樣的直敘技巧，在詩中也才有存在的價值與意義。

二、色彩詞在詩中意象之間接的傳達（譬喻）

詩文常具有超常的組合，並藉著這種異常的詞語搭配製造出優美含蓄或晦澀的意境。創作者可以憑藉著自己的想像力與心理感知來對詩中的色彩詞進行著墨，進而創造出一種代表自己內心主觀感受的色彩。我們知道，詩無法像繪畫那樣直接以色彩來描繪客觀事物，但可以用比喻色彩的文字語言來虛摹所欲描寫的顏色，從而在讀者的心理上引起對於色彩的美感。這種描述色彩的文字，除了前文所說利用直敘的方式，另外也可以使用譬喻技巧來完成。一首詩中所使用的色彩詞，其文字表述的色彩必須和詩人在詩中所營造出意象的色彩相符合。而身為一個對色彩有獨到鑑賞力的詩人，往往喜歡用心靈的眼睛去描寫色彩，有意識地對事物使用譬喻的修辭來描繪，以表現出特殊的情感，這就是色彩詞在詩中意象的間接傳達。例如以天空的描繪來說，在詩人的主觀想像下，根據不同的語境、表意，可以產生不同的變化：

在白孔雀的天空下。（簡政珍主編，2003：75）
都市焦茶色的天空流貫著。（同上，432）
床單白的天空。（同上，419）

一般人在描述天空時，總喜歡使用「蔚藍」，這也是天空傳遞給我們的直觀感受。但詩人卻能夠藉著譬喻，讓天空呈現出更多樣化的色彩，有像白孔雀的色彩、像焦茶的顏色、或是像床單的純白。詩人運用這些顏色，流露出內心的安靜、黯淡等情感，提升了詩文所帶給讀者的意象與文學美感。

既然運用譬喻技巧能提升詩文的意象，也能產生特有且別緻的色彩美。教學者在進行新詩寫作教學時，應引導學習者開拓內心的視野，極盡所能地馳騁想像力，不要用教科書中制式的文法去侷限學習者的想像。唯有善用譬喻，跳脫原有的寫作框架，才能創作出一首耐人尋味的詩作。

三、色彩詞在詩中意象之繼起的傳達（象徵）

色彩詞與詩人的思想感情密不可分，這還表現在色彩詞的象徵義上。詩中所傳遞出來的寓意可以跟某種色彩詞所帶給人的感覺作一聯繫，而這也是新詩運用色彩詞的原因。色彩或色彩詞本身並沒有思想或情感，但創作者可以用自己的認知思維，調配出詩的色彩，使得色彩詞蘊涵了思想與感情。

詩人在創作時，很重視色彩的象徵性，常「借色言志」、「借色生情」，讓詩裡的色彩獨特新穎，而這樣的詩也就有了象徵的意義，也就是王夢鷗所說的色彩詞在詩中「意象之繼起的傳達」。為了營造詩中的意象，很多色彩詞都被賦予象徵的意涵，例如「藍」代表超凡脫俗、光明、悠遠、坦蕩；「綠」表示生命、希望等，關於色彩詞的象徵語義，在第四章已有詳論，於此就不再贅述。這些色彩詞一旦進入了新詩中，就會產生出象徵性的色彩美了。

由此可知，象徵手法在新詩中對於意象的經營，有著舉足輕重的地位。因此，教學者在進行新詩寫作教學時，應教導學習者這些色彩詞的象徵意涵，引導他們在寫作時，能選擇最可以貼切表現自己情緒感知的色彩詞，經由「創作加工」的過程，讓色彩詞成為詩文中美麗的雕飾，從而提升詩文的美感與意境。

本章針對色彩詞在新詩閱讀與寫作教學上的運用方向作一建議。在教學的實際情境中，教學者對於色彩詞幾乎很少有所著墨，致使現在的中小學生在創作新詩時，大多只會使用單純色彩詞或常見卻無特色的合成色彩詞（如黑壓壓、綠油油等），使得創作出的新詩毫無色彩美感，也無法發揮出色彩詞的功用，殊為可惜。因此，教學者在進行新詩教學時，倘若能著重於色彩詞的功能，引導學習者如何正確使用色彩詞，讓學習者在進行創作時，能正確地詮釋和運用。如此一來，對於新詩中意境的經營與文學美感的提升，必然會有很大的幫助。

第九章　結論

第一節　相關研究成果的總結

隨著科技的進步與文明的發展，人類對於色彩的認知漸趨複雜多元，他們會運用各種科學方法去開發色彩、改良色料，並將它們使用在繪畫、建築、服飾、工藝等方面，以應付現實生活中的各種需求。而不論是繪畫、建築、服飾、或是園藝等，我們都能看見人們對於色彩的創意和美感展現。面對多采多姿的大千世界，我們用眼睛去感受、用心靈去品味、也用文字表達出來。色彩詞的使用，不僅精細地刻畫出自然界的萬物，也蘊涵著深刻的人生哲理。

自然界中的萬物雖充滿著各種色彩，但不同的民族卻有著不同的偏好，這是受到不同文化系統的支配影響。大體而言，西方民族由於創造觀型文化的影響，偏好暖色系的色調；而漢民族因為道的支配，所以喜愛寒色系與輕寒色系的色調。本書以色彩詞的文化審美性作為研究對象，先將色彩詞分為寒色系和暖色系（中間色系的灰色在此就先不予以探討），再將色彩詞的構詞形態分為五類，分別是單色詞、重疊詞、合成詞、修飾詞與鑲疊詞等，以便探討色彩詞的文化審美性以及統計分析時有一依據，並將第二章文獻探討中的研究在往後的論述中加以延伸或批判。第三章在確認色彩的認知與其類型，研究中發現不同的明度、彩度和色相，會產生出不同的色彩類型特徵，而這些特徵在不同的文化系統中，也被不同的民族所喜愛。大致而言，西方民族在創造觀型文化的受造意識支配下，喜愛鮮豔明亮的顏色、希望能藉由色彩來榮耀造物主所創造萬物，因此偏好明度高、彩度高且色相是暖色系的色彩；而漢民族在氣化觀型文化的影響下，對於色彩的觀察含糊混沌，有著沉靜、簡約且樸素的民族風格，喜好明度、彩度較低且色相是寒色系或輕寒色系的色彩。

第四章我從色彩詞的語義象徵談起，色彩詞在作為一種符號形式時，能經由語言媒介來反映出色彩的聯想意義，而形成色彩詞的語義。因此，色彩詞的語義是基於人對色彩的聯想感覺和色彩對人的主體影響二者原因交互作用而產生的。在漢語色彩詞中，有著擴散性與雙重性的語義特徵。它的擴散性造成了語義的飄移不定，而其雙重語義特徵則使這種飄移性得以統整，倘若語言在經由統整後能得到大家的共識，就可以確認色彩詞的象徵義。此外，西方受到創造觀型文化的影響，向來就比較注重理性教育與科學方法，對客觀世界和知識採取現實的科學態度。因此，在西方文化中，色彩詞的象徵意義往往比較直接，通常是用客觀事物的具體顏色來象徵某些抽象的文化涵義。而中國經歷了幾千年的封建社會，教育和科技也比西方落後，所以在中國文化中，色彩的生成就具有強烈的神祕性，色彩觀念也較為模糊，這和中國傳統的氣化觀與哲學思想有著緊密的關聯。這種混沌的世界觀也使中國色彩詞的象徵具有抽象優美的特色，而這樣的模糊不定性也讓漢語色彩詞易與其他不同文化的語義象徵融合，進而變幻出更多元的象徵意涵。在確認了色彩詞的語言象徵義後，接著就站在文化審美的角度，總說中西方暖色系（黃、紅、黑）與寒色系（綠、藍、紫、白）的文化意涵，並作一中西方在使用上的對比。從研究中發現中方對色彩詞的文化象徵意涵延伸性備受侷限，正負面意義通常只存在著其一，只有在接受外來義或是特定的語境下，才會浮現出另一種意涵。而西方總能夠利用榮耀造物的共識來豐富色彩意識，並運用豐富的創造力將自然界的色彩體現於文化脈絡和文學中，因此無論是暖色系或是寒色系的色彩詞，其象徵意涵不但多樣化，且變幻無窮。此外，中西方色彩詞在審美的功能性上，都能藉由反覆運用同色詞語來強調渲染事物或情感，並使用不同的色彩詞語作調配，以促進視覺美感與傾注不同的情感；且採用寒暖對比或明暗特徵作為相互映襯，還能藉著色彩的點染來象徵事物或寄寓情意於其中，以及活用色彩詞的超常搭配，來凸出視覺效果與強化情感。除了文化與審美性，色彩詞還能表現出社會功能，它能在社會活動中。表明政治色彩和倫理取向、反映經濟倫理生活、協助階級倫理的建立與禮俗文化、並且抒發集體情感、追求倫常上的圓滿等。由此可知，色彩詞不論是表現在文化審美或社會活動中，都有很強大的延展性與擴張性。

接下來第五、六章分別從色彩詞的文化性與審美性作進一步的討論，分別從色彩學、文化學、修辭學與美學等面向加以剖析。

在第五章色彩詞的文化性中，我以「文化次系統位階」為主軸，探討中西方色彩詞在使用上有什麼樣的文化差異。在次系統位階中，不論是行動系統、表現系統或是規範系統，都受到觀念系統的統攝。西方民族因為受到創造觀型文化的支配影響，使得色彩詞在分類上呈現細膩豐富的特質；而秉著榮耀上帝造物的美意，他們崇尚鮮豔明亮的暖色系，甚至想進一步創造或提煉色彩，以朝媲美造物主的目標邁進，因此西方色彩詞的詞彙量相當豐富。由於西方人的終極信仰是上帝，認為宇宙萬物都為上帝所造，在這種信仰造物主的影響下，西方人會極盡所能去發掘造物主所造萬物的美，並且崇尚明亮鮮豔的色彩；他們認為鮮豔的色彩是最吸引人目光，也最能展現所造物的美感。也因此，不論是在行動系統或表現系統中，西方民族都體現出這樣的特質；而在規範系統裡，他們也會有著開放性與科學性的民族思維和榮耀上帝所造萬物的共識，以及直接露骨的表情特性。

相較於西方，中方的民族特性就顯得內斂許多。漢民族的終極信仰為道，認為自然萬物都偶然氣化而成，因此其所支配的文化系統為氣化觀型文化，蘊涵著重人倫、崇自然的道德觀。這種幽微混沌、崇尚自然的觀念，使得漢民族會偏好寒色系與輕寒色系。此外，在不需要榮耀造物主的前提下，漢民族對色彩的辨識度也會較為含糊不敏銳。而在緣起觀型文化系統中的佛教國家，對於色彩和色彩詞的偏好與西方國家相類似，都喜愛明亮的暖色色調，尤以「金色」特別為他們所推崇。這種對暖色系色彩的喜好，從他們崇尚的煉金活動與佛經裡的色彩使用可見一斑（詳見本章第二節）。此外，佛教國家在文學作品中所展現出的色彩基調也是以明亮的暖色系為主，他們和西方國家一樣，在表情達意時都露骨而激情。這些相似性除了是受到亞利安人入侵印度帶來西方文化的影響有關外，也與佛教教義中要人們藉著修練自我以超脫世俗的理念相一致。這些在行動系統、表現系統與規範系統中所表露出的跡象，都是由於其背後的觀念系統（緣起觀）與所信仰的對象（佛）所統攝支配著，才會顯示出偏愛明亮色系的現象。

在第六章的部分則將色彩詞與修辭和審美作一聯繫。色彩詞在三大文化系統中雖然都屬於模象美的範疇，但每一種文化中所隸屬的美感特徵卻有「質性」上的差異。創造觀型文化所孕育出的文學作品通常會近於崇高或悲壯；而氣化觀型文化這種世界觀所表現出的就是含蓄宛轉的優美風格；緣起觀型文化的佛教國家則當生命是一大苦集而亟欲加以超脫，所以也就無所謂「美醜縈心」一類的世俗煩惱，其文學作品中所展現出的文學美感只是附加價值，重點是在於藉由文本的宣揚，達到超脫世俗的效果，因此在佛教國家的文學作品裡，通常有著崇高的佛教超絕思維與解離一事所顯現的「拋捨一切」的另類悲壯。（周慶華，2007b：255～262）而在修辭方面，西方色彩詞在文學作品中的運用以譬喻修辭為主，中方色彩詞的使用則以象徵修辭為多。會造成這樣的差異也是由於彼此世界觀的不同。西方深受創造觀的影響而有詩性思維在揣想人／神的關係；而中國受氣化觀的影響，有情志的思維在綰結人情和諧和自然。（周慶華，2007b：291～292）。西方的詩性思維會以隱喻、借喻等譬喻手段來創新事物，從而找到寄寓化解人／神衝突的方式。因此，在色彩詞的使用中，由於想像力介入而有了遙想，所以會以譬喻為常用修辭，且為了接近造物主，文學美感會偏向崇高或悲壯。反觀中方因為情志思維，偏重於內感外應，因此文學會較為凝鍊，朝向象徵，使得中方的色彩詞有了優美柔和的文學美感。

在第五、六章對色彩詞的文化性與審美性所作的論述，在第七章色彩詞的使用統計分析中得到了佐證。從第七章的統計中，我們可以發現，西方色彩詞在文學作品中的運用以譬喻修辭和崇高、悲壯的美感為主要基調；而中方色彩詞的使用則以象徵修辭和優美性為主要風格。而這樣的差異也是由於彼此世界觀的不同所造成的。

第八章則是將第五章至第七章的研究成果和新詩的閱讀與寫作教學作連結，並給予教學上的建議。其實現在的教學已越來越多元化，對於色彩詞如何結合教學也有不少人作過相關研究，只是目前鮮少有人將它與課堂實際教學作一應用，殊為可惜。從前面的研究中，我們可以知道色彩詞不論是語義象徵、或是修辭審美上，都能在新詩中營造出豐富的意象與高度的文學美感，倘若教學者能將色彩詞帶進課堂上新詩的閱讀與寫作，不僅能增加學習者的學習樂趣，也能提升他們創作的技法。本研究提供了四種運用方向，包含強化色彩詞的認知、分析色彩詞與詩中其他成分的互動、類推色彩詞的語義組合與構詞系統以及塑造色彩詞在詩中的意象美等，並且將這些研究成果回饋給語文教育工作者、學習者和相關研究人員。藉由本研究，期待未來有更多人願意將色彩詞作更多不一樣的嘗試，不論是在教學或實際運用，都可以實施連結與應用。

第二節　未來研究的展望

本研究期使對色彩詞的文化審美性有所詮釋，在性質上是屬於理論建構，而從這些論述中，可以歸納出一些重點：（一）西方在創造觀型文化的影響下，偏好暖色系的色調；而漢民族因為道的支配，因此喜愛寒色系與輕寒色系的色調。（二）漢語色彩詞有雙重性和擴散性的語義特徵，這種模糊不定性也讓漢語色彩詞易與其他不同文化的語義象徵融合而多樣化。（三）西方色彩詞在文學作品中的運用以譬喻修辭為主，文學美感會偏向崇高或悲壯；中方色彩詞的使用則以象徵修辭為多，文字語言較為凝鍊，朝向象徵的手法，而這樣的特色也從中西方文學作品的色彩詞統計中得到檢證。在未來可以將這些理論建構的內容回饋給教材編審機制，重新檢討制式的新詩閱讀與寫作教材的內容和方向或作為輔助教材，以期提升學習者的閱讀與寫作能力。

但是色彩詞的層面可說是包羅萬象，不單單只有文化性或審美性可以進行研究分析，它還包含語句、語法、語義分析、其他修辭以及中西方翻譯上的差異等，只是礙於時間與心力的限制，僅以其文化審美性作一探討，無法廣涵其他面向。此外，也由於語言上的限制，只能選取中、英詩集作為論述對象，無法涉及其他語言的詩選。而取材上也僅能以部分的新詩選集作研究，無擴及散文、小說等文類，所以無法作一總括性的論述。因此，未來再研究時可以將色彩詞的文化審美與語句、語法或翻譯差異等作結合，並嘗試延伸到其他文類與其他不同文字語言的色彩詞，探究其相似性或差異性，使色彩詞的研究更臻完整。再者，在色彩詞的審美性中，只探討了其優美、崇高與悲壯的審美感興；但是美的轉化與美的發現間也包含了美的鑑賞，所以對於審美的觀感與鑑賞往往因人而異，還有待廣為發掘。因此，未來倘若有人對本研究中的美感類型有不同的分類方式，或對修辭有不同的定義，進而對判讀結果產生誤差，這些我也都會予以尊重，畢竟沒有一種說詞有能耐完全取代另一種說詞。

本書於研究方法、過程及設計上，雖力求嚴謹完整，但基於研究時間、研究者自身的心力以及其他主客關因素的影響，仍有未盡周延處，但還是可以據為對未來的研究者、語文教學者和語文學習者予以一些建議：

一、對未來研究者的建議

面對綺麗多彩的大千世界，人們懂得用文字將他們眼睛所見與心靈所感受到的記錄於文字中，而科技的進步也讓色彩越來越多樣化，使得色彩詞語愈加豐富。本書站在中西方新詩的立足點上，僅針對其色彩詞的文化審美性作一分類整理，只能片段的了解到色彩詞在新詩中的表現狀態，對建構整個中西方色彩詞的理論並不完整。因此，未來的研究者在進行後續研究時，可以針對色彩詞在新詩中的語法表現、翻譯差異加以整理與分析，並比較在不同的語言環境下，色彩詞在使用偏好上的異同。其次，可以針對新詩中的色彩表現與色彩詞表現相互間的對伩關係，作進一步的分析整理，或許可以發現各色間的相互對應關係，是否與現代色彩學上的對比關係有關聯。再者，也能對其他文類（如小說、散文等）的色彩詞表現進行建構與分析，如此便能更完整地串連出整個色彩詞的理論架構。最後，未來的研究者也可以收集在不同的領域中，更多的色彩詞語使用狀況，探討其差異狀態，並藉此了解在表現系統或行動系統中，不同的領域對於色彩詞的命名特色與色彩詞流行色名的變化情形，使色彩詞的理論研究更趨於完整。

二、對語文教學者的建議

語文教學是教育的重點項目之一，在所有的科目領域中，所佔的教學節數也最多。本書在第八章提供教學者一些教學上的建議，包含強化色彩詞的認知、分析色彩詞與詩中其他成分的互動、類推色彩詞的語義組合與構詞系統以及塑造色彩詞在詩中的意象美等。教學者面對制式教材，除了根據教師手冊或備課用書授課外，更應該利用時事、流行，把對文學的了解和時事、流行趨勢的脈絡和語文教學作結合。在科技迅速發展的時代，色彩詞也不斷地創新，教學者除了教導學習者原有的色彩詞語義與文化審美，還應該將這些新興的色彩詞元素帶進教學，給予學習者更多的色彩詞，以充實他們心靈上的色彩視野。但礙於我並非現場的語文教學者，所以無法進行實務現場教學，殊為可惜。畢竟理論架構還需結合實務的運用，才能得以檢證、更加健全。因此，也殷切期盼未來有教學者願意將本理論建構嘗試使用在教學現場上。

另外，從本書中也可以了解到修辭教學的重要性，修辭的使用對於新詩中意象的經營與美感有很大的影響，因此教師應該正視色彩詞修辭的重要性，在進行閱讀或寫作教學時，應將其列入教學重點。而關於將色彩詞結合三大文化系統與五個次系統，則必須仰賴未來更多的文類與其他語言的研究，才可以更加確立其彼此間的關聯性。

檢視目前教學現場的教學活動項目（包含課文大意、作文教學、認識生字及新詞、朗讀課文、說話教學、寫字教學、探究課文內容及形式、綜合活動等）中，和色彩詞都能作一連結，但一般教學者卻鮮少有所著墨，實為可惜。其實，只要語文教學者願意多付出些時間，將不斷推陳出新的色彩詞語和課文進行結合教學，不僅可以提升學習者的學習樂趣、激發其創造力，也能達到提升學習者語文能力的教學目的。

三、對語文學習者的建議

語文學習者在進行新詩閱讀或寫作時，往往侷限於字句的安排或字詞的選用，忽略了色彩詞的重要性，導至無法體會出詩人的寫作思維或在進行創作時，文字流於平鋪直敍，缺乏意境。因此，學習者應培養基礎的色彩學、修辭學、色彩語義學與文化等知識素養，並涵養出觀看萬物的「色彩眼」，才能發掘出色彩詞的美感並靈活運用。

倘若學習者缺乏色彩學、修辭學、色彩語義學與文化這些概念，則可以先行閱讀本研究的理論架構，並嘗試探討色彩詞在新詩中的語義結構、修辭、美感類型與三大文化系統，或者涉及其他文類與文字語言來加以深論，以提升自身的語文能力。另外，關於美學的理論眾說紛紜，且每個人對於美的定義、標準也有歧異。因為美感是主觀的，所以每個人對於美的觀感也就會有所差距。因此，在歸納美感類型這部分，倘若有任何不同的區分或判定方式，我也都欣然接受。

在第八章色彩詞在新詩閱讀與寫作教學上的運用方向，我僅只列出四項（詳見第八章），提供教學者與學習者一個教學或學習的建議。但這四個層面都只是略談，各個層面還可以再深入處理、廣為開展。例如如何讓漢語色彩詞具有本土化風格、以及色彩詞確實運用於創作中的具體作法等。

藉由分析中西方新詩中色彩詞的使用差異，得知了在文化差異下色彩詞的修辭與審美偏好，對於教學也給予一些建議。然而，除此之外，近代由於西方文化的入侵，導致中方文化無法彰顯，漸漸被西方融合。有些人自覺到這個問題，因此大力提倡「本土化設計」，不管是在藝術或是在文學中，都希望能發展出中國人應有的風格。但是「本土化設計」的意義應不僅只於表面上的形態或是色彩的仿古，更重要的應在於內涵的深入探討。當文化意識深植於心時，自然就能展現出中方風格的創作，而非淪落「中不中、西不西」的下場。我想，這也是當代文藝工作者應該思考的重點。

參考文獻

一見敏男（1995），《色彩學入門》，東京：日本印刷新聞。

丁　旭（2007），〈不同文化背景中的顏色詞的語用分析〉，《科技諮詢導報》第 5 期，128～129。

山中俊夫（2003），《色彩學的基礎》，臺北：六合。

牛小玲（2000），〈淺談基本顏色詞的詞法結構及其語義特徵〉，《河南教育學院學報》第 1 期，101～103 仇小屏編著（2003），《世紀新詩選讀》，臺北：萬卷樓。

尤克強（2005），《當秋光越過邊境》，臺北：愛詩社。

尤克強（2007），《未盡的春雨珠光》，臺北：愛詩社。

王　謨輯（1988），《增訂漢魏叢書》，臺北：大化。

王秀紅（1999），〈淺談色彩詞語在跨文化交際中的運用〉，《江南論壇》第 7 期，36。

王雲五（1970），《語言學原理》，臺北：商務。

王毓榮（1988），《荊楚歲時記校注》，臺北：文津。

王頌婉（1992），《最新實用色彩學》，臺北：國家。

王聚元（1998），〈色彩詞的構詞方式及描寫功能〉，《教育科學論壇》第 2 期，25～26。

王夢鷗（1976），《文學概論》，臺北：藝文。

王海山主編（1998），《科學方法百科》，臺北：恩楷。

方祖燊（1980），〈色彩詞的構造與變化〉，《中國語文》第 41 卷第 3 期，4～8。

方麗霞（2004），〈顏色詞的聯想意義在不同文化中的表現〉，《阜陽師範學院學報》第 6 期，55～57。

孔穎達等（1982），《毛詩正義》，十三經注疏本，臺北：藝文。

太田昭雄（1996），《色彩與配色》，臺北：新形象。

文史哲編輯部（1980），《修辭類說》，臺北：行政院。

中國社會科學院語言研究所辭典編輯室編（2008），《現代漢語辭典》，北京：商務。

代　橘主編（2000），《詩路 1999 年詩選》，臺北：臺明。

史密斯（P. Smith）（2008），《文化理論面貌導論》（林宗德譯），臺北：韋伯文化。

史美舍（N. J. Smelser）（1991），《社會學》（陳光中等譯），臺北：桂冠。

史賓格勒（O. Spengler）（1985），《西方的沒落》（陳曉林譯），臺北：桂冠。

白居易（1965），《白香山集〈五〉》，臺北：商務。

白靜野（1997），〈談色彩語言的表現作用〉，《寫作》第 12 期，21～22。

加曉昕（2008），〈超常定語和色彩詞配置途徑及修辭效果〉，《電影評介》第 8 期，101～107。
北大哲學系注釋（1983），《荀子新注》，臺北：里仁。
艾　青（1936），《大堰河》，上海：群眾。
向　明（1997），《新詩 50 問》，臺北：爾雅。
朱文俊（2000），《人類語言學論題研究》，北京：北京語文文化大學。
朱紅梅（2002），〈英漢顏色詞語的不同社會文化內涵〉，《河南商業高等專科學校學報》第 3 期，94～95。
池上嘉彥（1985），《符號學入門》（張曉雲譯），北京：國際文化。
吳　進（1999），〈文學語言中的顏色詞〉，《修辭學習》第 3 期，29～30。
吳　曉（1994），〈文學作品著色藝術舉類〉，《語文知識》第 6 期，12～13。
吳東平（2000），《色彩與中國人的生活》，北京：團結。
吳淑生、田自秉（1987），《中國染織史》，臺北：南天。
吳瑞卿、黃士銘等（1996），〈漢風色彩系統之研究與建立〉，《設計學報》創刊號，17～31。
吳麗君、崔　瑛（1999），〈論顏色詞及文化聯想意義〉，《承德民族師專學報》第 3 期，14～18。
汪　琪（1984），《文化與傳播》，臺北：三民。
利　奇（G. N. Leech）（1987），《語義學》（李瑞華等譯），上海：上海外語教育。
呂亞力（1991），《政治學方法論》，臺北：三民。
呂清夫（1994），《色名系統比較研究》，臺北：漢文。
祁　琦（2000），〈顏色詞在詩歌中的修辭功能〉，《武漢交通科技大學學報》第 1 期，58～60。
余光中（1986），《掌上雨》，臺北：時報。
余志應（1994），〈英語色彩詞的內涵意義及其翻譯問題〉，《湖北民族學院學報》第 4 期，88～90。
李　威（2008），〈色彩語言中的文化〉，《貴州教育學院學報》第 11 期，79～81。
李　堯（2004），〈漢語色彩詞衍生法之探究〉，《揚州大學學報》第 5 期，62～64。
李　善等（1979），《增補六臣注文選》，臺北：華正。
李　燕（2004），〈漢語基本顏色詞之認知研究〉，《雲南師範大學學報》第 2 期，64～67。
李　瓊（2006），〈語言中的色彩詞與民族文化探析〉，《陝西師範大學繼續教育學報》第 4 期，68～70。
李　麗（2008），〈中西文化差異之色彩詞〉，《東北電力大學學報》第 5 期，75～77。
李玉芝（2008），〈色彩詞的文化功能淺析〉，《電影文學》第 2 期，98～99。
李行健（2010），網址：http://jade000.virtualave.net/doc/old_jade.htm，點閱日期：2010.03.17。

李宗桂（1992），《文化批判與文化重構——中國文化出路探討》，西安：陝西人民。
李紅印（2007），《現代漢語顏色詞語義分析》，北京：商務。
李榮啟（2006），〈文學語言的色彩美〉，《美與時代》第3期，19～23。
李聞海（1996），〈漫談英漢語色彩詞的文化內涵〉，《泰安師專學報》第3期，346～348。
李瑞騰編（1986），《七十四年詩選》，臺北：爾雅。
李香蓮（2001），《色彩形容詞之臺灣話表達研究》，雲林科技大學視覺傳達設計研究所，碩士論文。
李蕭錕（1996），《色彩學講座》，臺北：藝術家。
沈小雲（1997），《從古典小說中看色彩的時代性——以清代小說「紅樓夢」為例》，雲林科技大學視覺傳達設計研究所，碩士論文。
沈清松（1986），《解除世界魔咒——科技對文化的衝擊與展望》，臺北：時報。
何文煥編（1983），《歷代詩話》，臺北：藝文。
何家榮（1996），〈文學語言的色彩美〉，《安徽教育學院學報》第2期，59～61。
何慧俐（2006），〈「色彩運用」文學技巧初探——以《維摩詰經講經文・持世菩薩第二》為例〉，《古今藝文》第5期，69～78。
何耀宗（1989），《色彩基礎》，臺北：東大。
宋應星（1986），《天工開物》，臺北：金楓。
辛曉玲（1996），〈色彩詞的修辭〉，《社科縱橫》第1期，69～71。
東　年（1996），《我是這樣說的》，臺北：聯合文學。
非　馬編譯（1999），《讓盛宴開始：我喜愛的英文詩》，臺北：書林。
林凡瑞、趙連續（2003），〈色彩詞及其分類〉，《語文天地》第11期，21～22。
林文昌（2003），《色彩計劃》，臺北：藝術。
林志鴻（2002），《色彩詞表現狀況之調查研究——以明代四大小說為例——》，雲林科技大學視覺傳達設計研究所，碩士論文。
林岱瑩（2005），《色譜、中國色名綜覽、中國傳統色》之色名比較研究，雲林科技大學視覺傳達設計研究所，碩士論文。
林秋萍、蔡淑惠（2007），《色彩學Ｉ》，臺北：全華。
林映春、陳曉霞（2008），〈淺析色彩詞在中日英語言中象徵意義的異同〉，《科技信息》第32期，474～475。
林書堯（1995），《色彩認識論》，臺北：三民。
林雪雰（2003），《從漢字字書探析色彩字的演變》，雲林科技大學視覺傳達設計研究所，碩士論文。
林磐聳、鄭國裕（2002），《色彩計劃》，臺北：藝風堂。
林麗芳（1998），〈用顏色詞把生活天地點綴得五彩繽紛〉，《英語世界》第3期，3。
帕默爾（L.R.Palmer）（1983），《語言學概論》（周煥常譯），北京：商務。

周　健（2006），〈論顏色詞的文化內涵〉，《四川理工學院學報》第 2 期，91～92。
周延云（1994），〈文藝作品中色彩詞的言語義初論〉，《東方論壇》第 3 期，44～49。
周慶華（1997），《語言文化學》，臺北：生智。
周慶華（2001），《後宗教學》，臺北：五南。
周慶華（2004a），《文學理論》，臺北：五南。
周慶華（2004b），《語文研究法》，臺北：洪葉。
周慶華（2005a），《身體權力學》，臺北：弘智。
周慶華（2005b），《作文指導》，臺北：五南。
周慶華（2007a），《走訪哲學後花園》，臺北：三民。
周慶華（2007b），《語文教學方法》，臺北：里仁。
杭亭頓（S. P. Huntington）（1997），《文明的衝突與世界秩序的重建》（黃裕美譯），臺北：聯經。
邵玉銘編（1994），《理論與實踐——當前國內文化發展之檢討與展望研討會論文集》，臺北：聯經。
邱靖雅（1999），《唐詩視覺意象語言的呈現——以顏色詞為分析對象》，清華大學語言學研究所，碩士論文。
明文書局編（1982），《中國紡織史話》，臺北：明文。
阿恩海姆（R.Arnheim）（1980），《色彩論》（常又明譯），雲南：雲南人民。
胡　霖（2006），〈定中式違常搭配中色彩詞的隱喻性〉，《信陽農業高等專科學校學報》第 3 期，83～85。
胡　瀟（1994），《民間藝術的文化尋繹》，湖南：湖南美術。
胡樸安（1941），〈從文字學上考見古代辨色本能與染色技術〉，《學林》第 3 輯，53～67。
韋勒克等，《文學理論》（梁伯傑譯），臺北：水牛。
洛　夫、張　默、瘂　弦主編（1969），《中國現代詩論選》，高雄：大業。
姚一葦（1974），《文學論集》，臺北：書評書目。
姚小平（1988），〈基本顏色詞理論述評——兼論漢語基本顏色詞的演變史〉，《外語教學與研究》第 1 期，19～28。
姚淦銘（2001），《漢字心理學》，南寧：廣西教育。
約翰尼斯・伊添（J.Litten）（2009），《色彩的藝術》（蔡毓芬譯），臺北：地景。
唐　蕾（2009），〈從顏色詞的文化特徵看詞彙的文化理據〉，《文教資料》第 26 期，42～43。
唐振華（1996），〈符號學與顏色詞在跨文化交際中的運用〉，《深圳大學學報》第 3 期，75～81。
高　亨（2004），《詩經今注》，臺北：漢京。

高長江（1991），《現代修辭學》，長春：吉林大學。
高承志（1994），〈色彩詞摭談〉，《語文教學通訊》第 3 期，48。
高建新（1994），〈色彩詞的抒情造境功能〉，《語文學刊》第 6 期，39～41。
孫　梁編選（2000），《英美名詩一百首》，臺北：書林。
孫　薇（2006），〈試論文化對顏色詞象征意義的影響〉，《科技信息》第 4 期，93～94。
孫　輝（2008），〈顏色詞的語義認知和文化原型〉，《黑龍江科技信息》第 24 期，162。
格林菲（A. B. Greenfiled）（2008），《爭紅——帝國、間諜與欲望的顏色》（鍾清瑜譯），臺北：究竟。
草野巧（2007），《圖解鍊金術》（王書銘譯），臺北：城邦文化。
馬永紅、熱依木江（2007），〈漢語顏色詞的文化內涵探析〉，《文學教育》第 4 期，20～21。
馬林芳（1996），〈色彩詞的藝術功能〉，《南通師範學院學報》第 3 期，56～58。
馬悅然、奚密、向陽主編（2001），《二十世紀臺灣詩選》，臺北：麥田。
席曉青（2003），〈淺析顏色詞的文化內涵〉，《福建商業高等專科學校學報》第 6 期，43～45。
殷海光（1979），《中國文化的展望》，臺北：活泉。
荷曼斯（1987），《社會科學的本質》（楊念祖譯），臺北：桂冠。
章康美（2004），〈色彩詞探析〉，《職大學報》第 3 期，110～111。
章彩雲（2006），〈從文化學視點看顏色詞的輔助附加轉義〉，《湖北教育學院學報》第 6 期，33～35。
陶國璋（1993），《開發精確的思考》，臺北：書林。
崔夢樓、徐　軍（2008），〈漢語形象色彩詞語的構成理據及其表達功能〉，《石家莊學院學報》第 5 期，95～97。
郭廉夫、張繼華（1992），《色彩美學》，西安：陝西人民美術。
陳　原（1985），《社會語言學》，上海：學林。
陳　蓉（1995），〈從色彩的運用看中西文化差異〉，《天山學刊》第 1 期，95。
陳　黎、張芬齡譯（2005）《致羞怯的情人——400 年英語情詩名作選》，臺北：九歌。
陳正治（2001），《修辭學》，臺北：五南。
陳志敏（1997），〈英語色彩詞意義淺析〉，《中學文科》第 10 期，36。
陳望道（1961），《修辭學發凡》，香港：大光。
陳蘭香（2008），《漢語詞語修辭》，北京：中國社會科學。
張　健（1988），《大唐詩仙李白詩選》，臺北：五南。
張　錯編（1987），《千曲之島》，臺北：爾雅。
張　默編（2003），《現代百家詩選》，臺北：爾雅。
張永言（1983），《語文論集》，北京：語文。

張永聲主編（1991），《思維方法大全》，海門：江蘇科學技術。
張伊蒂（2003），《教科書中色彩詞之調查研究》，雲林科技大學視覺傳達設計研究所，碩士論文。
張宏莉（2007），〈顏色詞價值取向與色彩崇拜意識的跨文化透視〉，《湖北廣播電視大學學報》，153～154。
張旺熹（2005），《對外漢語教學研究與評論》，北京：教育科學。
張婷婷（2009），〈認識中西文化影響下基本顏色詞的共性與個性〉，《科教文匯》第 9 期，67～68。
張隆溪（2008），《五色韻母》，臺北：大塊文化。
張寶明（2003），〈顏色詞彙的淵源和分類〉，《漢字文化》第 4 期，21～23。
許瑞玲（1993），《溫庭筠詩之語言風格研究——從顏色字的使用及其詩句結構分析》，成功大學中國文學研究所碩士論文。
麥爾茲、保　羅（1930），《色彩辭典》，紐約：麥格羅希爾。
馮　立（1990），〈中華民族無彩色偏愛的文化特徵〉，《民俗研究》第 3 期，13～14。
彭鳳英（2008），〈英漢顏色詞文化內涵及文化語用教學〉，《中國科教創新導刊》第 2 期，186～187。
彭鏡禧、夏燕生譯著（2000），《好詩大家讀——英美短詩五十首賞析》，臺北：書林。
黃文山（1986），《文化學體系》，臺北：商務。
黃永武（1993），《詩與美》，臺北：洪範。
黃慶萱（2000），《修辭學》，臺北：三民。
黃麗君（2009），〈漢語基本顏色詞的詞義演變分析〉，《四川教育學院學報》第 5 期，56。
湊幸衛（1979），《中國色名綜覽》，東京：日本色彩計畫中心。
湯恩比（A. J. Toynbee）（1984），《歷史研究》（陳曉林譯），臺北：桂冠。
傅佩榮（1989），《我看哲學——心靈世界的開拓》，臺北：業強。
傅根清（1991）〈論顏色詞的文化意義〉，《中國民間文化》第二集，上海：上海民間文藝家學會。
曾　婷、李冀宏（2005），〈色彩詞的美學特徵在漢英語言中的折射〉，《湖南省社會主義學院學報》第 6 期，48～50。
曾小珊（1999），〈中英色彩文化與語義對比的研究〉，《陝西工學院學報》，82～85。
曾啟雄（1999），《色彩的科學與文化》，臺北：思想生活屋國際文化。
曾啟雄（2004），《中國失落的色彩》，臺北：耶魯國際文化。
曾麗丹（2003），《詩經色彩意象研究》，樹德科技大學應用設計研究所，碩士論文。
葉　軍（1999），〈含彩詞語與色彩詞〉，《山東大學學報》第 3 期，90～93。
葉　軍（2001），《現代漢語色彩詞研究》，呼和浩特：內蒙古人民。

葉　軍（2001），〈論色彩詞在語用中的兩種主要功能〉，《修辭學習》第2期，32～33。
葉　軍（2003），〈談色彩詞詞典的收詞和釋義〉，《辭書研究》第3期，25～31。
瘂　弦（1993），《創世記詩選》，臺北：爾雅。
蓋　斯（2002），《藍・色　癲狂的藝術》（高志仁譯），臺北：立緒。
董同龢（1987），《語言學大綱》，臺北：東華。
董季棠（1992），《修辭析論》，臺北：文史哲。
鄒悅富（1982），《色彩的研究》，臺北：華聯。
楊　牧編譯（2007），《英詩漢譯集》，臺北：洪範。
楊　牧、鄭樹森編（1991），《現代中國詩選 I》，臺北：洪範。
楊子葆（2007），《葡萄酒文化密碼》，臺北：財訊。
楊振蘭（1997），《現代漢語詞彩學》，濟南：山東大學。
管倖生（1993），《中國慣用色色彩特性及色樣選定》，臺南：文山。
維多利亞・芬利（V.Finlay）（2008），《顏色的故事》（姚芸竹譯），北京：三聯。
趙家芬（1997），《色彩詞的傳達特性——以臺灣現代作家張曼娟之作品所展開的探討》，雲林科技大學視覺傳達設計研究所，碩士論文。
趙雅博（1990），《知識論》，臺北：幼獅。
趙寧子（1995），〈談詩歌語體運用色彩詞的特點〉，《修辭學習》，21～28。
鄭竹群（2006），〈色彩詞的跨文化社會心理比較〉，《福建政法管理幹部學院學報》第4期，116～118。
鄭錦全（1980），《語言學》，臺北：學生。
潘　峰（2006），〈現代漢語基本顏色詞的超常組合〉，《黃岡師範學院學報》第5期，60～65。
劉　勰（1984），《文心雕龍注釋附新譯》，臺北：里仁。
劉云泉（1990），《語言的色彩美》，合肥：安徽教育。
劉正國（1998），〈詩歌色彩的美學特徵〉，《武漢教育學院學報》第2期，12～17。
燕　芳（2008），〈顏色詞隱喻化的認知機制〉，《牡丹江教育學院學報》第6期，48～49。
駱　峰（2003），《漢語色彩詞的文化審視》，上海：上海辭書。
錢　穆（2001），《文化學大義》，臺北：蘭臺。
霍大同（2001），〈關於顏色感知的幾個心理學問題〉，《四川大學學報》第4期，39。
霍松林（1993），〈論詩的設色〉，《江海學刊》第五期，147～150。
賴瓊琦（2003），《設計的色彩心理》，臺北：視傳文化。
糜文開編譯（1981）《印度文學歷代名著選（下）》，臺北：東大。
謝冰瑩等註譯（1989），《新譯古文觀止》，臺北：三民。
謝新暎（2006），〈漢語顏色詞初探〉，《福建廣播電視大學學報》第2期，7～10。
龍冠海主編（1988），《社會科學大辭典：第一冊社會學》，臺北：商務。

繆良雲（2000），《中國衣經》，上海：上海文化。
魏立婭、張桂芳、劉永玲（2008），〈中英色彩文化差異及語義對比〉，《考試周刊》第 22 期，212～213。
簡政珍（1991），《詩的瞬間狂喜》，臺北：時報。
簡政珍主編（2003），《新世代詩人精選集》，臺北：書林。
蟻　垤（2005），《印度史詩：羅摩衍那》，臺北：貓頭鷹。
譚　興（2006），〈論顏色詞在英漢兩種語言中的社會涵義對比〉，《海南廣播電視大學學報》第 1 期，24～26。
譚旻雁（1999），〈論文學語言中色彩語詞的審美效應〉，《社科縱橫》第 6 期，60～61。
羅　門、張　健主編（1986），《星空無限藍》，臺北：九歌。
饒曉娟（2004），《國民中學新詩教學研究》，高雄師範大學國文教學研究所，碩士論文。
蘇慧霜（2007），《應用語文：文學的應用、應用的文學》，臺北：新學林。
顧超美（2004），〈英語色彩詞語與文學作品賞析〉，《北京林業大學學報》第 2 期，69～72。
龔鵬程（1995），《思想與文化》，臺北：業強。
A.Wierzbicka（1990），The meaning of color terms:semantics,culture,and cognition，*Cognitive Linguistics* 1，99～150。
A.J.Lucy（1997），*The linguistics of "color". In Hardin ,L. C. and L. Maffi(ed.) Color categories in thought and language*，Cambridge：Cambridge University Press。
J.Lyons（1968），*Introduction to Theoretical Lingustics*，Cambridge：Cambridge University Press。
N.B.McNeill（1972），Colour and colour terminology，*Journal of Linguistics* 8，21～33。
S.Ullmann（1973），*Meaning and Style*，Oxford：Basil Blackwell。
V.Fromkin、R.Rodman（1999），《語言學新引》（黃宣範譯），臺北：文鶴。

社會科學類　PF0059　東大學術 29

色彩詞的文化審美性及其運用
——以新詩的閱讀與寫作教學為例

作　　者 / 謝欣怡
責任編輯 / 林千惠
圖文排版 / 陳宛鈴
封面設計 / 蕭玉蘋

發 行 人 / 宋政坤
法律顧問 / 毛國樑　律師
印製出版 / 秀威資訊科技股份有限公司
114 台北市內湖區瑞光路 76 巷 65 號 1 樓
電話：+886-2-2796-3638　傳真：+886-2-2796-1377
http://www.showwe.com.tw
劃撥帳號 / 19563868　戶名：秀威資訊科技股份有限公司
讀者服務信箱：service@showwe.com.tw
展售門市 / 國家書店（松江門市）
104 台北市中山區松江路 209 號 1 樓
電話：+886-2-2518-0207　傳真：+886-2-2518-0778
網路訂購 / 秀威網路書店：http://www.bodbooks.tw
國家網路書店：http://www.govbooks.com.tw
圖書經銷 / 紅螞蟻圖書有限公司
114 台北市內湖區舊宗路二段 121 巷 28、32 號 4 樓
電話：+886-2-2795-3656　傳真：+886-2-2795-4100

2011 年 2 月 BOD 一版
定價：380 元

國家圖書館出版品預行編目

色彩詞的文化審美性及其運用：以新詩的閱讀與寫作教學為例 / 謝欣怡著. -- 一版. -- 臺北市：秀威資訊科技, 2011.02
面； 公分. -- (社會科學類；PF0059)(東大學術；29)
BOD 版
ISBN 978-986-221-692-7(平裝)

1. 新詩 2. 審美

812.1 99025137

讀者回函卡

感謝您購買本書，為提升服務品質，請填妥以下資料，將讀者回函卡直接寄回或傳真本公司，收到您的寶貴意見後，我們會收藏記錄及檢討，謝謝！
如您需要了解本公司最新出版書目、購書優惠或企劃活動，歡迎您上網查詢或下載相關資料：http:// www.showwe.com.tw

您購買的書名：________________________________

出生日期：________年________月________日

學歷：□高中（含）以下　□大專　□研究所（含）以上

職業：□製造業　□金融業　□資訊業　□軍警　□傳播業　□自由業
□服務業　□公務員　□教職　□學生　□家管　□其它_____

購書地點：□網路書店　□實體書店　□書展　□郵購　□贈閱　□其他

您從何得知本書的消息？

□網路書店　□實體書店　□網路搜尋　□電子報　□書訊　□雜誌
□傳播媒體　□親友推薦　□網站推薦　□部落格　□其他__________

您對本書的評價：（請填代號　1.非常滿意　2.滿意　3.尚可　4.再改進）

封面設計____　版面編排____　內容____　文／譯筆____　價格____

讀完書後您覺得：

□很有收穫　□有收穫　□收穫不多　□沒收穫

對我們的建議：________________________________

____

____

____

請貼
郵票

11466
台北市內湖區瑞光路 76 巷 65 號 1 樓

秀威資訊科技股份有限公司 收

BOD 數位出版事業部

....

（請沿線對折寄回，謝謝！）

姓　　名：________________　年齡：________　性別：□女　□男

郵遞區號：□□□□□

地　　址：____

聯絡電話：(日) ________________　(夜) ________________

E-mail：____